Introdução à geomorfologia

Dados Internacionais de Catalogação na Publicação (CIP)
(Câmara Brasileira do Livro, SP, Brasil)

Torres, Fillipe Tamiozzo Pereira
  Introdução à geomorfologia / Fillipe Tamiozzo Pereira Torres,
Roberto Marques Neto e
Sebastião de Oliveira Menezes. -- São Paulo : Cengage Learning,
2024. -- (Coleção textos básicos de geografia)

  1. reimpr. da 1. ed. de 2012.
  Bibliografia.
  ISBN 978-85-221-1278-4

  1. Geomorfologia 2. Geomorfologia - Aspectos ambientais
I. Menezes, Sebastião de Oliveira. II. Marques Neto, Roberto. III.
Título. IV. Série.

12-10105   CDD-551.4

Índice para catálogo sistemático:
1. Brasil : Geomorfologia 551.4

Introdução à geomorfologia

Fillipe Tamiozzo Pereira Torres
Roberto Marques Neto
e
Sebastião de Oliveira Menezes

Austrália • Brasil • Canadá • México • Cingapura • Reino Unido • Estados Unidos

Introdução à geomorfologia

Fillipe Tamiozzo Pereira Torres, Roberto Marques Neto e Sebastião de Oliveira Menezes

Gerente Editorial: Patricia La Rosa

Supervisora Editorial: Noelma Brocanelli

Supervisora de Produção Gráfica: Fabiana Alencar Albuquerque

Editora de Desenvolvimento: Gisela Carnicelli

Copidesque: Mariana Gonzalez

Revisão: Olivia Y. Duarte e Maria Dolores Sierra Mata

Diagramação: PC Editorial Ltda.

Capa: MSDE/Manu Santos Design

Editora de direitos de aquisição e iconografia: Vivian Rosa

Pesquisa Iconográfica: Mariana Martins

Imagens de capa: Setimino, Fotolinchene e Dmitry Merkushin/Photos.com

© 2013 Cengage Learning, Inc.

Todos os direitos reservados. Nenhuma parte deste livro poderá ser reproduzida, sejam quais forem os meios empregados, sem a permissão, por escrito, da Editora. Aos infratores aplicam-se as sanções previstas nos artigos 102, 104, 106 e 107 da Lei nº 9.610, de 19 de fevereiro de 1998.

Esta editora empenhou-se em contatar os responsáveis pelos direitos autorais de todas as imagens e de outros materiais utilizados neste livro. Se porventura for constatada a omissão involuntária na identificação de algum deles, dispomo-nos a efetuar, futuramente, os possíveis acertos.

A Editora não se responsabiliza pelo funcionamento dos links contidos neste livro que possam estar suspensos.

Para informações sobre nossos produtos, entre em contato pelo telefone **+55 (11) 3665-9900**

Para permissão de uso de material desta obra, envie seu pedido para
direitosautorais@cengage.com.

ISBN-13: 978-85-221-1278-4
ISBN-10: 85-221-1278-9

Cengage
WeWork
Rua Cerro Corá, 2175 - Alto da Lapa
São Paulo - SP - CEP 05061-450
Tel.: +55 (11) 3665-9900

Para suas soluções de curso e aprendizado, visite
www.cengage.com.br

Impresso no Brasil
Printed in Brazil
1. reimpr. – 2024

"Parto do princípio de que as pessoas precisam, em primeiro lugar, entender o que é cultura para, depois, entender o que é ciência. Assim, cultura é o conjunto de valores do homem, algo que vem sendo conquistado desde a pré-história até a contemporaneidade. A pesquisa agrega conhecimento à cultura, alimenta a ciência e acelera os processos evolutivos das sociedades".

Aziz Nacib Ab'Sáber ☆ 1924 † 2012

Sumário

Apresentação xi
Sobre os autores xii
Prefácio xiii

capítulo 1 Introdução 1

1.1 NATUREZA DA GEOMORFOLOGIA 3

1.2 OBJETO E CAMPO DE ESTUDO DA GEOMORFOLOGIA 3

1.3 NÍVEIS DE ABORDAGEM EM GEOMORFOLOGIA 5

1.4 O SISTEMA GEOMORFOLÓGICO 6

1.5 RELAÇÕES DA GEOMORFOLOGIA COM AS GEOCIÊNCIAS 11

    1.5.1 Relação com a sedimentologia 11

    1.5.2 Relação com a pedologia 12

    1.5.3 Relação com outras disciplinas 13

    1.5.4 A geomorfologia no contexto da geografia 14

capítulo 2 Estruturas terrestres 19

2.1 MATERIAIS CONSTITUINTES DA CROSTA TERRESTRE 21

    2.1.1 Considerações gerais 21

    2.1.2 Minerais 21

    2.1.3 Rochas 25

2.2 CONSTITUIÇÃO INTERNA DA TERRA 28

2.3 PLACAS TECTÔNICAS 32

2.4 DINÂMICA DA CROSTA 37

    2.4.1 Isostasia 37

VIII Introdução à geomorfologia

2.4.2 Orogênese e Epirogênese 38

2.5 DEFORMAÇÕES ROCHOSAS 40

2.5.1 Dobras 41

2.5.2 Falhas e juntas 45

2.5.3 Domos 50

2.6 AS GRANDES UNIDADES TOPOGRÁFICAS DO GLOBO 52

2.7 AS GRANDES ESTRUTURAS DO GLOBO 53

2.7.1 Escudos 53

2.7.1.1 Rochas intrusivas ou plutônicas 54

2.7.1.2 Rochas vulcânicas 56

2.7.1.3 Rochas metamórficas 58

2.7.2 Bacias sedimentares 61

2.7.3 Cadeias dobradas 65

2.8 CLASSES FUNDAMENTAIS DAS FORMAS DE RELEVO 68

capítulo 3 Processos exógenos 71

3.1 PEDOGÊNESE E MORFOGÊNESE 73

3.2 PROCESSOS LINEARES – AÇÃO DAS ÁGUAS CORRENTES 76

3.3 PROCESSOS AREOLARES – MODELADO DAS VERTENTES 79

3.3.1 Erosão pluvial 83

3.3.2 Transportes relacionados à ação da gravidade – movimentos de massa 88

3.4 AGENTES EXÓGENOS E EVOLUÇÃO DAS ENCOSTAS 92

capítulo 4 Zonas morfoclimáticas e relevos associados 97

4.1 FATORES ESTRUTURAIS 99

4.2 INFLUÊNCIA DO CLIMA 102

4.2.1 Ação direta 102

4.2.2 Ação indireta 103

4.3 OS GRANDES CONJUNTOS MORFOCLIMÁTICOS DO GLOBO 106

4.4 ZONAS FRIAS GLACIAIS E PERIGLACIAIS 108

4.4.1 Processos atuantes 108

4.4.2 Morfologia das regiões frias 113

4.5 AS ZONAS ÁRIDAS E SUBÁRIDAS DAS LATITUDES MÉDIAS E SUBTROPICAIS 118

Sumário IX

4.5.1 Morfologia das regiões secas 121

4.6 RELEVO E PROCESSOS MORFOGENÉTICOS NA ZONA INTERTROPICAL 127

4.6.1 Intemperismo e coberturas de alteração associadas 127

4.6.2 As regiões florestadas das zonas intertropicais 133

4.6.3 As regiões tropicais sazonais: savanas e cerrados 140

capítulo 5 Geomorfologia fluvial 145

5.1 FISIOGRAFIA FLUVIAL 147

5.1.1 Tipos de leito 148

5.1.2 Tipos de canal 149

5.1.3 Tipos de drenagem 154

5.1.4 Terraços 161

5.2 HIERARQUIZAÇÃO FLUVIAL 164

5.3 PROPRIEDADES DA DRENAGEM 167

5.4 BACIAS HIDROGRÁFICAS 170

capítulo 6 Estruturas e relevos derivados 175

6.1 RELEVOS EM BACIAS SEDIMENTARES 177

6.1.1 Relevo em estrutura concordante horizontal 178

6.1.2 Relevo em estrutura monoclinal e discordante 181

6.1.2.1 Cuestas 181

6.1.2.2 Costão 186

6.1.2.3 *Hog backs* 186

6.1.2.4 Crista isoclinal 187

6.2 RELEVO EM ESTRUTURA DOBRADA 188

6.2.1 Relevo jurássico 189

6.2.2 Relevo apalacheano 191

6.3 RELEVO EM ESTRUTURA DÔMICA 194

6.4 RELEVO EM ESTRUTURA FALHADA 197

6.5 RELEVOS EM ESCUDOS ANTIGOS 200

6.6 RELEVO EM ESTRUTURA VULCÂNICA 203

6.7 RELEVO CÁRSTICO 205

capítulo 7 Geomorfologia litorânea 215

7.1 RELEVO OCEÂNICO 217

x Introdução à geomorfologia

7.2 ASPECTOS GEOMORFOLÓGICOS DAS ÁREAS LITORÂNEAS 222
7.3 COMPARTIMENTAÇÃO GEOMORFOLÓGICA DO
LITORAL BRASILEIRO 237

capítulo 8 Geomorfologia do Brasil 245

8.1 INTRODUÇÃO: PRIMÓRDIOS DOS ESTUDOS SOBRE O RELEVO
BRASILEIRO 247
8.2 ARCABOUÇO GEOLÓGICO 249
    8.2.1 Estruturas geológicas da Plataforma Brasileira 253
        8.2.1.1 Escudos cristalinos 253
        8.2.1.2 Bacias Sedimentares 256
8.3 ASPECTOS PRINCIPAIS DA EVOLUÇÃO MORFOLÓGICA DA
PLATAFORMA BRASILEIRA 258
8.4 BACIAS HIDROGRÁFICAS 263
8.5 CLASSIFICAÇÕES DO RELEVO BRASILEIRO 264
    8.5.1 Classificação de Aroldo Azevedo 264
    8.5.2 Classificação de Aziz Nacib Ab'Sáber 266
    8.5.3 Classificação de Jurandir Ross 266
    8.5.4 Os domínios morfoclimáticos 268

capítulo 9 Cartografia geomorfológica 271

9.1 FUNDAMENTOS CARTOGRÁFICOS 273
    9.1.1 A questão escalar 274
    9.1.2 Classificação das cartas pelas escalas 275
    9.1.3 Nomenclatura internacional 276
    9.1.4 Representação do relevo nas cartas topográficas: curvas de
nível 277
    9.1.5 Perfis topográficos 280
    9.1.6 Declividade do terreno 281
    9.1.7 Interpretação de fotografias aéreas 284
    9.1.8 Sensoriamento Remoto 285
9.2 A CARTOGRAFIA GEOMORFOLÓGICA EM QUESTÃO 288
    9.2.1 Considerações iniciais 288
    9.2.2 A questão da escala no mapeamento do relevo 288
    9.2.3 Cartografia geomorfológica no Brasil: algumas propostas
metodológicas 290

Anexo (também disponível para download na página do livro no site da Cengage) 301

Referências bibliográficas 311

Apresentação

Em continuidade à série Textos Básicos em Geografia, que já trouxe a lume as obras "Introdução à Climatologia" e "Introdução à Hidrogeografia", é agora trazido a público o título "Introdução à Geomorfologia", que segue os objetivos da série na qual está contido, que se encerra em fornecer a sistematização básica das disciplinas primordiais da Geografia Física voltada fundamentalmente para alunos de graduação.

"Introdução à Geomorfologia" está subdividida em nove capítulos que versam a respeito dos fundamentos principais inerentes a cada subdivisão proposta. Ainda que a divisão em questão não faça por esgotar os princípios e fundamentos gerais da Geomorfologia, é suficientemente abrangente para subsidiar uma fundamentação básica para alunos principiantes a se somar a outras obras já consagradas e recorrentemente utilizadas e pautadas nos fundamentos da ciência geomorfológica, às quais vem a se somar.

Sucede-se à apresentação dos aspectos introdutórios da geomorfologia capítulos dedicados à compreensão da dinâmica interna e externa e seus reflexos na evolução do relevo. Subsequentemente se encadeiam capítulos voltados para a elucidação das relações entre os processos geomórficos e as zonas climáticas, bem como a respeito da geomorfologia fluvial e litorânea. Encerra-se a obra com capítulos que tratam do quadro geomorfológico brasileiro em seus aspectos gerais e da cartografia geomorfológica, em que são apresentadas e discutidas as metodologias mais utilizadas nas pesquisas geomorfológicas levadas a efeito em âmbito nacional.

Abdicando da pretensão de substituir as literaturas preexistentes, que em grande medida alimentaram os textos aqui lavrados, são colocadas em pauta perspectivas teóricas e metodológicas mais atuais, bem como novos enfoques na interpretação da evolução do relevo. O livro ainda é sobejamente ilustrado com figuras e fotografias que auxiliam o entendimento das formas e dos processos em discussão, bem como uma visualização de aceitável abrangência do quadro geomorfológico brasileiro.

Sobre os autores

Fillipe Tamiozzo Pereira Torres possui bacharelado e licenciatura em Geografia pela Universidade Federal de Juiz de Fora, mestrado, doutorado e pós-doutorado em Ciência Florestal pela Universidade Federal de Viçosa e pós-doutorado em Geografia pela Universidade de Coimbra (Portugal). Atualmente, é professor do Departamento de Engenharia Florestal e do Programa de Pós-graduação em Ciência Florestal da Universidade Federal de Viçosa. Tem experiência nas áreas de geociências e recursos florestais, com ênfase em incêndios florestais, ecologia do fogo, climatologia e geomorfologia.

Roberto Marques Neto possui bacharelado e licenciatura plena em geografia, com especialização *latu sensu* em geografia física do Brasil e mestrado em geografia pela Universidade Estadual Paulista, campus Rio Claro. Atualmente, é doutorando do programa de pós-graduação em geografia pela Universidade Estadual Paulista, campus Rio Claro e professor do Departamento de Geociências (Instituto de Ciências Humanas) da Universidade Federal de Juiz de Fora. Desenvolve pesquisas na área de geomorfologia e biogeografia, atuando, principalmente, nos seguintes temas: neotectônica, superfícies geomórficas, geomorfologia do quaternário, cartografia do relevo e fisiologia das paisagens tropicais.

Sebastião de Oliveira Menezes graduou-se em geologia, com especialização em morfologia tropical e concluiu o seu mestrado em geologia pela Universidade Federal do Rio de Janeiro. Com sua vida dedicada desde 1968 à docência na Universidade Federal Rural do Rio de Janeiro, continuou sua atividade no magistério na Universidade Federal de Juiz de Fora. Tem experiência na área de geociências, com ênfase em geologia, atuando principalmente em mapeamento ecológico e geomorfológico. Já publicou mais de 50 trabalhos científicos e um livro – *Introdução ao estudo de minerais comuns e de importância econômica*. No ano 2002, foi agraciado com a Comenda Estrela do Mar, da Fundação Rio das Ostras de Cultura, e com o Diploma do Mérito Profissional, pelo CREA-RJ. Atualmente, é professor convidado do curso de especialização em análise ambiental da Universidade Federal de Juiz de Fora, onde leciona a disciplina geomorfologia e meio ambiente.

Prefácio

Foi com imenso prazer, e não poderia ser de outra forma, que recebi e aceitei o convite para prefaciar esta importante obra.

Em primeiro lugar, gostaria de destacar o apreço pessoal que tenho pelos autores. Com o Fillipe Tamiozzo Pereira Torres já tive a oportunidade e a honra de dividir outros dois títulos dessa mesma série. Sebastião de Oliveira Menezes foi meu colega no Departamento de Geociências da UFJF, onde conseguiu, dentre outras coisas, deixar sua marca de honestidade, envolvimento e competência. Roberto Marques Neto é uma das mais novas e melhores aquisições de nosso curso de Geografia.

Em segundo lugar – mas não menos importante – pela obra que os autores apresentam e que atende a um dos principais preceitos da série "Textos Básicos de Geografia", que é disponibilizar um livro introdutório, apresentando conceitos básicos, com linguagem acessível, destinado aos períodos iniciais dos cursos de geografia e de áreas afins.

Foi com esse espírito que os autores se empenharam em construir esta obra, que apresenta conteúdos fundamentais da geomorfologia e que permitem discutir e entender melhor nosso espaço de vida. Ainda que raramente nos lembremos, os aspectos geomorfológicos assumem grande importância cotidiana, seja nas áreas rurais ou nas cidades, estando diretamente ligados ao processo de ocupação humana e, em última instância, ao processo de ordenamento territorial em suas várias escalas.

O livro *Introdução à geomorfologia* aborda parte substancial desses conceitos iniciais, tratando das relações da geomorfologia com as geociências, com a pedologia, com a sedimentologia e com outras disciplinas e áreas do conhecimento; apresenta e discute os processos que, incessantemente, ajudam a esculpir e modelar a superfície do planeta; aborda as relações das águas e do clima com a construção das formas do relevo; e trata da representação cartográfica dos aspectos geomorfológicos.

É assim, uma obra atual, abrangente e que vem contribuir enormemente para a construção de uma bibliografia voltada à difusão e ao entendimento da geomorfologia, em particular, e da geografia, de maneira geral.

Boa leitura a todos.

PEDRO JOSÉ DE OLIVEIRA MACHADO
Professor do Departamento de Geociências
Universidade Federal de Juiz de Fora (UFJF)

capítulo 1

Introdução

1.1 NATUREZA DA GEOMORFOLOGIA

Etimologicamente, a geomorfologia é a ciência que se ocupa do estudo das formas da Terra. Constitui um conhecimento específico, sistematizado, que tem por objetivo analisar as formas do relevo, buscando compreender os processos pretéritos e atuais, surgindo de disciplinas que descreviam a superfície terrestre no século XIX. De acordo com Penteado (1980), como disciplina autônoma, ligada à geografia física, aparece na Europa e nos Estados Unidos com William Morris Davis, entre os séculos XIX e XX, tomando corpo como ciência. Davis definiu, analisou e explicou as formas do relevo, usando para isso uma terminologia genética e método científico.

Dentro desse método utilizado por Davis, destaca-se:

- observação e ordenação das características das formas;
- enunciação de hipóteses para explicar os antecedentes das características;
- dedução de consequências esperadas a partir de hipóteses;
- teste de consequências contra novas observações;
- análise cíclica das paisagens, com base evolutiva.

Segundo Casseti (2005), partindo do princípio de que tanto os fatores endógenos como os exógenos são "forças vivas", cujas evidências demonstram grandes transformações ao longo do tempo geológico, necessário se faz entender que o relevo terrestre não foi sempre o mesmo e que continuará evoluindo, portanto, a análise geomorfológica de determinada área implica obrigatoriamente o conhecimento da evolução do relevo, o que é possível se obter por meio do estudo das formas e das sucessivas deposições de materiais preservadas, resultantes dos diferentes processos morfogenéticos a que foi submetido.

Para Penteado (1980), a geomorfologia é uma ciência da Terra, semelhante às outras geociências. Tem seus princípios básicos, leis gerais e objeto próprio. Usa métodos e técnicas específicas.

1.2 OBJETO E CAMPO DE ESTUDO DA GEOMORFOLOGIA

O campo de estudo geomorfológico é, de acordo com Penteado (1980), uma superfície de contato, que une a parte sólida do globo (litosfera), com os seus

4 Introdução à geomorfologia

invólucros (hidrosfera, biosfera e atmosfera). Como toda superfície de contato, a superfície da litosfera é o reflexo de um equilíbrio móvel entre forças de natureza diferente. Essas forças têm sua origem no interior da Terra (processos endógenos), por ação tectônica, e no exterior (processos exógenos), pela ação da atmosfera, hidrosfera e biosfera. Esse campo é dinâmico porque as forças agem e reagem, gerando um sistema de interferências e reciprocidades.

A análise e o estudo dos fenômenos gerados dessa complexidade de ações devem ser feitos sob dois enfoques elementares: o estático e o dinâmico, para que possa atender ao duplo objetivo da geomorfologia:

1. Fornecer descrição explicativa e um inventário detalhado das formas.
2. Analisar os processos que operam na superfície terrestre.

No primeiro caso, a geomorfologia se preocupa com o aspecto estático da paisagem (anatomia da paisagem). No segundo, com o aspecto dinâmico (fisiologia da paisagem). Ainda de acordo com a autora, esses dois aspectos, descritivo e genético, são interligados e um exige dados do outro.

Para o estudo dos fatos geomorfológicos, assim colocados, a moderna geomorfologia deve se ocupar de descrever, classificar e explicar racionalmente, com o auxilio de métodos e técnicas cada vez mais aprimorados, por vezes tomados de empréstimo de outras ciências naturais conexas. A descrição deve fornecer um inventário completo da geometria das formas e da rede de drenagem e as informações devem ser quantificadas a fim de permitir correlações para o estabelecimento de índices e de cálculos para elaboração de teorias e generalizações. Também deve se voltar para o contexto histórico, socioeconômico e cultural e suas interferências nos processos morfodinâmicos, bem como a forma com que os processos físicos afetam o tecido social.

De acordo com Saadi (1998), quaisquer que sejam os objetivos perseguidos e os consequentes caminhos escolhidos, nenhum deles poderia, na lógica da realização de um trabalho completo, prescindir do uso das três abordagens fundamentais da geomorfologia: abordagem morfoestrutural, abordagem morfoclimática e abordagem morfotectônica. Muitas vezes consideradas como caminhos específicos dotados de vida própria e objetivos particulares, são, na realidade, abordagens complementares, todas necessárias à elaboração de um estudo completo e conclusivo.

A abordagem morfoestrutural para Saadi (1998), já com mais de um século de consagração, focaliza o controle exercido sobre a morfologia pelo arcabouço litoestrutural, entendido como o conjunto de "elementos geológicos passivos", tais como natureza litológica (rochas sedimentares, ígneas, metamórficas), arranjo de camadas (dobradas, monoclinais, horizontais) e rupturas crustais (falhas, zonas de cisalhamento). Em raros casos adentra-se ainda no detalhe das diferenças na composição mineralógica das rochas, da existência de uma ou mais direções de foliação, da tipologia das rupturas crustais, entre outros (SAADI, 1998).

Introdução   5

A abordagem morfoclimática ergueu-se, neste século, em crítica e, frequentemente adversária da precedente. Alguns de seus mestres chegaram a esquecer que tinham por função demonstrar como os agentes bioclimáticos agiam na tentativa de destruir a porção saliente de um arcabouço litoestrutural cuja origem não dependia em nada deles. O autor prossegue argumentando que "felizmente, uma numerosa literatura retratando, com sérios argumentos, o papel geomorfológico da sucessão de paleoclimas diferenciados em várias regiões do planeta, credencia esta abordagem enquanto enfoque obrigatório na análise da esculturação da paisagem" (SAADI, 1998, p. 60).

Ainda para Saadi (1998), a abordagem morfotectônica, de W. Penck, e o seu desenvolvimento à escola soviética, propõe completar os estudos geomorfológicos, por meio da investigação do papel das movimentações da crosta na configuração dos compartimentos morfoestruturais (provavelmente, todos de caráter morfotectônico) e no direcionamento da morfogênese. É lamentável que, nos dias atuais, essa abordagem seja desenvolvida quase exclusivamente por geólogos, devido ao conteúdo antiquado e predominantemente humanístico dos currículos dos cursos de geografia.

1.3 NÍVEIS DE ABORDAGEM EM GEOMORFOLOGIA

Segundo Casseti (2005), o relevo assume importância fundamental no processo de ocupação do espaço, fator que inclui as propriedades de suporte ou recurso, cujas formas ou modalidades de apropriação respondem pelo comportamento da paisagem e suas consequências.

Ao se apresentar um estudo integral do relevo, deve-se levar em consideração os três níveis de abordagem sistematizados por Ab'Sáber (1969), e que individualizam o campo de estudo da geomorfologia: a *compartimentação morfológica*, o levantamento da *estrutura superficial* e o estudo da *fisiologia da paisagem*.

1. A *compartimentação morfológica* inclui observações relativas aos diferentes níveis topográficos e características do relevo, que apresentam uma importância direta no processo de ocupação. Nesse aspecto, a geomorfologia assume importância ao definir os diferentes graus de risco que uma área possui, oferecendo subsídios ou recomendações quanto à forma de ocupação e uso.

2. A *estrutura superficial*, ou depósitos correlativos, constitui importante elemento na definição do grau de fragilidade do terreno, sendo responsável pelo entendimento histórico da sua evolução, como se pode comprovar por meio dos paleopavimentos. Sabendo das características específicas dos

6 Introdução à geomorfologia

diferentes tipos de depósitos que ocorrem em diferentes condições climáticas, torna-se possível compreender a dinâmica evolutiva comandada pelos elementos do clima considerando sua posição em relação aos níveis de base atuais, vinculados ou não a ajustamentos tectônicos.

3. A *fisiologia da paisagem*, terceiro nível de abordagem, tem por objetivo compreender a ação dos processos morfodinâmicos atuais, considerando o homem como sujeito modificador. A presença humana normalmente tem respondido pela aceleração dos processos morfogenéticos e morfodinâmicos, a exemplo das formações denominadas tecnogênicas ou ainda as chamadas morfologias antropogênicas. Mesmo a ação indireta do homem, ao eliminar a interface representada pela cobertura vegetal, altera de forma substancial as relações entre as forças de ação (processos morfogenéticos ou morfodinâmicos) e de reação da formação superficial, gerando desequilíbrios morfológicos ou impactos geoambientais como os movimentos de massa, voçorocamento, assoreamento, dentre outros. Nesse contexto, processos morfodinâmicos acelerados e de alta magnitude, como escorregamentos e corridas, podem acarretar desfechos mais trágicos.

Para Casseti (2005), no estudo desses níveis, do primeiro ao terceiro, os processos evoluem de uma escala de tempo geológica para uma escala de tempo histórica ou humana, incorporando gradativamente novas variáveis analíticas, como relacionadas a derivações antropogênicas, e exigindo maior controle de campo, o que implica emprego de técnicas, como o uso de miras graduadas para controle de processos erosivos, podendo chegar a níveis elevados de sofisticação para análises específicas.

1.4 O SISTEMA GEOMORFOLÓGICO

A incorporação da ideia de sistema enquanto referencial teórico-metodológico, não somente pela geomorfologia como também pela geografia física em geral, se deu no bojo da formulação e divulgação da Teoria Geral dos Sistemas (TGS) em 1937 pelo biólogo Ludwig Von Bertalanffy (BERTALANFFY, 1973), proposta sob a justificativa de iminente falência dos métodos científicos e das concepções filosófico-epistemológicas inerentes à ciência moderna. Sumariamente, veio propor o estudo do todo em detrimento das partes, em forte tom de crítica ao racionalismo cartesiano e à ciência mecanicista baseada no indutivismo exacerbado das séries causais isoláveis.

De acordo com Christofoletti (1980), um sistema pode ser definido como o conjunto dos elementos e das relações entre si e os seus atributos. A aplicação da teoria dos sistemas aos estudos geomorfológicos tem servido para melhor focalizar as pesquisas e para delinear com maior exatidão o setor de estudo dessa ciência. A teoria dos sistemas gerais foi inicialmente introduzida na geomorfologia

Introdução 7

pelos trabalhos de Strahler (1950; 1952), e posteriormente utilizada, ampliada e discutida em vasta bibliografia. Porém, as contribuições de Hack (1960), Chorley (1962) e Howard (1965) constituem os trabalhos básicos e essenciais para a colocação dessa problemática, trabalhos estes finalmente coroados pela publicação da obra *Physical Geography: a system approach* (CHORLEY; KENNEDY, 1971).

Quando se conceituam os fenômenos como sistemas, uma das principais atribuições e dificuldades está em identificar os elementos, seus atributos e suas relações, a fim de delinear com clareza a extensão abrangida pelo sistema em foco. Praticamente, a totalidade dos sistemas que interessam ao geomorfólogo não atua de modo isolado, mas funciona dentro de um ambiente e faz parte de um conjunto maior. Esse conjunto maior, no qual se encontra inserido o sistema particular que se está estudando, pode ser denominado universo, o qual compreende o conjunto de todos os fenômenos e eventos que, por meio de suas mudanças e dinamismo, apresentam repercussões no sistema focalizado, e também de todos os fenômenos e eventos que sofrem alterações e mudanças por causa do comportamento do referido sistema particular. Dentro do universo, a fim de classificar, pode-se considerar os primeiros como sistemas antecedentes e os segundos como sistemas subsequentes. Entretanto, não se deve pensar que exista um encadeamento linear, sequencial, entre os sistemas antecedentes, o sistema que se está estudando e os sistemas subsequentes. Por meio do mecanismo de retroalimentação (*feedback*), os sistemas subsequentes voltam a exercer influências sobre os antecedentes, em uma perfeita interação entre todo o universo (CHRISTOFOLETTI, 1980).

No estudo da composição dos sistemas, vários aspectos importantes devem ser abordados, tais como: a matéria, a energia e a estrutura.

A matéria corresponde ao material que vai ser mobilizado por meio do sistema. Por exemplo, no sistema hidrográfico, a matéria é representada pela água e pelos detritos; no sistema hidrológico, pela água em seus vários estados; no sistema vertente, as fontes primárias de matéria são a precipitação, a rocha subjacente e a vegetação. A energia corresponde às forças que fazem o sistema funcionar, gerando a capacidade de realizar trabalho.

No tocante à energia, deve-se fazer distinção entre a energia potencial e a energia cinética. A energia potencial é representada pela força inicial que leva ao funcionamento do sistema: a gravidade funciona como energia potencial para o sistema hidrológico, hidrográfico e para os sistemas morfogenéticos. Ela, então, desencadeia a movimentação do material, e é tanto maior quanto mais acentuada for a amplitude altimétrica. Uma vez que o material se coloque em movimento, surge a energia cinética (ou energia do movimento), cuja própria força alia-se à potencial. Assim, o escoamento das águas ao longo dos rios, a movimentação dos fragmentos detríticos ao longo das vertentes e o caminhar das águas marinhas ao longo das praias configuram manifestações da energia cinética. Ocorrência comum

8 Introdução à geomorfologia

que pode ser facilmente verificada é a transferência de energia de um sistema para outro. Reconhece-se que o vento é o principal fator no mecanismo de formação das ondas. A geração de ondas representa a transferência direta da energia cinética da atmosfera para a superfície oceânica. Não se deve esquecer que a energia total é constituída pela soma entre a energia potencial e a energia cinética (CHRISTO-FOLETTI, 1980).

A estrutura do sistema é constituída pelos elementos e suas relações, expressando-se por meio do arranjo de seus componentes. O elemento é a unidade básica do sistema. O problema da escala é importante quando se quer caracterizar os elementos de determinado sistema. Um rio é elemento no sistema hidrográfico, mas pode ser concebido como sistema em si mesmo; a vertente é elemento no sistema da bacia de drenagem, mas pode ser um sistema em si mesmo; um carro é elemento no sistema trânsito, mas pode representar um sistema completo em sua unidade. Conforme a escala que se deseja analisar, deve-se ter em vista que cada sistema passa a ser um subsistema (ou elemento) quando se procura analisar o fenômeno em escala maior (CHRISTOFOLETTI, 1980).

Três características principais das estruturas devem ser observadas:

a) **Tamanho** – o tamanho de um sistema é determinado pelo número de variáveis que o compõem. Quando o sistema é composto por variáveis que estão completamente inter-relacionadas, isto é, cada uma se relaciona com todas as outras, a sua complexidade e tamanho são expressos por meio do espaço-fase ou número de variáveis. Se houver duas variáveis, o sistema será de espaço-fase bidimensional; se houver três, será de espaço-fase tridimensional; se houver n variáveis, o sistema será de n espaço-fase;

b) **Correlação** – a correlação entre as variáveis em um sistema expressa o modo pelo qual elas se relacionam. A sua análise é feita por intermédio das linhas de regressão, da correlação simples (quando se relacionam variáveis) e da correlação canônica (quando se relacionam conjuntos de variáveis). Na correlação, a força é assinalada pelo valor da intensidade enquanto o sinal, positivo ou negativo, indica a direção na qual ocorre o relacionamento;

c) **Causalidade** – a direção da causalidade mostra qual é a variável independente, a variável que controla, e a dependente, aquela que é controlada, de modo que a última só sofre modificações se a primeira se alterar. A distinção entre tais variáveis ainda está na dependência do bom-senso, embora haja várias regras lógicas para se estudar o problema da causalidade.

Depreende-se das discussões expostas que um sistema se manifesta em diversas escalas e possui atributos elementares que lhe conferem *status* de entidade sistêmica: interações entre seus elementos, organização interna, funcionalidade e relações de interdependência com os demais sistemas com os quais estabelece as trocas de matéria e energia. Morin (1977), a esse respeito, enfatiza que os sistemas se formam a partir de relações de ordem e desordem, das quais resulta sua organização interna, realidade observável em diversos planos em função do encadeamento existente entre os sistemas.

Considerando que as formas e os processos representam o âmago da geomorfologia, podem-se distinguir dentro do universo geomorfológico os seguintes sistemas antecedentes, que são os mais importantes para a compreensão das formas de relevo, conforme a Figura 1.1:

a) O sistema climático que, por meio do calor, da umidade e dos movimentos atmosféricos, sustenta e mantém o dinamismo dos processos.

b) O sistema biogeográfico que, representado pela cobertura vegetal e pela vida animal que lhe são inerentes, e de acordo com suas características, atua como fator de diferenciação na modalidade e intensidade dos processos, assim como fornecendo e retirando matéria.

c) O sistema geológico que, por meio da disposição e variação litológica, é o principal fornecedor do material, constituindo o fator passivo sobre o qual atuam os processos.

d) O sistema antrópico, representado pela ação humana, é o fator responsável por mudanças na distribuição da matéria e energia dentro dos sistemas, e modifica o equilíbrio destes. Consciente ou inadvertidamente, o homem produz modificações sensíveis nos processos e nas formas por meio de influências destruidoras ou controladoras sobre os sistemas em sequência.

Há fluxo de matéria e energia por meio do sistema geomorfológico, e as saídas (*outputs*) principais desse sistema são representadas pelas descargas de água e de detritos. Dessa maneira, o sistema hidrológico e o sistema sedimentação constituem os principais sistemas subsequentes.

Os quatro sistemas anteriormente mencionados são os controladores mais importantes do sistema geomorfológico, representando os seus fatores, o seu ambiente, entretanto, por meio do mecanismo de retroalimentação, o sistema geomorfológico também atua sobre eles. A transferência de detritos das áreas mais elevadas para as mais baixas tem repercussão nas condições climáticas, pelo rebaixamento da topografia, nas condições biogeográficas e no sistema geológico, sobretudo em função da distribuição dos sedimentos. Novas bacias sedimentares vão se formando e sendo preenchidas, e o acúmulo de material poderá gerar alterações na isostasia da crosta terrestre, isto é, no equilíbrio distributivo das massas siálicas (CHRISTOFOLETTI, 1980).

A bacia hidrográfica, indubitavelmente, se coloca como referência espacial bastante adequada aos estudos geomorfológicos (e ambientais de forma geral) pautados na abordagem sistêmica. A conexão entre os subsistemas vertente e canal fluvial permitem uma leitura abrangente, integrada e clara dos fluxos de matéria e energia, desde o *input* natural dado pelo clima até a segregação do *output* pelo exutório da bacia. Dessa forma, genuinamente a bacia hidrográfica configura um sistema processo-resposta, em acordo à tipologia dos sistemas ambientais proposta por Chorley e Kennedy, entre as quais Christofoletti (1999) destaca as seguintes como as mais importantes para os estudos geográficos e ambientais:

1. Sistemas morfológicos: correspondem às formas do modelado, configurando a tipologia mais simples dos sistemas naturais.
2. Sistemas em sequência ou encadeantes: referem-se à cascata de matéria e energia típica dos sistemas ambientais. Essa cascata, sob a óptica geomorfológica, pode ser a transferência de água pelo escoamento superficial das altas vertentes para os segmentos mais baixos e destes para as planícies de inundação e canais fluviais; vertente, planície de inundação e canal fluvial são, então, subsistemas encadeados sobre os quais transitam os fluidos superficiais. Conforme já explicado, constituem sistemas subsequentes um em relação ao outro.
3. Sistemas processo-resposta: consubstancia-se no fato de alterações nos processos vigentes provavelmente haverão de exercer modificações nas formas. Que se afigure o exemplo de intervenções urbanas que impermeabilizam grandes áreas e alteram significativamente o ciclo hidrológico

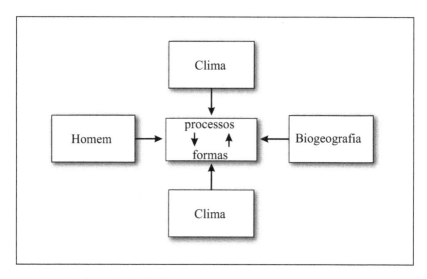

Adaptado de: Christofoletti (1980)

Figura 1.1 Os sistemas antecedentes controladores do sistema geomorfológico

Introdução 11

local, ou ainda empreendimentos minerários quando provedores de grandes quantidades de rejeitos para os canais fluviais, que tendem a se reorganizarem erosivamente em face da mudança quantitativa e qualitativa da carga transicionada pelo sistema, geralmente alargando pronunciadamente seu leito para dar conta de acomodar a contribuição anômala. Cabe aqui a consideração de Christofoletti (1981) de que um rio mais largo do que profundo é morfologicamente mais apropriado para o transporte de materiais de grande tamanho e baixo grau de seleção.

4. Sistemas controlados: diz-se daqueles sistemas que estão sob tutela antrópica. Intervenções antropogênicas, como as supramencionadas, reforçam a qualidade de processo-resposta, inerente a entidades sistêmicas como a bacia hidrográfica.

1.5 RELAÇÕES DA GEOMORFOLOGIA COM AS GEOCIÊNCIAS

Para Penteado (1980), a geomorfologia nasceu das exigências das ciências conexas. Por seu objeto – conhecimento da superfície de contato entre fenômenos de natureza diferente – a geomorfologia pertence à categoria de ciência-ponte.

Disso resulta uma consequência importante: seus conceitos de base são, às vezes, modificados fundamentalmente em função dos progressos das disciplinas estritamente analíticas, que têm por objeto os fatos que se passam nos dois extremos da ponte.

Por ser uma ciência de ligação, a geomorfologia é analítica e sintética. A atitude sintética decorre dos contatos estreitos com outras especialidades.

1.5.1 Relação com a sedimentologia

Os estudos de sedimentologia, nos estágios iniciais, colocam-se sob a dependência estreita da geomorfologia. As características da rocha sedimentar são comandadas pela origem dos materiais que a compõem, pela maneira como foram acumuladas e pela transformação que sofreram (diagênese, litogênese). Se a última fase escapa à geomorfologia e entra nas perspectivas geológicas, as duas primeiras fazem parte dela (PENTEADO, 1980).

A granulometria e a natureza petrográfica dos componentes detríticos que chegam em uma bacia de sedimentar são, diretamente, função da morfogênese que regula a natureza dos materiais fornecidos pelo ataque da rocha e comanda o débito das contribuições em uma bacia de sedimentação.

A maior ou menor semelhança dos sedimentos com a rocha-mãe depende de fenômenos geomorfológicos e do meio litológico sobre o qual eles se exercem (PENTEADO, 1980).

As condições do relevo comandam o tempo de que dispõe a alteração para elaborar os seus produtos. Ainda de acordo com a autora, sob clima úmido atual, nos Andes venezuelanos, os gnaisses e granitos não dão, praticamente, a caolinita, mas essencialmente a ilita. Isso porque o sistema morfogenético local caracteriza-se por escorregamentos crônicos que retiram os detritos antes que eles se transformassem em caolinita. Essa situação é consequência do soerguimento Andino e da violenta retomada de erosão. Em sistemas climáticos semelhantes pode haver a formação da caolinita em vertentes mais suaves.

A morfogênese regula também o transporte dos materiais fornecidos pelo ataque das regiões de erosão.

Os rios, de acordo com os sistemas morfogenéticos, efetuam uma espécie de seleção fracionada da carga, na qual se adiciona a contribuição do solapamento das margens (material mais antigo). Toda vez que o transporte é longo, os materiais sofrem as modificações; nesse sentido, por exemplo, seixos correspondentes a depósitos residuais de canal vão sendo progressivamente arredondados.

O meio geomorfológico é, pois, uma espécie de alambique no qual as rochas sofrem transformações variadas, e os seus produtos acumulados nas bacias de sedimentação passam por novas transformações. Fora da litogênese, a sedimentologia é parte integrante da geomorfologia porque os materiais que dão origem às rochas sedimentares fazem parte do circuito geomorfológico (PENTEADO, 1980).

1.5.2 Relação com a pedologia

O relevo terrestre constitui o meio no qual se desenvolvem os solos. É um dos fatores condicionadores da pedogênese.

A pedogênese se produz em um meio submetido a ações morfogenéticas. Sobre uma vertente um solo representa o balanço momentâneo de duas forças antagônicas: alteração do substrato, o que fornece os materiais e a erosão que os remove (PENTEADO, 1980).

Nas planícies inundáveis, os solos são comandados pela desigualdade entre dois ritmos: aluvionamento e pedogênese. Os horizontes húmicos, nos setores de acumulação, só se formam se as contribuições forem suficientemente espaçadas, o que se dá apenas no leito maior excepcional. Tem-se, então, perfis compostos de solos enterrados, que traduzem fases de acumulação (PENTEADO, 1980).

O relevo também influencia na circulação da água nos solos e nos processos de lixiviação e acumulação absoluta.

Em função da evolução geomorfológica, os solos situados sobre certos elementos do relevo são relíquias paleoclimáticas, que sofrem readaptação parcial nas condições atuais. Nesse ínterim, convém destacar também os paleossolos, solos soterrados ou fora de seu ambiente de formação, cujo estudo é da alçada mais direta da paleopedologia (RETALLACK, 2001), mas que interessam para a geomorfologia na medida em que podem estar marcando superfícies geomorfológicas, sendo bastante importantes como elementos na reconstrução paleogeográfica e paleoambiental, mediante sua análise química, física, cronológica e também de sua posição na paisagem. Merece menção também os solos maduros (Latossolos) preservados em topos de chapadas ou em terrenos de baixa atividade erosiva, às vezes distintamente laterizados, e que também podem ser importantes marcadores de superfícies geomórficas.

A mortogênese se exerce frequentemente, por meio dos solos e dos mantos saprolíticos, e não diretamente sobre a rocha. Contudo, os geomorfólogos não podem recorrer a um esquema de causalidade muito simples. São as características dos solos que comandam a erosão. A estrutura dos solos influi de maneira decisiva sobre o escoamento difuso. Os agregados exercem tamponamento dos poros impermeabilizando a superfície, o que modifica profundamente a evolução geomorfológica.

As propriedades mecânicas do solo associadas a aspectos morfográficos, morfométricos e estruturais comandam os movimentos de corrida (solifluxão) e rastejamento (*creep*).

1.5.3 Relação com outras disciplinas

Em uma perspectiva concentrada na geomorfologia estrutural, Penteado (1980) enfatiza as deformações crustais na formação do relevo terrestre, entendendo que os dados referentes à estrutura e à dinâmica interna são os elementos de base para o estudo geomorfológico.

A geomorfologia trabalha com base nos resultados da geologia estrutural e da geofísica, os quais permitem analisar o motor principal da morfogênese. Por outro lado, também se vale da sedimentologia e da estratigrafia para estudar a natureza, distribuição e arranjo dos depósitos superficiais, estabelecendo assim intersecções importantes com a geologia do quaternário, consubstanciando-se a partir desse viés uma geomorfologia do quaternário propriamente dito.

- da geofísica interessam: medidas das deformações atuais, o conhecimento de tendências potenciais que se podem deduzir de desequilíbrios (anomalias do coeficiente de aceleração da gravidade), métodos de prospecção etc. (PENTEADO, 1980).

14 Introdução à geomorfologia

- da geologia estrutural, a geomorfologia toma dados referentes à descrição dos elementos tectoestáticos e litológicos e à reconstituição dinâmica, para precisar o estilo tectônico e as etapas da sua evolução. Essa reconstituição é indispensável para compreender a disposição da rede hidrográfica e as condições particulares da erosão diferencial (PENTEADO, 1980). Em contrapartida, o geomorfólogo pode fornecer ao geólogo conhecimento sobre evidências geomorfológicas de fenômenos tectônicos.
- a oceanografia fornece dados da ação dinâmica das ondas, correntes e marés, indispensáveis ao estudo da geomorfologia litorânea.
- a hidrografia e a hidrologia são ramos da geografia física que, por necessidade de desenvolvimento e aplicação, desenvolveram técnicas próprias de observação e se fundamentaram como disciplinas autônomas. Há estreitas relações com a geomorfologia e ambas se complementam. Existem relações estatísticas entre dados hidrológicos e as características dos leitos fluviais, a configuração das bacias e dos depósitos.
- a climatologia fornece dados para o estudo dos ambientes ecológicos e a análise dos processos morfoclimáticos. Dados médios não são suficientes, mas sim frequênciais. Além da influência do clima sobre os processos geomorfológicos, o inverso também ocorre, o relevo influi decisivamente sobre as condições climáticas em determinada área. A meteorologia é muito abstrata e preocupada com a dinâmica da atmosfera, e o que interessa é a ação dinâmica no sentido ecológico (PENTEADO, 1980).
- com a biogeografia as relações se fazem para o conhecimento da repartição dos seres vivos no globo, agentes essenciais da morfogênese. Essas relações não se processam em um sentido único. O meio geomorfológico é um dos elementos do quadro ecológico que regula a repartição dos seres vivos.

1.5.4 A geomorfologia no contexto da geografia

De acordo com Casseti (2005), a teoria geomorfológica edificou-se com nítida vinculação aos campos de interesse da geografia e da geologia. Assume importância ao ser abordada no contexto geográfico, considerando sua contribuição no processo de ordenamento territorial.

Ainda segundo o autor, em importante revisão bibliográfica, Abreu (1982) mostra que o problema da pertinência da geomorfologia em relação à geografia foi tratado em diversas oportunidades, como por Hartshorne (1939), Russel (1949), Bryan (1950), Taylor (1951), Leighly (1955), entre outros. Wooldridge e Morgan (1946) consideram a pertinência da climatologia e da geomorfologia e de suas aplicações no campo da geografia. Nos anos 1960 e 1970, a geomorfologia passa a ser incorporada ao contexto da crítica teórico-conceitual da geografia,

Introdução 15

destacando-se aqui os trabalhos de Hamelin (1964), Schmithüsen (1970), Neef (1972) e Kügler (1976), além de outros.

Para Hamelin (1964) *apud* Casseti (2005), a geomorfologia se erige como uma disciplina por meio de sua própria teoria, não interessando em toda sua completude à geografia. Ao admitir a possibilidade de avançar em duas dimensões (geomorfologia funcional e geomorfologia completa ou integral), o autor compreende a geomorfologia como processo: de um lado, no contexto das geociências, devendo ser explorada em uma escala temporal de maior magnitude (escala geológica), e de outro, concentrando suas atenções nos fenômenos de duração temporal mais curta, valorizando os aspectos das derivações antropogênicas (escala humana ou histórica).

Essa tendência de afastamento da geomorfologia da ciência geográfica é contundentemente criticada por Vitte (2011), que ressalta justamente o que fica subentendido no que fora supracitado: o fato de a geomorfologia geográfica ter ficado de forma mais enfática concentrada nos estudos de caráter ambiental e ocupada em verificar os (importantes) efeitos da ação antrópica no sistema geomorfológico, ao passo que os estudos interessados na evolução do relevo têm sido relegados a um segundo plano, pelo menos aqueles sob enfoque geográfico.

Schmithüsen (1970) *apud* Casseti (2005), ao procurar articular o campo e o conteúdo da geografia, com o intuito de superar o antagonismo geografia física – geografia humana, propõe uma síntese em que a teoria e o método ocupem um lugar central. No "Sistema da Ciência Geográfica" proposto pelo autor, a divisão geografia física – geografia humana não encontra lugar, assinalando que essa dicotomia mais prejudica do que beneficia o verdadeiro campo da geografia.

A aproximação, em vez da subordinação, da geomorfologia funcional a uma geografia global, no conceito de Hamelin (1964), resulta da própria tendência naturalista da escola germânica a partir da década de 1930, quando busca uma visão holística em espírito científico herdado das narrativas dos naturalistas românticos, entre eles o próprio Humboldt, conforme assinalado por Abreu (2001). Destacam-se nesse *hall* geomorfólogos como Von Richthofen, Albert Penck e Sigfried Passarge.

Atribui-se a Tricart e Cailleux (1965) o tratamento do relevo como "unidade dialética" por entenderem sua evolução como o resultado da ação e reação de forças antagônicas, fundamentadas no sistema de referência idealizado por Penck (1924).

Neef (1972) *apud* Casseti (2005), em uma abordagem mais geográfica dos componentes da paisagem natural, procura desenvolver uma postura voltada aos interesses da sociedade. As conclusões que Neef alcança são fundamentais, deixando cristalino que, se a geografia quiser atingir uma posição de mérito na resolução dos problemas mundiais, ela deverá aprofundar-se em uma concepção que a transforme em uma ciência ambiental (ABREU, 1982).

16   Introdução à geomorfologia

Nessa trajetória, Ab'Sáber (1969) sistematiza os já citados três níveis de abordagem em geomorfologia, oferecendo um quadro de referência que valoriza a perspectiva geográfica ao retomar o conceito de "fisiologia da paisagem" usado por Siegfried Passarge (1912). Para Abreu (1982), Ab'Sáber (1969) assume uma postura naturalista dos estudos de geografia física global.

Kügler (1976) *apud* Casseti (2005), ao desenvolver pesquisa e mapeamento geomorfológico na República Democrática Alemã, conceitua, de forma integrada, o relevo e o território, que se cunham em uma interface extremamente dinâmica, produzindo uma paisagem fortemente marcada pela sociedade e por sua estrutura econômica. Apoia-se indiscutivelmente na clássica visão alemã das diferentes esferas que se interseccionam e definem uma epiderme de pouca espessura, consubstanciando-se, formalmente, por meio da paisagem (ABREU, 1982), de onde emerge o conceito de *Landschaftschülle*.

Ainda de acordo com Abreu (1982), o conceito de georrelevo concebido por Kügler corresponde a uma superfície limite produzida pela dinâmica dos integrantes sistêmicos, resgatando o conceito tradicional da geomorfologia alemã. A dinâmica e as propriedades adquiridas são fundamentais para se compreender a forma com que se dá a evolução das propriedades geoecológicas do georrelevo em propriedades sociorreprodutoras. O uso das propriedades geoecológicas, como suporte ou recurso, reflete a intensidade e modos de uso em face dos custos sociais de reprodução.

Kügler (1976) *apud* Casseti (2005) utiliza-se dos eixos tradicionais de evolução da geomorfologia alemã, apoiado em Passarge (1912) e Penck (1924). Ao emergir de um contexto geográfico, a geomorfologia supera a perspectiva dicotômica interna (como as estrutural e climática, lembradas por Abreu (1982), culminando com a concepção de georrelevo em uma perspectiva paisagística.

Para Casseti (2005), a década de 1970 pode ser tomada como o marco inicial de uma discussão mais abrangente das questões ambientais, quando aparece a designação geomorfologia ambiental (Simpósio de Bringhauton, 1970), tendo por objetivo incluir o social ao contexto das ampliações geomorfológicas. Os resultados mais significativos considerados por Achkar e Dominguez (1994) aparecem no final da década de 1980:

- nova conceitualização da relação sociedade-natureza, opondo-se à visão dualista uma interpretação monista;
- no nível aplicado da geomofologia apresenta-se o desafio de gerar respostas às questões de natureza ambiental;
- quanto ao método, a geomorfologia busca uma proposta concreta, vinculada à elaboração de cartas de diagnóstico ambiental como insumos do ordenamento espacial;

Introdução   17

- a revalorização dos antecedentes da geomorfologia alemã, no princípio do século XX, estabelece uma estreita relação da geomorfologia com a geografia, dada a conceitualização monista da natureza. Não é por acaso que tais conteúdos comecem, com o advento da ecologia, a discutir as relações sociedade-natureza enquanto categorias filosóficas.

Embora, de acordo com o autor, devam se admitir importantes avanços com relação à perspectiva de uma maior integração entre geomorfologia e geografia, os princípios metafísicos ainda se fazem presentes, chegando ao exagero de se separar o geomorfólogo do geógrafo, atribuindo-se muitas vezes ao último a responsabilidade pela decisão da escolha das variáveis de interesse considerando "sua visão particular" (CASSETI, 2005).

Ao se considerar a tendência ambiental em uma perspectiva holística, a geomorfologia peca por desconsiderar os processos na sua integridade, ou seja, a evolução do relevo como fruto das relações contrárias (forças internas e externas), ao mesmo tempo se constituindo substrato apropriado pelo homem enquanto componente de relações sociais de produção com interesses distintos, com reflexos nas propriedades geoecolócias do relevo. A visão holística, embora se caracterize como avanço em relação à postura fragmentário-mecanicista, carece de mudança paradigmática mais profunda, em uma perspectiva ecológica. Tal fato leva consequentemente a uma valorização das geociências em detrimento das relações sociais, considerando a proximidade ambiental.

Casseti (2005), partindo do princípio de que a base de sustentação teórica para a necessária abordagem ambiental fundamenta-se na dialética da natureza, fica claro que a geomorfologia, ao mesmo tempo em que deve se preocupar com a própria fundamentação teórica (a geomorfologia em si, na visão da "geomorfologia integral" de Hamelin, 1964), carece de uma rediscussão epistemológica, em busca de uma "geografia total". Apropriando-se da concepção de dialética da natureza (ENGELS, 1979) recuperada por Branco (1989), torna-se necessário pensar dialeticamente para apreender as novas paisagens da *fisis* (objetos disciplinares unidos por um traço comum: a "dialeticidade"). Essa compreensão só se torna possível ao resgatar o conceito de natureza.

Como se sabe, a externalização da natureza configura o núcleo do programa da modernidade gestado no iluminismo. Tem-se, portanto, o homem como "senhor e possuidor da natureza", legitimando a apropriação privada dos meios de produção, base de sustentação do sistema capitalista. Com base no princípio da externalização promovem-se as diferentes formas de alienação, o "desencantamento do mundo", o que permite a apropriação espontaneísta e dilapidante da natureza, além do evidente antagonismo de classes sociais (CASSETI, 2005).

Significa, portanto, que para compreender a natureza em sua integridade, em uma perspectiva dialética, torna-se imprescindível compreender além das relações

18   Introdução à geomorfologia

processuais (contribuição da geomorfologia em si), as relações de produção e suas forças produtivas, sem desconsiderar as implicações da superestrutura ideológica, responsável pela preservação das diferentes formas de alienação (o necessário traço comum para a união dos objetos disciplinares), culminando com a apropriação espontaneísta do utilitarismo (CASSETI, 2005).

Compreender a dialeticidade da natureza significa compreender a unidade entre o processo histórico natural e a história do homem, o que permite concluir que o processo do pensamento é, ele próprio, elemento da natureza: o movimento do pensamento não está isolado do movimento da matéria, o que se contrapõe ao dualismo psicofísico descarteano – substância pensante e substância meramente extensa – que fundamentou o princípio de que a natureza interna está dominada em prol da dominação da natureza externa (CASSETI, 1996).

Ao longo de mais de um século, a geomorfologia atravessa, conforme tem sido frisado, diferentes fases e perspectivas de abordagem. Parte do modelo exclusivista do Ciclo da Erosão de Willian Morris Davis e desemboca seus interesses na questão ambiental, impregnada pela abordagem sistêmica e adotando vieses pautados na Teoria do Caos, na abordagem fractal, na ideia de sedimentação episódica, entre outras perspectivas. O desenvolvimento e evolução teórico-metodológica da geomorfologia, bem como seus aspectos epistemológicos, constituem importante tópico de discussão, para o qual fazemos remissão a Christofoletti (1989), Abreu (2001) e Vitte (2011) como referências complementares.

capítulo 2

Estruturas
terrestres

2.1 MATERIAIS CONSTITUINTES DA CROSTA TERRESTRE

2.1.1 Considerações gerais

O estudo de minerais e rochas não é o tema central da Geomorfologia. Nem o é, também, o estudo da composição da crosta terrestre. Entretanto, as rochas expostas na superfície fornecem o cenário para atuação dos processos geomorfológicos. Assim, as formas de relevo serão inevitavelmente afetadas pela mineralogia e pelas atitudes das rochas superficiais.

De fato, para entender a eficácia dos agentes geomorfológicos ou para explicar muitas formas de relevo, é conveniente ter um conhecimento básico dos materiais constituintes da crosta terrestre. Isso porque nenhuma especialização pode ser alcançada por aqueles que lidam com as geociências, desconsiderando-se o estudo dos minerais e das rochas como partes integrantes da crosta terrestre, uma vez que a estabilidade e o progresso da civilização sempre estiveram ligados aos recursos minerais da Terra.

Atualmente, está comprovado, do ponto de vista das Ciências Ambientais, que a mudança global é passível de ser entendida como uma modificação antropogênica nos ciclos geológicos. Dessa forma, justifica-se a ampla necessidade e abrangência dos estudos geocientíficos para conhecimento do meio ambiente e para determinação dos impactos que os diferentes tipos de projetos, empreendimentos e ações acarretam quando efetivamente imersos na realidade física.

Duas propriedades fundamentais das rochas que constituem a crosta terrestre são a litologia e a estrutura. A litologia refere-se a características, tais como a composição mineral, o tamanho e dureza dos grãos minerais constituintes das rochas. Já a estrutura refere-se ao grau e ao tipo de cimentação ou atitude das camadas de rochas; ao grau e ao tipo de fissuração vertical e ao acamamento horizontal; e à deformação interna das rochas.

2.1.2 Minerais

Somente uns poucos minerais tomam parte na formação das rochas da crosta terrestre, quase todos da classe dos silicatos. São eles os feldspatos e feldspatoides

22 Introdução à geomorfologia

(60%), piroxênios e anfibólios (16%), quartzo (12%), micas (4%) e os demais – incluindo calcita, dolomita, argilas etc. – (8%).

De forma sumária, ocupar-se-á aqui em apresentar os principais grupos minerais pertencentes aos silicatos, bem como alguns não silicatos abundantes na crosta terrestre.

Silicatos

a) **FELDSPATOS** (*grupo dos*) – Os feldspatos constituem quase a metade dos minerais da crosta terrestre. São silicatos de alumínio de duas espécies principais: feldspato potássico e feldspato calco-sódico.

O feldspato potássico, chamado ortoclásio (monoclínico) ou microclínio (triclínico) possui fórmula geral $KAlSi_3O_8$. Seu brilho é vítreo a nacarado e a cor varia do róseo ao cinza; possui duas clivagens em ângulos retos (ortoclásio) ou em ângulos quase retos (microclínio); sua densidade varia de 2,54 a 2,57 e sua dureza é 6.

Os feldspatos comuns podem ser considerados como soluções sólidas dos três componentes: ortoclásio, albita e anortita. A albita e a anortita formam uma série de solução contínua em todas as temperaturas (série do plagioclásio). A anortita e o ortoclásio exibem solução sólida muito limitada, e a albita e o ortoclásio formam uma série contínua em temperaturas elevadas, que se torna descontínua em temperaturas mais baixas.

O feldspato calco-sódico, chamado plagioclásio (triclínico) é arbitrariamente dividido em seis subespécies (albita – $NaAlSi_3O_8$ – oligoclásio, andesina, labradorita, bitownita e anortita – $CaAl_2Si_2O_8$). Os vários membros da série dos plagioclásios são misturas isomorfas dos dois termos extremos: albita e anortita. Sua cor varia de branca até cinza-escuro; brilho vítreo a de pérola; dureza 6,5; duas clivagens, quase em ângulos retos; densidade 2,59 a 2,76. Os plagioclásios são, geralmente, reconhecidos por estriações finas (linhas paralelas) à superfície de clivagem, que são devidas à geminação. Encontram-se feldspatos em quase todas as rochas eruptivas e em todas as que resultam de sua transformação (metamorfismo) ou destruição (erosão).

b) **FELDSPATOIDES** (*família dos*) – Os feldspatoides são, como os feldspatos, silicatos de alumínio, com sódio, cálcio e potássio. Por vezes acompanham os feldspatos ou substituem-nos na constituição de certas rochas eruptivas, mas são, incomparavelmente, menos comuns que estes últimos minerais. Os feldspatoides mais importantes são a nefelina, a leucita e a sodalita. A *nefelina* – $(Na, K)AlSiO_4$, é o mais comum dos feldspatoides. Ocorre nas rochas eruptivas ricas em álcalis e relativamente pobre em sílica (rochas alcalinas) como os sienitos nefelínicos de que é exemplo o foiaíto. A *leucita* – $KAlSi_2O_6$, geralmente contém um pouco de sódio. Importante constituinte de rochas alcalinas, especialmente as vulcânicas. Pseudoleucitas, pseudomorfos de uma mistura de nefelina, ortoclásio e analcima, são encontradas, com frequência, em sienitos. A *sodalita* – $Na_4Al_3Si_3O_{12}Cl$, geralmente de cor azul, é um mineral encontrado em rochas alcalinas associado a outros feldspatoides.

c) **PIROXÊNIOS** (*família dos*) – Os piroxênios são silicatos complexos, em cadeias simples, contendo cálcio, magnésio, alumínio e sódio.

Cristalizam-se nos sistemas ortorrômbico e monoclínico; são de brilho fosco até vítreo; dureza entre 5 e 6 e densidade de 3,1 a 3,6; clivagem em duas direções, aproximadamente em ângulos retos.

O membro mais frequente da família dos piroxênios, encontrado nas rochas, é a augita – $(Ca,Na)(Mg,Fe^{2+},Fe^{3+},Al)(Si,Al)_2O_6$, que ocorre em prismas curtos (cristais) e massas irregulares; outros membros incluem a enstatita – $Mg_2(Si_2O_6)$, o hiperstênio – $(Fe,Mg)_2(Si_2O_6)$, o diopsídio – $CaMg(Si_2O_6)$, a egirina – $NaFe(Si_2O_6)$ etc.

Os piroxênios são encontrados nas rochas ígneas básicas e em certas rochas metamórficas. O diopsídio é um mineral característico de contato nos calcários cristalinos. A egirina é encontrada, principalmente, em rochas ricas em sódio e pobres em sílica, como o nefelina-sienito e o fonolito.

d) **ANFIBÓLIOS** (*família dos*) – Os anfibólios são silicatos hidratados, complexos, em cadeias duplas, contendo cálcio, magnésio, ferro e alumínio. Cristalizam-se nos sistema cristalino ortorrômbico e/ou monoclínico; os mais raros são triclínicos. São de cor verde a preta, brilho vítreo, dureza 5 a 6, densidade 2,9 a 3,8 e duas clivagens em ângulos oblíquos (125°).

Os anfibólios podem ser divididos, convencionalmente, em três grupos: anfibólios ferro-magnesianos, anfibólios cálcicos e anfibólios sódicos.

Os principais anfibólios ferro-magnesianos são antofilita – $(Mg, Fe)_7Si_8O_{22}(OH)_2$, gedrita – $(Mg, Fe)_5Al_2Si_6Al_2O_{22}(OH)_2$ etc. Esses anfibólios estão restritos às rochas metamórficas e são os menos abundantes dos três grupos de anfibólios.

Os anfibólios cálcicos mais comuns são a tremolita – $Ca_2Mg_5Si_8O_{22}(OH)_2$ e a actinolita – $Ca_2(Mg, Fe)_5Si_8O_{22}(OH)_2$ etc. Entre os anfibólios, tanto do ponto de vista de espécies distinguíveis quanto de quantidade, esses são os mais abundantes. Eles ocorrem em uma ampla variedade de ambientes geológicos, incluindo mármores, tipos metamórficos regionais de grau médio e de contato; como um constituinte primário de rochas ígneas plutônicas e menos comumente em rochas vulcânicas.

Os anfibólios sódicos mais comuns são glaucofânio – $Na_2(Mg, Fe)_3Al_2Si_8O_{22}(OH)_2$ e a riebeckita – $Na_2(Fe,Mg)_5Si_8O_{22}(OH)_2$ etc. Os anfibólios sódicos ricos em alumínio estão praticamente confinados às paragêneses apropriadas da

24 Introdução à geomorfologia

fácies metamórfica dos xistos azuis. Por outro lado, os anfibólios sódicos ricos em ferro ocorrem em rochas ígneas e gnaisses, assim como em rochas metamórficas de baixo grau e, até, como minerais autigênicos.

e) **QUARTZO** (*grupo da sílica*) – O quartzo – SiO_2 – é, sem dúvida, uma das espécies mineralógicas mais comuns. Usualmente informe (xenomórfico ou hipidiomórfico), sendo sua forma típica a de um prisma hexagonal com extremidades de pirâmide. Sua fratura é conchoidal ou irregular; dureza 7; densidade 2,65; brilho vítreo, às vezes, graxo; incolor, branco, cinza, amarelo e várias outras cores. Invariavelmente brilhante. Mineral ubíquo.

O quartzo exibe formas muito diferentes umas das outras, que recebem nomes distintos e podem ser grupadas em variedades cristalinas e variedades criptocristalinas.

São variedades cristalinas de quartzo: cristal-de-rocha ou quartzo hialino, ametista, quartzo róseo, quartzo leitoso e citrino.

Dentre as variedades criptocristalinas de quartzo incluem-se a calcedônia e o sílex que, quando se rompem, apresentam fratura conchoidal nítida, com arestas cortantes.

Existem muitas outras variedades de quartzo. Constituinte das rochas eruptivas ácidas entra também na composição de certas rochas sedimentares (arenito) e metamórficas (quartzito) que podem conter o quartzo em quantidades desproporcionais em relação a outros minerais. Encontra-se quartzo em filões e a encher cavidades ou geodos, onde forma os mais belos cristais.

O quartzo tem muitos e variados usos. Quando em cristais sem defeito é usado nas telecomunicações. Também é usado como gema ou material ornamental; na manufatura de vidros; como fundente, abrasivo, fins ópticos etc.

f) **MICAS** (*grupo das*) – As micas são silicatos hidratados, de estrutura em folhas, contendo potássio, magnésio, ferro, alumínio etc. As micas formam um grupo de minerais fáceis de reconhecer pela clivagem, que permite separá-las em lâminas flexíveis tão delgadas quanto uma folha de papel. Os principais minerais deste grupo são: moscovita, biotita, flogopita, sericita e lepidolita. Os membros mais comuns do grupo são a moscovita e a biotita; ambos são notados por sua clivagem extraordinariamente fácil, em lâminas. São comumente minerais formadores de rochas. As micas encontram-se sob a forma de pequenos cristais nos granitos e rochas metamórficas, mas podem, também, formar depósitos econômicos, como nos pegmatitos.

Não silicatos

a) **CALCITA** Carbonato de cálcio – $CaCO_3$ – É um mineral muito difundido, ocorrendo em massas granulares ou cliváveis; sua forma fundamental é, entretanto, a do romboedro, que se reconhece na clivagem perfeita de suas faces;

cresce em cavidades, dando cristais pontiagudos; sendo um carbonato, efervesce em ácidos diluídos; sua cor varia de incolor ao branco, mas várias outras tonalidades podem ser encontradas; seu brilho é vítreo e terroso; dureza 3,0 e densidade 2,7. A calcita é encontrada como um mineral predominante no calcário (rocha sedimentar) e no mármore (rocha metamórfica). Ela é um mineral importante das margas e dos arenitos calcários. Nas cavernas de rochas carbonatadas, as águas calcárias evaporando-se depositam, muitas vezes, a calcita sob a forma de estalactites, estalagmites e incrustações.

b) **DOLOMITA** Carbonato de cálcio e magnésio – $CaMg(CO_3)_2$ – é um mineral semelhante à calcita, mas efervesce menos prontamente, a não ser quando pulverizada ou aquecida; a dolomita é encontrada em massas granulares e também com cristais de faces curvas; sua cor é branca, cinza e rósea; brilho vítreo, nacarado; dureza de 3,5 a 4,0 e densidade 2,8. Encontrada em rochas sedimentares e metamórficas.

c) **CAOLINITA** (*grupo da*) – A caolinita é um silicato complexo de alumínio hidratado, que se cristaliza no sistema monoclínico. Sua cor é branca, brilho terroso, opaco e nacarado; é untuosa ao tato e plástica quando molhada; sua dureza varia de 2,0 a 2,5 e a densidade de 2,6 a 2,63. A fórmula química da caolinita é $Al_4(Si_4O_{10})(OH)_8$.

Constituem um mineral de neoformação produtos do intemperismo químico, sobretudo, dos feldspatos, sendo um dos principais constituintes minerais dos solos tropicais.

Uma descrição mais completa dos principais minerais formadores de rochas e de interesse econômico poderá ser obtida em Menezes (2007). O livro inclui também a descrição das principais propriedades físicas dos minerais, a classificação dos minerais, o estudo dos minerais formadores de rochas, incluindo a estrutura e composição dos silicatos; descreve também os principais recursos minerais metálicos, não metálicos e industriais; inclui ainda uma chave para classificação de minerais comuns e um glossário. Para fins de reconhecimento e classificação cabe a recorrência a manuais práticos, como o escrito por Leinz e Souza Campos (1986). No tocante a uma cobertura oriunda da literatura internacional, deve-se mencionar a obra de Dana (1981), que também é referencial permanente na mineralogia.

2.1.3 Rochas

As rochas da crosta terrestre são aglomerados de composições minerais particulares. Os minerais variam individualmente de tamanhos microscópicos até grandes cristais, alguns com dezenas de centímetros. Esses grãos minerais podem estar intercrescidos uns com os outros, ou eles podem estar unidos uns aos outros por um cimento que preenche os espaços vazios entre as partículas minerais adjacentes.

Como as rochas são formadas pela associação de minerais, é preciso conhecer as propriedades e características físicas inerentes a cada um dos minerais que entram em sua composição. As relações entre rocha, mineral e elementos químicos estão mostradas na Figura 2.1.

Quanto à origem, as rochas são classificadas em: ígneas ou magmáticas, sedimentares e metamórficas.

O estudo do ciclo das rochas (ciclo litológico) esclarece os processos que dão origem a cada um desses tipos de rocha e está representado na Figura 2.2.

As rochas ígneas ou magmáticas são as que resultam da solidificação ou cristalização de material em fusão (magma). As rochas sedimentares são as que se depositam na superfície da Terra ou sua vizinhança devido à ação da hidrosfera, atmosfera e biosfera sobre os materiais que formam essa superfície. Já as rochas metamórficas englobam as rochas que sofreram a alteração de seu estado original

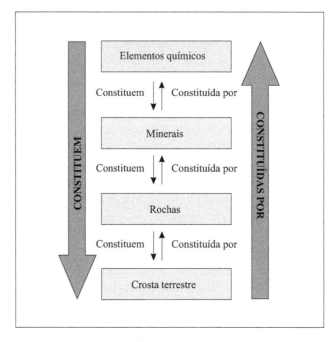

Adaptado de: Menezes (2007)

Figura 2.1   Relação entre crosta terrestre, rocha, mineral e elemento químico. Em um sentido caminha-se para o infinitamente pequeno; no outro, para o infinitamente grande. Os minerais são as unidades que podemos observar, com facilidade, na amplitude do nosso campo visual. Os minerais se associam para formar as rochas e estas são as unidades que constituem a crosta terrestre

Estruturas terrestres 27

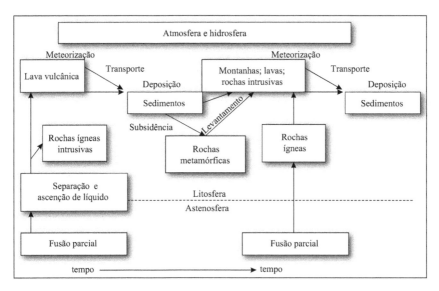

Fonte: Menezes (2010)

Figura 2.2 Ciclo litológico das rochas. O ciclo litológico começa com a erupção de material novo provindo do interior da Terra, em razão da fusão parcial; logo que as lavas atingem a superfície, os fluidos envolventes constituintes da hidrosfera e atmosfera atuam sobre elas. O ciclo hidrológico envolve intemperismo, transporte, dispersão e deposição de elementos das rochas ígneas no fundo das bacias oceânicas. As partículas e os precipitados químicos e restos orgânicos acumulam-se formando as rochas sedimentares. O fundo oceânico sofre subsidência e, sendo suficientemente espesso, gera condições para formação das rochas metamórficas. Os processos diastróficos podem erguer cadeias de montanhas que expostas à erosão originam novos sedimentos que vão ser depositados nos oceanos

por ação de pressões e temperaturas elevadas resultantes de um afundamento, o que só pode acontecer onde e quando o ciclo tectônico estiver operando.

Analisando-se a constituição litológica da crosta terrestre, admite-se que as rochas ígneas (magmáticas e metamórficas) constituem 95% do volume total da crosta e 25% das rochas de sua superfície; enquanto as rochas sedimentares representariam somente 5% do volume das rochas da crosta e cobrem 95% de sua superfície. As rochas sedimentares representam, então, uma delgada película superficial da crosta, em que atuam com maior intensidade os processos geológicos externos.

Menções mais concisas sobre os principais tipos de rocha constituintes da crosta terrestre e acerca de sua gênese e constituição serão levadas a efeito mais adiante na apresentação das principais estruturas geológicas terrestre, sua constituição e aspectos geomorfológicos.

2.2 CONSTITUIÇÃO INTERNA DA TERRA

A Terra pode ser dividida basicamente em três camadas: núcleo, manto e crosta. Contudo, com o avanço da Geofísica, foram detectadas interfaces e zonas de transição, mostrando que essas três camadas são domínios heterogêneos. Com isso, tem-se de acordo com a Figura 2.3 a seguinte divisão da Terra:

Dentre as rochas expostas na superfície dos continentes, encontram-se desde rochas sedimentares pouco ou não deformadas até as rochas metamórficas que foram submetidas a condições de temperatura e pressão da crosta a mais de 20 km. Podem também ser encontradas rochas plutônicas que se cristalizaram em níveis crustais rasos ou profundos.

As rochas ígneas e metamórficas constituem cerca de 95% do volume total da crosta, mas ocupam apenas 25% da sua superfície. As rochas sedimentares contribuem apenas com 5% do volume, mas recobrem 75% da superfície da crosta (PENTEADO, 1980).

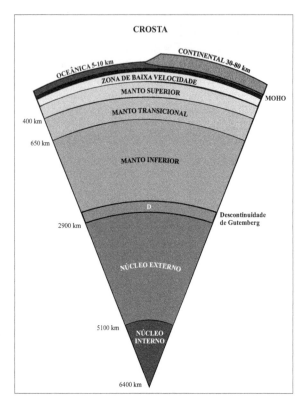

Adaptado de: Teixeira et al. (2000)

Figura 2.3   Estrutura interna da Terra

De acordo com Teixeira et al. (2000), tanto as rochas metamórficas como as plutônicas estão expostas atualmente pela ação combinada das forças geológicas internas que, entre outras coisas, são responsáveis pelo soerguimento das cadeias montanhosas, e das forças geológicas externas, como a erosão, que contribui para o desgaste das montanhas, com a exposição de rochas cada vez mais profundas.

Ainda de acordo com os autores, a crosta continental, ou SIAL (composta predominantemente por silício e alumínio), apresenta espessura muito variável, desde cerca de 30-40 km nas regiões mais antigas e estáveis (crátons) até 60-80 km nas cadeias montanhosas. As evidências sísmicas mostram que em algumas regiões cratônicas, a crosta continental está dividida em duas partes maiores pela descontinuidade de Conrad que separa rochas com densidade menor na crosta superior e rochas com densidade maior na crosta inferior. Contudo observações diretas sugerem uma divisão em três partes (Figura 2.4).

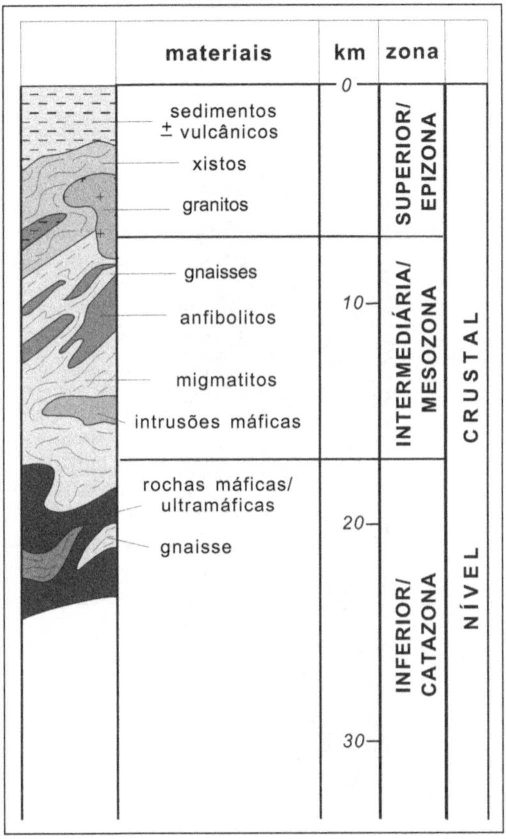

Fonte: Teixeira et al. (2000)

Figura 2.4 Estrutura da crosta continental

A crosta oceânica, ou SIMA (constituída predominantemente por silício e magnésio), apresenta basicamente três camadas assentadas sobre o manto (Figura 2.5). A camada superior (camada 1), mais fina, é composta predominantemente por sedimentos inconsolidados. A camada intermediária (camada 2), inclui rochas vulcânicas máficas (relativamente ricas em minerais que contém Mg e Fe) no topo e diques subvulcânicos máficos na base. A camada inferior (camada

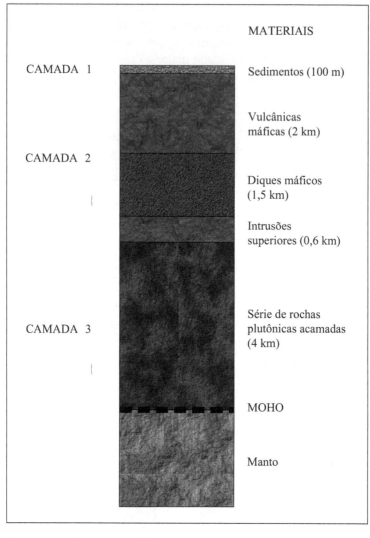

Adaptado de: Teixeira et al. (2000)

Figura 2.5   Estrutura da crosta oceânica

3) parece ser composta por rochas plutônicas predominantemente máficas. Há ampla variação de espessuras das camadas e, consequentemente, da espessura da crosta. Enquanto a média oscila próxima à 7,5 km, em alguns platôs oceânicos, pode alcançar espessuras 3 a 4 vezes maior.

O contato entre o SIAL e o SIMA (Figura 2.6) apresenta disposição irregular. Sob as montanhas, desce até 60-80 km mostrando que as elevações da crosta têm raízes mais profundas sobre o manto.

A Descontinuidade de Mohorovicic ou MOHO marca a separação entre a crosta e o manto, não estando a uma profundidade constante, mas variando de acordo com a espessura do SIAL que se situa na parte superior.

O manto superior situa-se abaixo de MOHO até a primeira das descontinuidades mantélicas abruptas, a uma profundidade de cerca de 400 km. Nesta área, a velocidade de propagação das ondas sísmicas nas regiões oceânicas e, em parte, das regiões continentais sofre uma ligeira diminuição com aumento da profundidade, denominando esta camada de zona de baixa velocidade, ou de reversão da velocidade das ondas sísmicas que se aprofundam em um crescente até então.

De acordo com Teixeira et al. (2000), ao descer através da crosta e do topo do manto superior, passa-se de uma parte rígida, acima da zona de baixa velocidade, para uma parte plástica dentro desta zona. A parte rígida (crosta e parte do manto) é denominada litosfera, enquanto a parte dúctil é denominada astenosfera. Abaixo da zona de baixa velocidade, graças às altas pressões a que está submetido volta a ser sólido.

No manto transicional, entre aproximadamente 400 e 650 km de profundidade, há algumas descontinuidades, caracterizadas por pequenos aumentos de

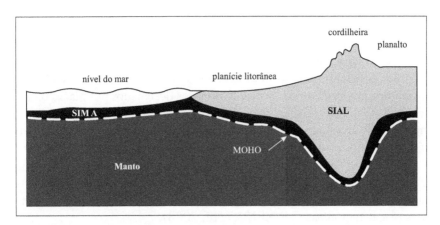

Adaptado de: Penteado (1980) e Popp (1998)

Figura 2.6 Corte esquemático da crosta mostrando as relações SIAL/SIMA

densidade, onde os elementos de maior peso atômico começam a substituir os de menor peso.

O manto inferior, ainda de acordo com os autores, possivelmente é composto predominantemente por silicatos ferromagnesianos com estrutura densa e, em menor quantidade, por silicatos cálcio-aluminosos também densos, bem como óxidos de magnésio, ferro e alumínio.

A zona de contato entre o manto e o núcleo, denominada Descontinuidade de Gutemberg, ou camada "D", apresenta uma diminuição das velocidades sísmicas com o aumento da profundidade.

O núcleo externo da Terra, de acordo com Teixeira et al. (2000) é líquido, enquanto o núcleo interno, graças às elevadíssimas pressões, é sólido. O núcleo interno gira com velocidade maior que a do resto do planeta, sugerindo que em uma época pretérita todo o planeta girava com maior rapidez. Por estar isolado mecanicamente do resto do planeta pelo núcleo externo líquido, o núcleo interno manteve sua velocidade.

Apesar da aparente rigidez dos materiais constituintes da Terra, há uma dinâmica, em que materiais que compõem as camadas estão em movimento. Em determinadas partes da Terra, esse movimento restringe-se a uma determinada camada, como, por exemplo, o manto superior. Por outro lado, em outras partes, os movimentos podem abranger todo o manto, desde o superior até a zona "D". Esses movimentos têm como origem a presença de material mais frio e mais denso, que tende a afundar, e de material mais quente e mais leve, que tende a ascender. Os movimentos são lentos, e as distâncias grandes. Observa-se com isso, que apesar de sólidas, partes da Terra se apresentam como fluidas.

2.3 PLACAS TECTÔNICAS

A partir da Teoria da Deriva Continental de Alfred Wegener, enunciada em 1914, instaurou-se ao longo do século XX a perspectiva de que a litosfera não correspondia a um contínuo rochoso, mas apresentava-se dividida em falhas e suturas que formavam um mosaico de blocos litosféricos designados por placas tectônicas (Figura 2.7). O limite inferior da Litosfera é marcado pela Astenosfera, onde as temperaturas alcançam valores próximos da temperatura de fusão das rochas mantélicas. O processo de fusão parcial inicia-se produzindo uma fina película líquida em torno dos grãos minerais, suficiente para diminuir a velocidade das ondas sísmicas. Dessa forma, o estado mais plástico desta zona permite que a litosfera rígida deslize sobre a Astenosfera, tornando possível o deslocamento lateral das placas tectônicas (TEIXEIRA *et al*, 2003).

As placas tectônicas podem ser de natureza oceânica ou mais comumente compostas de porções de crosta continental e crosta oceânica. As características

Estruturas terrestres 33

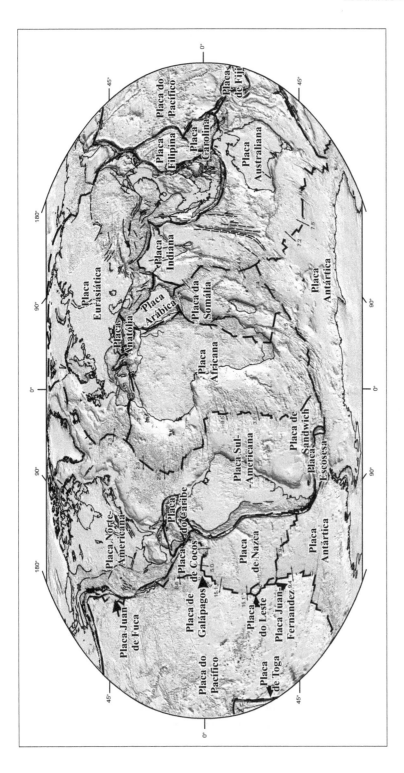

Figura 2.7   Distribuição geográfica das placas tectônicas da Terra

Adaptado de: NASA (2002) disponível em: https://visibleearth.nasa.gov/images/88415/digital-tectonic-activity-map/88415t. Acesso em: 18 jan. 2024.

das crostas oceânicas e continentais são muito distintas, principalmente no que diz respeito à composição litológica e química, morfologia, estruturas, idades, espessuras e dinâmica. A crosta continental tem uma composição litológica muito variada, pois compreende rochas de caráter ácido até ultramáfico, o que lhe confere uma composição média análoga às das rochas granodioríticas a dioríticas. A crosta continental pode ser subdividida em superior e inferior, sendo a superior composta por rochas sedimentares, ígneas e metamórficas de baixo a médio grau, e a inferior constituída predominantemente por rochas metamórficas de alto grau de natureza básica a intermediária (TEIXEIRA *et al*, 2003).

A crosta continental está sendo formada há pelo menos 3,96 bilhões de anos, como mostram as idades de gnaisses na região centro-norte do Canadá. Por isso apresenta estruturas complexas, produzidas pelos diversos eventos geológicos que afetaram essas rochas após a sua formação. Em geral, a espessura média da crosta continental vai adelgaçando-se à medida que se aproxima da zona de transição com a crosta oceânica.

A crosta oceânica tem uma composição litológica muito mais homogênea, consistindo de rochas ígneas básicas (basaltos), cobertas em várias partes por uma fina camada de material sedimentar. É bem menos espessa do que a crosta continental, adelgaçando-se à medida que se aproxima das dorsais meso-oceânicas (TEIXEIRA *et al*, 2003).

Como já dito, a astenosfera e a litosfera estão intrinsecamente relacionadas. Se a astenosfera se mover, a litosfera será movida também. Sabe-se ainda que a litosfera possui uma energia cinética cuja fonte é o fluxo térmico interno da Terra, e que esse calor chega à superfície através das correntes de convecção do manto superior. O que não se sabe com certeza é como as convecções do manto iniciam o movimento das placas.

A convecção no manto refere-se a um movimento muito lento de rocha, que, sob condições apropriadas de temperatura elevada, se comporta como um material plástico-viscoso migrando lentamente para cima. Esse fenômeno ocorre quando um foco de calor localizado começa a atuar produzindo diferenças de densidade entre o material aquecido e mais leve e o material circundante mais frio e denso. A massa aquecida se expande e sobe lentamente. Para compensar a ascensão dessas massas de material do manto, as rochas mais frias e densas descem e preenchem o espaço deixado pelo material que subiu, completando o ciclo de convecção do manto, conforme ilustrado na Figura 2.8. O movimento de convecção das massas do manto, cuja viscosidade é 1018 vezes maior do que a água, ocorre a uma velocidade da ordem de alguns centímetros por ano (TEIXEIRA *et al*, 2003).

Muitos cientistas acreditam que as correntes de convecção do manto por si só não seriam suficientes para movimentar as placas litosféricas, mas constituiriam apenas um dentre outros fatores que em conjunto produziriam essa movimenta-

Estruturas terrestres 35

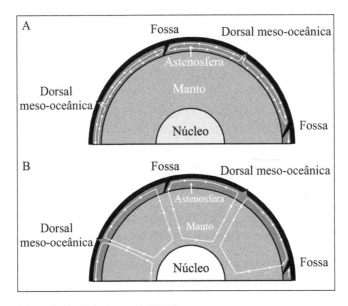

Adaptado de: Teixeira et al. (2000)

Figura 2.8 Modelos sugeridos para mecanismos de correntes de convecção. A. Correntes de convecção ocorrendo somente na astenosfera. B. Correntes de convecção envolvendo todo o manto

ção. O processo de subducção teria início quando a parte mais fria e velha da placa (portanto mais distante da dorsal meso-oceânica) se quebra e começa a mergulhar por debaixo de outra placa menos densa, e a partir daí os outros fatores ilustrados na Figura 2.9 começariam a atuar em conjunto com as correntes de convecção (TEIXEIRA *et al*, 2003). Esses outros fatores incluem:

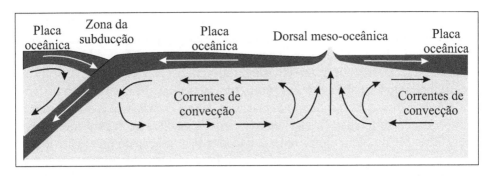

Adaptado de: Teixeira et al. (2000)

Figura 2.9 Movimentação das placas tectônicas

36 Introdução à geomorfologia

a) Pressão sobre a placa provocada pela criação de nova litosfera nas zonas dorsais meso-oceânicas, o que praticamente empurraria a placa tectônica para os lados.
b) Mergulho da litosfera para o interior do manto em direção à astenosfera, puxada pela crosta descendente mais densa e mais fria do que a astenosfera mais quente a sua volta. Portanto, por causa de sua maior densidade, a parte da placa mais fria e mais antiga mergulharia puxando parte da placa litosférica para baixo.
c) A placa litosférica torna-se mais fria e mais espessa à medida que se afasta da dorsal meso-oceânica onde foi criada. Como consequência, o limite entre a litosfera e a astenosfera é uma superfície inclinada. Mesmo com uma inclinação muito baixa, o próprio peso da placa tectônica poderia causar uma movimentação de alguns centímetros por ano.

Os limites das placas tectônicas podem ser de três tipos distintos de acordo com Teixeira et al. (2000):

a) Limites divergentes: marcados pelas dorsais meso-oceânicas, onde as placas tectônicas afastam-se umas da outras, com a formação de nova crosta oceânica.
b) Limites convergentes: onde as placas tectônicas colidem, com a mais densa mergulhando sob a outra, gerando uma zona de intenso magmatismo a partir de processos de fusão parcial da crosta que mergulhou. Nesses limites ocorrem fossas, províncias vulcânicas e formação de grandes dobramentos dando origem a cadeias de montanhas, como o Himalaia e os Andes.
c) Limites conservativos: onde as placas tectônicas deslizam lateralmente uma em relação à outra, sem destruição ou geração de crostas, ao longo de fraturas denominadas Falhas Transformantes.

Os limites convergentes de placas tectônicas geram formas de relevo típicas: cordilheiras no encontro de placa continental com oceânica ou na colisão de duas placas continentais. No primeiro caso, formam-se cadeias orogenéticas associadas a intensas atividades sísmicas, a exemplo da cadeia andina formada a partir da colisão da Placa Sul-Americana (continental) com a Placa de Nazca (oceânica). A cordilheira do Himalaia, por seu turno, tem sua gênese ligada à colisão de duas placas continentais, no caso, entre as placas Indiana e Eurasiática. Nesses sistemas colisionais ocorre intenso cavalgamento de rochas siálicas acompanhado de metamorfismo de alto grau e profundas atividades sísmicas, ainda que as atividades vulcânicas não sejam a tônica. Quando a colisão se dá entre duas placas oceânicas, as formas de relevo associadas são os chamados arco de ilhas, a exemplo do arquipélago japonês. Esse tipo de limite convergente é caracterizado também pela formação de edifícios vulcânicos e terremotos conspícuos.

As formas de relevo associadas aos limites divergentes de placas tectônicas são as chamadas dorsais, que tem na dorsal mesoatlântica sua principal referência global, formada a partir do *rifte* que deu início à separação da Placa Afro-Brasileira no Juro-cretáceo. O vulcanismo nesse tipo de limite é de caráter mantélico e não se caracteriza pelo aspecto explosivo e ácido, ocorrendo sim um vulcanismo básico de derrame que, através do preenchimento da descontinuidade crustal com a qual está associado, garante a expansão do assoalho oceânico. Enquanto os limites convergentes são fundamentalmente zonas de compressão litosférica, nos limites divergentes, em contrapartida, se dá a acresção da crosta terrestre.

Nos limites conservativos, o regime tectônico predominante é o transcorrente. Para sua exemplificação é recorrentemente evocada a falha de San Andréas, no Golfo da Califórnia. O atrito gerado pelo deslizamento entre duas placas pode deflagrar atividades sísmicas traduzidas em terremotos e tsunamis, processos que também são comuns nos limites convergentes.

É em torno desses limites de placas que se concentra a mais intensa atividade geológica do planeta. São as chamadas margens ativas, ao longo das quais estão concentrados os cinturões orogenéticos em mais franca atividade e onde os terremotos são mais copiosos. Atividades geológicas semelhantes também ocorrem no interior das placas, mas em menor intensidade.

2.4 DINÂMICA DA CROSTA

2.4.1 Isostasia

De acordo com Leinz e Amaral (1989), os resultados das medidas gravimétricas mostram que a gravidade apresenta valores diferentes conforme a natureza topográfica da região, sendo maiores as anomalias nas regiões de grandes montanhas. Nos oceanos e nos platôs continentais é homogênea e, embora pareça estranho, possui um valor maior que o medido nas regiões de grandes elevações. Dever-se-iam esperar resultados contrários pela menor densidade da água e pela maior massa existente nas montanhas, mesmo fazendo-se o desconto do efeito da maior altitude, que faz aumentar a distância ao centro da Terra. Além do valor de (g), foram verificadas diversas anomalias com o ângulo de desvio do fio do prumo próximo às montanhas. Esse ângulo é menor que o calculado em função da massa da montanha. Dá-se o nome de isostasia (do grego *isos*, igual e *stasis*, equilíbrio) ao estado de equilíbrio dos blocos continentais siálicos que flutuam no substrato mais denso do manto, obedecendo ao princípio de ARQUIMEDES.

É indispensável, pois, a existência de um substrato mais denso, no qual flutuam as grandes montanhas. Por essa razão, de acordo com Penteado (1980) e Leinz e Amaral (1989), Airy sugeriu um mecanismo a esse equilíbrio: considerou a crosta constituída de blocos da mesma densidade; quanto mais alto for o bloco de SIAL, maior será a sua raiz mergulhada no substrato constituído pelo SIMA. Uma imagem similar fornece os blocos de gelo, boiando na água. Quanto mais espessos, mais emergem, e também mais imergem na água. Deve aqui ser lembrado que o SIMA se comporta como um corpo sólido graças à pressão reinante. Possui, contudo, a suficiente plasticidade para permitir o reajustamento isostático através do tempo geológico.

Nos dias de hoje, pode-se observar diretamente os efeitos da isostasia na península da Escandinávia, onde se verifica um levantamento de cerca de metro por século, como consequência o alívio de grandes massas de gelo que cobriam toda aquela área há poucos milênios atrás.

Para Penteado (1980), a erosão generalizada do relevo, resultando em diminuição do peso do SIAL, teria como resposta um soerguimento isostático do SIMA, ocupando a área de anomalia negativa da gravidade. Inversamente, uma sedimentação excessiva com acúmulo de peso, pode gerar abaixamento da crosta (subsidência) com afundamento do SIMA (Figura 2.10).

Ainda de acordo com a autora, esses reajustes (compensações isostáticas) da crosta se situam em grande espaço de tempo, onde o equilíbrio se faz por movimentos verticais, o bloco aliviado tende a subir e o sobrecarregado a descer.

2.4.2 Orogênese e Epirogênese

De acordo com Guerra e Cunha (1998), entende-se como orogenia os processos tectônicos pelos quais vastas regiões da crosta são deformadas e elevadas, para

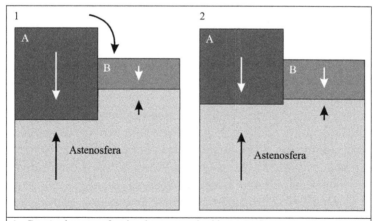

Figura 2.10 Busca do equilíbrio isostático por reação à erosão e deposição

formar os grandes cinturões orogenéticos montanhosos, tais como os Andes, os Alpes, o Himalaia entre outros. É termo antigo, usado antes do conhecimento da tectônica de placas, em que o dobramento figurava como uma das principais características cujas causas eram desconhecidas. O termo também se refere, até hoje, aos processos de construção de montanhas continentais e envolve também atividades associadas, tais como dobramento e falhamento das rochas, terremotos, erupções vulcânicas, intrusões de plútons e metamorfismo.

Um orógeno ou faixa orogênica é uma longa e relativamente estreita região próxima a uma margem continental ativa (zona de colisão de placas), onde existem muitos ou todos os processos formadores de montanhas. Assim enunciado, uma faixa orogênica (*orogenic belt*) é uma região alongada da crosta, intensamente dobrada e falhada durante os processos de formação de montanhas. As orogenias diferem em idade, história, tamanho e origem; entretanto, todas foram uma vez terrenos montanhosos.

Hoje, apenas as orogenias mais jovens são terrenos montanhosos, enquanto as antigas estão profundamente erodidas, e sua presença e história são reveladas pelos tipos de rocha e deformações existentes. Os Apalaches, por exemplo, foram, no Paleozoico, uma grande cordilheira, como o Himalaia ou os Alpes de hoje, embora se apresentem como morrarias destituídas do esplendor das grandes cadeias montanhosas. No Brasil, os terrenos que margeiam a borda meridional do Cráton do São Francisco, em Minas Gerais, também configuram remanescentes de cadeias dobradas no neoproterozoico durante os eventos de colagem do Gondwana (Ciclo Brasiliano), região atualmente emoldurada em morros e morrotes de litologia diversa secionados por cristas monoclinais quartzíticas representativas das cimeiras na região.

Outra categoria de diastrofismo, ainda de acordo com os autores, termo genérico para todos os movimentos lentos da crosta, produzidos por forças terrestres, é a epirogênese, que se caracteriza por movimentos verticais de vastas áreas continentais, sem perturbar, significativamente, a disposição e estrutura geológica das formações rochosas afetadas. Difere da orogênese, onde os esforços são tangenciais, por produzir grandes arqueamentos ou rebaixamentos da crosta, localmente conjugados com sistemas de falhas, devido a esforços tensionais. Em domínios intraplaca, ou de margem passiva, os processos epirogenéticos comandam a dinâmica interna, ao passo que nas margens ativas localizadas nas bordas das placas tectônicas voltamos a frisar que a orogênese é que é preponderante.

Variação do nível do mar em trechos de costa, avanço do mar sobre porções continentais, mudanças na configuração da drenagem, variação do nível de base de erosão, aparecimento de planos de erosão em vários níveis separados por degraus, terraceamento dos vales fluviais são algumas das consequências da movimentação epirogenética, na modelagem da superfície terrestre. Um produto típico de movimento descendente ou epirogenético negativo é a bacia, uma

40 Introdução à geomorfologia

depressão geralmente de expressão regional, preenchida por sedimentos, como as bacias sedimentares intracratônicas. Pilhas de rochas sedimentares, muitas vezes totalizando vários quilômetros de espessura, são aí encontradas, como, por exemplo, a bacia de Michigan, nos Estados Unidos, ou a do Parnaíba, no Brasil. Nos movimentos ascendentes, encontramos platôs e soerguimentos continentais, como, por exemplo, o Platô do Colorado, ou algumas formas marcantes do relevo brasileiro, como a Serra do Mar e da Mantiqueira, soerguidas no Terciário Inferior durante a reativação tectônica ocorrida durante a separação das placas Sul Americana e Africana, com a abertura do paleogolfo sul atlântico, de magmatismo alcalino pontual, de extensivo derrame basáltico e de tectônica tafrogênica responsável pela geração do gráben onde se aloja o Rio Paraíba do Sul.

A origem do fenômeno é relacionada a distensões na crosta, promovidas por variações térmicas ou de volume no manto superior. Também em algumas regiões, como na Europa ocidental, tais movimentos são interpretados como reajustes isostáticos, em virtude do degelo de massas glaciais, anteriormente existentes sobre o continente.

2.5 DEFORMAÇÕES ROCHOSAS

De acordo com Teixeira et al. (2000), um corpo rígido rochoso, uma vez submetido à ação de esforços, qualquer que seja a causa, pode sofrer modificações em relação a sua posição, por translação e/ou rotação, ou em relação a sua forma, por dilatação e/ou distorção.

No conjunto, considera-se que o corpo sofreu uma deformação, resposta das rochas submetidas a esforços, os quais são gerados por forças.

As condições físicas reinantes durante a deformação são fundamentais no comportamento do corpo submetido à ação de esforços. Para um material geológico qualquer, as condições físicas são: a) pressão hidrostática/litostática e temperatura, as quais dependem da profundidade em que ocorre a deformação; b) condições termodinâmicas; e c) esforço aplicado à rocha. Nessas condições, ainda de acordo com os autores, as deformações podem ser rúpteis ou dúcteis, ou seja, podem ocorrer respectivamente quebras e descontinuidade (falhas) ou apenas deformação plástica, sem perda de continuidade (dobras).

As deformações podem ser realizadas em dois domínios distintos: o superficial e o profundo formando estruturas distintas. O domínio superficial caracteriza-se por uma deformação rúptil, enquanto o profundo caracteriza-se por uma deformação dúctil. Como fica latente no próprio termo, a deformação ou cisalhamento rúptil implica o rompimento da massa litosférica, causando formação de uma falha ou de uma junta, ao passo que o cisalhamento dúctil não caracteriza ruptura. É bem verdade que na escala de grandes zonas e cinturões de cisalhamento é previsível a interferência de ambas as modalidades, cabendo, assim, o emprego dos termos dúctil-rúptil ou rúptil-dúctil de acordo com o predomínio de um ou de outro processo.

2.5.1 Dobras

A gênese dos dobramentos se prende, de acordo com Penteado (1980), a movimentos de compressão lateral exercida em superfície e em profundidade. São caracterizadas por ondulações de dimensões variáveis e podem ser quantificadas individualmente por parâmetros como amplitude e comprimento de onda. A sua formação se deve, para Teixeira et al. (2000), à existência de uma estrutura plana anterior, que pode ser o acamamento sedimentar ou a foliação metamórfica.

As dobras podem ser microscópicas, mesoscópicas ou macroscópicas, dependendo do material e das forças atuantes.

As dobras podem ser atectônicas relacionadas com os processos exógenos, formadas em superfície ou próxima dela sendo desencadeada pela força da gravidade (Figura 2.11), ou tectônicas relacionadas com os processos endógenos, formadas sob condições variadas de esforço, temperatura e pressão, sendo mais relacionada com o processo de evolução crustal (Figura 2.12).

Os elementos de uma dobra, de acordo com Penteado (1980), encontram-se articulados entre si na Figura 2.13:

Fonte: Teixeira et al. (2000)

Figura 2.11   Dobras atectônicas

42 Introdução à geomorfologia

Figura 2.12 Dobras tectônicas bem marcadas em quartzito alterado
(Conceição do Ibitipoca, MG)

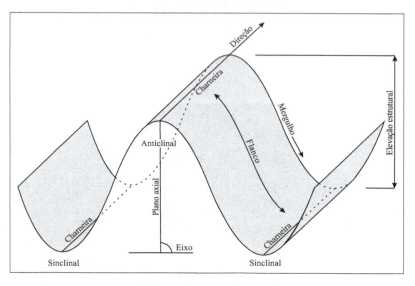

Adaptado de: Penteado (1980)

Figura 2.13 Elementos da dobra

1. Anticlinais: ondulações convexas para o céu.
2. Sinclinais: ondulações côncavas para o céu.
3. Charneiras: os setores fortemente encurvados do anticlinal e do sinclinal (pontos mais altos e mais baixos, estruturalmente).

4. Plano axial: a superfície ideal passando por charneiras sucessivas.
5. Eixo: interseção do plano axial e de uma superfície horizontal tomada como base.
6. Flanco: superfícies onduladas que ligam uma charneira anticlinal a uma charneira sinclinal.
7. Elevação estrutural: medida de uma vertical, perpendicular aos dois planos horizontais que tangenciam a charneira anticlinal e a sinclinal. Não deve ser confundida com a altitude atual da dobra nem com a diferença atual entre o pico do relevo anticlinal e o fundo do sinclinal.
8. Direção: orientação das camadas tomadas em relação ao norte magnético. A direção é perpendicular ao mergulho ou inclinação. Representa a linha de interseção de uma superfície de camada com um plano horizontal.
9. Mergulho: inclinação dos estratos geológicos em relação ao plano horizontal dado pelo nível destes.

Para Penteado (1980), há duas grandes categorias de dobras, as harmônicas onde os afloramentos se ordenam regularmente de um lado e de outro do anticlinal e as desarmônicas que não apresentam ordenamento dos afloramentos de um lado e de outro do anticlinal. Os contatos são anormais em forma de *charriages*, formada quando o acavalamento tem grande amplitude, podendo atingir várias dezenas de quilômetros.

Ainda de acordo com a autora, as dobras também podem ser classificadas de acordo com os flancos em simétricas quando há simetria em relação ao plano axial, e assimétricas quando não há esta simetria. Ou de acordo com a inclinação do plano axial, podendo ser com plano axial vertical ou dobra direta, plano axial inclinado quando a inclinação é menor que 45°, plano axial muito inclinado ou dobra reversa quando a inclinação é maior que 45° e plano axial horizontal ou dobra deitada.

Loczy e Ladeira (1980) apresentam ainda uma classificação das dobras baseada na atitude de seus elementos geométricos e outra baseada no seu estilo, a qual será apresentada na sequência. A primeira obedece à seguinte classificação:

A) Baseadas na atitude do eixo

- Dobra horizontal – apresenta eixo horizontal ou sub horizontal;
- Dobra com caimento – eixo inclinado obliquamente em relação à horizontal;
- Dobra vertical – caracterizada por apresentar eixo vertical;
- Dobra com caimento duplo – apresenta caimentos opostos a partir de um ponto central, formando antiformes e sinformes de caimento duplo;
- Domo – flexão crustal ou dobra ampla convexa para cima caracterizada pelo mergulho das camadas em todos os sentidos de maneira relativamente uniforme a partir de seu centro.

44 Introdução à geomorfologia

B) Baseadas na atitude das superfícies axiais

- Dobra normal – apresenta superfície axial vertical;
- Dobra invertida, inversa ou deitada – aquela cuja superfície axial apresenta mergulho inferior a 90° com ambos os flancos mergulhando no mesmo sentido, mas com ângulos desiguais;
- Dobra recumbente – aquela cujo plano axial tende à horizontalidade;
- Dobra em "nappe" – caracteriza-se por um grande lençol de rocha estruturado em vasta rocha recumbente, sobre a qual este lençol mergulha;
- Dobra reclinada – apresenta a direção de seu plano axial no sentido do eixo.

A classificação das dobras baseadas no estilo também apresenta cunho geométrico, e desdobra-se nas seguintes modalidades:

- Dobra isoclinal – possuem flancos essencialmente paralelos, ou seja, mergulham no mesmo sentido e com ângulos similares. Pode ser do tipo *isoclinal normal* (possui superfície axial vertical), *isoclinal invertida* ou *deitada* (superfície axial inclinada ou deitada), ou *isoclinal recumbente* (superfície axial horizontal);
- Dobra em leque – apresentam ambos os flancos invertidos;
- Homoclinal – caracterizam-se pelo mergulho das rochas no mesmo sentido sob mesmo valor angular e com relativa uniformidade;
- Monoclinal – estrutura que configura uma flexão em forma de degrau que afeta camadas originalmente horizontais e paralelas ou levemente inclinadas;
- Dobras em caixa – diz-se daquela na qual o topo amplo e chato de um antiforme ou o fundo amplo e chato de um sinforme são adjacentes ou bordejados em ambos os lados por flancos de alto mergulho;
- Dobras em cúspide – seus flancos encurvam-se suavemente em arcos, mas se fecham na zona axial;
- Dobras de arrasto – são formadas pelo deslizamento de uma camada sedimentar mais competente sobre uma mais friável;
- Dobras angulares – apresentam flancos retilíneos muito inclinados;
- Dobra desarmônica – são dobras nas quais as sucessivas superfícies dobradas ou unidades líticas mostram forma marcadamente diferentes sem que desapareça a identidade da dobra através da seção da rocha; caso contrário, seria designada por dobra harmônica;
- Dobras convolutas – dobras desarmônicas que possuem superfícies axiais encurvadas, suavemente ramificadas ou espiraladas, com charneiras complexas, retorcidas ou convolutas;
- Dobras intrafoliais – de caráter individual, plano e intensamente comprido; origina-se eventualmente a partir de ligeiras deformações da foliação planar.

2.5.2 Falhas e juntas

Segundo Casseti (2005), quando as forças de compressão, associadas às atividades tectônicas, rompem o limite de resistência de determinada rocha, sobretudo aquelas incompetentes, que não resistem a esforços de dobramento, tem-se a origem de rupturas, como as caracterizadas pelas fraturas ou falhamentos. Para Penteado (1980), a falha é o produto de esforços de compressão e tensão sobre material rígido da crosta traduzido no terreno por deslocamentos ou desnivelamentos. As compressões geralmente se dão no sentido horizontal. As forças de tensão não constituem uma força em si, mas uma reação às forças de compressão.

Pode-se, de acordo com a autora, esquematizar a existência de três forças geradoras de uma falha (Figura 2.14):

- 1ª – Uma força horizontal de compressão agindo sobre um bloco. A resistência do bloco deverá ter valor igual à força de compressão. Não seria uma força antagônica, mas uma reação à compressão;
- 2ª – Uma força horizontal de sentido oposto e direção ortogonal à 1ª força gerada por esta;
- 3ª – A força da gravidade agindo no sentido vertical pela sobrecarga dos terrenos.

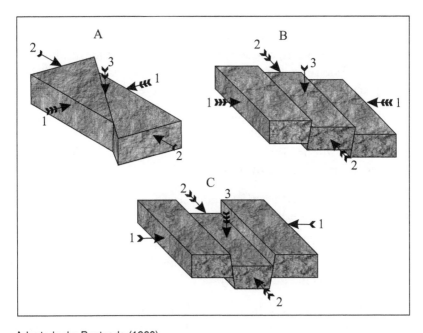

Adaptado de: Penteado (1980)

Figura 2.14 Esquema de formação de falhas segundo a intensidade dos esforços

46 Introdução à geomorfologia

Todo bloco submetido ao jogo dessas três forças agindo em planos diferentes é sujeito a falhar. Além dessas, a compensação isostática sempre atua.

O plano de esforço de ruptura corresponde, aproximadamente, à bissetriz do ângulo formado pela direção da pressão mais forte e a direção da pressão mais fraca. O ângulo será pouco menor em direção da pressão mais forte e será tanto menor quanto maior for o gradiente entre as duas forças extremas.

Dessa forma, as diferenças na amplitude respectiva desses três grupos de forças podem gerar os seguintes tipos de falhas:

A – Falha vertical com deslocamento horizontal: nesse caso, uma das forças horizontais (1) é a mais forte. A segunda força mais forte (3) é um freio a um grande desnível vertical. A força horizontal 2, sendo a mais fraca, permite um esforço de extensão lateral, tendo como resultante a combinação de um plano de falha vertical com deslocamento horizontal. O plano de cisalhamento forma um ângulo de 45° com a direção da força mais forte.

B – Falha inversa: a força vertical (3) é a mais fraca. A força horizontal 2, menos forte, se opõe à extensão lateral dos blocos. Nesse caso, a força horizontal mais forte (1) cria um desnível vertical. O plano de falha faz com a horizontal um ângulo de 45°. Quando o valor da força vertical 3 se atenua próximo à superfície, o valor do ângulo diminui também, terminando em uma falha de plano horizontal, isto é, acavalamento.

C – Falha normal com fossa: a força vertical (3) é a mais forte. Forma-se um bloco em cunha, que se aprofunda. A extensão longitudinal do bloco aprofundado reproduz a zona na qual a força horizontal é mais fraca (1). O plano de falha faz um ângulo de 45° em relação à vertical.

Além dessas forças, a tensão que é uma reação às forças de compressão, é geradora de falhas normais. A tensão tende a ampliar a superfície da crosta.

Ainda de acordo com Penteado (1980), em um bloco falhado podem ser discernidos os seguintes elementos (Figura 2.15):

Traçado – é a orientação na superfície, em relação aos pontos cardiais. Pode ser contínuo, interrompido, retilíneo, quebrado ou sinuoso.

Plano de Falha (P) – é a superfície segundo a qual se dá o deslocamento. O atrito causado pelo movimento pode produzir uma superfície lisa com brilho, em razão do polimento – é o espelho de falha (e).

Espelho de falha (e) – é o escarpamento inicial voltado para o compartimento rebaixado. É polido e apresenta estrias produzidas por riscos de atrito entre os blocos. As estrias e a rugosidade escalonada do espelho de falha indicam o sentido do deslocamento (Figura 2.16).

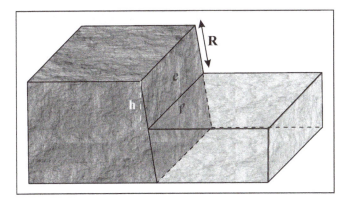

Adaptado de: Penteado (1980)

Figura 2.15 Elementos de uma falha

Figura 2.16 Sistema de encachoeiramento em espelho de falha
(Corumbá de Goiás, GO)

Rejeito (R) – é a medida do deslocamento linear resultante da falha. A maneira mais simples de se medir um rejeito normal é através de uma camada guia.

Capa e Lapa – termos aplicados quando um bloco remonta sobre o outro. O bloco acima do plano de falha é a capa e o abaixo é a lapa.

As falhas podem ser classificadas de acordo com o plano da seguinte forma (Figura 2.17):

Falha normal – o bloco deprimido acompanha a direção do mergulho do plano de falha (em torno de 45°). Resultam de tensões da crosta. O plano oblíquo da falha pode terminar em plano vertical junto à superfície. Tem-se então a falha vertical.

Falha inversa – criada por compressão, que tende a encurtar a crosta. Um bloco é empurrado sobre o outro. O plano é oblíquo.

Falha vertical – um bloco é deprimido em relação ao outro e o plano de falha vertical.

Falha transcorrente – o plano de falha é vertical e o deslocamento (rejeito) horizontal.

Falha de acavalamento – o plano de falha é oblíquo. É o caso da falha inversa, na qual um bloco sobremonta o outro.

As figuras 2.18 e 2.19 são ilustrativas de falhas normais e transcorrentes. No primeiro caso, a expressão morfológica da falha é dada pela Serra de São Thomé, estrutura quartzítica de orientação geral NE-SW que estabelece forte ruptura de declive com vale estrutural. As falhas transcorrentes, bastante evidentes no relevo pelo desvio de cristas e deflexão de canais fluviais, são aqui ilustradas em veio de quartzo revelador de pequeno rejeito horizontal.

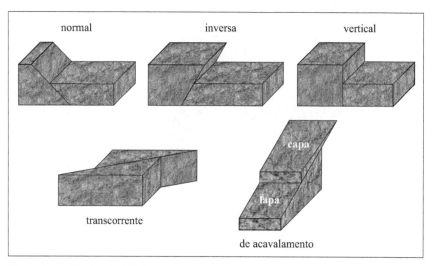

Adaptado de: Penteado (1980)

Figura 2.17 Tipos de falhas

Estruturas terrestres 49

Figura 2.18   Falha normal recuada pela ação erosiva com formação de patamares por reativação tectônica. São Thomé das Letras, MG

Figura 2.19   Falha transcorrente em litologia granitoide deslocando veio de quartzo. Goiás, GO

Quando as forças de tensão nos corpos rochosos não implicam deslocamento de blocos, tem-se a formação não de uma falha, mas de uma junta (*joint*) ou diáclase, que, segundo Lockzy e Ladeira (1980), configuram planos ou superfícies de fraturas que dividem as rochas e ao longo dos quais não se deu o deslocamento das paredes rochosas paralelamente ao plano de fratura. Para efeitos de diferenciação, a movimentação com formação de rejeito configura uma falha, ao passo que a ausência de deslocamento demora a presença de uma junta. Em complemento, Hasui e Costa (1991) esclarecem que cada conjunto de juntas forma uma família de juntas, ao passo que as famílias entrecruzadas em diferentes direções revelam um sistema de juntas. Normalmente, juntas que se interceptam em diferentes direções podem estar denunciando diferentes campos de tensão que atuaram ao longo do tempo.

2.5.3 Domos

A estrutura em domos é resultante de arqueamentos convexos de estratos sedimentares dando origem a zonas circulares ou ovaladas, podendo atingir de 100 a 300 km de diâmetro (PENTEADO, 1980).

Podem-se distinguir os seguintes tipos de domos (Figura 2.20):

1. Domo batolítico – formado por intrusão de material ígneo provocando o arqueamento convexo das camadas de cobertura. O arqueamento pode ser concomitante com a intrusão ou posterior.

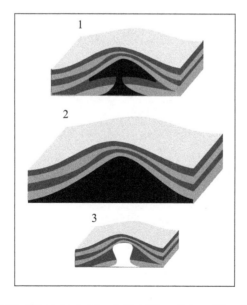

Figura 2.20 Tipos de domos: 1. Batolítico; 2. Lacolítico; 3. Salinos

2. Domo lacolítico – produzido por intrusão ígnea entre as camadas, formando uma massa lenticular convexa para cima. Existe uma gradação de lacólitos até os *sills* ou camadas horizontais intrusivas. São menores que os batolíticos.
3. Domo salino – pequenas estruturas salientes produzidas pela intrusão de sal no interior das camadas, variando de forma circular, alongada ou triangular de 1 a 5 km de diâmetro. O núcleo é salino podendo possuir uma capa de anidrito, gipso, calcário ou dolomito.
4. Intrusões menores: diques e *sills* – Diques e *sills* configuram focos intrusivos menores que não geram propriamente domos, mas podem repercutir em elevações topográficas. Em terrenos sedimentares, os *sills* caracterizam-se por preencherem concordantemente as camadas de sedimentos, ao passo que os diques assumem caráter discordante. São comuns nos terrenos sedimentares das depressões periféricas que bordejam a Bacia do Paraná. Malgrado a ausência de registros de derrame nesses terrenos, a presença de rochas hipoabissais (diabásio) é recorrente tanto na forma de diques (Figura 2.21) como de *sills* (Figura 2.22), onde quase sempre estão vinculados às colinas mais elevadiças ou a ressaltos topográficos geradores de encachoeiramentos e segmentos de maior encaixamento da drenagem.

Figura 2.21 Dique de diabásio da Formação Serra Geral na Depressão Periférica Paulista (Santa Bárbara d'Oeste, SP)

Figura 2.22 Intrusão de diabásio em *sill* pelos arenitos glaciais permocarboníferos da Formação Itararé, implicando nítido arqueamento do relevo (Americana, SP)

2.6 AS GRANDES UNIDADES TOPOGRÁFICAS DO GLOBO

De acordo com Penteado (1980), as grandes unidades topográficas do globo (Figura 2.23) são:

- Áreas continentais onde dominam planaltos, colinas e planícies com menos de 2000 metros de altitude, que se prolongam pela plataforma continental recoberta por mares epicontinentais.
- Bacias oceânicas que são vastas extensões compreendidas entre 3000 e 6000 metros abaixo do nível do mar, formando 58,7% da superfície total do globo.
- Áreas continentais limitadas, cujas altitudes ultrapassam 2000 metros: cadeias de montanhas sempre alongadas como os Andes, o Himalaia e as Rochosas;
- Depressões limitadas em extensão, cavadas abaixo das bacias oceânicas: fossas marinhas, que ultrapassam 7000 metros de profundidade; como as cadeias de montanhas, elas são alongadas e arqueadas.

A divisão do relevo em bacias oceânicas e continentes cai na 1ª ordem de escala de grandeza dos fatos geomorfológicos de Tricart (1965). Cerca de 29% da superfície do globo são constituídos de terras e 71% de oceanos.

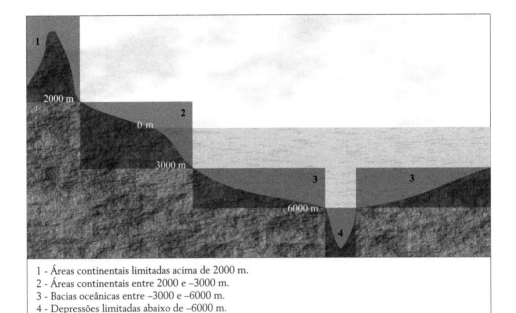

1 - Áreas continentais limitadas acima de 2000 m.
2 - Áreas continentais entre 2000 e −3000 m.
3 - Bacias oceânicas entre −3000 e −6000 m.
4 - Depressões limitadas abaixo de −6000 m.

Figura 2.23   Perfil esquemático das grandes unidades topográficas do globo

2.7   AS GRANDES ESTRUTURAS DO GLOBO

Para Penteado (1980), as grandes unidades estruturais do globo são: escudos antigos, bacias sedimentares e cadeias dobradas.

2.7.1   Escudos

Precedendo a discussão do significado geológico-geomorfológico do termo escudo, faz-se necessário a definição de cráton, que, de acordo com Guerra e Guerra (2005), são grandes áreas continentais que sofreram pouca ou nenhuma deformação, desde o pré-cambriano, há cerca de 570 milhões de anos, que no contexto da cronologia dos eventos responsáveis pela evolução da Plataforma Brasileira corresponde ao Ciclo Brasiliano. Podem ser subdivididos em duas grandes áreas: uma central, conhecida por escudo, que é bastante estável, e uma plataforma marginal, formada por rochas sedimentares, que sofreram pequena movimentação, ou apresentam camadas sedimentares horizontais, que recobrem o escudo pré-cambriano. Em palavras simples, o cráton configura uma porção litosférica que não apresenta margem ativa. No Brasil tem-se como exemplo o cráton do São Francisco no centro-leste do país ou o cráton Amazônico, que, de acordo com Almeida e Hasui (1984), corresponde em sua porção norte à província geológica Rio Branco e a sul à província Tapajós.

54 Introdução à geomorfologia

Os escudos, ainda de acordo com Guerra e Guerra (op. cit.), foram os primeiros núcleos de rochas emersas que afloraram desde o início da formação da crosta, sendo então compostos por rochas arqueanas e proterozoicas. Para Penteado (1980), constituem a porção mais rígida da crosta, formada de rochas ígneas de consolidação intrusiva ou do material sedimentar dobrado em épocas que remontam ao Paleozoico e anteriores, arrasado, metamorfisado e incorporado aos escudos de antiga consolidação. São porções da crosta correspondentes ao antigo assoalho de velhos dobramentos que foram várias vezes soerguidos e arrasados pela erosão. Constituem os maciços de antiga consolidação, cristalinos e cristalofilianos, sedimentares ou metamórficos.

Um escudo pode se apresentar recoberto por sedimentos, depositados sobre o continente ou sob o mar, durante o período de submersão. Essa cobertura é discordante em relação ao embasamento rígido, pois repousa sobre uma superfície que corta as antigas dobras ou as primitivas raízes das cadeias.

Uma porção do escudo, após ser arrasada pela erosão, pode ser soerguida por falhamentos dando origem aos maciços, que serão "rejuvenescidos" por retomada erosiva.

Nos maciços antigos, os fatores litológicos e estruturais comandam a erosão diferencial. O grau de metamorfismo é importante porque está relacionado à resistência da rocha.

A maior parte das rochas que constituem os escudos é cristalina e cristalofiliana; uma menor parte são rochas sedimentares em processo de metamorfismo e vulcânicas.

O metamorfismo faz crescer a coerência das rochas e aumentar a sua resistência. A erosão diferencial não diz respeito apenas aos constituintes mineralógicos da rocha, mas também ao grau de metamorfismo.

Dentre as rochas cristalinas, encontram-se os seguintes tipos de estrutura:

- intrusivas ou plutônicas;
- efusivas ou vulcânicas.
- metamórficas ou cristalofilianas;

2.7.1.1 Rochas intrusivas ou plutônicas

As rochas ditas intrusivas ou plutônicas referem-se ao conjunto das rochas magmáticas cujo ambiente de formação se deu em profundidade. De acordo com Penteado (1980), quanto ao jazimento, pode-se distinguir rochas de maciços e rochas de filões.

Dentre as rochas de maciços, destacam-se:

a) Batólitos bem delimitados, essencialmente graníticos atravessando as rochas encaixantes (Figura 2.24).

Os batólitos de granito podem ter várias idades e ser mais antigos ou mais novos do que as rochas encaixantes, sendo, geralmente, resistentes à erosão.

b) Maciços de bordas difusas, onde as rochas encaixantes são injetadas ou embebidas pelo magma granítico, por processos de granitização (transformação dos cristais das rochas adjacentes pela proximidade do magma granítico).

Essa estrutura é muito importante nos escudos antigos e, por vezes, é difícil estabelecer a passagem dos batólitos para as rochas metamórficas.

Os filões são anexos emitidos pelos batólitos principais. Frequentemente são constituídos de granito (granulito ou outras variedades microgranulares), aplitos ou pegmatitos. Os filões podem também ser constituídos de gabro ou diabásio.

A estrutura intrusiva pode se apresentar maciça ou falhada e é muito compacta. Porém, a compactação que dá resistência à rocha é compensada pela rede de diaclasamento ou fissuras, que pode afetar até os minerais, diminuindo a resistência da rocha ao intemperismo e à erosão.

A heterogeneidade estrutural está ligada à intensidade e à direção dos esforços tectônicos que afetaram o conjunto. As estruturas cristalinas advindas de esforços tectônicos, como os granitos de anatexia (sintectônicos), são as mais fissuradas e mais falhadas. As estruturas pós-tectônicas possuem, em geral, menos fraturas. É o caso dos batólitos superficiais.

Entre as rochas intrusivas mais comuns estão os granitos, dioritos, sienitos, pegmatitos, gabros etc. Destacam-se ainda rochas formadas por intrusões que atingem níveis próximos aos superficiais, mas que não chegam a extravasar em superfície; são as chamadas rochas hipoabissais, tipicamente representadas pelo

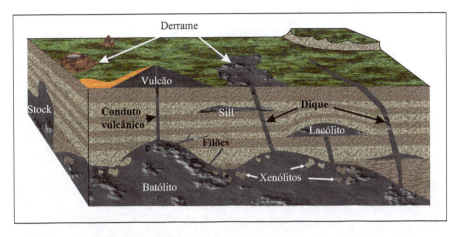

Adaptado de: Teixeira et al. (2000)

Figura 2.24 Estruturas rochosas encontradas nos maciços antigos

diabásio. As figuras 2.25 e 2.26 ilustram conhecidas intrusões magmáticas alcalinas em nefelina-sienitos, rochas plutônicas mesocráticas que ocorrem no domo vulcânico de Poços de Caldas e nos maciços alcalinos de Itatiaia e Passa Quatro, duas das maiores proeminências altimétricas de todo o setor oriental da Plataforma Brasileira.

2.7.1.2 Rochas vulcânicas

As chamadas rochas vulcânicas, efusivas ou eruptivas pertencem ao grupo de rochas magmáticas cuja consolidação se dá em ambientes superficiais, configurando-se, assim, um derrame, a exemplo dos basaltos (Figura 2.27), tinguaítos e riolitos. A característica dominante das rochas vulcânicas decorre de sua gênese por efusão e projeção, do que resultam tipos originais de jazimento, uma textura peculiar e tipos diferentes de estrutura ligados às construções vulcânicas.

As rochas vulcânicas não são inteiramente cristalizadas. Após um início de resfriamento em profundidade, o contato com a superfície paralisa a cristalização. As rochas vulcânicas são, pois, rochas de dois tempos de cristalização. As rochas formadas em derrames são microlíticas, isto é, formadas de cristais microscópicos em virtude do brusco resfriamento. Os cristais visíveis a olho nu (fenocristais) são raros ou ausentes. Algumas rochas vulcânicas têm a estrutura do vidro. São as escórias projetadas pelos vulcões, ou as obsidianas que formam corridas (PENTEADO, 1980).

Figura 2.25 Blocos de foiaíto empilhados no domo vulcânico de Poços de Caldas (MG)

Figura 2.26 Afloramento de nefelina-sienito na parte baixa do maciço alcalino de Passa Quatro (Passa Quatro, MG)

Figura 2.27 Afloramento de basalto da Formação Serra Geral, na região das cuestas basálticas do Estado de São Paulo (São Pedro, SP)

58 Introdução à geomorfologia

Há dois grandes tipos de jazimento:

a) Derrames, que ocorrem em níveis superficiais. São emitidos pelas zonas de fraqueza da crosta a partir de pontos de emissão ou de fissuras lineares. O material emitido, não solidificado, ocupa posições mais ou menos afastadas da zona de emissão, segundo o grau de fluidez.

As rochas básicas consolidam-se lentamente e constituem as corridas. As rochas ácidas consolidam-se mais depressa, constituindo cúpulas, domos ou agulhas.

b) Interestratificações – nem sempre os materiais vulcânicos atingem a superfície; o magma fluido pode se insinuar entre os planos de estratificação das rochas sedimentares encaixantes ou zonas de diáclases e fraturas no caso de rochas cristalinas.

Massas lenticulares em forma de cogumelo ou de cúpula podem provocar o soerguimento das camadas sobrejacentes. São os lacólitos. Comumente destacam-se apófises a partir da massa principal. Tais estruturas recebem o nome de filões. Se esses filões se dispõem ao longo dos planos de estratificação constituem os *sills*, já descritos anteriormente.

Segundo a natureza dos materiais emitidos pelos vulcões, distinguem-se quatro tipos mais elementares de erupção:

- Tipo havaiano – caracterizado por derrames de lavas muito fluidas a partir de crateras. As corridas se espraiam bastante e o vulcão tem pouca altura.
- Tipo stromboliano – produz emissões frequentes de projeções e efusões de lavas fluidas a partir de cratera borbulhante. Sobre os flancos abruptos, assentam-se escórias e lavas.
- Tipo vulcânico – de lava bastante viscosa que solidifica no orifício de emissão e explode dando grande quantidade de cinza e pedra-pome que acumulam para formar cones de forte declive. Nesse tipo, as corridas são raras e curtas.
- Tipo peleano – possui lava muito viscosa que forma agulhas que se projetam para fora no decurso da erupção. A erupção é precedida de nuvens ardentes, blocos, cinza e vapor-d'água que formam turbilhões nos flancos do vulcão.

2.7.1.3 Rochas metamórficas

As chamadas rochas metamórficas são aquelas que sofreram algum tipo de esforço que repercutiu em deformação, seja em uma rocha ígnea, sedimentar, ou mesmo uma rocha metamórfica preexistente.

As rochas sedimentares, quando constituem um pacote muito espesso, aprofundam-se por subsidência e passam por transformações. Sofrem metamorfismos ligados a fenômenos térmicos ou dinâmicos (pressão), com ou sem contribuição de material, sob ação de agentes mineralizadores. As rochas se transformam, mas a origem sedimentar, nesses casos, ainda pode ser reconhecida na estrutura. O modo de jazimento é variado.

Bigarella et al. (1994) enfatizam que os principais agentes de metamorfismo constituem as altas temperaturas e pressões associadas ao ambiente químico reinante no interior da crosta terrestre, sendo que a mudança em um ou mais desses fatores faz que sobrevenha alguma ordem de desequilíbrio físico e químico de sua associação mineral; o estabelecimento de novo equilíbrio resulta no metamorfismo da rocha, em que os constituintes minerais originais são transformados em outros mais estáveis sob novas condições. Os autores explicam a natureza dos três tipos de metamorfismo conhecidos, a saber:

1. Metamorfismo de contato – Tem sua ocorrência nas adjacências de grandes massas ígneas, sendo tanto mais intenso quanto mais próximo da zona de contato entre o magma e a rocha encaixante, intensidade esta que diminui à medida que se distancia do corpo ígneo.
2. Metamorfismo dinâmico – Ocorre em ambientes de profundidade, moderado por apelo de altas pressões e temperaturas, onde as rochas sofrem deslocamentos em função das movimentações crustais.
3. Metamorfismo regional – O tipo de metamorfismo em questão está relacionado aos grandes movimentos da crosta, ocorrendo em condições de alta pressão e temperatura e grandes profundidades. Diferentemente dos dois anteriores, apresenta significativa expressão espacial, formando grande parte dos escudos cristalinos.

As rochas metamórficas podem apresentar estrutura xistosa, gnáissica ou granulosa. A primeira apresenta associações mineralógicas formadas por minerais tabulares de boa clivagem, como as micas do tipo muscovita, que partilha da constituição, acessoriamente ao quartzo, de importantes rochas metamórficas, como os xistos (micaxistos) e quartzitos finos (muscovita-quartzitos). A estrutura gnáissica, por sua vez, é caracterizada pela alternância de bandas máficas e félsicas em bandamento bem marcado, comum nos gnaisses. Comumente as bandas máficas, escuras, são constituídas predominantemente por biotita, e as bandas claras, designadas félsicas, por faixas quartzosas. A presença de cristais, de tamanho semelhante, formando pequenos grânulos incrustados na rocha caracterizam a textura granular.

Os gnaisses constituem as rochas metamórficas mais comuns nos terrenos cristalinos. Na maior parte dos casos, está associado ao metamorfismo do granito.

Nesses casos, quando diretamente derivados de rochas ígneas, são designados ortognaisses ou gnaisses ortoderivados. Tais rochas também podem ser formar pelo metamorfismo de materiais argilosos, sendo que quando sua origem é sedimentar chamam-se paragnaisses. A Figura 2.28 mostra um afloramento de gnaisse bandado alternando faixas claras e escuras deformadas por metamorfismo pós-tectônico.

Entre as rochas metamórficas também são comuns os quartzitos, formados a partir do metamorfismo do arenito. Ocorrem em extensas faixas nos remanescentes de dobramentos, como no Planalto do Alto Rio Grande e na Serra do Espinhaço, que baliza uma destacada faixa quartzítica da parte central de Minas Gerais até a Bahia. Costumam apresentar bandamento bem definido, como aqueles do Espinhaço e das cristas da região do alto Rio Grande, em Carrancas, Minduri, Cruzília e São Thomé das Letras, estendendo-se em residuais mais para o norte em Itutinga, Itumirim e São João Del Rey, e também na região de Ouro Preto. Aparecem em outras regiões do Planalto Atlântico, como em ramificações da Serra da Mantiqueira, a exemplo da Serra do Ibitipoca na Zona da Mata Mineira, onde assumem aspecto mais grosseiro, e do Pico do Jaraguá, nas proximidades da bacia terciária de São Paulo. Significativamente ricos em quartzo, são bastante

Figura 2.28   Biotita-gnaisse ortoderivado intercalando bandas máficas e félsicas (Baependi, MG)

resistentes ao intemperismo químico e por isso estão sempre associados à anomalias positivas no relevo. A Figura 2.29 ilustra de forma bastante didática o aspecto acamado dos quartzitos, aqui em disposição plano-paralela e suaves mergulhos, indicando o ambiente sedimentar litorâneo de origem na margem passiva do Cráton do São Francisco.

Outras rochas sedimentares comuns são os xistos e filitos, que podem ser derivados de rochas ígneas (granitos) e sedimentares (folhelhos); os anfibolitos, eclogitos e granulitos, normalmente com origem vinculada a rochas ígneas; ou ainda o mármore, produto do metamorfismo do calcário. Copiosos nos terrenos cristalinos também são os migmatitos, originados a partir de processos ígneos e metamórficos conjuntos.

2.7.2 Bacias sedimentares

Bacias Sedimentares, de acordo com Penteado (1980) e Guerra e Guerra (2005), são depressões enchidas com detritos carregados das áreas circunjacentes, deprimidas e recobertas pelo mar e posteriormente exodadas. A estrutura dessas áreas é geralmente composta de estratos concordantes ou quase concordantes, que mergulham normalmente da periferia para o centro da bacia. As camadas

Figura 2.29   Quartzitos em acamamento plano paralelo aflorando em topo anguloso a aplainado de crista monoclinal (São Thomé das Letras, MG)

62 Introdução à geomorfologia

se dispõem umas sobre as outras. O resultado é um pacote de sedimentos em camadas empilhadas. As grandes bacias sedimentares estão, portanto, vinculadas à transgressão marinha. Sem o avanço do mar, a sedimentação tende a ser mais restrita formando bacias menores.

Chama-se diagênese o conjunto de processos físico-químicos que transforma os sedimentos em rochas sedimentares em condições de alta pressão e temperatura. Os sedimentos, uma vez depositados, são compactados pelo próprio peso dos materiais sedimentares sobrejacentes, deflagrando interações entre as águas intersticiais e as subterrâneas pelas suas migrações, o que pode levar à geração de uma série de materiais autígenos (SUGUIO, 1973).

Para Penteado (1980), em uma verdadeira bacia de sedimentação (sentido topográfico e geológico), entram em jogo fenômenos de compensação isostática, pela sobrecarga de sedimentos. Sua evolução se faz, grosso modo, segundo as fases a seguir:

1. Sedimentação rítmica no assoalho de mar endocontinental, em disposição horizontal.
2. Subsidência central por sobrecarga de sedimentos e soerguimento das bordas.
3. O levantamento marginal ativa a erosão que contribui para alimentar a sedimentação no centro da bacia.
4. Forma-se uma superfície de erosão nas bordas da bacia em função de um nível de base central.
5. A continuidade do processo tende a limitar cada vez mais a área central da sedimentação, e os depósitos em direção ao centro são cada vez mais recentes.
6. No final da fase, o centro da bacia torna-se um lago e a sedimentação marinha é substituída por sedimentação lacustre e, finalmente, por sedimentação continental.

Esse esquema de acordo com a autora é simplista. Na realidade, os fenômenos são mais complexos. Tanto a subsidência como o soerguimento das bordas não se fazem regularmente, quer no tempo ou no espaço.

Conforme a posição das camadas em uma bacia, a estrutura será concordante horizontal, inclinada ou discordante (Figura 2.30):

- Estrutura concordante horizontal: formada em bacias sedimentares de estrutura calma, constituída de camadas horizontais ou quase horizontais empilhadas. Corresponde à parte central da bacia.
- Estrutura concordante inclinada, monoclinal ou homoclinal: é constituída de camadas superpostas, levemente inclinadas ($2°$ a $10°$), em uma direção

Estruturas terrestres 63

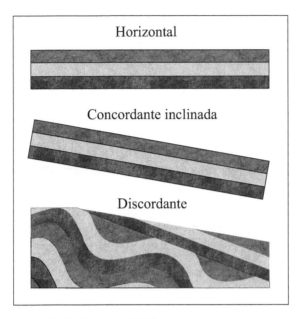

Adaptado de Penteado (1980)

Figura 2.30   Tipos de estruturas em bacia sedimentar

constante. Esse tipo de disposição, normalmente, corresponde à porção que circunda a zona central plana da bacia. O mergulho pode, entretanto, atingir valores bem superiores à 10°. Esse caso é frequente no contato de bacias sedimentares com cadeias dobradas.
- Estrutura discordante: chama-se discordância o contato correspondente ao plano estratigráfico inferior da série geológica superior, cortando mais ou menos obliquamente o mergulho da série inferior. Esse tipo de contato pode ter causa tectônica ou uma transgressão marinha. A discordância mais comum supõe o desenvolvimento de uma superfície de erosão e, em seguida, uma transgressão. Nesse caso, toda a bacia comporta uma discordância no contato de seus depósitos basais com o escudo previamente arrasado.

As grandes bacias sedimentares brasileiras são de idade paleomesozoica, e correspondem às porções sedimentares das bacias Amazônica, do Paraná e do Parnaíba. Bacias de idade terciária se formaram também por ocasião da tectônica tafrogênica instalada com a abertura do Atlântico-Sul, como aquelas do Vale do Paraíba do Sul (Taubaté, Rezende, Volta Redonda). Ab'Sáber (1969) explana que à medida que se pronunciou a compartimentação tectônica responsável pela geração da fossa do Paraíba acompanhou-se uma acentuação da agressividade

64 Introdução à geomorfologia

erosiva nos mantos de alteração das rochas graníticas expostas nas vertentes da Serra da Mantiqueira, legando significativa carga detrítica para os compartimentos rebaixados, dando margem à sedimentação terciária e quaternária no Vale do Paraíba. Destacam-se também as bacias plataformais de Campos e Santos, que armazenam grandes reservas petrolíferas em franca prospecção. São ainda dignas de menção as bacias terciárias que se formaram na parte interior com a denudação promovida pela drenagem endorreica então invertida, a exemplo da bacia de São Paulo e de Curitiba. Ab'Sáber (1969) enfatiza o caráter tectônico responsável pela geração da bacia de São Paulo, que impôs uma barragem ao paleo Tietê, que armazenou os materiais desnudados a partir de mantos regolíticos espessos formados em clima úmido.

A classificação dos materiais sedimentares pode se dar conforme sua granulometria, dispondo-se na seguinte sequência, das menores para as maiores frações: argila (< 1/256 mm), silte (de 1/256 a 1/16 mm), areia (1/16 a 2 mm), grânulo (2 a 4 mm), seixo (4 a 64 mm), calhau (64 a 256 mm) e matacão (> 25,6 cm). Os processos diagenéticos em materiais argilosos geram os argilitos e folhelhos, ao passo que em constituições sedimentares siltosas a rocha que se origina é o siltito. As areias dão origem a rochas sedimentares muito comuns, designadas arenitos. Rochas sedimentares formadas por variadas frações granulométricas maiores e mal selecionadas vem a ser os conglomerados ou mesmo os tilitos (depósitos formados a partir de atividade geológica glacial).

De acordo com Suguio (2003), cabe uma classificação geral das rochas sedimentares em alóctones (compostas de fragmentos minerais provenientes de fora da bacia de sedimentação) ou autóctones (formadas por materiais formados no próprio ambiente sedimentar). Entre o grupo das rochas alóctones tem-se as chamadas rochas rudáceas, formadas por fragmentos grosseiros (materiais detríticos, principalmente seixos, como os conglomerados), as rochas arenáceas, formadas predominantemente pela fração areia (arenitos), e as rochas lutáceas, formadas a partir de materiais finos (siltes e argilas), sendo os folhelhos as mais abundantes. Entre as rochas alóctones enquadram-se ainda as rochas piroclásticas ou vulcanoclásticas, compostas por fragmentos expelidos a partir de atividades vulcânicas. No grupo das rochas sedimentares autóctones adequam-se as rochas carbonáticas (calcários e dolomitos), as carbonosas, às quais pertencem toda a série do carvão.

Na bacia do Paraná são comuns os folhelhos de idade permiana, altamente fossilíferos (Formação Irati), ou mesmo conglomerados (Formação Corumbataí, também do Permiano), ambas de transgressão marinha. Entre os sedimentos terrígenos paleozoicos enquadram-se os depósitos glaciais da Formação Itararé, que afloram em uma série de fácies, desde diamictitos até lamitos e arenitos finos e grosseiros (Figu-

Figura 2.31 Fácie arenítica do Grupo Itararé na borda da Bacia Sedimentar do Paraná, com presença de marcas onduladas que lembram arenito eólico (Campinas, SP).

ra 2.31). Também são conhecidos os depósitos rítmicos do tipo varvito em paleolago glacial, edificados por sucessivas deposições de areias intercaladas a materiais finos; as lâminas arenosas estão associadas ao degelo parcial de verão, enquanto os finos correspondem à massa sedimentar decantada durante congelamento no inverno (Figura 2.32). Os arenitos são essencialmente mesozoicos e compõem as conhecidas formações Botucatu e Piramboia, de caráter eólico, configurando paleodunas formadas em sistema desértico. Acrescenta-se ainda as sequências areníticas cretáceas pós--derrame pertencentes ao Grupo Bauru, mapeadas pelo IPT nas formações Caiuá, Santo Anastácio, Adamantina e Marília.

2.7.3 Cadeias dobradas

As cadeias dobradas constituem a zona de terrenos sedimentares e metamórficos de geossinclinal, dobradas por orogênese recente e incorporadas às bordas dos velhos continentes.

Para Popp (1998), as cadeias de montanhas no seu sentido técnico são aquelas geradas principalmente por dobramentos ligados diretamente a forças orogenéticas de grande intensidade e raio de ação. São exemplos de cadeias de montanhas os Alpes, o Himalaia, os Andes e as Montanhas Rochosas. Essas cadeias de montanhas estão ligadas ao tectonismo orogenético do Cenozoico. Anteriormente ao

Figura 2.32 Depósito rítmico (varvito) em paleolago glacial carbonífero
(Itu, SP)

Cenozoico, sobretudo durante o pré-cambriano, a orografia da Terra teve outras cadeias de montanhas agora já aplainadas pela erosão. As grandes cadeias montanhosas atualmente ativas são, portanto, de idade terciária. Sua gênese depende da colisão entre placas tectônicas, sendo assim feições geomorfológicas ligadas a limites convergentes, tanto entre duas placas continentais como entre uma placa oceânica e uma continental. No Brasil, os dobramentos ocorrentes são bastante antigos, ainda do pré-cambriano, e aparecem na forma de remanescentes arrasados, como a Serra do Espinhaço ou as faixas remobilizadas no Sul de Minas Gerais.

Todas as cadeias de montanhas, em sentido técnico, possuem muitas analogias significativas.

a) Os materiais que formam essas cadeias de montanhas foram todos originalmente depositados no fundo do mar.
b) A extensão das cadeias de montanhas é muito menor do que quando eram fundo de mar. Isso indica que a crosta terrestre sofreu um deslocamento horizontal e um enrugamento.
c) Todas as cadeias de montanhas têm uma construção bilateral, isto é, as dobras têm sempre duas direções opostas, mas não necessariamente simétricas.

d) A zona central é mais sujeita à ação magmática e ao metamorfismo.

e) A distribuição geográfica das cadeias de montanhas mostra que elas são, em geral, compostas por arcos suaves, sucessivos, estreitos e muito longos.

f) Finalmente, é importante assinalar que as cadeias de montanhas derivam de um geossinclinal cuja evolução é encontrada nas cadeias de montanhas com características e analogias próprias.

O geossinclinal é um conceito complexo que envolve uma série de fenômenos que vão desde uma região propícia a receber sedimentos no fundo do mar até o soerguimento desses sedimentos e sua transformação em cadeia de montanhas.

O geossinclinal está localizado, via de regra, próximo a uma região continental. Essa região, chamada plataforma, é palco de erosão e fornece material para o preenchimento do geossinclinal. A velocidade máxima dessa sedimentação é de cerca de 1 m em 30 mil anos. Sabe-se que no meio do geossinclinal a espessura dos sedimentos pode chegar a até 12 mil metros, diminuindo rapidamente para as bordas.

A sedimentação do geossinclinal é feita em águas rasas, independentemente da profundidade inicial do vaso oceânico que receberá os sedimentos. Sabe-se hoje que, na medida em que ocorre a sedimentação, há também uma subsidência mantendo raso o nível de águas. Tal fenômeno não se deve ao peso dos sedimentos, mas às características próprias do geossinclinal. Assim, por isostasia, a cada subsidência ocorre um levantamento da plataforma e recrudesce a erosão, e, logo, a sedimentação. A subsidência do geossinclinal cria outros fenômenos correlatos, dos quais o magmatismo é o principal. A natureza desse magmatismo varia conforme a fase de evolução do geossinclinal.

A subsidência não é contínua nem regular em um geossinclinal. Ao contrário, é lenta e irregular, refletindo-se nas variações de fáceis (variedades litológicas), tudo indicando um sobe e desce contínuo intercalado por fases de sedimentação, seguidos de ausência de sedimentação e mesmo erosão.

Ainda de acordo com Popp (1998), esse conjunto de características pode ser sintetizado pelas seguintes fases:

I – Fase pré-orogênica

É realizada em mar raso, com sedimentação terrígena e calcária intensiva e a correspondente subsidência; vulcanismo básico.

II – Fase orogenética inicial

Subsidência e sedimentação localmente aceleradas, sedimentação de *flysch* (terrígena superior). Algumas partes já aparecem acima do nível do mar. Intenso vulcanismo básico.

68 Introdução à geomorfologia

III – Fase orogenética principal

Dobramentos intensos e o magmatismo são agora de caráter ácido intrusivo. Terras já totalmente levantadas. É depositada a formação lagunar nas depressões restantes.

IV – Fase pós-orogenética

Atividades magmáticas intermediárias e básicas. Movimentos isostáticos, sedimentação molássica.

As fases de evolução de um geossinclinal podem ser descritas de acordo com a Figura 2.33, em: "A" acha-se representada a fase inicial de subsidência e simultâneo acúmulo de sedimentos, afetados por vulcanismo basáltico. De ambos os lados acham-se a região estável do antepaís, que se levanta e se desgasta pela erosão, cujos detritos se acumulam à medida que o geossinclinal se abate. Em "B" tem-se a fase de dobramento acompanhada de intensa atividade magmática ácida, com intrusões graníticas e grande intensificação do afundamento do geossinclinal já deformado. Surgem como consequência do dobramento várias ilhas e formam-se depressões secundárias no sentido do maior eixo. Em "C", fase final, estabiliza-se o tectonismo, dando-se o arqueamento geral da região, o que se denomina undação, fenômeno interpretado como resultado do equilíbrio isostático das massas leves junto ao substrato mais denso. Diversos falhamentos laterais ocorrem junto às camadas dobradas, e uma nova bacia alongada, subsidiária, forma-se à esquerda da área dobrada e soerguida, já em vias de desgaste erosivo (LEIZ e AMARAL, 1989).

2.8 CLASSES FUNDAMENTAIS DAS FORMAS DE RELEVO

Para Penteado (1980), há duas classes fundamentais de formas de relevo: iniciais e sequenciais:

- Iniciais – Formas resultantes dos soerguimentos originais da crosta por forças internas e por erupções vulcânicas;
- Sequenciais – Formas esculpidas pelos agentes de desnudação. Essas vêm em seguida às iniciais.

Qualquer paisagem é o resultado da ação dessas forças; logo, é uma etapa dentro de um contexto.

Todos os estágios de evolução das paisagens podem ser observados no globo. Onde ocorrem altas montanhas é sinal de que as forças internas atuaram recen-

Estruturas terrestres 69

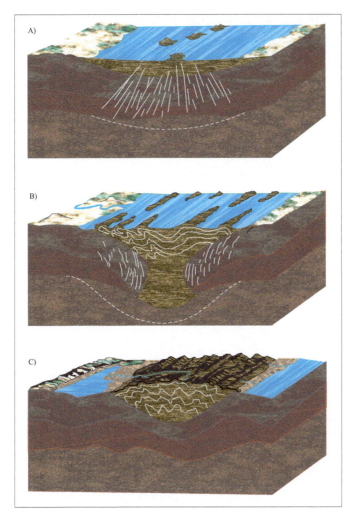

Adaptado de: Leinz e Amaral (1989)

Figura 2.33 Fases da evolução de um geossinclinal

temente. Os planaltos baixos e as planícies indicam que as forças desnudacionais têm papel mais atuante. Todos os estágios intermediários podem ser encontrados.

Os agentes de esculturação do relevo, que produzem as formas sequenciais são: águas correntes, vagas oceânicas, gelo e vento. Esses agentes de erosão, auxiliados por processos de meteorização das rochas e movimentos de massa sobre as vertentes, atacam as massas rochosas continentais. Nenhuma região do globo é imune ao ataque. Tão logo as rochas sejam expostas ao ar ou às águas, inicia-se o processo de destruição. O produto da desintegração é removido para o assoalho das bacias oceânicas.

Todas as formas sequenciais modeladas por remoção progressiva da massa rochosa são designadas por formas erosionais.

Os fragmentos de rocha ou solo que foram removidos são depositados em qualquer parte e constituem as formas deposicionais.

capítulo 3

Processos exógenos

3.1 PEDOGÊNESE E MORFOGÊNESE

Os processos exógenos são geridos, basicamente, pelas condições atmosféricas reinantes em determinada região. Esses processos agem sobre o arranjo estrutural das rochas por meio das reações de intemperismo e são os responsáveis pela esculturação do relevo. De acordo com Ross (2005), as formas do relevo terrestre podem ser vistas como uma vasta peça de escultura, cujo escultor é a atmosfera com seus diversos tipos climáticos, e as estruturas geológicas são suas matérias--primas. Os processos exógenos são de grande complexidade e se revelam através do ataque às rochas pela ação mecânica do ar, da temperatura e principalmente pela ação físico-química da água em estado sólido, líquido e gasoso. A ação física e química dos agentes atmosféricos no processo de esculturação das formas do relevo é simultânea; entretanto, dependendo das características climáticas reinantes, pode ter maior ou menor atuação uma ou outra. Desse modo, em uma determinada área com características climáticas desérticas ou semidesérticas, a atuação física da variação térmica é mais significativa que a ação química. Nas áreas tropicais quentes e úmidas, a ação química da água e do calor tem maior importância nos processos de desgaste. Já nas áreas frias a ação física da água em estado sólido (gelo) é que é importante na esculturação das formas.

A alteração das rochas passa pela ação física e química, denominada intemperismo ou meteorização. A meteorização física das rochas efetua-se através da fragmentação progressiva daquelas que estão mais expostas à superfície e à ação dos agentes atmosféricos. Diáclases e fraturas ocorrem tanto nas rochas de áreas frias, quentes e secas quanto nas quentes e úmidas. As linhas de fraqueza são produzidas pela variação térmica da atmosfera, que faz dilatar e contrair os minerais ou compõem a massa rochosa, levando-os à fadiga e ao fraturamento; podem ser também produzidas pela descompressão da massa rochosa mais próxima da superfície, ou ainda por efeitos deformacionais tectônicos. Nas áreas frias, a ação do gelo em fraturas e poros das rochas também leva à sua fragmentação progressiva. A presença de raízes nos interstícios e nas fraturas das rochas também contribui para os processos desagregadores destas (ROSS, 2005).

A meteorização química se processa através da reação química da água das chuvas, que se infiltra no solo, com os minerais das rochas. A ação química da água sobre os minerais primários da rocha os transforma em minerais secundários – os feldspatos tornam-se minerais de argilas, por exemplo. Com isso, ao mesmo

74 Introdução à geomorfologia

tempo em que muda a natureza físico-química da rocha, a ação da água também altera a forma do relevo através da erosão. Algumas reações de intemperismo são mais recorrentes no meio tropical, entre as quais é necessário destacar a hidratação e a hidrólise. Na hidratação, ocorre a penetração da molécula de água no retículo cristalino do mineral. Já na hidrólise, o íon H^+ reage com o mineral deslocando os metais alcalinos (K^+ e Na^+) e alcalino terrosos (Ca^{2+} e Mg^{2+}), causando um rompimento da estrutura do mineral que libera Si e Al na fase líquida, que, então, se recombinam formando os minerais secundários, da maneira que é ilustrado na equação a seguir:

$$2KAlSi_3O_8 + 11H_2O \; Si_2Al_2O_5(OH)_4 + 4H_4SiO_4 + 2K^+ + 2OH^-$$

Pode-se distinguir uma hidrólise parcial, quando parte da sílica permanece no perfil de intemperismo, de uma hidrólise total, marcada pela remoção completa da sílica. O primeiro tipo é responsável pela geração da caulinita, e o segundo repercute na formação de gibbsita, os minerais de argila mais comuns no meio tropical.

Também são comuns as reações de oxirredução e também a dissolução, solubilização do mineral que ocorre, sobretudo, em rochas carbonáticas, ainda que sua atuação em silicatos também seja verificável.

Os agentes geológicos de superfície (rios, vento, gelo) exercem seu poder de erosão e transporte de forma mais competente nas coberturas intemperizadas.

Entre os agentes superficiais, os rios indubitavelmente estão entre os mais significativos. Quando as águas atingem os setores dos vales de menor inclinação, aproximando-se dos chamados níveis de base, onde ocorrem os processos de sedimentação, primeiro são depositados os materiais mais grosseiros e pesados, depois os finos e leves. A ação das águas pluviais e fluviais é marcante nos ambientes de climas temperados e tropicais, onde a água é mais abundante. O relevo nessas áreas tende a ter muitos canais de drenagem e suas formas, tanto nas áreas serranas como nos planaltos e depressões, seriam tendencialmente caracterizadas por topos arredondados ou convexizados.

A ação da água em estado sólido – o gelo – atua mecanicamente, tanto no processo de alteração da rocha quanto no de transporte, nas altas montanhas e nas latitudes mais próximas dos polos. As sucessivas alternâncias congelamento/degelo, com expansão e contração do volume da água existente nos poros e fraturas das rochas, leva à fragmentação. A ação do gelo nos relevos altos está marcada por rebaixamentos circulares ou semicirculares chamados circos. Desses pontos desenvolvem-se vales por onde o gelo e a neve se escoam, provocando erosão e transportando material de solo e rocha de modo não selecionado. Os vales glaciais em forma de U, que tendem a ser formar pela abrasão exercida pela passagem do

Processos exógenos 75

gelo, terminam nas partes baixas do terreno, onde as línguas das geleiras depositam, em forma de pequenos montes, as areias, os seixos e o material fino. Esses montes baixos são chamados *morainas* ou *morenas*. A paisagem de deposição glacial é uma associação de morainas ao lado de uma grande quantidade de lagos de tamanho variado.

O formidável sistema lacustre do Canadá e dos Grandes Lagos norte-americanos tem gênese glacial, foram formados durante as glaciações pleistocênicas, período durante os quais a calota polar do hemisfério norte se expandiu para latitudes mais baixas. Também são amplamente conhecidos os fiordes escandinavos que recortam o litoral norueguês; são imensos vales em "U" formados pela abrasão imposta pelo gelo permanente da última glaciação (Würm/Wisconsin) e preenchidos pela transgressão marinha pós-glacial. No Brasil, embora não ocorram atualmente paisagens glaciais, existem registros geológicos de atividade glacial, a exemplo dos sedimentos pertencentes ao Grupo Itararé, que incluem desde arenitos até tilitos produtos de ação de geleira (paleomorainas) e varvitos formados pela deposição perpetrada em paleolago. Evidência da passagem das geleiras ficou registrada em ranhuras exercidas na rocha (rocha *moutonée*), conforme se verifica no município de Salto (SP). Todos esses vestígios de glaciação permocarbonífera são encontrados na borda leste da Bacia Sedimentar do Paraná, ocorrendo em uma grande área que margeia o contato entre a Depressão Periférica Paulista e o Planalto Atlântico.

A erosão mecânica dos ventos é atuante nos litorais baixos com praias arenosas e nos ambientes climáticos áridos e semiáridos. Nestes últimos, verifica-se a ação combinada da falta de água com grande variação térmica diurno-noturna, e o vento exerce importante papel de desgaste e transporte de detritos sólidos. A permanente e grande variação de temperatura entre o dia e a noite atua sobre a rocha, promovendo a sua fragmentação progressiva. Os detritos menores são transportados pelos ventos de um lugar para outro (deflação) e, nesse processo, tanto geram mais erosão com o atrito de detritos contra rocha como formam, ao depositarem-se, campos de dunas. Os processos eólicos são assim bastante atuantes nas áreas desérticas das latitudes médias, e é nessas áreas onde é o grande agente propulsor da evolução do modelado.

De acordo com Penteado (1980), os processos morfogenéticos, normalmente, não se exercem diretamente sobre as rochas, porque os solos, produtos do intemperismo, são um meio intermediário entre os agentes meteóricos e a litosfera. A evolução morfogenética se faz em relações de causa e efeito com a evolução dos solos, e estes refletem um equilíbrio frágil entre relevo, clima e biosfera.

Com isso, o material formado a partir da decomposição e desagregação rochosa (intemperismo), vai ser retirado, transportado e depositado dando formato à superfície. Esses processos, de acordo com Christofoletti (1980), não agem separadamente, mas em conjunto, no qual a composição qualitativa e a intensidade dos fatores respectivos são diferentes.

A notoriedade das relações existentes entre os processos pedogenéticos e morfogenéticos é, portanto, algo bastante latente. A natureza de tais relações já fora discutida de forma ressonante por Tricart (1968), que considera a pedogênese como um dos elementos da morfogênese, uma vez que ela modifica as características superficiais da litosfera e, em consequência, influencia os mecanismos fundamentais da morfogênese, a exemplo dos escorregamentos que ocorrem nas regiões montanhosas do meio tropical em face das potentes alterações caoliníticas e espessos mantos de alteração associados.

Conclusivamente, pedogênese e morfogênese são processos que atuam combinadamente na evolução do modelado terrestre. Solos se formam e são erodidos permanentemente. Em sistemas climáticos úmidos e de relevo suave, cobertos por vegetação densa, a pedogênese certamente será superior à pedogênese, configurando-se uma situação de equilíbrio pedobioclimático similar ao que em uma linguagem ecológica configuraria um estado de clímax ou homeostase. Em contrapartida, em outras áreas da Terra, como nas paisagens glaciais e desérticas, a morfogênese suplanta a pedogênese, e os processos físicos é que orquestram a evolução do relevo. Essa visão se enquadra nas formulações da Teoria Bio-Resistásica proposta pelo pedólogo polonês Henri Erhart (ERHART, 1966), segundo a qual o predomínio da pedogênese em relação à morfogênese determinaria uma situação de biostasia; o oposto, morfogênese em taxas mais elevadas que a pedogênese, instalaria uma situação de resistasia, na qual os processos de degradação das vertentes é que dão a tônica morfogenética. Tricart (1977) entende como mais adequado o uso do termo fitostasia, alegando que é a cobertura vegetal quem, de fato, confere estabilidade às encostas, ao passo que a fauna, por meio das escavações promovidas pelos organismos endopedônicos, podem ser agentes de desagregação dos solos.

3.2 PROCESSOS LINEARES – AÇÃO DAS ÁGUAS CORRENTES

São processos que se exercem em linha, levados a efeito pelas águas correntes, concentradas e organizadas em canais. A água em seu percurso para o mar, de acordo com Penteado (1980), é o agente mais efetivo de esculturação das paisagens.

Ainda de acordo com a autora, a carga sólida dos rios é a ferramenta da erosão. Ela é fornecida através do intemperismo e dos processos de desnudação sobre as vertentes dos vales. O escoamento fluvial é concentrado em canais e as formas destes dependem de uma série de variáveis envolvidas no escoamento.

Para Cunha (1998), a quantidade de água que alcança o canal expressa o escoamento fluvial, que é alimentado pelas águas superficiais e subterrâneas. A proporcionalidade entre essas duas fontes é definida por fatores, tais como clima, solo, rocha, declividade e cobertura vegetal. Fazendo parte do ciclo hidrológico,

Processos exógenos 77

o escoamento fluvial recebe as águas das chuvas, refletidas no escoamento fluvial imediato, mais a água da infiltração, e, do total precipitado, apenas as quantidades eliminadas pela evapotranspiração estão isentas da participação do escoamento.

A velocidade das águas de um rio depende de fatores como: declividade do perfil longitudinal, volume das águas, forma da seção transversal, coeficiente de rugosidade do leito e viscosidade da água. Como pode ser percebido, esses diversos fatores fazem que a velocidade tenha caráter dinâmico ao longo do canal e na própria seção transversal. Entre os elementos que alteram a velocidade, citam-se: mudanças na declividade, na rugosidade do leito e na eficiência do fluxo (CUNHA, 1998).

A capacidade de erosão das margens e do leito fluvial, bem como o transporte e a deposição da carga do rio dependem, entre outros fatores, da velocidade, e sua alteração modifica, de imediato, essas condições. As correntes fluviais podem transportar a carga sedimentar de diferentes maneiras (suspensão, saltação e rolamento), de acordo com a granulação das partículas (tamanho e forma) e as características da própria corrente (turbulência e forças hidrodinâmicas exercidas sobre as partículas).

O fluxo fluvial é constituído pela descarga líquida, sólida e dissolvida. Por meio da descarga líquida, ou vazão, são definidas a competência (tamanho máximo do material que pode ser transportado) e a capacidade do rio (volume de carga que pode ser transportado).

A carga sólida de um rio (suspensão e fundo) decresce para jusante, indicando diminuição na sua competência. Ainda, a carga sólida é reflexo direto da participação da chuva, com sua intensidade e frequência, erodindo as encostas, e do papel da cobertura vegetal. Ambas, chuva e cobertura vegetal, possuem destaque na participação do volume da carga sólida e no entulhamento de lagoas (MARQUES, 1990) e de reservatórios reduzindo, muitas vezes, a sua utilização (vida útil). A presença de vegetação atenua a energia cinética com que a gota d'água atinge o solo e minimiza a erosão por salpicamento ou *splash erosion* (BERTONI e LOMBARDI NETO, 2005), bem como favorece a infiltração e difunde o escoamento superficial, reduzindo consequentemente as taxas de erosão em lençol ou concentrada.

A carga em suspensão constitui-se de partículas finas, silte e argila, que se conservam suspensas na água até a velocidade do fluxo decrescer, atingindo o limite crítico ou a velocidade crítica, que corresponde à menor velocidade requerida para uma partícula de determinado tamanho movimentar-se (CUNHA, 1998).

A carga de fundo é formada por partículas de tamanhos maiores (areia, cascalho ou fragmento de rocha) que saltam ou deslizam ao longo do leito fluvial. A velocidade, nesse tipo de carga, tem participação reduzida, fazendo que os grãos se movam lentamente.

Os processos de erosão, transporte e deposição de sedimentos no leito fluvial alternam-se no decorrer do tempo e, espacialmente, são definidos pela distribuição da velocidade e da turbulência do fluxo dentro do canal. São processos dependentes entre si e resultam não apenas das mudanças no fluxo, como, também, da carga existente.

Dessa forma, a capacidade de erosão das águas depende da velocidade e turbulência, do volume e das partículas por elas transportadas em suspensão, saltação e rolamento. A erosão das paredes e do fundo do leito pelas águas correntes atua de três formas: pelas ações corrasiva e corrosiva, e pelo impacto hidráulico. A corrasão ou efeito abrasivo das partículas em transporte sobre as rochas e sobre outras partículas tende a reduzir a rugosidade do leito, enquanto a ação corrosiva resulta da dissolução de material solúvel no decorrer da percolação da água ainda no solo (CUNHA, 1998).

Ao longo do perfil longitudinal, quando a velocidade é lenta e uniforme, as águas fluem em camadas, sem haver mistura entre elas, constituindo o fluxo laminar, no qual os processos erosivos são diminutos e a capacidade de transporte se torna reduzida, deslocando, apenas, partículas muito finas. Ao contrário, nos fluxos turbulentos, onde ocorrem flutuações da velocidade, em decorrência de redemoinhos produzidos por obstáculos e irregularidades existentes no leito, a capacidade de transporte atinge partículas maiores. Partículas de tamanhos menores (silte e argila) necessitam de maiores velocidades críticas de erosão devido à força de coesão entre os minerais de argila (SUNDBORG, 1956 e MORISAWA, 1968). As partículas permanecem em movimento até ser atingida sua velocidade crítica de deposição, que corresponde a cerca de dois terços da velocidade crítica de erosão.

A Figura 3.1 consiste na representação do perfil longitudinal do Rio Capivari (Itamonte, MG), assinalando a passagem de uma zona de alta velocidade, carac-

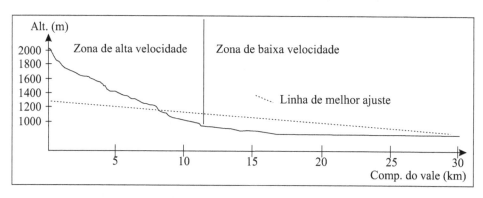

Adaptado de: Marques Neto e Perez Filho (2011)

Figura 3.1   Perfil longitudinal do Rio Capivari (Itamonte, MG), secionado pela linha de melhor ajuste

terizada por considerável declividade e formação de turbulências e encachoeiramentos (predomínio da erosão), para uma zona de baixa velocidade, de gradiente suave e fluxo do tipo laminar, onde predominam os processos deposicionais.
O perfil é cortado pela linha de melhor ajuste (SCHUMM, 1983), que generica-
mente define trechos de soerguimento, posicionados acima da linha, e trechos de
subsidência e estocagem sedimentar, que se dispõem abaixo dela.

Ao longo do perfil transversal, a velocidade e a turbulência das águas são também variáveis, definindo locais preferenciais de erosão e deposição das partículas.
Logo abaixo da superfície da água, situa-se a área de maior velocidade, onde qualquer sedimento em suspensão é transportado pelas águas. Na superfície, o atrito
com o ar reduz os valores da velocidade e turbulência, que também são modificados de acordo com a forma dos canais. Em canais de leito simétrico, em geral de
padrão retilíneo, a velocidade máxima ocorre no centro do canal, diminuindo em
direção às margens. Em leito assimétrico, de padrão meândrico, a zona de máxima velocidade e turbulência localiza-se nas proximidades das margens côncavas,
decrescendo de valor em direção à margem de menor profundidade (convexa).
Junto ao fundo do leito e nas paredes laterais do canal localizam-se as menores
velocidades e turbulências. As áreas de máxima turbulência refletem as variações
verticais do leito, como, por exemplo, as ondulações e os desníveis representados
pelas soleiras, depressões e obstáculos, como troncos de árvores e blocos rochosos, sendo ladeadas, em geral, por uma zona de máxima velocidade.

Outro elemento que deve ser considerado nos processos fluviais refere-se às
velocidades de decantação dos grãos. Quando esses são muito pequenos (silte e argila), a velocidade de decantação é diretamente proporcional às diferenças de den-
sidades entre a partícula e o fluido; à esfericidade da partícula; e ao quadrado do
diâmetro da partícula; e inversamente proporcional à viscosidade do fluxo (Lei de
Stokes, MULLER, 1967). Quando as partículas são maiores (areias), as velocidades de decantação são independentes da viscosidade do fluido; diretamente proporcionais à raiz quadrada do diâmetro da partícula e à diferença entre as densi-
dades da partícula e do fluido dividida pela densidade do fluido (Lei do Impacto).

O Capítulo 5 desta obra é que tem a incumbência de discutir a geomorfologia fluvial, oportunidade na qual será empreendido um maior detalhamento das
formas e processos nos rios.

3.3 PROCESSOS AREOLARES – MODELADO DAS VERTENTES

Para Dylik (1968), vertente é uma forma tridimensional que foi modelada pelos processos de denudação, atuantes no presente ou no passado, e representa

80 Introdução à geomorfologia

a conexão dinâmica entre o interflúvio e o fundo do vale. Os elementos que o levaram a propor essa definição, de acordo com Christofoletti (1980), são:

a) o limite inferior da vertente somente possui um valor de orientação, pois o leito de um rio não pode defini-lo senão em casos excepcionais. Como são os processos morfogenéticos que determinam a natureza da vertente, esta termina justamente onde os processos que lhe são próprios deixam de atuar, sendo substituídos por outros. Pela mesma razão, a presença de descontinuidades naturais, como terraços, pedimentos, falésias e outras, condicionam alterações bruscas nos processos atuantes e devem ser levadas em consideração no ato de delimitar a parte inferior da vertente;

b) o limite superior da vertente é muito difícil de precisar. Nem sempre pode ser identificado com a linha de partilha das águas, mas o limite superior deve indicar a extensão mais distante e mais alta da superfície de onde provém um transporte contínuo de materiais sólidos para a base da vertente;

c) o limite interno, que lhe dá a terceira dimensão, é constituído pelo embasamento rochoso ou pela superfície de ataque da meteorização. Por outro lado, a cobertura de depósitos correlativos apresenta certa espessura, testemunhando os processos morfogenéticos que modelaram a vertente em um passado mais ou menos remoto. Nessa perspectiva, surge a quarta dimensão, a tempo-espacial, que enriquece a noção de vertente;

d) o processo atuante é representado pelo escoamento que ocupa posição excepcional em relação aos demais processos. O escoamento é um grupo de processos que abarca toda uma série de mecanismos, desde os que estão próximos aos movimentos de massa até os que se assemelham aos processos fluviais. Tais processos morfogenéticos são os responsáveis pela dinâmica e pelo relacionamento funcional de todas as partes da vertente.

De acordo com Bloom (1972), os perfis das vertentes, geralmente, possuem um segmento superior convexo para o céu e um inferior côncavo; contudo, alguns perfis possuem um segmento reto entre as curvas superior e inferior. Quando uma escarpa interrompe o perfil, introduz-se um segmento adicional, marcado pela queda livre de detritos intemperizados, acima do segmento reto. O segmento reto de uma encosta, abaixo da escarpa, geralmente é um tálus (Figura 3.2).

Ainda de acordo com o autor, pode-se combinar curvatura de perfil e curvatura de linhas de nível em uma única classificação de encostas em diagrama (Figura 3.3) como proposto por Troeh (1965). O eixo horizontal do diagrama divide encostas "coletoras de água", com contornos côncavos (I e II) de encostas "distribuidoras de água", com contornos convexos (III e IV). O eixo vertical do diagrama separa encostas com perfis convexos, dominadas por rastejamento (II e III), das de perfis côncavos, dominadas por erosão pluvial (I e IV).

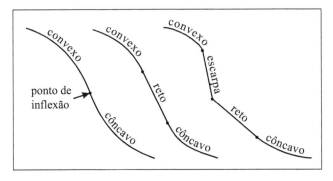

Adaptado de: Bloom (1972)

Figura 3.2 Perfis de encostas

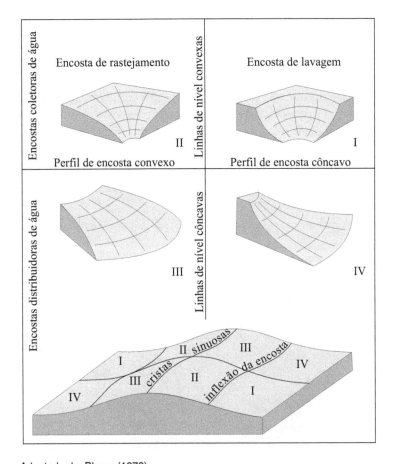

Adaptado de: Bloom (1972)

Figura 3.3 Classificação de encostas segundo Troeh

Chama-se de processos areolares, de acordo com Penteado (1980), o conjunto de processos que atuam sobre as vertentes para reduzir a sua declividade e altitude e regular seu perfil. A atuação desses processos e a evolução das vertentes se fazem em função da escavação do vale (erosão linear).

Se os processos lineares são mais intensos que os processos areolares, o recuo e a suavização dos declives serão lentos e a convexidade do perfil da vertente tende a aumentar ou a se estender até a base.

Se os processos lineares são mais lentos que os areolares, isto é, se a erosão linear diminui, mas as vertentes ainda apresentam declives fortes, os processos de desnudação serão mais ativos. Os topos abaixarão mais depressa do que a base, os declives médios serão reduzidos. As vertentes apresentarão um perfil no qual a concavidade basal tende a crescer em detrimento da convexidade do topo (PENTEADO, 1980).

Ainda de acordo com a autora, os processos areolares podem contribuir para aumentar a camada de detritos em determinados setores da encosta, reduzir a camada ou apenas atuar no transporte de material. No conjunto, todos os processos levam à movimentação de detritos e agem na regularização do perfil das vertentes.

Os processos de transporte sobre as vertentes resultam da erosão que se faz em superfície e são derivados de condições ambientais: clima, vegetação, solo, atividade biológica e das relações declive da encosta/erosão do talvegue.

Esses transportes, do material preparado pelo intemperismo, podem se relacionar dominantemente à força da gravidade (movimentos de massa) ou ao escoamento superficial sob a ação das águas pluviais e correntes.

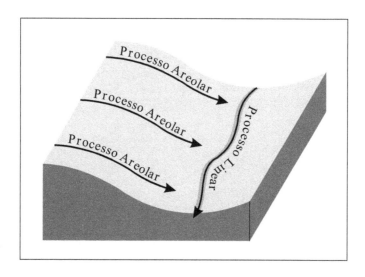

Figura 3.4 Processos lineares e areolares

3.3.1 Erosão pluvial

O processo erosivo causado pela água das chuvas ocorre em quase toda a superfície terrestre, em especial nas áreas com clima tropical, caracterizadas por altas taxas pluviométricas. Nas áreas contidas na faixa intertropical marcadas pela sazonalidade climática bem definida, na estação chuvosa os processos morfodinâmicos tendem a ser mais acelerados em função do aumento da erosividade pluvial.

De maneira simplista e linear, pode-se temporalmente apontar as seguintes fases dentro do processo erosivo: ruptura dos agregados – selagem do solo – formação de poças – escoamento superficial em lençol – escoamento superficial linear – microrravinas – formação de cabeceiras – bifurcação – novas ravinas – voçorocas.

De acordo com Guerra (1999), a ação do *splash* ou erosão por salpicamento é o estágio mais inicial do processo erosivo, pois prepara as partículas que compõem o solo, para serem transportadas pelo escoamento superficial. Essa preparação se dá tanto pela ruptura dos agregados, quebrando-os em tamanhos menores, como pela própria ação transportadora que o salpicamento provoca nas partículas dos solos.

O papel do *splash* varia não só com a resistência do solo ao impacto das gotas de chuva, mas também com a própria energia cinética das gotas. Dependendo da energia cinética impactada sobre o solo, vai ocorrer, com maior ou menor facilidade, a ruptura dos agregados, formando as crostas que promovem a selagem do solo.

A ruptura dos agregados pode ser considerada, de acordo com o autor, um dos primeiros fatores no processo de erosão dos solos, pois é a partir dessa ruptura que outros processos se desencadeiam no topo do solo desestabilizando-o e dando início ao processo erosivo.

À medida que os agregados se rompem, no topo do solo, vai ocorrendo a formação de crostas, que eventualmente provocarão a selagem dos solos. Esse processo é responsável pela diminuição das taxas de infiltração e, consequentemente, formam-se poças na superfície.

Morgan (1986) enfatiza que, durante a chuva, os espaços existentes entre as partículas do solo preenchem-se de água, e as forças capilares decrescem, de tal forma que as taxas de infiltração decaem, tornando o solo saturado, não conseguindo absorver mais água.

A formação de poças na superfície é o estágio que antecede o escoamento superficial. Elas ocupam as irregularidades do solo. Uma vez que essas irregularidades estejam preenchidas por água, começam a se ligar umas com as outras. Nesse momento, inicia-se o escoamento superficial (*runoff*).

A água que se acumula nas poças começa a descer pela encosta quando o solo está saturado e as poças não conseguem mais conter água. A princípio, o fluxo é difuso, ou seja, em escoamento em lençol (*sheetflow*) promovendo a erosão. Segundo Horton (1945), a força de cisalhamento imposta por esse fluxo ainda não é suficiente para transportar partículas, mas, à medida que esse fluxo de água aumenta e acelera, encosta abaixo, ocorre o cisalhamento das partículas do solo e, finalmente, a erosão começa a ocorrer a partir de uma distância crítica do topo da encosta. Essa modalidade erosiva de manifestação areolar também é conhecida como erosão laminar, essencialmente a mais comum e onipresente nas encostas, e que consiste na paulatina remoção de camadas do solo. Condições topográficas favoráveis associadas a solos de alta erodibilidade, submetidos a uso e manejo inadequados, podem acelerar tais processos, podendo implicar remoção dos horizontes superficiais do solo (e à reboque de seu conteúdo orgânico), e mesmo dos horizontes subsuperficiais. A Figura 3.5 é ilustrativa de um processo de erosão laminar severa em Argissolo, denunciadamente resultado de trato agrícola danoso em sistema de cultivo morro abaixo.

De acordo com Guerra (1999), durante o processo erosivo pode começar a ocorrer uma pequena incisão no solo, em especial, onde o fluxo de água começa a se concentrar, instalando-se um fluxo linear (*flowline*). A concentração de sedimentos no interior do fluxo linear faz com que haja um forte atrito entre essas partículas e o fundo dos pequenos canais, causando mais erosão nos canais que

Figura 3.5　Erosão laminar acelerada instalada a partir de cultivo morro abaixo em relevo acidentado (Capitólio, MG)

estão começando a se formar, transformando-os em microrravinas (*micro-rills*), representando o terceiro estágio da evolução do escoamento superficial.

Nessa fase, a maior parte da água que escoa em superfície está concentrada em canais bem definidos, embora ainda sejam bem pequenos. A turbulência do fluxo aumenta bastante nesse estágio, que já encontra o fundo das ravinas que estão se formando, com algumas ondulações, ou rugosidades, advindas do estágio anterior – fluxo linear.

As irregularidades do fundo tendem a se ampliar, fazendo que o fluxo se torne cada vez mais turbulento. Esse aumento de rugosidade no fundo dos pequenos canais causa um aumento na erosão e no turbilhonamento, podendo começar a surgir pequenas cabeceiras nas ravinas que estão se formando e pequenas poças à jusante das cabeceiras. Quando essas poças e cabeceiras começam a se formar dentro das microrravinas, atinge-se o quarto estágio – formação de microrravinas com cabeceiras (*headcuts*) (GUERRA, 1999).

Essas cabeceiras tendem a coincidir com um segundo pico na produção de sedimentos, resultantes da erosão ocorrida dentro das ravinas. Isso demonstra que, nesse estágio, o processo está alcançando um nível de equilíbrio dinâmico, ou seja, nesse estágio ocorre uma zona de deposição de sedimentos, abaixo das cabeceiras, indicando que a taxa de produção de sedimentos, a partir do recuo das cabeceiras, excede a capacidade de transporte do fluxo de água.

À medida que as cabeceiras recuam em direção às partes mais elevadas das encostas, o canal se torna mais largo e mais profundo, tendo, dessa forma, condições de transportar os sedimentos que chegam das vertentes.

Para Bryan (1990), a formação de ravinas é um processo erosivo crítico, frequentemente associado a um rápido aumento na concentração de sedimentos transportados pelo *runoff*. Uma vez estabelecidas em uma encosta, as ravinas tendem a evoluir através de bifurcações em pontos de ruptura (*knickpoints*). Segundo Bryan (1990), a maioria dos *knickpoints* se forma como uma resposta a condições hidráulicas que se estabelecem durante a evolução das ravinas.

Por meio da Figura 3.6 pode ser observada a manifestação de ravinas em franca evolução em encosta destituída da cobertura vegetal em solos de textura arenosa, consideravelmente susceptíveis à erosão.

Entre os processos erosivos dados pelo escoamento superficial, Bigarella et al. (2003) acrescentam ainda a erosão em filetes, formada a partir da divergência dos fluxos superficiais imposta pelas rugosidades do terreno, formando pequenos filetes de escoamento mais ou menos conectados que podem definir faixas preferenciais de erosão.

Além do escoamento superficial, há também o escoamento subsuperficial, que, de acordo com Guerra (1998), se refere ao movimento lateral da água, em subsuperfície, nas camadas superiores do solo. Quando isso corre em fluxos

Figura 3.6 Ravina aprofundada em franca evolução para voçoroca em área de campo e solos arenosos, indicando alta instabilidade (Baependi, MG).

concentrados, em túneis e dutos (*pipes*), possui efeitos erosivos provocando o colapso da superfície situada acima, resultando na formação de voçorocas. O processo de formação dos *pipes* está relacionado ao próprio intemperismo, sob condições especiais geoquímicas e hidráulicas, havendo a dissolução e carreamento dos minerais em subsuperfície.

O aprofundamento e a ramificação das ravinas podem dar origem a focos erosivos de maior monta. À medida que o lençol freático é alcançado, a erosão atinge seu nível de base local de incisão vertical e passa, assim, a evoluir lateralmente. Formam-se então as voçorocas, cuja expansão pode ser de grande contundência, a comprometer extensões significativas de terras agriculturáveis (Figura 3.7). Quando em áreas urbanas, podem configurar áreas de risco e comprometerem moradias e arruamentos, bem como comprometer a expansão urbana. A Figura 3.8 mostra a área urbana de São Roque de Minas (MG) entre duas voçorocas, tendo ainda uma terceira mais afastada e fora do campo de visada, e a Figura 3.9 é ilustrativa de uma voçoroca estabilizada com reativação recente em área aproveitada para pastagem.

Processos exógenos 87

Figura 3.7 Voçorocas em Volta Redonda (RJ)

Figura 3.8 Área urbana de São Roque de Minas (MG)
confinada entre duas voçorocas paralelas

88 Introdução à geomorfologia

Figura 3.9   Voçoroca reativada em área de pastagem (Carrancas, MG)

3.3.2   Transportes relacionados à ação da gravidade – movimentos de massa

Segundo Penteado (1980), os movimentos de massa, lentos ou rápidos, são provocados por atividade biológica ou por processos físicos resultantes de condições climáticas, mas a ação da gravidade é o fator principal.

Quando determinadas forças atuam sobre as partículas rochosas soltas, as partículas se movem (BLOOM, 1972). A força da gravidade adiciona uma componente descendente aos movimentos gerados por outras forças. A componente da força da gravidade, que atua paralelamente à encosta, ainda de acordo com o autor, é proporcional ao seno do ângulo de inclinação.

Para Fernandes e Amaral (2004), existem vários tipos de movimentos de massa os quais envolvem uma grande variedade de materiais, processos e fatores condicionantes.

Segundo Bloom (1972), dentre esses movimentos, encontra-se o rastejamento (*creep*), movimentos lentos e contínuos, auxiliado pela expansão e contração do solo pela variação da umidade ou da temperatura. A expansão desloca partículas no sentido da face livre da massa em expansão, ou perpendicularmente à superfície do terreno. Em oposição, contudo, a partícula não é empurrada para sua posição anterior, mas acomoda-se com a componente gravitacional. Só em raras oportunidades as forças coesivas do solo e da água são suficientemente fortes para retornar as partículas ao solo durante a contração, sem nenhum movimento descendente.

O *creep* atua com alguns centímetros por ano, afetando apenas a porção superficial. É o manto de intemperismo todo que se movimenta e desce, sem intervenção da água, apenas sob efeito da gravidade, com o escoamento difuso. Segundo Penteado (1980), são os principais processos que explicam a convexidade das encostas, e podem ser notados pela inclinação de árvores e postes no mesmo sentido do deslocamento (CHRISTOFOLETTI, 1980).

Outro movimento lento ocorre quando o solo está saturado de água e move-se encosta abaixo, chamado de *solifluxão* ou fluxo de solo.

Com relação aos movimentos rápidos, para Fernandes e Amaral (2004), destacam-se as corridas ou fluxos (*flows*), que são movimentos nos quais os materiais se comportam como fluidos altamente viscosos.

As corridas simples estão geralmente ligadas à concentração excessiva dos fluxos de água superficiais em algum ponto da encosta e deflagração de um processo de fluxo contínuo de material terroso.

Além desses, Fernandes e Amaral (2004) destacam os escorregamentos (*slides*), que são movimentos rápidos, de curta duração, com plano de ruptura bem definido, permitindo a distinção entre o material deslizado e aquele não movimentado.

Os escorregamentos são geralmente divididos com base no plano de ruptura e no tipo de material em movimento. Quanto à forma do plano de ruptura, subdividem-se em translacionais e rotacionais. O material movimentado pode ser solo, rocha ou uma complexa mistura entre os dois. Uma vez exposta, a rocha sã ou alterada, ao entrar em contato com a atmosfera, encontra condições de pressão e temperatura distintas daquelas vigentes em seu ambiente de formação, o que leva a uma evolução da encosta na busca de um novo equilíbrio. Ravinas podem começar a se formar, principalmente em saprolitos que ficam expostos, instaurando-se um aprofundamento do impacto (retroalimentação positiva) e uma evolução local para outro estado.

Os escorregamentos rotacionais ou *slumps* possuem uma superfície de ruptura curva, côncava para cima, ao longo da qual se dá um movimento rotacional da massa de solo. Dentre as condições que mais favorecem a geração desses movimentos, destaca-se a existência de solos espessos e homogêneos, sendo comuns em encostas compostas por material de alteração de rochas argilosas, como argilitos e folhelhos. O início do movimento está muitas vezes relacionado a cortes na base desses materiais, como, por exemplo, pela erosão fluvial no sopé da encosta.

Já os escorregamentos translacionais possuem superfície de ruptura com forma planar que acompanha, de modo geral, descontinuidades mecânicas e/ou hidrológicas existentes no interior do material. Tais planos de fraqueza podem ser resultantes da atividade de processos geológicos (acamamentos, fraturas etc.), geomorfológicos (depósitos de encostas) ou pedológicos (contato entre horizontes, contato solo-saprolito). Os escorregamentos translacionais são, em geral, compridos e rasos, onde o plano de ruptura encontra-se, na maioria das vezes, entre 0,5 e 5 metros.

A Figura 3.10 mostra um escorregamento do tipo rotacional de pequenas dimensões seguido de lavagem por escoamento e deposição do material sedimentar nos segmentos mais baixos da encosta; já a Figura 3.11 se encarrega de ilustrar um escorregamento translacional, pela qual fica notório seu aspecto raso e geometria marcada pelo comprimento superior à largura.

Em áreas de relevo acidentado, os escorregamentos são conspícuos e podem se dar mesmo na presença da cobertura vegetal. Partilham de forma significativa da dinâmica das paisagens de relevo acidentado submetidas ao imperativo climático tropical. Importantes compartimentos geomorfológicos regionais como a Serra da Mantiqueira, a Serra do Mar e seus prolongamentos interioranos, como a Serra dos Órgãos, no Rio de Janeiro, e de Paranapiacaba, em São Paulo, tem nos escorregamentos um componente que exerce efeito de monta na evolução

Figura 3.10   Escorregamento rotacional de baixa magnitude na parte alta da encosta (Baependi, MG)

Figura 3.11   Escorregamento translacional em vertente íngreme dado no contato entre Neossolo Litólico e o saprolito (Passa Quatro, MG)

das encostas. São em contextos geomorfológicos dessa estirpe que se noticiam de forma recorrente os desfechos trágicos associados à ocupação de áreas topograficamente proibitivas, geralmente pela população de mais baixa renda e, muitas vezes, em caráter informal e irregular como alternativa adotada para driblar a segregação espacial.

Outro movimento destacado é o de queda de blocos, ou movimentos rápidos de blocos e/ou lascas de rocha caindo pela ação da gravidade sem a presença de uma superfície de deslizamento, na forma de queda livre. Ocorrem em encostas íngremes de paredões rochosos e contribuem decisivamente para a formação dos depósitos de tálus. São favorecidos pela presença de descontinuidades nas rochas como juntas e bandamentos composicionais, assim como pelo avanço do intemperismo. Planos de intersecção de juntas e falhas de orientações distintas são zonas preferenciais para que tal processo seja deflagrado.

Os bandamentos favorecem o deslocamento da rocha na zona de contato entre as bandas, sendo processo comum em rochas metamórficas de paralelismo bem marcado, como quartzitos e filitos. Em litologias granitoides é rigoroso o processo de esfoliação esferoidal, descamação concêntrica levada a efeito pela água através dos planos de fraqueza, que pode provocar o rompimento de lascas e culminando com a formação de blocos que se colocam em movimento ao se desprenderem da estrutura.

3.4 AGENTES EXÓGENOS E EVOLUÇÃO DAS ENCOSTAS

De acordo com Penteado (1980), Holmes (1955) analisa a evolução de uma encosta retilínea elaborada por tectonismo ou em clima semiárido, até chegar à situação de equilíbrio em forma convexa, sob sistema morfoclimático quente e úmido (Figura 3.12 A). A vertente de gravidade diminui, sob a ação da erosão superficial e intemperismo na vertente de lavagem (*wash-slope*).

A desnudação e o recuo se processam da base para cima, no pé da vertente e, de cima para baixo, no topo da encosta. À medida que os ângulos extremos diminuem, o intemperismo e a pedogênese sobrepujam a erosão e o transporte. A vertente torna-se convexa.

Em clima úmido, uma encosta possui vertentes convexas do lado dos vales. À medida que o rio atinge o equilíbrio, para de escavar verticalmente e começa a alargar o vale. Os processos areolares predominam. A vertente recua e a sua base se torna côncava.

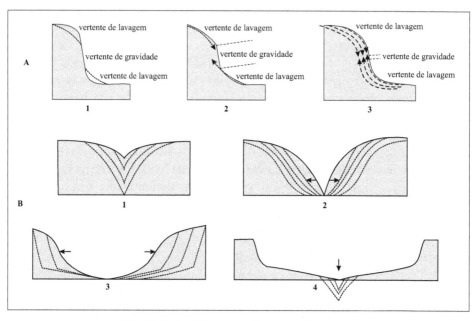

A – do seco para o úmido.   B – do úmido para o seco.

Adaptado de: Penteado (1980)

Figura 3.12 Evolução da vertente sob mudança de clima

Se o clima muda para semiárido, a altura das encostas laterais diminui e o perfil se torna quase retilíneo a dissecar as superfícies pedimentares (Figura 3.12 B). Isso se dá pela diminuição da quantidade de água no sistema, diminuindo o escoamento e não suavizando as vertentes. Processos como a esfoliação esferoidal, fundamental para a mamelonização do relevo em clima úmido, não são verificados, e a fragmentação mecânica das rochas, favorecendo a manutenção dos declives, é que dá a tônica à evolução do relevo.

Bigarella e Becker (1975) também apresentam um esquema para a mudança na forma das vertentes de acordo com a modificação climática (Figura 3.13).

I – Na fase climática úmida, tem-se o espessamento dos depósitos de cobertura e aluviamento do fundo do vale. Prevalecem formas convexas recobertas pela vegetação;

II – Na transição do clima úmido para semiárido verifica-se o desaparecimento da cobertura vegetal, com a retirada do material decomposto das partes mais elevadas pelas atividades torrenciais, com consequente coluvionamento do fundo do vale (material elaborado na fase climática úmida anterior). O colúvio em questão sobrepõe os depósitos de cobertura da fase anterior;

III – Na semiaridez, a desagregação mecânica provoca o recuo paralelo da vertente e a pedimentação da superfície, inumando os colúvios antecedentes. Aqui os pedimentos detríticos recobrem os colúvios da fase antecedente;

IV – Em nova fase úmida, a incisão da drenagem promove a retirada dos depósitos correlativos em função da reelaboração do vale, parcialmente testificado na vertente. As novas condições climáticas proporcionam desenvolvimento da pedogênese com a reinstalação da cobertura vegetal.

A Figura 3.14 representa perfis sucessivos de encostas em evolução em clima seco e úmido.

As funções mais distintivas das paisagens secas estão relacionadas com as águas correntes, apesar de mal hierarquizadas. O intemperismo não difere entre clima seco ou úmido, prevalecendo no úmido a meteorização química e no seco, a meteorização mecânica. Os processos ligados à gravidade também não mudam. Escorregamentos de diversos graus ocorrem nas duas zonas climáticas.

O regime das precipitações condiciona os processos de escoamento superficial. O predomínio da erosão mecânica determina a natureza e o teor da carga sólida. A relação carga sólida/débito condiciona os processos de erosão lateral ou a incisão dos vales, controlando, também, a evolução das vertentes.

A forma das vertentes depende não só das variáveis estáticas (estrutura, litologia), mas da natureza dos processos atuantes (condições dinâmicas); logo, é função das condições morfoclimáticas.

94   Introdução à geomorfologia

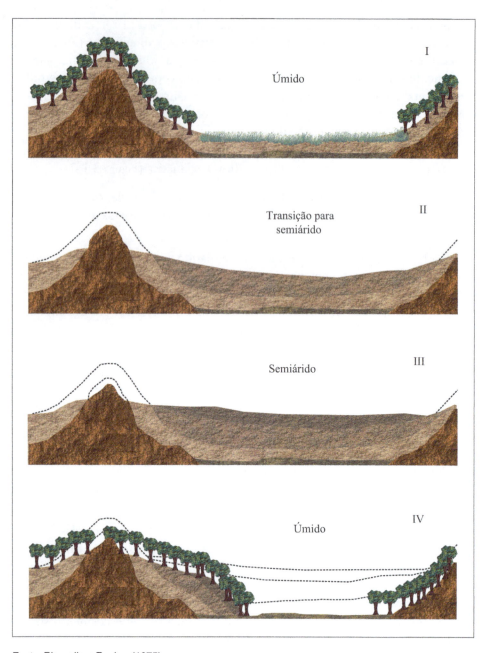

Fonte: Bigarella e Becker (1975)

Figura 3.13   Evolução de uma seção morfológica evidenciando as diferentes sequências cronodeposicionais

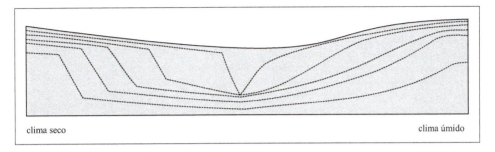

Adaptado de: Penteado (1980)

Figura 3.14   Perfis sucessivos em estágio de evolução de vertente

Diferentemente das regiões secas e semiáridas, as faixas tropicais úmidas são lócus do intemperismo químico, com formação de espessos mantos de alteração e minerais de argila abundantes sob ampla hidrólise, lixiviação e ferrólise da argila. É a chamada zona laterítica, onde se formam predominantemente a caulinita, gibbsita e goethita, predominando a esmectita nas zonas temperadas e áridas.

O relevo mamelonizado, ou "mar de morros" (AB'SÁBER, 1965), típico dos terrenos cristalinos no meio tropical (Figura 3.15), é produto de estreita relação entre o caráter úmido do clima e a presença de rochas granitoides, litologia propícia ao já explicado processo de esfoliação esferoidal, que repercute na convexação das formas do relevo. Nos ambientes sedimentares desenvolve-se relevo colinoso e de baixo declive sob Latossolos espessos, tal como no Planalto Ocidental Paulista e em grande parte do estado do Mato Grosso do Sul (Figura 3.16).

Figura 3.15   Paisagem de relevo mamelonizado no sul de Minas Gerais

96 Introdução à geomorfologia

Figura 3.16 Relevo de colinas amplas na bacia sedimentar do Paraná, fracamente dissecado e marcado por baixíssima declividade (Presidente Prudente, SP)

capítulo 4

Zonas morfoclimáticas e relevos associados

Conforme vem sendo enfatizado, o relevo terrestre é o resultado da interação de processos endógenos e exógenos. Estes últimos pertencem, especificamente, à atmosfera, à hidrosfera e à biosfera.

Os fenômenos de superfície, para Penteado (1980), em última instância, são comandados pela dinâmica da atmosfera, sendo, portanto, os fatores climáticos de suma importância na sua explicação.

O clima condiciona a distribuição dos seres vivos pelo globo. Essa distribuição condiciona ambientes ecológicos específicos nos quais se distingue uma associação de paisagens, animais e vegetais, tipos de solos e de processos morfogenéticos predominantes. Tais processos estão na dependência do meio ecológico e vão atuar sobre um conjunto litológico-estrutural. Não se pode dissociar uma paisagem morfológica de uma paisagem biogeográfica (PENTEADO, 1980). Sobre tal assertiva, De Martonne (1932) já enfatizava que a ação dos fatores climáticos sobre os seres vivos não são uniformes em uma mesma zona climática, mas agem em estreita consonância com a topografia local.

As zonas climáticas, ainda que heterogêneas quando analisadas internamente e em detalhe, são caracterizadas por uma série de particularidades expressas pelos solos (zonais) predominantes, pela cobertura vegetal ou ainda pelas principais reações de intemperismo e pelos processos morfogenéticos predominantes e específicos, que modelam famílias de formas. As relações estreitas entre esses atributos naturais consubstanciam uma zona morfoclimática.

4.1 FATORES ESTRUTURAIS

Para Penteado (1980), a estrutura tem papel importante no relevo, mas ela, sozinha, não explica a gênese e evolução das paisagens. Aos fatores estruturais são somados os fatores climáticos, aos quais se acrescenta, ainda, um terceiro conjunto de fenômenos geomorfológicos – os processos azonais.

Todas as formas de relevo resultam do equilíbrio entre duas constantes: o ataque à rocha exercido pelos processos intempéricos e pelas reações químicas correlatas e a resistência da rocha a esse ataque.

É possível, até certo ponto, distinguir topografias nas quais a influência preponderante é da estrutura e topografias nas quais a influência maior é do clima. Essas influências, entretanto, não se opõem, mas se combinam em proporções

100 Introdução à geomorfologia

variáveis, e o resultado são formas mais ou menos estruturais ou esculturais. Por exemplo, relevos tectônicos, como serras escarpadas que configuram alinhamentos em soerguimento, tendem a apresentar facetas trapezoidais que evoluem para aspecto triangular à medida que a drenagem avança sua frente erosiva remontante. A condição de quiescência tectônica, por sua vez, daria margem a uma preponderância da ação do clima com provável rebaixamento e convexação da topografia. As relações entre fatores estruturais e climáticos determinam, de maneira diferente, as formas apresentadas pelo relevo, segundo a escala considerada.

Uma rocha se decompõe pela ação combinada de agentes físicos, químicos e biológicos, e os detritos migram sob a ação conjunta de processos diversos, como já visto.

A proporção de atuação desses processos varia em função do clima e da natureza da rocha atacada. Disso decorre uma série de diferenças: o relevo de arenitos não se assemelha ao relevo granítico sob um mesmo clima; por outro lado, o relevo de granito difere de um relevo sobre a mesma litologia em clima diferente. Isso ocorre, pois uma mesma rocha se comporta de maneira diferente segundo as condições climáticas.

Além dos processos morfogenéticos distintos de acordo com a latitude, ou a zona climática, existem também os processos azonais, ou aqueles que ocorrem em diversas latitudes, ou não dependem delas, a exemplo da ação das ondas marinhas e seu papel na evolução morfológica das áreas litorâneas e dos ventos, que podem levar a efeito a geração de dunas em faixas arenosas costeiras nos trópicos úmidos. No caso da ação das marés, seu poder morfogenético pode ser verificado em praticamente todas as faixas latitudinais, exceção feita às latitudes mais extremas nas quais o mar apresenta condição de congelamento o ano todo. Os processos eólicos exemplificados, por seu turno, não dependem necessariamente da latitude, mas sim de um quadro geomorfológico caracterizado pela presença de planícies costeiras alargadas a ponto de admitirem a mobilização e deposição dos sedimentos costeiros.

Os mecanismos de elaboração do relevo podem ser classificados em simples e complexos. Um conjunto de processos simples dá origem a processos complexos, de acordo com as condições climáticas.

Processos simples dão origem a formas elementares, como as "marmitas" (Figura 4.1) produzidas pelo turbilhonamento das águas correntes e da ação abrasiva da carga sólida envolvida, podendo estar associada, conforme a susceptibilidade da rocha, a processos de dissolução química. Outro exemplo é o destacamento de blocos de uma vertente e queda pela gravidade originando o tálus (Figura 4.2).

Processos complexos resultam da combinação de processos simples, como, por exemplo, a esculturação de uma vertente em meio tropical resultante de processos simples ligados à decomposição da rocha pelo intemperismo químico. Esses processos simples dão origem aos processos complexos, ligados de maneira

Zonas morfoclimáticas e relevos associados 101

Figura 4.1 Formação de marmitas abrasivas associadas à formação de panelas de dissolução em litologia quartzítica (Ibitipoca, MG)

Figura 4.2 Zonas de acumulação sedimentar com depósito de tálus no sopé da Serra da Canastra (São Roque de Minas, MG)

102 Introdução à geomorfologia

íntima com os primeiros: transporte do material por escoamento concentrado, difuso, reptação, solifluxão ou escorregamentos. A ação conjunta desses processos faz evoluir a vertente, imprimindo-lhe uma forma característica.

A evolução das vertentes e a escavação do talvegue são fenômenos interdependentes que abrangem processos complexos de movimentação sob a ação da gravidade, da erosão, do transporte e da deposição, os quais respeitam uma hierarquia em um sistema comandado pelo clima. Trata-se dos Sistemas Morfoclimáticos, o conjunto de processos complexos, estreitamente relacionados, determinados pelo clima.

Cada sistema morfoclimático corresponde a uma zona climática ou a uma grande região climática e permite distinguir as grandes províncias morfoclimáticas do globo, definidas por um conjunto de formas, processos e depósitos característicos.

Os processos de erosão e deposição dessas zonas refletem as características do clima, da cobertura vegetal, dos tipos de solo, e todos esses elementos estão em equilíbrio com as formas do relevo (PENTEADO, 1980).

Nas faixas (ou zonas) climáticas, distingui-se como processos zonais a ação química ou física dominante, o rastejamento do regolito, o escoamento difuso, a capacidade relativa de escavação do talvegue em virtude da granulometria da carga transportada e do tipo de regime fluvial. Tais processos assumem características peculiares conforme a zona climática. Nas faixas intertropicais, por exemplo, as reações químicas predominantes são dadas pela hidrólise, com abundante formação de minerais de argila e espessamento do manto regolítico. A alteração química da rocha diminui progressivamente com o aumento da latitude até ser abortada nas altas polares, onde a alteração química praticamente inexiste.

4.2 INFLUÊNCIA DO CLIMA

A ação do clima sobre as rochas se faz de dois modos: direta e indiretamente. A ação direta se faz através da intensidade de elementos do clima, principalmente temperatura, umidade, precipitação e ventos. A ação indireta se manifesta por meio da vegetação e dos solos.

4.2.1 Ação direta

Na ação direta distingue-se a influência qualitativa e quantitativa:

I – Influência qualitativa

Alguns mecanismos estão na dependência direta do clima. Eles qualificam o sistema morfoclimático. Para Penteado (1980), são processos originais, específicos e próprios de uma zona climática.

Exemplos:

a) Gelivação (ação do gelo e degelo), mecanismo exclusivo das regiões frias. A temperatura de 0 °C tem importância geomorfológica muito grande, porque desencadeia processos zonais e modifica os azonais. Modifica o modelado das costas, exercendo abrasão típica na plataforma continental. Influi no regime fluvial das zonas periglaciais e temperadas, pela retenção nival, promovendo cheias na primavera. De todos os agentes morfoclimáticos, o gelo é o que tem influência qualitativa maior.

b) Umidade e ressecamento. É de origem climática direta e comandada pelo regime das precipitações. Provoca esforços mecânicos nas rochas e impermeabilização de terrenos argilosos, modificando as relações infiltração/ *runoff*; tem também efeito químico na gênese da cristalização de sais à superfície das rochas por evaporação rápida nos desertos.

c) Variações de temperatura. Produzem esforços mecânicos na película superficial das rochas, gerando processos de fragmentação.

II – Influência quantitativa

A variação nos valores dos elementos do clima gera modificações na atuação dos processos morfoclimáticos. Por exemplo, o modelado das dunas depende da intensidade dos ventos. Os ventos episódicos violentos atuam na esculturação, mais do que os constantes e fracos. Ventos instáveis são mais favoráveis à deflação. O escoamento fluvial é diretamente proporcional à intensidade das chuvas. A ação química da água é função da intensidade das temperaturas e precipitações.

As influências diretas do clima sobre o relevo são mais bem observadas em dois domínios morfoclimáticos: nas regiões glaciais e nas desérticas, pela falta de cobertura vegetal e de solos. Nesses dois domínios, os processos são mais simples e estão na dependência das variações dos elementos climáticos, da litologia e da inclinação das vertentes. Em outras regiões do globo, notadamente as intertropicais, os processos são mais complexos porque a influência dos solos mais evoluídos e da vegetação é mais intensa.

4.2.2 Ação indireta

A ação indireta se faz através da vegetação e dos solos.

I – Vegetação

Fora dos desertos e das zonas frias a influência do clima é essencialmente indireta.

A vegetação está na dependência do clima e a sua repartição no globo se faz, em grande escala, de maneira zonal, como observado na Figura 4.3.

104 Introdução à geomorfologia

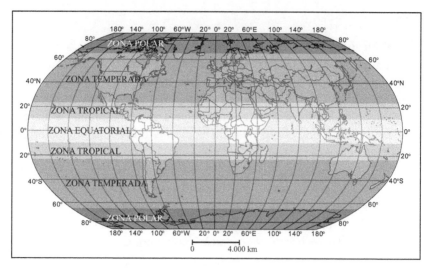

Fonte: Torres e Machado (2011)

Figura 4.3 Zonas climáticas do globo

Cada uma das zonas climáticas observadas na figura comporta um mosaico vegetacional típico, que conformam os biomas terrestres, a saber:

1. Zonas polares – tundra;
2. Zonas temperadas – coníferas, florestas decíduas e mediterrânicas;
3. Zonas subtropicais – estepes/pradarias e desertos;
4. Zonas tropicais – savanas e cerrados;
5. Zona equatorial – florestas tropicais e equatoriais, perenifólias e úmidas.

São essas as formações vegetais de caráter essencialmente climático, cuja evolução mantém uma estreita relação com o clima, principalmente com o parâmetro umidade. Junto às formações vegetais de caráter edáfico, determinadas fundamentalmente pelo substrato, compõem os mosaicos fitogeográficos remanescentes no orbe.

O clima comanda a cobertura vegetal, que, por sua vez, se interpõe entre os agentes meteóricos e a superfície. A vegetação tem uma dupla ação sobre os solos: ação bioquímica e mecânica. A vegetação modifica a ação dos agentes de transporte e os processos morfogenéticos. Com os processos morfogenéticos, a relação é de causa e efeito. A vegetação modifica os processos que, por sua vez, influenciam nas condições ecológicas, com repercussão na cobertura.

Tricart (1977) coloca em destaque a importância da vegetação na sua proposta de estratificação dos níveis de interesse a abordagem geográfica: nível da atmosfera; nível da parte aérea da vegetação; nível da superfície do solo; nível da parte superior da litosfera. Nota-se que a atmosfera e a vegetação estão em encadeamento direto. É a vegetação a grande responsável pela interceptação da chuva no nível das copas, fazendo que parte do montante precipitado sofra evaporação antes mesmo de atingir a superfície do solo. Bertoni e Lombardi Neto (2005) asseveram que, além disso, grande parte das gotas que transpassam a parte aérea da vegetação tem sua energia cinética atenuada pelo atrito imposto pelo sistema foliar e engalhamento, diminuindo, assim, a erosão por salpicamento (*splash erosion*).

As taxas de erosão laminar ou concentrada também são reduzidas pela presença da vegetação, à medida que a cobertura imposta favorece a difusão do escoamento superficial da água que atinge a superfície. Quanto mais densa for a cobertura, mais improvável será a definição de linhas de escoamento com forte potencial erosivo. Ao difundir-se, o escoamento superficial também tem sua velocidade diminuída; a presença de algum tipo de rugosidade ou barreira pode mesmo anular a velocidade acumulada, e, se não ocorrer infiltração, a água de escoamento reiniciará seu processo de aceleração. As dificuldades de escoamento favorecem, portanto, a infiltração, instalando-se, assim, a tendência de espessamento do manto de alteração.

A cobertura vegetal também influi na temperatura do ar em superfície, diminuindo o gradiente térmico em áreas florestadas e o aumentando em áreas desérticas (TORRES e MACHADO, 2011). Em domínios florestais, a diminuição do gradiente térmico não é obra apenas do sombreamento consequente ao tamponamento eficiente do espaço aéreo, mas também é auxiliado pela presença da serapilheira, eficientes na retenção de umidade e manutenção de temperaturas mais amenas na superfície do solo.

Se cada formação vegetal de caráter climático mantém forte dependência do clima, o relevo está na dependência, em considerável medida, das modificações impostas pela vegetação à atuação dos agentes meteóricos, dando origem a processos morfogenéticos específicos para cada zona de vegetação.

II – Solos

O relevo é tradicionalmente colocado, com o clima, a rocha, os organismos e o tempo, como um dos fatores de formação do solo. Os padrões morfográficos e morfométricos influenciam na formação dos solos em função de parâmetros como a forma das vertentes e dos topos, a posição topográfica, a declividade, o grau de dissecação, entre outros. Os processos de saprolitização e pedogênese, pelo seu lado, também são bastante influentes na evolução das vertentes, uma vez que vão conformar os suportes geoecológicos para os processos morfogenéticos e morfodinâmicos, bem como para boa parte da exploração biológica terrestre.

106 Introdução à geomorfologia

As vertentes evoluem em relação com o solo que, por sua vez, decorre daqueles elementos. A análise de perfis de solo ao longo das encostas (topossequência) dá à geomorfologia dados importantes para o estudo do balanço de desnudação e dos processos dominantes na evolução das vertentes. Materializam-se na estreita relação relevo/solo pedopaisagens típicas. Relevos planos em morfologia colinosa ou na forma de extensas superfícies aplainadas com declives suaves constituem paisagens normalmente latossólicas; uma paisagem mais dissecada de relevo amorreado está mais tipicamente vinculada a solos com horizonte B textural, ao passo que as paisagens caracterizadas por relevos montanhoso e escarpado tendem a apresentar solos menos desenvolvidos, como Cambissolos e Neossolo Litólico.

Perfis normais ou truncados, fossilizados por cobertura de detritos e novos solos superpostos, podem evidenciar fases de acumulação alternadas com fases de desnudação.

4.3 OS GRANDES CONJUNTOS MORFOCLIMÁTICOS DO GLOBO

A divisão do globo em zonas climáticas se torna difícil, à medida que se faz necessário enquadrar as áreas de transição entre elas e suas respectivas áreas core, onde a tipicidade máxima se faz presente.

Cailleux e Tricart (1958) apresentam quatro grandes zonas climáticas (Figura 4.4), cada uma com suas respectivas subdivisões.

1 – Zonas frias – caracterizadas pela importância predominante do gelo. Conforme a forma e a natureza do gelo, podem ser dividida em:

1.1 – Domínio glaciar – onde o escoamento superficial se faz, principalmente, na forma sólida.

1.2 – Domínio periglaciar – onde o escoamento líquido é sazonal e o solo congelado tem papel importante na morfogênese.

2 – Zonas florestais das latitudes médias – região onde as influências paleoclimáticas têm profundo significado. As subdivisões são feitas com base no período de duração do gelo e nas influências paleoclimáticas:

2.1 – Domínio marítimo de invernos suaves – caracteriza-se pela pequena influência do gelo atual e sobrevivência das formas glaciais do Quaternário.

2.2 – Domínio continental de invernos rudes – com atuação preponderante do gelo, tanto no Pleistoceno como em tempos atuais.

2.3 – Domínio mediterrâneo com verões secos – onde as influências periglaciais do Quaternário são bem menores.

Zonas morfoclimáticas e relevos associados 107

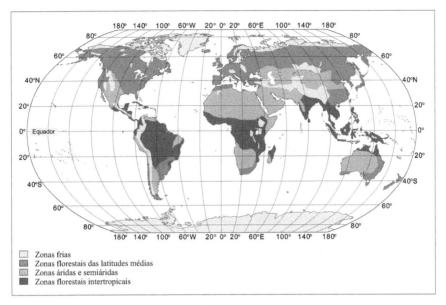

Fonte: Adaptado de Penteado (1980)

Figura 4.4 Os quatro grandes domínios morfoclimáticos do globo

3 – Zonas áridas e semiáridas das baixas e médias latitudes – caracterizadas por cobertura vegetal pouco densa de estepes ou de desertos e escoamento intermitente de águas locais. Duas divisões são feitas:

3.1 – Em função das temperaturas de inverno – que comandam certos processos importantes como gelivação e retenção nival. Daí a distinção entre regiões secas de invernos frios e regiões secas e quentes.

3.2 – Em relação ao grau de secura – o que leva a distinguir estepes de desertos.

4 – Zonas florestais intertropicais – cujas temperaturas médias são elevadas e a umidade é abundante para permitir o escoamento fluvial. As subdivisões são feitas em função da repartição sazonal das precipitações, do seu total anual e da densidade da cobertura vegetal:

4.1 – Domínio das savanas – de cobertura vegetal menos densa, pluviosidade menor e concentrada em um período de 4 a 6 meses.

4.2 – Domínio das florestas – cuja cobertura vegetal exuberante reflete condições de maior umidade e período de pluviosidade mais longo.

É importante ressaltar que essa classificação é genérica, pois, além da dificuldade da determinação dos limites entre os processos reinantes, as influências paleoclimáticas se fazem presente em todo o globo. Os domínios morfoclimáticos brasileiros serão descritos no Capítulo 8.

108 Introdução à geomorfologia

4.4 ZONAS FRIAS GLACIAIS E PERIGLACIAIS

4.4.1 Processos atuantes

Relacionadas às altas latitudes, as regiões frias estão intimamente relacionadas à ocorrência de gelo, permanente ou sazonal, o que determina processos eminentemente glaciais em condição azonal nas altas montanhas localizadas em latitudes mais baixas, seja em continuidade expressiva, como nas cordilheiras andinas e himalaicas, seja na forma de gelo perene pontual como ocorre no Kilimanjaro, na zona fronteiriça entre o Quênia e a Tanzânia.

De acordo com Bloom (1972), o gelo das geleiras se acumula primeiro como neve sobre a superfície, onde a média anual de temperatura do ar se aproxima do ponto de congelamento e onde a quantidade de neve que cai no inverno suplanta a quantidade que pode ser derretida no verão. Os processos que atuam na conversão de neve em gelo de geleira incluem a sublimação, derretimento--recongelamento e deformação plástica.

A neve que sobreviveu a uma estação de degelo, isto é, a um verão, é conhecida pelo termo germânico *Firn* ou pelo termo francês *névé*. O *Firn* ou *névé* é um estágio intermediário na conversão da neve para o gelo de geleira. Ele é granular e solto, a não ser que tenha formado uma crosta. Representa o balanço positivo líquido entre o acúmulo do inverno e a perda do verão.

À medida que camadas anuais sucessivas se acumulam, o *Firn* profundo é compactado. Os grãos individuais de gelo se recongelam em um corpo único e o ar é aprisionado ou expelido, ou torna-se incluso no gelo como bolhas, se transformando em gelo de geleira.

Ainda segundo Bloom (1972), as geleiras são massas de gelo impuro em movimento, ligadas ao terreno, e que se formam pelo saldo positivo da queda de neve e do congelamento da água de chuva. São frequentemente classificadas de acordo com sua forma, em: 1) Geleiras de vales, confinadas a duas encostas (Figura 4.5); 2) Geleiras de piemonte, que são línguas lobadas se espraiando sobre planícies do sopé de cadeias de montanhas glaciadas (Figura 4.5); e 3) Calotas de gelo, massas de gelo, convexas para o céu, cobrindo as paisagens rochosas e fluindo radialmente, para fora, sob a ação de seu próprio peso, de maneira independente da topografia subjacente (Figura 4.5).

Com relação à temperatura, é permissível considerar dois tipos básicos de geleiras, a geleira polar (ou "fria") que possui temperaturas abaixo do ponto de fusão, sendo constituído por gelo sólido, e a geleira temperada (ou "quente") que está inteiramente sob temperatura de fusão, e a água intersticial satura o gelo.

Geleiras polares são de fácil compreensão. A neve cai em temperaturas bem abaixo do ponto de fusão. Em ambientes tão frios, as geleiras conservam-se inteiramente congeladas na superfície. As geleiras, certamente, tornam-se mais quentes com a profundidade, exatamente como outras rochas da Terra. Teoricamente,

Zonas morfoclimáticas e relevos associados 109

Disponível em: http://pubs.usgs.gov/of/2004/1216/index2.html. Acesso em: 18 jun. 2011

Figura 4.5 Feições morfológicas dos ambientes glaciais

porém, a massa inteira da geleira polar é solidamente cristalina e firmemente congelada às rochas frias de seu embasamento.

Geleiras temperadas têm condições térmicas mais complexas. Uma propriedade singular de uma geleira temperada ideal é que ela se torna mais fria com a profundidade, apesar da coexistência de gelo e água. Com a pressão do gelo sobrejacente, diminui, ligeiramente, a temperatura de fusão. Se um gelo, com temperatura de 0 °C, for colocado a grande profundidade na geleira, pequena quantidade de gelo se funde. Essa mudança de estado extrai calor do gelo remanescente e a temperatura da mistura água-gelo cai para valores inferiores a 0 °C, proporcionalmente à pressão. Isso significa que em geleiras formadas por acúmulo de gelo, com alguma água de degelo próxima à superfície, a temperatura de fusão para determinada pressão deve provavelmente prevalecer em toda a espessura da geleira.

110   Introdução à geomorfologia

A água líquida estará presente, em pequenas quantidades, em toda a espessura da geleira, mas a mistura gelo-água é, contudo, ligeiramente mais fria em proporção ao aumento da profundidade e pressão.

As geleiras temperadas atuam como isolantes perfeitos ao calor geotérmico. Esse calor não se irradia para cima, através das geleiras, porque são mais frias na base do que na superfície. A média anual de fluxo de calor da Terra, de 40 calorias por centímetro quadrado, será, então, consumida, sob uma geleira temperada, com a fusão de uma camada de gelo de cerca de 0,5 cm na base da geleira. Desse modo, as geleiras temperadas deslizam sobre uma película de água situada sobre seu embasamento (BLOOM, 1972).

A maioria das geleiras atuais, com a principal exceção da calota glacial da Antártida, é provavelmente temperada. A parte sul da calota glacial da Groenlândia recebe pesada carga de neve molhada e mesmo chuva, no verão, em consequência de ventos provenientes da corrente quente do Golfo. A chuva e a neve molhada, provavelmente, a conservam próxima do ponto de fusão, exceto nos pontos mais altos e mais frios do interior da calota. Além da Antártida, também a calota glacial do norte da Groenlândia é polar, podendo ser o caso, também, para as geleiras das ilhas do norte do Canadá. As grandes geleiras de vale e de piemonte, que acompanham a costa do Pacífico no Alasca e Canadá são certamente temperadas.

A maior extensão, portanto, de gelo polar está na Antártida, onde é muito pequena a quantidade de gelo derretida na superfície, sendo este eminentemente polar, significando que a maioria do volume de cada lâmina de gelo a temperatura fica abaixo do ponto de congelamento, e o transporte da massa congelada é realizado apenas por deformação interna (ANDERSON e ANDERSON, 2010).

Bloom (1972) cita ainda que a movimentação (ou fluxo) das geleiras deve-se à combinação de: 1) deformação interna dos cristais de gelo; 2) degelo e regelo; 3) deslize basal do gelo sobre rochas; e 4) fraturas e falhas no gelo.

Uma geleira polar provavelmente se desloca somente por deformações plásticas internas dos cristais de gelo, e em menor proporção, por fraturas das proximidades da superfície. Foi demonstrado experimentalmente que quando há o congelamento junto a rochas estabelece-se uma ligação rocha-gelo, mais forte do que a força interna dos cristais individuais de gelo. Portanto, pelo menos em teoria, uma geleira fria não se move por deslize sobre seu embasamento rochoso, mas sim pela deformação plástica do próprio gelo. As geleiras polares realizam pouca erosão e transportam pequena quantidade de detritos rochosos em virtude dessa forma de movimento. O gelo da orla da calota da Antártida é quase livre de fragmentos rochosos, sugerindo apenas ligeira erosão atual no interior do continente. Quando uma obstrução rochosa é quebrada pelo fluxo de gelo sólido, obviamente ela se fragmenta em blocos que são transportados até que o gelo se derreta ou se despedace no mar (BLOOM, 1972).

Geleiras temperadas geralmente se movimentam mais depressa do que geleiras polares, porque, em adição à deformação cristalina e fraturas, o gelo pode também se deformar por fusão e regelo e por deslize sobre rochas. A importância do deslize basal é variável, mas tipicamente este é responsável por cerca da metade do movimento total para a frente de muitas geleiras de vales. Fusão e regelo sob pressão diferencial são dificilmente separáveis do deslize, pois, se um obstáculo rochoso se projeta no embasamento de uma geleira temperada, o excesso de pressão provoca fusão a montante, e a água migra a jusante para a parte protegida do obstáculo, e se regela. A geleira avança por deslize sobre o obstáculo em uma película aquosa, porém os grãos individuais de gelo se fundem e regelam para permitir o deslize. Os deslizes basais em geleiras temperadas parecem ser determinados pela aspereza do leito, dentro de um intervalo crítico de irregularidades (BLOOM, 1972).

As velocidades dos movimentos encosta abaixo, de geleiras temperadas de vales, geralmente se distribuem no intervalo de poucos centímetros por dia a 1,50 m ou 1,80 m por dia. Em encostas muito íngremes ou durante a estação do degelo, quando os leitos parecem estar lubrificados por mais água, aumenta a rapidez do movimento para valores muito acima dos mencionados. Raramente, parte de uma geleira se projeta para a frente, como um vagalhão, durante poucas semanas ou meses, com velocidade de algumas dezenas de metros por dia.

A parte central de uma geleira se movimenta mais rapidamente que suas laterais, e a velocidade de avanço aumenta com a pendente, com a espessura e a temperatura do gelo e com o estreitamento do vale. Fatores de desaceleração da velocidade são a presença de grandes quantidades de detritos na massa de gelo e o atrito imposto por vales rochosos (HOLMES, 1952).

As camadas superficiais de gelo de geleiras não se deformam plasticamente, já que a pressão confinante é demasiadamente baixa e os esforços demasiadamente fortes. O gelo de profundidade de até 30 m é quebradiço e se fragmenta em um labirinto de fraturas, à medida que é transportado sobre o gelo mais plástico da profundidade. As fraturas do gelo das geleiras são conhecidas como "crevasses", que próximo ao término inferior da geleira se estendem tão profundamente no gelo, que uma lage basal do gelo pode se destacar e se imobilizar e o gelo ativo cavalgará sobre a lage, avançando sobre uma falha de empurrão (BLOOM, 1972).

A maioria das geleiras tem uma zona de acumulação situada à grande altitude, onde a acumulação excede a perda, e uma zona de ablação de altitude mais baixa, onde ocorre saldo negativo de gelo. A ablação inclui fusão, evaporação, perda por fragmentação de "icebergs" na água (nascimento de "icebergs") e outras perdas menores, tais como deflação pelo vento. A menor altitude, em que ocorre o saldo positivo do gelo, é marcada pelo limite do *Firn*, que é equivalente à linha de neve das montanhas próximas. Na zona de acumulação, novo gelo é constantemente adicionado ao topo, de modo que o caminho geral seguido pelo fluxo de partículas de gelo é no sentido da geleira, encosta abaixo. Na zona de ablação,

112 Introdução à geomorfologia

fusão e outras perdas, abaixam a superfície tão rapidamente, que, mesmo caminhando para baixo, as partículas de gelo se aproximam da superfície e se fundem (BLOOM, 1972).

Ainda para o autor, todo o saldo positivo de acúmulo anual deve-se mover para baixo, através do limite do *Firn*, para contrabalançar a perda anual por ablação, a jusante. O fluxo, abaixo do limite do *Firn*, é aproximadamente paralelo à superfície do gelo. Fluxo rápido no limite do *Firn* significa abundante queda de neve a montante, e rápida ablação a jusante. Essa é a condição típica de uma geleira temperada de vale situada em uma encosta marítima voltada para oeste, em latitudes médias. Pequeno movimento no limite do *Firn* significa regime vagaroso com pouco acúmulo de neve e pouca perda por ablação. A calota de gelo da Antártida é provavelmente a mais vagarosa do mundo. Aqui o limite do *Firn* situa-se virtualmente no nível do mar, na orla do continente, e o nascimento de "icebergs" é a única forma importante de ablação. Sobre todo o continente, a média de precipitação anual é menor do que a equivalente a 12 cm de água.

Segundo Bloom (1972), o gelo interessa à Geomorfologia, primariamente, como agente de erosão, transporte e deposição de rochas ou como modelador de paisagens.

O gelo provoca erosão das rochas de maneiras, em muitos aspectos similares à erosão por água corrente. Ambos podem exercer grande força contra um obstáculo e quebrá-lo em pedaços. Ambos carregam fragmentos de rochas como instrumentos de abrasão da superfície das rochas por onde passam. A água possui as vantagens da maior velocidade de fluxo e maior turbulência. O gelo, contudo, possui as vantagens da maior rigidez e a habilidade de fundir-se e regelar-se durante a passagem por um obstáculo.

Em virtude de o gelo possuir índice mais baixo de deformação plástica, tende a conservar as partículas de rochas em contato entre si e com seu leito rochoso. Um fragmento de rocha na base de uma geleira não pode ser facilmente empurrado para cima, e é forçado a traçar um sulco longo da rocha subjacente e se desgastar durante o processo, adquirindo uma face plana. As feições mais distintivas da erosão e transporte glaciais são as arranhaduras (chamadas estrias, que são tão finas quanto fios de cabelo) e sulcos traçados na superfície de rochas glaciadas, e as superfícies facetadas, polidas, dos fragmentos rochosos transportados pelo gelo. Tanto o padrão regional de estrias e sulcos nas superfícies das rochas como os seixos e matacões facetados e estriados, de tipos exóticos de rochas, são evidências suficientes para se inferir glaciação antiga em uma área atualmente livre de glaciação (BLOOM, 1972).

A remoção de fragmentos rochosos mal selecionados está relacionada à presença de fraturas ou descontinuidades existentes no substrato, as quais podem corresponder a estruturas preexistentes ou a descontinuidades formadas subglacialmente em função do alívio da pressão exercida pela erosão glacial. Em condições de degelo, a água proveniente exerce ação abrasiva mecânica designada cavitação, que é a formação de ondas de choque pelo colapso de bolhas de ar existentes dentro da corrente aquosa (ROCHA-CAMPOS e SANTOS, 2003).

Considerando então que as geleiras atacam as rochas de acordo com suas diáclases e fraturamentos, formam-se umbrais vinculados aos setores onde a rocha se encontra compacta com as diáclases muito espaçadas entre si (VIERS, 1978).

Fragmentos de rochas transportados pelo gelo desenvolvem facetas achatadas ou suavemente curvas, que se interceptam em cantos e bordas grosseiras. Enquanto o transporte aquático tende ao desenvolvimento de seixos arredondados, o transporte glacial tende ao desenvolvimento de formas angulosas com faces achatadas. Comumente, os seixos transportados por geleiras possuem superfícies curvas, como a sola de um sapato velho, como se o seixo tivesse girado para a frente e para trás, contra uma roda de polir (BLOOM, 1972).

A abrasão durante o transporte glacial propicia abundantes fragmentos de rocha de granulação fina, mecanicamente moídos. A maioria dos grandes fragmentos carreados pelas geleiras parece originar-se por processos de arranque ou empuxo. Esse é um processo exclusivo de gelo temperado. Quando a água de degelo migra a jusante de um obstáculo, regela-se no lado protegido do obstáculo, e qualquer fragmento solto de rocha, desse lado, solda-se ao novo gelo e é retirado da exposição. Rochas cristalinas densamente diaclasadas e rochas sedimentares finamente acamadas são particularmente afetadas pelo arranque. Tem sido demonstrado que o arranque glacial é quantitativamente mais importante do que a abrasão glacial em tipos apropriados de rochas.

As geleiras de vale recebem grande parte de seus detritos rochosos das bordas do vale. Congelamento em cunha é muito ativo em áreas com padrões de temperatura e precipitação apropriados à formação de geleira. Muitos dos detritos que caem na geleira de vale não estão intemperizados, exceto pela fragmentação por congelamento e degelo repetidos. Os detritos que caem na zona de acumulação de uma geleira de vale podem ser carreados profundamente para dentro da massa de gelo, podendo mesmo chegar ao fundo da geleira antes de voltarem para a superfície, na extremidade inferior da geleira. Os fragmentos de rocha que realizam esse trajeto são mais susceptíveis de se marcarem com os sinais de erosão glacial. Contudo, a maioria dos detritos que cai na geleira de vale permanece nas proximidades da superfície e é carregada em um envoltório congelado na camada superficial quebradiça do gelo. Esse material raramente mostra marcos distintivos do transporte glacial. Realmente é, muitas vezes, indistinguível das rochas e detritos de deslizes de terra (BLOOM, 1972).

4.4.2 Morfologia das regiões frias

A erosão por geleiras temperadas de vale modela paisagens características, que se colocam entre as mais impressionantes do globo. Os Alpes da Europa são

114 Introdução à geomorfologia

particularmente bem conhecidos pelas suas prodigiosas paisagens glaciais e servem de paradigma para a associação de formas de terreno, que compõem o cenário alpino. Uma vez que a maioria das formas de terreno alpinas de origem glacial é erosiva, tem-se, neste caso, um ponto de partida apropriado para a descrição, em geral, de paisagens glaciais de erosão (BLOOM, 1972).

A unidade básica da paisagem alpina é o vale em U (Figura 4.5). Essa forma característica de vale possui margens retas e abruptas, espigões truncados ou obtusos e perfil longitudinal em degraus, muitas vezes consistindo de uma série de bacias rochosas separadas por degraus baixos. A depressão glacial deveria ser comparada a um canal fluvial em lugar de um vale fluvial, pois é realmente o canal do rio de gelo. A cabeceira da geleira é o circo glacial, bacias semicirculares, em forma de anfiteatro, que constituem a zona de acumulação (Figura 4.5). Há comumente a intersecção de circos e depressões glaciais adjacentes, formando os colos ou passos através de cristas serrilhadas, agudas como facas, chamadas arestas. Picos elevados de forma piramidal, ao longo das arestas, são chamados de *horns* (Figura 4.5), em função de seu aspecto semelhante a um grande chifre.

Depressões glaciais inundadas pelo mar são chamadas *fiords* (Figura 4.5), praticamente onipresentes no litoral norueguês e aparecendo também na costa da Groelândia, Nova Zelândia, Patagônia e Antártida. Anderson e Anderson (2010) enfatizam que tais ornamentações na linha de costa são características de porções continentais que estiveram cobertas pelo gelo no passado, e podem assumir extensões superiores a dezenas de quilômetros ao longo da faixa costeira, e se aprofundarem até mais de 1 km abaixo do nível do mar atual. Indubitavelmente tais depressões foram escavadas por geleiras, e posteriormente invadidas pelo mar durante a última transgressão marinha.

As geleiras cavam depressões proporcionais aos seus tamanhos, identicamente ao que ocorre com os rios e seus vales. Mas as geleiras tributárias se unem à do vale principal com as superfícies em nível com a da geleira-tronco, e, portanto, os fundos rochosos das depressões glaciais tributárias comumente situam-se em cotas bem maiores do que o fundo rochoso da geleira principal. Esses vales suspensos constituem-se em outra feição geomórfica característica do cenário alpino. Cursos d'água dos vales suspensos derramam-se em saltos ou cascatas para o vale principal. O Salto de Sutherland, na Nova Zelândia, cai quase verticalmente por um vale suspenso de 571 m de desnível, de uma bacia lacustre rochosa, para o fundo do vale principal; essa é uma das maiores quedas d'água do mundo.

Uma pequena feição erosiva, comum tanto em paisagens alpinas como em áreas de calotas glaciais, é uma protuberância de rocha, com abrasão glacial. Qualquer rocha que forme o embasamento de colinas é susceptível de polimento e abrasão no lado voltado para a montante de uma geleira, e empuxo e arrancamento no lado voltado para a jusante. Enxames de tais cristas assimétricas cobrem, igualmente, terras elevadas e fundos de vales de áreas glaciadas. A direção regional do movimento do gelo pode ser determinada pela forte assimetria dessas protuberâncias, de maneira ainda mais clara do que estrias e sulcos glaciais (BLOOM, 1972). Essas protuberâncias são chamadas de *moutonnées*, anteriormente contextualizadas em seus registros no interior do Estado de São Paulo em virtude da glaciação carbonífera comprovada para a região.

Como dito, as geleiras podem realizar o trabalho de abrasão ou de empuxo da superfície rochosa sobre a qual elas se movem; podem levantar ou quebrar fragmentos rochosos de bordas salientes, situados dentro da massa gelada; e transportam os detritos que chegam até elas, vindos de encostas rochosas mais altas, através de deslocamentos de regolito. Alguns dos detritos são carregados dentro do gelo, outros na superfície. Alguns são triturados até um pó fino, outros são transportados apenas com ligeiras modificações por erosão glacial e outros, ainda, são selecionados e arredondados por água corrente. O resultado é um material rochoso extremamente heterogêneo, chamado *drift* glacial.

Torna-se importante a distinção clara entre o material carregado pelas geleiras, ou o "*drift*", das formas do terreno edificadas a partir do *drift* (Figura 4.6). Três termos são utilizados para designar certos tipos de *drift* glacial, sendo que estes termos se aplicam a materiais, e não a formas de terreno. Eles são:

1) *Till* glacial, que são detritos não selecionados, não estratificados, tipicamente depositados diretamente de geleiras.
2) *Drift* estratificado de contato de gelo, que é o material parcialmente selecionado pela água e ligeiramente estratificado, depositado em sítio adjacente ao gelo em fusão.

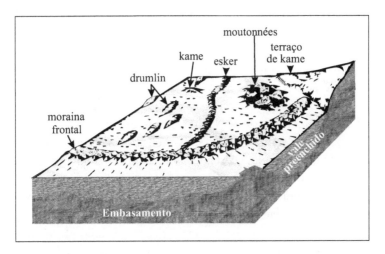

Fonte: Bloom (1972)

Figura 4.6 Paisagem construída de *drift*

116 Introdução à geomorfologia

3) Sedimento fluvial de lavagem, depositado em sítio afastado do gelo em fusão, pelos cursos nascidos da água de degelo. Cada um desses materiais é associado a formas de terreno características, mas desde que muitas formas de terreno contêm mais de um tipo de *drift*, os termos que se aplicam às formas do terreno não devem ser confundidos com os que designam os diversos tipos de *drifts* (BLOOM, 1972).

A maioria das feições geomórficas de deposição glacial acumula-se durante a fusão de geleiras e retração da frente glacial. As geleiras afinam-se por ablação, especialmente pelo derretimento frontal, e os detritos de rochas, carregados por elas, ou são depositados diretamente do gelo, ou são transportados por água de degelo e depositados mais adiante.

O nome dado para as feições geomórficas de deposição glacial é determinado ou pela sua forma, ou pelo seu material, ou por ambos. Moraina (Figura 4.6) é um termo genérico para paisagens edificadas por *drifts*. Se as morainas apresentarem-se como cristas nitidamente lineares ou arqueadas, delimitando antigas bordas de gelo, são chamadas de morainas frontais. Se faltarem os elementos distintamente lineares, é simplesmente chamada de moraina basal. A moraina pode exibir relevo muito suave e declividades de pequena porcentagem, ou pode ser um labirinto de elevações de *drifts*, montículos irregulares separados por bacias fechadas, onde blocos de gelo ficaram aprisionados no *drift*, derretendo-se posteriormente. Essas depressões, formadas nos locais dos blocos de gelo, são chamadas *kettles* e são boas evidências de que algum gelo ainda estava presente na área, quando a paisagem de moraina foi edificada. Uma sequência cronológica do recuo da glaciação pode ser deduzida, às vezes, a partir de evidências como *kettles* (BLOOM, 1972).

Ainda para o autor, uma moraina é formada ou por *till*, ou por *drift* estratificado de contato de gelo. Algumas morainas frontais são compostas inteiramente de *till* e parecem representar ou desmoronamentos de detritos, que se empilham contra a borda do gelo, ou um empurrão do gelo para a frente, sobrepondo-se à crista do *drift*. Outras morainas frontais são compostas quase que inteiramente de *drift* estratificado de contato de gelo, inferindo-se daí, que a frente glacial permaneceu estável por certo tempo, com o movimento para a frente contrabalançado pela ablação. A água de degelo, correndo sobre a superfície do gelo, lavava o *drift* dentro de *crevasses*, construindo, assim, paredões contra a frente de gelo. Com o degelo, sobravam, então, as cristas de *drift* estratificado de contato de gelo, na posição da antiga frente glacial.

Há diversas formas de terreno características edificadas por *drift* estratificado de contato de gelo. Uma é o *kame* (Figura 4.6), colina aproximadamente cônica ou de topo plano, geralmente constituída de areia e cascalho sedimentados por água, mas contendo também massas de *till*. Os *kames* aparentemente se formam em orifícios ou em intersecções de grandes *crevasses* do gelo em estado de fusão. O *drift* é lavado ou desmoronado nessas depressões, e a água drena-se através do gelo. Com o derretimento do último gelo, a antiga depressão transforma-se em elevação, refletindo na sua forma a disposição das massas de gelo em torno dela. Os *kames* são muito procurados como fontes de cascalho para construção, e em todas as zonas povoadas, estão parcialmente escavados, expondo-se as características de seu interior. Escavações dos *kames*, para cascalhos, revelam inúmeros exemplos de estruturas sedimentares caóticas, que caracterizam os *drifts* estratificados de contato de gelo. O terraço de *kame*, uma variante do *kame*, é um banco de deposição ao longo da margem de um vale, e se forma quando depressões, ao longo das margens da massa de gelo em fusão, ocupando, ainda, o centro do vale, são preenchidas por sedimentos (BLOOM, 1972).

O *esker* (Figura 4.6) é ainda mais característico que o *kame*; constitui-se de uma crista sinuosa de *drift* depositado pela água, podendo atingir até 30 m de altura e serpentear-se através de uma paisagem de moraina, por dezenas de quilômetros. Os *eskers* provavelmente se formam em antigos canais aquáticos envolvidos por gelo, situados abaixo ou dentro do gelo em fusão. O curso de água originado por fusão, ao que parece, carrega carga tão pesada de sedimento, que ajusta seu canal para manter a declividade apropriada. Os *eskers* registram a sinuosidade dos antigos canais dentro do gelo, só modificados ligeiramente por deslocamentos do regolito, dos lados dos *eskers*, subsequentes à remoção do gelo. Os *eskers*, de modo idêntico aos *kames*, são muito procurados como fontes de areias e cascalhos bem lavados (BLOOM, 1972).

Quando a água de degelo, carregada de sedimento, flui além dos últimos blocos de gelo em fusão, ela se torna um curso de lavagem. Todas as "leis" da geometria hidráulica aplicam-se aos cursos de lavagem, se bem que as características do fluxo sejam um tanto especiais. A vazão por água de degelo é geralmente mais rápida no fim da tarde, quando o calor do dia provoca aumento da fusão e do escoamento. Um curso de água de lavagem, na aurora, pode estar reduzido a um tênue filete de gelo, voltando a avolumar-se para uma torrente por volta do meio-dia. Nessas condições de vazão, e carregando pesada carga de sedimentos, os cursos de lavagem usualmente possuem canais anastomosados; eles comumente depositam em seus vales muitos metros de aluvião, para manter seus fluxos. Assim, cursos de lavagem constroem planos de lavagem em terreno aberto, ou trens de vales, em fundo de vales. As declividades de planos de lavagem e trens de vales podem ser abruptas, atingindo até 56 m por quilômetro em alguns lugares. Tais declividades são mais típicas de leques aluviais ou pedimentos que de canais fluviais. Há grandes analogias entre as enchentes instantâneas de desertos e os picos de descargas de cursos de água de degelo (BLOOM, 1972).

Um grupo distinto de feições geomórficas de morainas desafia a classificação quanto à origem erosiva ou por deposição. Apesar de formadas por *drift* glacial,

118   Introdução à geomorfologia

usualmente *till*, essas feições têm formas lisas, aerodinâmicas, que constituem argumento a favor de origem por erosão. Elas são conhecidas, coletivamente, como formas moldadas aerodinamicamente, sendo implícita, por este termo, sua origem tanto por erosão como por deposição, por ação de gelo em movimento, provavelmente temperado. Dessas formas, as melhores conhecidas são os *drumlins* (Figura 4.6). São colinas de tamanhos variados, mas sempre distintamente elíticos em planta e com perfis que lembram o fundo invertido de uma colher de chá. Possuem comumente crista próxima à extremidade da montante e uma cauda semelhante a uma gota de lágrima, a jusante. Alguns, porém, não são assim tão notavelmente assimétricos (BLOOM, 1972).

Os *drumlins* devem modelar-se sob a ação do gelo em movimento, pois suas formas aerodinâmicas são, obviamente, respostas a condições dinâmicas. Alguns possuem núcleos rochosos e parecem ter-se formado pela moldagem de *till* da base de geleiras sobre um obstáculo. Outros não mostram evidências da existência de uma obstrução que tenha atuado como um núcleo. Já foi observado que eles se distribuem no espaço de modo ordenado, em fileiras ou colunas, ou em degraus, o que conduziu alguns observadores a atribuí-los a alguma espécie de onda estacionária ou irregularidade harmônica do fluxo de gelo. Outros sugeriram que fluxo divergente, na frente de um lobo de gelo, poderia promover deposição sob a margem glacial. Realmente, jamais alguém viu *drumlins* ou outras formas aerodinâmicas moldadas, em processo de formação, nem é provável que veja algum dia. Essas formas, contudo, indicam a direção do fluxo de gelo, de maneira tão clara quanto as *"roches moutonnées"* e registram um estádio do fluxo de gelo ativo, ao contrário do que acontece com a maioria das feições geomórficas de deposição glacial, indicativa de estádios de estagnação e degelo (BLOOM, 1972).

Ainda para o autor, outras feições, moldadas aerodinamicamente, incluem a moraina pregueada com corrugações topográficas sistemáticas, paralelas ao fluxo de gelo e o *crag-and-tail*, uma bossa de rocha resistente, com *till* depositado no lado protegido. Tanto a moraina pregueada como o *crag-and-tail* podem ser tomados como variantes da forma ideal de *drumlins*.

Outra feição morfológica dos ambientes glaciais são os *nunataks*, que configuram emergências de cordilheiras e outros relevos elevados atualmente enterrados sob as calotas de gelo continental, ocorrendo com maior representatividade na Groelândia, onde a espessura do gelo no continente pode atingir a ordem de 2500 metros (HOLMES, 1952).

4.5   AS ZONAS ÁRIDAS E SUBÁRIDAS DAS LATITUDES MÉDIAS E SUBTROPICAIS

Essa faixa climática dispõe-se entre a zona florestal das latitudes médias e as savanas da zona tropical.

Por definição, em um clima seco, a evaporação potencial do solo e da vegetação excede a precipitação média anual (TORRES e MACHADO, 2011). As temperaturas são consideradas na determinação da evaporação potencial.

Os climas secos abrangem vários graus de intensidade desde o subúmido, ao semiárido, árido ou desértico. A passagem de zonas secas para as úmidas é gradual (uma das responsáveis para as críticas quanto à delimitação das zonas morfoclimáticas).

O caráter aberto da vegetação é importante na definição do significado geomorfológico nas regiões de clima seco. Associada ao predomínio do intemperismo físico, dá margem ao eficiente arrasto eólico das coberturas superficiais.

Dessa maneira, no deserto, o vento adquire importância veemente como agente de erosão e transporte. Redemoinhos podem levantar poeira e areia do chão nu e removê-las, processo erosivo chamado de deflação, que constitui, em essência, na remoção e no transporte de partículas do assoalho desértico. A areia, geralmente, move-se por influência do vento, saltando em arcos baixos, poucos decímetros acima do chão, mas as partículas de poeira podem ser carregadas a centenas de metros acima da superfície, atravessando continentes. A areia soprada pelo vento é, em pouco tempo, aprisionada por obstáculos e acumula-se como dunas, a curta distância da fonte.

As chuvas nos desertos são, usualmente, de grande intensidade, curta duração e extensão local. Tempestades de convecção são responsáveis por grande parte do total pluviométrico.

O escoamento não é hierarquizado. Há transição entre escoamento de vertente e de talvegue. Em vertentes de fraco declive, o escoamento laminar ou difuso predomina. Nos declives fortes, os talvegues estreitos são bem individualizados.

Os processos de intemperismo químico são de baixa intensidade pela falta de água. Por outro lado, o intemperismo físico ou mecânico exercido pela força abrasiva dos ventos e pelas chuvas torrenciais mal distribuídas e auxiliado pela dilatação/contração da rocha pelo alto gradiente térmico se faz importante.

Não existe rastejamento de solo. Deslize de rochas e detritos são comuns, por isso não ocorrem formas convexas. O perfil típico das encostas nas zonas secas é constituído de penhascos (escarpas) e tálus que se elevam acima de uma vertente côncava de lavagem (Figura 4.7). A rocha nua e a estrutura são os aspectos dominantes da paisagem.

Os rios intermitentes e efêmeros nascem nesses compartimentos mais elevados. Sem a capacidade de transporte dos cursos de água perenes, a deposição se dá em caráter endorreico, ocorrendo primeiro o depósito dos fragmentos rochosos de maior tamanho (cascalhos) e, subsequentemente, das areias grossas e finas.

Para Penteado (1980), após as chuvas rápidas e pesadas, o escoamento laminar gera correntes viscosas responsáveis pelo preenchimento das irregularidades. Outros processos atuam na desnudação e no recuo das vertentes:

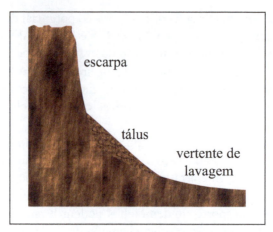

Figura 4.7   Perfil típico de encosta em clima seco

Erosão regressiva (*backwearring*) – É realizada através de processos de intemperismo físico-químico que provoca o fraturamento da rocha na face rochosa das escarpas e especialmente na base (setor mais úmido). O material desagregado é evacuado por processos de transporte e as vertentes íngremes recuam, paralelamente, em forte afinidade com o modelo de recuo paralelo das vertentes proposto por King (1956), com formação de pediplanos.

Erosão lateral (*stream-flood*) – Realizada por torrentes ou correntes concentradas. A carga grosseira do leito constitui o pavimento detrítico que impede o cavamento no sentido vertical. A corrente erode e alarga as margens, depositando e removendo o material, estabelecendo um equilíbrio provisório.

Escoamento em lençol (*sheet flood*) – É uma lâmina de água delgada carregada de detritos que, pela viscosidade, tem competência para carregar elementos maiores e exercer ação abrasiva. O transporte é curto, a competência do fluxo para transportar a carga, a todo momento, se modifica. Há momentos de erosão e momentos de deposição. Nas cheias a erosão é acelerada. Esse tipo de erosão areolar produz o abaixamento da superfície do pedimento, paralelo à superfície e sua regularização. Tal processo explica a heterometria do material coluvial, a ausência de arredondamento e da estratificação. No final da evolução, apenas os sedimentos finos são transportados na superfície quase plana.

Escoamento difuso (*rill-wash*) – Eficaz no transporte do material fino e na ablação lateral. Aparece no início e no final das cheias. São canais anastomosados, regos instáveis, onde as águas turbilhonam e oscilam impedidas por pequenos obstáculos. Transportam a curta distância os sedimentos finos depositando-os rapidamente, deixando os grossos no lugar. Exerce ação de limpeza.

4.5.1 Morfologia das regiões secas

Entre as formas de relevo mais copiosas nas regiões secas, pode-se enumerar as seguintes (Figura 4.8):

Canais fluviais

São intermediários entre escoamento areolar e linear, possuem seções transversais retangulares, com margens quase verticais e leitos aluviais planos. São denominados *arroyos* na América Latina e no sudoeste dos EUA e *onadis* no Saara francês.

As margens são indeterminadas, e o leito é pavimentado de detritos. Se esses canais descem de vertentes abruptas (montanhas), na base perdem a velocidade e depositam leques aluviais de detritos de perfis côncavos, típicos de encostas de lavagem (Figura 4.9). São as formas ideais de dispersão da vazão e da carga sedimentar das correntes.

Pedimento e pediplano

De acordo com Guerra e Guerra (2005), o pedimento, termo proposto inicialmente por Gilbert (1882), é uma formação que aparece em regiões de clima árido quente ou semiárido, cujo material é trazido pelos *arroyos* que fazem um lençol à semelhança de um grande leque logo na saída da montanha (Figura 4.9). Todavia, essa zona de lençol de detritos será aplainada e constituirá o chamado *glacis d'érosion*. Esse material será assim transportado mais para baixo, dando origem a uma planície de aluviões chamada de *bajadas* ou de *glacis de sédimentation*. Nessas planícies de *bajadas*, pode-se encontrar depressões onde se acumulam águas de caráter permanente ou temporário, as quais são denominadas *playas*.

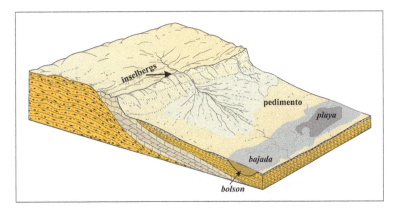

Adaptado de: IBGE (2009)

Figura 4.8 Formas de relevo características das regiões secas

122 Introdução à geomorfologia

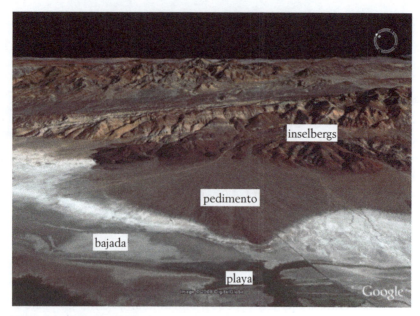

Fonte: Google Earth (2010)

Figura 4.9   Vale da Morte EUA: conjugação de feições erosivas e deposicionais em ambiente desértico

Para Bigarella (2003), o pedimento constitui uma superfície suavemente inclinada situada no sopé de uma encosta dotada de maior declive, cortando as rochas do substrato e separada da vertente superior mais íngreme por uma abrupta mudança no ângulo de declividade (ângulo de piemonte) na zona de piemonte. Apresenta perfil ligeiramente côncavo terminando em um rio ou em um plano aluvial. Em ambiente desértico, termina nas *bajadas* e *playas*. A definição mencionada assume caráter eminentemente descritivo, obrigando a trazer a lume conotações genéticas do termo.

Bloom (1972) explica que, à medida que as áreas mais elevadas em regiões secas vão sendo erodidas, pedimentos se formam em suas bases. Projeções dos pedimentos em forma de língua podem se estender montanha acima ao longo dos vales principais. Algumas cadeias montanhosas secas possuem largos passos de sedimentos que se estendem pelas montanhas; é o resultado da expansão das cabeceiras e intersecção de pedimentos de encostas opostas. Os pedimentos se alargam pela migração lateral de filetes e canais efêmeros que periodicamente são expandidos no *front* montanhoso e solapam tálus e penhascos. Eles também se expandem pela regressão normal, por escorregamentos de penhascos e tálus e pela abrasão, por enchentes laminares, das superfícies dos pedimentos escavados nas rochas. A importância relativa dos três processos parece variar de região para região. Alguns pedimentos formam numerosos *arroyos* rasos, embutidos na sua superfície, admitindo-se que tenham sido erodidos por migração lateral dos canais. Outros pedimentos não mostram evidências da existência de fluxo de canais. A análise desses pormenores é difícil, porque a erosão é lenta em regiões secas e pelo fato de alguns pedimentos terem se formado sob condições climáticas diferentes, sofrendo, no momento, lenta dissecação. A análise dos processos presentes, desse modo, pode dar falsa impressão da origem do pedimento.

À medida que os pedimentos avançam pelas encostas que os alimentam, a parte inferior pode ser progressivamente soterrada pelos aluviões da *bajada* em elevação. Por essa razão, pedimentos de regiões verdadeiramente áridas, onde o nível de base local é uma *playa*, são, geralmente, franjas estreitas talhadas na rocha, entre o *front* montanhoso e a *bajada*. Os pedimentos mergulham encosta abaixo sob o preenchimento aluvial espessado do *bolson*. Para os que necessitam de definições precisas, ainda de acordo com Bloom (1972), a encosta de lavagem do *front* montanhoso, suavemente degradada, seria chamada de pedimento na sua parte superior, onde toda a capa de aluvião está em trânsito, e de *bajada* na parte inferior, onde o aluvião se assentou permanentemente no *bolson*. O limite entre o pedimento e a *bajada* é, então, definido pela espessura do aluvião, que pode ser, periodicamente, retalhada por escavações e preenchimentos produzidos por enchentes laminares ou por *arroyos*. Esse processo de formação de pedimentos em ambientes desérticos no sopé de cadeias montanhosas também é elucidado por Derreau (1956).

Em estudos mais clássicos da geomorfologia brasileira, os pedimentos foram recorrentemente inseridos na temática das superfícies de erosão, como tratados em trabalhos de Bigarella e Andrade (1965), Bigarella, Mousinho e Silva (1965), Ab'Sáber (1969), entre outros, assumindo assim importante significado genético. Em consonância a esta tendência histórica, Passos e Bigarella (2001, p. 117) enunciam que

> o pedimento pode ser considerado inicialmente, como sendo uma feição morfológica, desenvolvida durante períodos em que condições climáticas favoreceram a operação de processos hidrodinâmicos e de meteorização específicos, que propiciaram a elaboração de uma superfície de erosão, ligeiramente inclinada, cortando todas as estruturas de rochas.

A superfície geomórfica com a qual se vinculam os pedimentos é o chamado pediplano, que, ao gosto das ideias de King (1956), se formaram a partir do recuo paralelo das vertentes em clima seco ou semiárido, constituindo uma superfície formada por aplainamento erosivo e coalescência de planícies de inundação e recoberta pelos pedimentos. Quando ocorrentes em áreas de clima úmido, viriam

124 Introdução à geomorfologia

a constituir superfícies fósseis testemunhos de paleoclimas. Bigarella, Mousinho e Silva (1965) distinguiram três grandes superfícies sedimentares, produtos de aplainamentos extensivos as quais denominaram, da mais antiga para a mais recente, Pd_3, Pd_2 e Pd_1. A superfície Pd_3 de cimeira, teria sido elaborada entre o Cretáceo e o Eoceno, e corresponde à Superfície Sul Americana de King (1956) e à Superfície do Japi (ALMEIDA, 1964). As superfícies Pd^2, de caráter intermontano, foi reconhecida como do Terciário Médio, enquanto o nível Pd^1 seria de idade plio-pleistocênica, cronocorrelato à Superfície Velhas de Lester King. O autor concebe ainda uma superfície mais recente, representada pelos vales e gargantas abertos pela erosão remontante da drenagem durante o Holoceno, a qual designou como Superfície Paraguaçu.

A discussão nos termos das superfícies de erosão são pouco consensuais na geomorfologia brasileira. Modelos como o do recuo paralelo das vertentes, classicamente aventado na gênese das superfícies pedimentares, são questionados quando aplicados a determinadas áreas, bem como também é questionada a existência de uma marcada ciclicidade na geração de superfícies de aplainamento em grandes áreas.

Twidale (1983; 1985) relativiza o papel do recuo paralelo das vertentes na formação de pedimentos, argumentando que este não é, necessariamente, o único fator interveniente; também contesta a coalescência de pedimentos na formação de pediplanos. Defende sua geração a partir do rebaixamento de superfícies planas embasadas por rochas menos resistentes, admitindo também a corrosão no sopé de escarpas montanhosas.

Somam-se ainda os avanços nos estudos neotectônicos para a Plataforma Brasileira, importante agente desnivelador de superfícies geomórficas, e as interferências do modelo de etchplanação, com formação de etchplains a partir de rebaixamento por alteração química a partir de *fronts* preferenciais de intemperismo. Tais questões serão oportunamente retomadas adiante.

Considerando a dinâmica geral da paisagem nos grandes cinturões morfoclimáticos do globo, verifica-se que nas regiões semiáridas, na zona mediterrânea e nas tropicais com longa estação seca, os pedimentos estão em vias de elaboração, isto é, são formas vivas, funcionais. Estão sendo esculpidas por processos de morfogênese mecânica. Fora dessas áreas, os pedimentos são formas relíquias, fossilizadas, por vezes assumindo a condição de paleoformas, reflexo de condições climáticas passadas mais secas do que o clima atual.

Inselbergs

Os inselbergs são relevos residuais dos processos de pediplanação. Apresentam vertentes abruptas e silhueta de domo ou de castelo. As vertentes abruptas e nuas se desgastam rapidamente por processos de intemperismo predominantemente físico.

Geralmente em rochas maciças como os granitoides correspondem a núcleos menos diaclasados, por isso mais resistentes ao intemperismo. Em rochas sedimentares podem estar preservados por crostas ferruginosas responsáveis pela manutenção de residuais de aplainamento na paisagem atual. O inselberg é uma forma escultural, mas que reflete influências da estrutura e da litologia. Nos domos granítico-gnáissicos o seu contorno corresponde a planos estruturais.

Penteado (1980) afirma que os maiores aplainamentos do globo situam-se fora das regiões submetidas à erosão dita "normal". Não são os processos morfoclimáticos das regiões úmidas os capazes de elaborar os grandes planos de erosão. Muito pelo contrário, sob cobertura vegetal, intenso intemperismo químico, decomposição rápida das rochas e cobertura do solo, a evolução das vertentes se faz em equilíbrio com o cavamento dos talvegues e a topografia rebaixa-se, mantendo as formas iniciais, apenas suavizando um pouco as convexidades. O relevo resultante tende a ser colinoso, exceção feita às áreas sob influência tectônica.

As superfícies planas encontradas nas zonas úmidas sugerem, antes de qualquer coisa, que essas áreas sofreram oscilações climáticas e que processos de morfogênese mecânica dominante teriam sido os responsáveis pelos aplainamentos.

Dessa maneira, os inselbergs também podem se formar em clima tropical, podendo apresentar forma dômica, evoluídos a partir de processos de esfoliação física, ou apresentarem-se dispostos em empilhamento de matacões, quando configuram os chamados tors, nos quais tem-se o predomínio de processos químicos (BIGARELLA et al. 1994).

Nas regiões tropicais, os inselbergs dômicos também são conhecidos como pães-de-açúcar, cuja referência permanente fica sendo o pontão homônimo que se sobreleva diante do gráben da Guanabara, no município do Rio de Janeiro. Nesse caso são produtos da alteração de rochas granitoides, bastante susceptíveis aos processos de esfoliação esferoidal e geração de formas arredondadas (Figura 4.10). Em terrenos sedimentares, como aqueles recheados de rochas areníticas, os topos costumam ser aplainados e sua morfologia tem aspecto contundentemente ruiniforme, como as torres residuais emolduradas nos arenitos do Grupo Itararé, Carbonífero Superior da Bacia do Paraná (Figura 4.11). Segundo Melo (2002), essas formas foram e estão sendo elaboradas essencialmente pela ação da água, com influência de óxidos de ferro e manganês na sua preservação.

Tais relevos residuais, conforme visto, não têm sua distribuição restrita aos ambientes desérticos. Sua gênese pode estar ligada, conforme explicado, a imperativos inerentes à tropicalidade climática, ocorrendo assim desde áreas de desertos extremos aos trópicos úmidos, aparecendo também em domínios temperados e semiáridos.

126   Introdução à geomorfologia

Figura 4.10   Relevo proeminente na forma de pão-de-açúcar em rochas granitoides (Bom Jesus do Itabapoana, RJ)

Figura 4.11   Torre arenítica residual de erosão hídrica em domínios areníticos da bacia do Paraná (Parque Estadual Vila Velha, PR)

4.6 RELEVO E PROCESSOS MORFOGENÉTICOS NA ZONA INTERTROPICAL

As zonas situadas entre os trópicos de câncer e capricórnio, e que abrangem também as faixas equatoriais, consubstanciam o importante conceito geográfico de zona tropical, objeto de amplas discussões entre os geógrafos e outros profissionais ligados ao tema. Alguns autores estrangeiros e brasileiros importantes, como De Martonne (1953) e Penteado (1965), vislumbraram o chamado meio tropical em referência unicamente às regiões quentes e úmidas, concebendo esses atributos climáticos como os definidores fundamentais da tropicalidade. Abordando criticamente essas visões, Conti (1989), em importante comunicação, expande o gradiente termopluviométrico adequável ao chamado "meio tropical" em regiões superúmidas a hiperáridas, considerando que, nas proximidades dos trópicos e entre eles encontram-se desde desertos extremos, como o Atacama no Chile e porções importantes do Saara, até as densas florestas superúmidas equatoriais.

Esta seção não se ocupa de discutir a dimensão conceitual supramencionada, ficando detida essencialmente aos processos e às morfologias desenvolvidos no meio tropical em suas faixas sazonais e permanentemente úmidas, tendo as formas e processos de ambiente desértico sido contemplados na seção anterior.

4.6.1 Intemperismo e coberturas de alteração associadas

Na zona intertropical, o forte calor, a umidade e as pequenas amplitudes térmicas favorecem os processos químicos de ataque das rochas. A decomposição frequentemente é mais rápida do que o transporte de detritos sobre as vertentes. Os solos são profundos e bem drenados. Assim sendo, os trópicos úmidos constituem a zona principal do intemperismo químico e da formação de minerais de argila, onde os processos pedogenéticos são preponderantes em relação aos processos morfogenéticos, exceção feita às áreas montanhosas e escarpadas que ocorrem nos terrenos cristalinos da fachada atlântica, na forma de chapadas pelo Brasil Central, ou ainda no Planalto das Guianas. É também a zona principal de formação de perfis lateríticos, com pedogênese latossólica por vezes onipresente.

Os Latossolos são produtos genuínos do intemperismo químico que é predominante nos trópicos úmidos. Trata-se de solos profundos e intemperizados, bem drenados, bastante lixiviados e dotados de baixa capacidade de troca catiônica. Ocorrem em áreas de relevo plano ou suavemente inclinado sob vegetação de floresta ou cerrado. Em geral, possuem boa agregação e estrutura granular, apresentando reduzida susceptibilidade à erosão. Perfis avermelhados indicam o

128 Introdução à geomorfologia

predomínio da caulinita, ao passo que a coloração amarelada define a conspicui-
dade da gibbsita. Colorações pronunciadamente avermelhadas indicam significativo processo de ferralitização, com oxidação do ferro e formação de hematita.
Os condicionantes pedobioclimáticos fazem desses solos coberturas bastante susceptíveis à formação de crostas endurecidas, as chamadas lateritas.

O termo laterita é antigo na literatura, tendo sido mencionado pela primeira
vez por Buchanan no ano 1807, sendo até hoje não muito consensual. Os solos
lateríticos (ou ferralíticos), por sua vez, foram designados por Kellog (1949) de
Latossolos, caracterizados por alta concentração de óxidos e hidróxidos de ferro
e alumínio, podendo também apresentar horizontes cimentados uniformemente
com sesquióxidos de ferro e alumínio ou conter concreções por efeito da alternância entre umidecimento e dessecação (BIGARELLA et al. 2007). Os autores
também resgatam as ideias de Erhart (1973), que entende a existência de uma
laterização primária, expressa pela formação dos solos lateríticos, friáveis e extremamente permeáveis, seguida de uma laterização secundária, dada pelo concre-
cionamento, couraçamento ou cimentação, estruturas estas geralmente ligadas ao
aporte de soluções mineralizantes oriundas de posições topográficas mais elevadas
que fazem por modificar os solos lateríticos. Fica como hipótese a formação de solos lateríticos em condições de vegetação florestal (laterização primária) e a laterização secundária quando da substituição por floresta tropófila (cerrado ou savana).

Thomas (1994, p. 89) resgata a definição de Schellmann (1981) para o termo laterita, enunciada da seguinte forma:

> Laterites are products of intense subaerial rock weathering
> whose Fe and/or Al content is higher and Si content is
> lower than in merely kaolinised parent rocks. They consist
> predominantly of mineral assemblages of goethite, hematite,
> aluminium, hydroxides, kaolinite minerals and quartz.

Bigarella et al. (2007) também notam a assembleia mineralógica supramencionada nas lateritas, defendendo que o emprego do termo deve se referir às crostas endurecidas, consideradas o laterito propriamente dito, contrariando os pesquisadores que congregam também nesse termo os materiais moles produtos de
neoformação que contenham alguma quantidade de hidróxidos de ferro e alumínio, a exemplo dos solos lateríticos. Essas crostas endurecidas também aparecem
na literatura com outras designações, como duricrostas (THOMAS, 1994) ou
ferricretes (MEYER, 1987).

Tal como as lateritas, o termo *bauxita* não apresenta definição precisa, sendo
comumente evocado para fazer referências a produtos de alteração ricos em hidróxidos de alumínio. Bigarella et al. (2007) propõem uma definição generalizada
segundo a qual as camadas lateríticas bauxíticas recobrem o substrato rochoso

partilhando do manto de intemperismo desenvolvido a partir da alteração em minerais alumino-ferruginosos de rochas cristalinas ou sedimentares argilosas.

Thomas (1994) elenca os seguintes fatores intervenientes no processo de laterização e formação de duricrostas:

1. Fatores geológicos, principalmente a mineralogia das rochas.
2. Fatores climáticos, particularmente o regime de chuvas e escoamento.
3. Fatores bióticos, referentes à cobertura vegetal e atividade biológica.
4. Fatores hidrológicos, incluindo o regime de infiltração no solo.
5. Condições de Eh e pH.
6. História geomórfica e tectônica, aplainamento e dissecação.
7. O fator tempo e envelhecimento das duricrostas.
8. Mudanças paleoambientais afetando os fatores 2 e 5.

A quantidade de minerais de Fe e Al contida nas rochas vai ser preponderante na formação de lateritas. Em rochas máficas, como o basalto e o diabásio, ricas em ferro, os processos de laterização tendem a ser mais rápidos. É bem verdade que dependem da presença de água e dos processos de infiltração que garantem a drenagem vertical do perfil, o que é favorável em condições de relevo plano sob floresta densa ou aberta. É necessário que se considere, portanto, uma convergência de processos, sobrepostos e interdigitados na explicação do processo de laterização.

Do ponto de vista geomorfológico, é considerado que a formação de crostas ferruginosas e alumínicas seja favorecida em áreas de relevo plano, como as extensas superfícies aplainadas do Brasil Central. É nessas áreas que se materializa uma pedopaisagem latossólica, na qual o manto de alteração é profundo e a pedogênese é pronunciadamente ferralítica. No entanto, malgrado essa afinidade topográfica, os processos de bauxitização também podem ser constatados em áreas de relevo acidentado, com uma série de ocorrências registradas no Brasil Sudeste (VALENTÓN; MELFI, 1988), (VARAJÃO, 1991), (SÍGOLO, 1997), (LADEIRA; SANTOS, 2005), (SANTOS; LADEIRA, 2006), (ROMÁN; CASTAÑEDA, 2006), (LEONARDI et al. 2010).

Reconhecidamente, as crostas lateríticas costumam preservar superfícies geomorfológicas. Embora as discussões sobre as superfícies de erosão não sejam ponto de convergência na geomorfologia brasileira, conforme frisado, grande parte dos autores dedicados ao tema reconhece a presença de uma superfície de cimeira pelo Brasil Oriental, frequentemente relacionada à Superfície Sul Americana de King (1956). Estaria a superfície em questão preservada no topo das chapadas do Brasil Central, onde estão revestidas por perfis lateríticos terciários. Comporiam também os chapadões emoldurados sobre os arenitos, siltitos e folhelhos da Formação Urucuia ao longo do espigão divisor das bacias dos rios Paranaíba e São Francisco (Figura 4.12). Relações coerentes também podem ser feitas em

Figura 4.12 Chapadões areníticos da Formação Urucuia: divisores das bacias dos rios Paranaíba e São Francisco

domínios litológicos resistentes à alteração química, como nas cristas quartzíticas do Planalto do Alto Rio Grande (Figura 4.13) e da paleocordilheira do Espinhaço. No Brasil Sudeste encontra-se tectonicamente deformada e desnivelada nos alinhamentos costeiros da Serra do Mar, em suas ramificações interioranas (serras dos Órgãos, Bocaina, Paranapiacaba), e na Serra da Mantiqueira, onde foram encontrados depósitos bauxíticos de talude geneticamente vinculados ao maciço alcalino de Passa Quatro (MG) (MARQUES NETO, et al. 2011), de idade cretáceo-paleocena, em vigorosa intrusão de nefelina-sienito, rocha bastante susceptível à bauxitização. Depósitos similares datados do Eoceno/Oligoceno foram encontrados por Sígolo (1997) na vertente voltada para o vale do Rio Paraíba do Sul, tendo sido depositados e bauxitizados necessariamente após as intrusões alcalinas.

As formações lateríticas não são os únicos materiais importantes nas áreas intertropicais. Além da infiltração que provoca a acentuada lavagem e lixiviação dos Latossolos, a impetuosidade do clima tropical também favorece intenso escoamento superficial, sobretudo nas áreas de relevo mais acidentado. A remoção, o transporte e a deposição das coberturas de alteração inconsolidadas em sítios agradacionais dão margem à formação dos colúvios, materiais alóctones depositados fora de sua área de origem pelos mecanismos de transporte gravitacional. Constituem importante registro da morfogênese no meio tropical ao longo do

Figura 4.13 Cristas quartzíticas do Planalto do Alto Rio Grande: superfícies estruturais cimeiras no Sul de Minas (Carrancas, MG)

Quaternário. Diferenciam-se dos elúvios, que são materiais autóctones formados pela decomposição da rocha matriz *in situ*.

As coberturas inconsolidadas formadas pela deposição de materiais mobilizados pelas encostas são de grande importância estratigráfica para os estudos do Quaternário continental no sudeste brasileiro, sendo bastante discutidos em seus aspectos estratigráficos e paleoambientais por Moura e Meis (1980), Moura, Peixoto e Silva (1991), Moura; Silva (2001), Modenesi (1980, 1984, 1988, 1988b, 1992), entre outros autores.

As cabeceiras de drenagem em anfiteatro, feições típicas do relevo no Brasil Sudeste, são formadas pelo recuo diferencial das encostas com consequente geração de segmentos côncavos (*hollows*). Tais concavidades são os espaços onde se desenvolvem os complexos de *rampas de colúvio*, termo engendrado por Bigarella e Mousinho (1965); depositam-se nessas reentrâncias os sedimentos oriundos dos segmentos de vertente convexos (*noses*) que teriam recuado mais lentamente (MOURA e SILVA, 2001). Nos setores côncavos a erosão é mais agressiva, fazendo com que durante o Quaternário tenha havido mais de um período de formação de rampas, o que teria gerado um complexo de rampa, onde erosão e deposição teriam atuado concomitantemente em diferentes taxas e setores, sempre em convergência ao eixo principal do segmento côncavo (MEIS e MOURA, 1984).

Na Figura 4.14 é possível observar uma típica rampa de colúvio alojado em segmento côncavo da encosta mais recuado. No seu eixo longitudinal, os depósitos coluviais imbricando em direção ao nível de base local. Tais feições são recorrentes nas áreas de relevo montanhoso e amorreado do sudeste brasileiro, e podem ocorrer em extensões maiores, conectando expressivos alinhamentos topográficos, do qual são depósitos correlativos, aos fundos de vale.

A diversidade de paisagens nas zonas intertropicais é muito ampla, e os processos pedogenéticos e morfogenéticos são também bastante variados. Embora a latolização seja um processo bastante característico, outros também podem ser verificados como a podzolização e o intenso hidromorfismo nas várzeas dos grandes rios brasileiros. Em mesma perspectiva percebe-se que a formação de rampas coluvionares se dá em concomitância à evolução de espessos elúvios expressos em profundos mantos de alteração. Embora seja possível apontar alguns processos pedogenéticos e morfogenéticos característicos, as paisagens tropicais não são, de forma alguma, homogêneas. Nelas se verificam ampla gama de formas e processos materializados em importantes paisagens de exceção além das áreas de florestas e cerrados: as restingas e planícies litorâneas; a faixa de sedimentação extensiva do Pantanal; os campos rupestres e altimontanos encravados nos patamares de cimeira em zonas florestais e de cerrado; as diferentes fisionomias da caatinga nordestina; as matas de cocais etc.

Figura 4.14   Rampa de colúvio em segmento côncavo (*hollow*) da encosta (Caxambu, MG)

Nessa oportunidade serão apresentados os aspectos geomorfológicos das regiões florestadas e de cerrado, domínios de primeira grandeza representativos de grande porção do território brasileiro. Nesse ínterim, considerações mais gerais serão dispensadas a algumas paisagens de exceção de relação mais direta, que devem ser objetos de investigação mais específica a fim de maior integração do conjunto das paisagens brasileiras, em suas tipicidades individuais, mas também em suas similaridades, transições e sobreposições.

4.6.2 As regiões florestadas das zonas intertropicais

No território brasileiro, as áreas extensivamente florestadas correspondem a duas unidades essenciais: as terras baixas úmidas a hiperúmidas equatoriais a subequatoriais onde medra a floresta amazônica, e o domínio azonal tropical atlântico, local de ocorrência da mata atlântica, hoje reduzida a fragmentos de variadas dimensões. Uma diagonal de fisionomias abertas em caatinga e cerrado se impõe entre os dois domínios florestais, sendo bem verdade a complexidade inerente a passagem de um domínio para outro e à paisagens próprias que tais domínios comportam.

No conjunto, as florestas equatoriais e tropicais têm características comuns: temperaturas médias elevadas, fracas amplitudes térmicas, bastante umidade e ausência de gelo. Essa ausência é importante porque a fragmentação (intemperismo físico) torna-se reduzida. As encostas rochosas recuam lentamente, e o tálus é revestido de mantos argilosos e pode ser recoberto de vegetação.

A região amazônica e sua luxuriante cobertura florestal, depositária de biodiversidade descomunal, já exercia seu poder sedutor aos primeiros naturalistas que se embrenharam pelos terrenos mais inóspitos da América do Sul, como Humboldt e Bompland, tendo o primeiro alcunhado de Hileia esse domínio florestal ao mesmo tempo deslumbrante e desafiador. Embora não tenha sido concedida ao naturalista prussiano permissão para ingressar em território brasileiro, suas andanças na bacia do Orenoco foram de grande importância para a caracterização fitogeográfica do domínio amazônico, estudado com veemência no Brasil oitocentista por Von Martius que, na sua divisão das províncias botânicas brasileiras, alcunhou a região amazônica de *Naiade*.

Segundo Ab'Sáber (2003), a região amazônica corresponde a um macrodomínio de terras baixas florestadas disposto em anfiteatro entre as cordilheiras cisandinas e os planaltos brasileiro e guianense. O baixo relevo em tabuleiros e planícies, alguns aspectos climáticos relativamente homogêneos (temperaturas médias elevadas, alta nebulosidade, precipitações abundantes, baixa amplitude térmica anual) a par com a descomunal floresta dissecada por rios gigantescos e por pequenos cursos de água de trama fina (igarapés), fizeram que por longo tempo a região amazônica fosse interpretada como um conjunto paisagístico homogêneo e uniforme, ideia essa que perde coerência à medida que se notam variações

134 Introdução à geomorfologia

marcantes nos solos, nos tipos de rios e sua morfologia, na vegetação e no relevo (AB'SÁBER, 1966).

Segundo Moreira (1977), a região amazônica pode ser subdividida segundo os seguintes quadros geomorfológicos:

1. Planície amazônica: planície de inundação: ocorre no médio e baixo Amazonas, podendo apresentar extensões superiores a 50 km; terras firmes: terrenos não inundáveis dispostos a partir das várzeas como uma sucessão de baixos níveis que se elevam em direção aos escudos periféricos, podendo se apresentar nivelados a estes.
2. Escudos cristalinos: são periféricos às planícies e estabelecem contato com as formações sedimentares mediante descontinuidade topográfica marcada nos encachoeiramentos e rupturas de declive constatadas nos leitos de afluentes do médio Amazonas.
3. Litoral amazônico: terrenos quaternários localizados entre os estados do Pará e Amapá; segundo Ab'Sáber (2001), tais áreas estiveram sob influências glacio-eustáticas durante o último período glacial.

Os terrenos rebaixados compõem essencialmente o domínio sedimentar da bacia amazônica, formado por rochas paleozoicas e mesozoicas, cobertas posteriormente por depósitos terciários e quaternários. Mesmo nos domínios planos das áreas sedimentares, o relevo amazônico é passível de compartimentação. Em sua proposta classificatória para o relevo brasileiro, Ross (1985; 2009) distingue três compartimentos de planalto (Planalto da bacia Amazônica oriental, Planaltos residuais Norte-amazônicos, Planaltos residuais Sul-amazônicos), além das depressões marginais Norte e Sul amazônica e as planícies fluviais que dissecam a bacia fanerozoica. O autor reconhece ainda as depressões do Araguaia e Tocantins como prolongamentos lineares da Depressão Sul Amazônica.

Em estudos na porção central do estado do Amazonas, Sarges et al. (2011) identificaram a ocorrência de extensas planícies aluviais com presença de terraços fluviais e terraços erodidos; os interflúvios são tabulares e estreitos, com topos planos e elevado grau de dissecação. Os declives são modestos, sendo que os menores, inferiores a 5°, ocorrem no topo dos interflúvios e nas planícies aluviais, enquanto os maiores, entre 12° e 18°, correspondem às vertentes dos interflúvios tabulares.

A compartimentação do relevo fica mais nítida nos terrenos cristalinos do Planalto das Guianas e do Planalto Brasileiro, onde elevações topográficas, sobretudo nas zonas interfluviais, quebram a monotonia topográfica. Nesse contexto insere-se, por exemplo, o Pico da Neblina, única elevação que no território brasileiro que supera os 3000 metros de altitude, sobressaindo-se em meio a Hileia florestada.

Do ponto de vista vegetacional, é conhecida a mudança fisionômica onde se sucedem as matas dos terrenos permanentemente alagados, onde se desenvolvem as matas de igapó e suas raízes adventícias em adaptação à inundação perene, passando pelas matas temporariamente alagáveis (mata de várzea) até a floresta de terra firme, poupada da subida das águas. Ferri (1980) assinala ainda as formações não florestais da Amazônia, quais sejam: campos do Rio Branco (Roraima), campos de várzea amazônicos, além dos campos cerrados que ocorrem na ilha de Marajó e em alguns trechos do baixo Amazonas no estado do Pará.

A agressividade do intemperismo químico e a quase onipresença da cobertura florestal resulta na carga sólida composta predominantemente por materiais finos. Essa é a carga predominante dos chamados "rios negros", entre os quais o homônimo que conflui com o barrento Solimões é referência permanente. De acordo com Ab'Sáber (2003), esses rios são elementos autóctones da drenagem que nascem e percolam em terra firme excessivamente florestada, desprovidos de sedimentos trazidos de outros domínios de natureza, fazendo com que a presença de material clástico seja bastante rara; os raros e reduzidos bancos de areia que ocorrem em alguns setores marginais revelam algum transporte de sedimentos arenosos produtos de retrabalhamento de areias de terraços fluviais. Tal quadro contrasta com as águas barrentas do Rio Solimões, carregadas de sedimentos trazidos dos contrafortes cisandinos onde se encontram suas nascentes.

O escoamento difuso é um agente relevante de transporte, sob floresta, pela falta da cobertura das gramíneas. Ele é um instrumento importante de erosão lateral e remoção de detritos finos (mais finos do que os transportados em região semiárida). As chuvas fortes são as mais eficazes para dar origem a esse transporte, geralmente chuvas de início de estação. Quedas de chuvas inferiores a 10 mm/h não geram, praticamente, o escoamento difuso. No final da estação das chuvas, quando os solos estão saturados, o escoamento difuso se produz sob qualquer precipitação.

Sob floresta, o potencial erosivo na região amazônica é bastante reduzido, característica esta que também é favorecida pelas baixas declividades regionais. Dessa forma, o escoamento difuso é um dos processos mais eficazes na esculturação das vertentes e na elaboração dos sítios deposicionais.

Um rio tem competência para transportar tanto mais sedimentos e erodir tanto mais quanto maiores forem as variações de débito. É no momento de mudança dos débitos (quando o volume aumenta bruscamente) que o material do leito se movimenta.

Os rios nessas regiões não possuem poder de transporte e erosão proporcional ao seu débito, pelo fato de terem débitos relativamente regularizados e transportarem uma carga em suspensão muito fina, correspondente a 80% ou 90% da carga total.

As vertentes e o leito fornecem poucos seixos. O desnível das quedas recua lentamente, mas a declividade se mantém, porque para a evacuação de areias

136 Introdução à geomorfologia

e argilas não é necessário perfil inclinado contínuo. Assim, os rios do domínio amazônico são caracterizados por baixo gradiente, ou seja, apresentam perfil longitudinal bastante uniforme, sem rupturas bruscas ao longo de seu percurso. Esse fator tem servido de argumento por parte daqueles que são contrários à implementação dos grandes empreendimentos hidrelétricos na Amazônia, uma vez que tais condições imprimem baixa velocidade média de escoamento do caudal e limitam o potencial hidrelétrico de tais rios. Além disso, a área alagada pelo represamento acaba sendo significativa, implicando considerável mortandade da flora e da fauna e em altas taxas de emissão de metano pela decomposição da cobertura florestal que fica em contato permanente com a água. Exemplo de referência acerca de tais afirmações pode servir o caso do Lago de Balbina, no Rio Uatumã, a nordeste do município de Presidente Figueiredo (AM), responsável pela inundação de imensa área florestada.

No domínio tropical atlântico, os rios dissecam terrenos mais acidentados, sobretudo aqueles que entalham terrenos cristalinos, apresentando, assim, frequentes quedas e corredeiras, favorecendo o aproveitamento hidrelétrico, tanto na forma de grandes usinas como nas chamadas Pequenas Centrais Hidrelétricas (PCH's). Tal propriedade faz com que a bacia do Paraná seja, atualmente, a mais explorada para geração de energia em território nacional, repleta que é de rios perenes cujos altos cursos estão posicionados em terrenos planálticos.

A maior parte da extensão da mata atlântica medra sobre terrenos compostos por rochas cristalinas em litologias predominantemente gnáissico-graníticas, migmatizadas ou não. No estado de São Paulo, as áreas florestadas descambam para a calha do Rio Paraná sob terrenos sedimentares e/ou vulcano-sedimentares da Depressão Periférica Paulista e do Planalto Ocidental Paulista, se bem que extensivamente removidas para dar aporte a rede urbana e aos cultivos de cana-de-açúcar e café, principalmente.

As formas mais comuns esculpidas em terrenos granítico-gnáissicos são as meia-laranjas ou relevo mamelonar, os chamados "mares de morro" (*sensu* Ab'Sáber, 1966) (Figura 4.15). As vertentes são predominantemente convexas, e os declives variáveis. As coberturas pedológicas variam conforme a situação topográfica, ocorrendo Latossolos nas áreas de declividade mais modesta, solos com horizonte B textural em terrenos mais dissecados, e solos imaturos (Cambissolos e Neossolo Litólico) em segmentos de vertentes curtas de morros e morrotes ou nas encostas montanhosas das regiões serranas do sudeste brasileiro.

A decomposição muito intensa reduz os detritos à fração fina. Esse material mais fino é evacuado por rastejamento e escoamento difuso, tendendo a se acumular em rampas coluvionares ou a partilhar do desenvolvimento de morfologias agradacionais que se interdigitam com os alúvios nos fundos de vale.

Fonte: Google Earth (2008)

Figura 4.15 Mar de morros do Vale do Paraíba fluminense

O perfil longitudinal dos cursos de água pode apresentar degraus e seções planas por deficiência de erosão mecânica e por causa do preenchimento rápido das reentrâncias por areias que a corrente não pode transportar. Essas seções planas alargadas, situadas a montante de soleiras rochosas são os alvéolos (Figura 4.16).

As litologias granitoides que embasam os sistemas de relevo em "mares de morro" são bastante susceptíveis ao fenômeno da esfoliação esferoidal. A água penetra de forma tendencial nos planos de fraqueza da rocha, exercendo o ataque químico a partir desse eixo preferencial de alteração a partir do qual é instalado um processo de descamação concêntrica que vai progressivamente provocando o desprendimento de lascas e suavizando os ângulos retos herdados de falhas e juntas até o arredondamento do bloco. O resultado final é a geração de matacões de tamanho variado que vão se expondo de forma cada vez mais insinuada até se desprenderem da estrutura. Pela Figura 4.17, é possível visualizar a repercussão do processo de esfoliação esferoidal na estrutura superficial da paisagem. Os matacões verificados compunham uma seção mais basal do relevo, estando posicionados atualmente nos topos em função do rebaixamento levado a efeito pelo intemperismo químico, bem como pela erosão da cobertura alterada.

138 Introdução à geomorfologia

Fonte: Google Earth (2008)

Figura 4.16   Planície alveolar no sul do Estado do Rio de Janeiro

Figura 4.17   "Mar" de matacões gerados por esfoliação esferoidal, na borda interiorana do Planalto Atlântico (Itu, SP)

Os conhecidos pães-de-açúcar da fachada atlântica também são atacados pela esfoliação esferoidal. Para Ab'Sáber (1992), de certa forma os pães-de-açúcar são parentes dos inselbergs: nos períodos de incidência de climas secos em áreas hoje muito úmidas, os atuais pães-de-açúcar foram inselbergs. Por oposição, em velhas fases úmidas que precederam às aplainações dos fins do Terciário, alguns dos atuais inselbergs que pontilham os sertões secos podem ter sido pães-de-açúcar.

Os compartimentos geomorfológicos mais elevadiços e acidentados no domínio tropical atlântico se dão na Serra da Mantiqueira e na Serra do Mar. Elevações superiores a 2900 metros ocorrem no maciço alcalino do Itatiaia, nos terrenos limítrofes entre São Paulo, Minas Gerais e Rio de Janeiro, (Pico das Agulhas Negras e da Pedra da Mina, somados a outras proeminências) e também no maciço do Caparaó (Pico da Bandeira).

Nessas regiões de relevos montanhosos e escarpados a declividade das vertentes é significativa, a densidade de drenagem é elevada e a dissecação vertical muito pronunciada em função do controle tectônico vigente nesses blocos em soerguimento, com interferências decisivas de efeitos deformacionais neotectônicos na evolução do relevo durante o Neógeno. A trama fluvial fina exerce entalhe profundo, perfazendo extensões em padrão do tipo treliça de falha mediante consideráveis trechos retilíneos tributados pela drenagem paralela que disseca os alinhamentos topográficos. As capturas fluviais são recorrentes, e o basculamento de blocos determina assimetrias consideráveis para várias bacias de drenagem e viciosas tendências de migração lateral de cursos de água.

A elevada energia desses relevos tectônicos associadas ao imperativo climático tropical engendra um componente episódico importante na morfogênese operante. São domínios onde os processos de escorregamento e queda de blocos partilham da dinâmica da paisagem e ocorrem mesmo na presença da cobertura vegetal. O componente episódico que aqui se exalta mantém estreitas relações com os espasmos climáticos, deflagrando-se em maior recorrência e magnitude por efeito de altas taxas pluviométricas concentradas, tal como aconteceu na porção meridional da Serra da Mantiqueira na primeira semana do ano 2000, episódio em que chuvas concentradas levaram as coberturas superficiais à saturação e provocaram escorregamentos generalizados, com enchentes nas baixadas. Conti (2001) abordou tais episódios sob a óptica da fisiologia da paisagem, enfatizando que grande parte da tecitura geoecológica capitulou diante das descargas pluviométricas, que no município de Passa Quatro (MG) excederam a ordem de 600 mm ainda na primeira semana do mês.

À medida que o latente fenômeno de segregação espacial nas cidades propagou a urbanização para as áreas mais íngremes, onde se concentrou, via de regra, as populações de mais baixa renda, as perdas materiais e humanas passaram a constituir fatos inexoráveis, e que se repetem ano a ano, independentemente

140 Introdução à geomorfologia

do tamanho da cidade. Metrópoles nacionais e regionais como Rio de Janeiro e Belo Horizonte têm titularidade nesse tipo de mazela. Cidades médias na região serrana do Rio de Janeiro também têm sido foco recorrente desses impactos socio-ambientais, que têm copiosidade exagerada em municípios como Petrópolis, Teresópolis e Nova Friburgo. Na zona da mata mineira, municípios importantes como Juiz de Fora são afetados em menor intensidade. No litoral, do Rio de Janeiro à Santa Catarina há registros sistemáticos de escorregamentos em variadas magnitudes com danos materiais e humanos de toda a monta.

As áreas cristalinas do domínio tropical atlântico são os terrenos nos quais o relevo é fator dos mais restritivos para o uso e ocupação entre todos os outros domínios de paisagem brasileiros, em concordância à assertiva de Ab'Sáber (2003), que assevera que o terreno dos mares de morros, de maior decomposição das rochas cristalinas e cristalofilianas, é o meio físico mais complexo em relação às construções e ações humanas, sendo a região sujeita aos processos erosivos mais agressivos e movimentos de massa catastróficos mais recorrentes.

4.6.3 As regiões tropicais sazonais: savanas e cerrados

Entre a floresta ombrófila densa e a estepe de arbustos espinhosos dispõe-se o mosaico das florestas estacionais alternando-se com savanas. No Brasil, as formações vegetais abertas da faixa intertropical são os cerrados e a caatinga xerófita, além das pradarias subtropicais do Rio Grande do Sul.

Essas formações relacionam-se com a presença marcante de uma estação seca que varia entre 6 e 8 meses (TORRES e MACHADO, 2011). Com esse déficit hídrico, fica inviabilizada a existência de uma vegetação mais densa, exceto junto às linhas de drenagem sob a forma de matas galerias ou em encostas mais úmidas, existindo, assim, uma vegetação mais aberta, favorecendo mais o escoamento superficial quando comparado com as regiões florestadas.

Para Penteado (1980), as modalidades do *runoff* são determinadas pela distribuição das precipitações, pela natureza do solo e da cobertura vegetal. As primeiras tempestades encontram o solo seco e endurecido. O resultado é a erosão pluvial possante e o escoamento superficial imediato. Os processos de escoamento, erosão e transporte mais comuns sobre as vertentes são as torrentes em lençol, escoamento difuso, erosão pelas gotas da chuva e águas pluviais escoadas e correntes canalizadas, processo intermediário entre escoamento linear e areolar.

Todos esses processos são comuns tanto à zona semiárida como às savanas, em razão da escassez da cobertura vegetal contínua. Na savana todos eles são muito eficazes no início da estação chuvosa, antes do aparecimento das gramíneas.

Zonas morfoclimáticas e relevos associados   141

O escoamento em lençol é o mais eficiente na remoção dos detritos finos e na elaboração dos pedimentos. O escoamento difuso também é importante. Esses processos de erosão e transporte favorecem também o coluvionamento. As águas transportam a carga fina a curta distância e depositam nas zonas deprimidas e planas. Nos domínios semiáridos é o intemperismo físico que prevalece, promovendo a fragmentação mecânica da rocha e o transporte das cascalheiras durante as chuvas torrenciais e irregulares, formando-se assim revestimentos pedregosos em solos rasos.

A presença recorrente de linhas de pedra (*stone lines*) nas áreas tropicais úmidas foi interpretada por muitos autores como paleopavimentos detríticos formados pela desagregação das rochas em paleoclimas mais secos, onde o intemperismo físico teria prevalecido. Pesquisadores importantes como Jean Tricart, Aziz Ab'Sáber e João José Bigarella têm atribuído esse significado estratigráfico para as *stone lines*, abordadas por Viadana (2001) no âmbito espacial do estado de São Paulo em consonância com a Teoria dos Refúgios, da qual Ab'Sáber e Paulo Vanzollini foram defensores permanentes. Conforme Bigarella et al. (1994), tais paleopavimentos detríticos rudáceos encontram-se sobre o elúvio e sob o colúvio, sendo de espessura variável (de poucos centímetros superiores a 1,5 m) e compostos principalmente por fragmentos de quartzo e quartzito, e também por concreções e fragmentos de duricrostas. Conforme tal perspectiva, os depósitos rudáceos registrariam uma fase climática mais seca (glacial) antecedida e sucedida por interglaciais úmidos ao longo dos quais os elúvios e colúvios compostos por materiais finos (argila e silte) teriam sido gerados por intemperismo químico.

A interpretação do significado geomorfológico e estratigráfico das linhas de pedra não é ponto de consenso, e a abordagem supramencionada é, pelo menos, relativizada pelo confronto de interpretações que enxergam os pavimentos detríticos como produtos de intemperismo residual, ou do transporte de materiais sobre a superfície ou ainda como resíduos grosseiros de atividades biológicas, que supostamente teriam transportado as coberturas mais finas para as porções emergentes do perfil. As cascalheiras também podem corresponder a milonitos formados por trituração da rocha durante falhamentos, ou ainda a carga de fundo de paleocanais inumados, sendo nesses casos facilmente identificáveis por sua espessura, disposição na paisagem e forma arredondada a subarredondada dos materiais componentes. Revisão sintética das diferentes abordagens sobre a origem das *stone lines* contemplando as hipóteses autóctones e alóctones foi levada a efeito por Santos et al. (2010).

A desagregação granular sob variações de temperatura afeta as vertentes íngremes. A erosão pluvial exerce ação de limpeza no material desagregado e submete a rocha a contrastes de umidificação e ressecamento. Tais processos atuando sobre as encostas, e a erosão lateral e regressiva dos canais torrenciais na base dos

142 Introdução à geomorfologia

relevos, promovem o recuo paralelo das vertentes, modelo que tem se mostrado bastante congruente para as regiões semiáridas.

As formas derivadas são relevos residuais em domos ou maciços arredondados de declives bastante íngremes, os inselbergs. Essas vertentes entram em contato com superfícies planas por ângulos basais bem marcados (*knicks*). Os processos de escoamento em lençol e difuso e a erosão lateral de canais divagantes aplainam as irregularidades do relevo aos pés dos maciços montanhosos e das elevações, desenvolvendo os pedimentos. De acordo com as interpretações mais clássicas sobre a evolução do relevo brasileiro, inspiradas nos estudos de King (1956), os processos de pedimentação são frequentemente relacionados com a geração de superfícies de aplainamento.

Os pediplanos e inselbergs parecem se desenvolver melhor nas zonas semiáridas pela potência erosiva do escoamento areolar e pelo predomínio da erosão mecânica. Nas áreas de savanas e cerrados com estacionalidade climática mais bem definida e maiores taxas de umidade, abordagens nos termos da etchplanação (WAYLAND, 1933) (BÜDEL, 1957) vêm sendo evocadas na explicação da evolução do relevo por rebaixamento químico, formando-se *echplains* em vez de pediplanos, não apenas nos domínios do cerrado como também no domínio tropical atlântico, fato atestado nos estudos levados a efeito por Vitte (1998).

Segundo a teoria da Etchplanação, as paisagens de áreas cratônicas de relativa estabilidade tectônica submetidas a clima tropical estacional evoluem em função da ação concomitante entre a alteração geoquímica das rochas e a erosão superficial, que vão paulatinamente repercutindo no rebaixamento químico da paisagem. Em discurso acerca da evolução da teoria da Etchplanação, Vitte (2005) comenta a interpretação nos termos de uma superfície basal de intemperismo desenvolvida paralelamente à superfície no contato entre o saprolito e a rocha, enunciada por Berry e Ruxton (1957), e também a que visualiza os *fronts* de alteração, zonas principais de intemperismo ligadas às descontinuidades crustais (MABBUT, 1962), fazendo com que o aprofundamento da alteração química assuma um aspecto irregular. À luz dessa abordagem, os inselbergs seriam formados pela exposição de irregularidades na superfície preservadas pela maior resistência da rocha ao ataque químico ou pela ação de algum agente cimentante.

A teoria da Etchplanação vem se constituindo como um importante paradigma que questiona e relativiza os modelos de fundamentação cíclica, traduzidos, sobretudo, pelo ciclo da erosão de Willian Morris Davis (1899) ou pelo modelo da pediplanação de King (1953).

Embora a etchplanação seja preferencialmente aventada para a interpretação da evolução do relevo em domínios tropicais estacionais, Thomas (1994) entende que o processo também ocorre nos trópicos eminentemente úmidos.

Tanto o modelo da pedimentação como o da etchplanação vêm sendo evocados para explicar a gênese e evolução do relevo nos domínios tropicais sazonais brasileiros.

Para Pinto (1986), os altos chapadões da região da Chapada dos Veadeiros, mantidos em altitudes superiores a 1400 metros nos patamares interfluviais corresponderiam à Superfície Sul Americana, do Terciário Inferior, bem marcadas por escalonamento topográfico, que Braun (1971) chegou a interpretar como inselbergs subsistentes ao relevo pós-gondwano. Na interpretação da autora, os patamares residuais da chapada revestidos por Latossolos e laterita tiveram seu aplainamento dado por processos de etchplanação que incidiram sobre uma superfície de idade cretácea em condições de clima tropical ao longo do Terciário, privilegiando o papel do intemperismo químico e distinguindo residuais cretáceos mais elevados de superfícies paleogênicas e neogênicas, além de um pediplano pliopleistocênico. Paisani et al. (2008) também advogam a favor da importância dos processos de etchplanação na elaboração de superfícies de aplainamento em complemento aos modelos clássicos calcados na pedimentação.

Nascimento (1992) reconhece a prevalência da Superfície Sul Americana nos topos aplainados das mesetas do Planalto Central Goiano, destacadamente na subunidade do Planalto do Distrito Federal, onde aparece na forma de interflúvios levemente dissecados modelados predominantemente sobre quartzitos interestraficados com metasiltitos, filitos e argilitos do Grupo Paranoá protegidos por coberturas detrítico-lateríticas. A autora reconhece em sua leitura a ocorrência de desgaste mecânico por processo de pediplanação em clima semiárido na geração do relevo intermontano que caracteriza as extensas superfícies pedimentares cobertas por cerrado do Planalto Central.

No Brasil Central, onde a sazonalidade climática é bem estabelecida, as formas de relevo acusam vigência de paleoclimas responsáveis por aplainamentos e geração de pediplanos e etchplanos, a exemplo do extenso pediplano cuiabano. Uma série de compartimentos de planalto e chapadas ocorrem na bacia do Parecis; no estado de Goiás e Triângulo Mineiro tem-se a ocorrência de serras e cristas sinclinais e anticlinais com topos aplainados circundadas por superfícies rebaixadas revestidas por cerrados ou dando aporte à atividades agropastoris (Figura 4.18). Cristas dessa estirpe podem ser visualizadas na Serra Dourada, que Casseti (1986) interpreta como um extenso *hog back* de direções predominantes WSW-ENE, sustentadas por quartzitos muscovíticos e com *front* voltado para o norte. Aparecem também nas serranias da região de Pirenópolis. No planalto do Distrito Federal, leste de Goiás, desenvolve-se uma morfologia tabuliforme. No extremo oeste, *hog backs* apontam nas superfícies rebaixadas da Depressão do Araguaia, onde o relevo extensivamente aplainado dá margem à formação de terrenos alagadiços em drenagem difusa, chegando mesmo a se desenvolver um padrão em multibacias.

144 Introdução à geomorfologia

Figura 4.18 Aspecto da paisagem do cerrado no Triângulo Mineiro: altos topográficos de topos planos e superfícies aplainadas nos pisos inferiores em fortes rupturas de declive com as cristas (Araguari, MG)

capítulo 5

Geomorfologia fluvial

Segundo Cunha (1998), a geomorfologia fluvial engloba o estudo dos cursos de água e das bacias hidrográficas. Enquanto o primeiro se detém nos processos fluviais e nas formas resultantes do escoamento das águas, o segundo considera as principais características das bacias hidrográficas que condicionam o regime hidrológico. Essas características ligam-se aos aspectos geológicos, às formas de relevo e aos processos geomorfológicos, às características hidrológicas e climáticas, à biota e à ocupação da terra.

As redes hidrográficas configuram as principais vias de transporte dos produtos da meteorização física e química; ao realizar tal função, a água que flui da terra para os mares concentrados nos canais fluviais formam um sistema altamente organizado e complexo, cuja quantidade de inter-relações e variáveis envolvidas no processo faz que a elucidação completa e simultânea do funcionamento dos canais fluviais seja tarefa bastante dificultosa (CHRISTOFOLETTI, 1981).

5.1 FISIOGRAFIA FLUVIAL

Para Christofoletti (1980), os rios constituem os agentes mais importantes no transporte dos materiais intemperizados das áreas elevadas para as mais baixas e dos continentes para o mar. Embora o curso de água deva ter uma certa grandeza para ser designado como rio, é difícil precisar a partir de qual tamanho passa-se a utilizar essa denominação. A nomenclatura, contudo, é variada para os cursos de água menores, tais como arroio, ribeirão, riacho, córrego, entre outros, reservando o termo rio para o principal e maior dos elementos componentes de determinada bacia de drenagem. Do ponto de vista geológico e geomorfológico, o termo *rio* aplica-se exclusivamente a qualquer fluxo canalizado e, por vezes, é empregado para se referir a canais destituídos de água.

De acordo com o período de tempo durante o qual o fluxo ocorre, distinguem-se os seguintes tipos de rios:

a) perenes: há fluxo o ano todo, ou pelo menos em 90% do ano, em canal bem definido;

b) intermitentes: de modo geral, só há fluxo durante a estação chuvosa (50% do período ou menos);

c) efêmero: só há fluxo durante chuvas ou períodos chuvosos; os canais não são bem definidos.

A fisiografia fluvial pode ser entendida do ponto de vista dos tipos de leito, de canal, de rede de drenagem e de terraço.

5.1.1 Tipos de leito

De acordo com Cunha (1998), o leito fluvial corresponde ao espaço ocupado pelo escoamento das águas. Conforme a frequência das descargas e a consequente topografia dos canais fluviais, os leitos podem assumir a seguinte classificação de acordo com Tricart (1966) (Vide Figura 5.1):

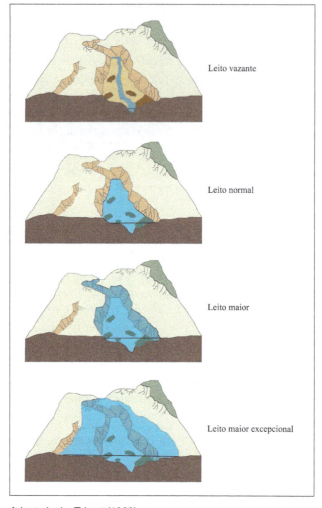

Adaptado de: Tricart (1966)

Figura 5.1 Tipos de leito

a) Leito vazante: equivale à parte do canal ocupada durante o escoamento das águas de vazante (estação seca). Suas águas divagam dentro do leito menor seguindo o talvegue, que é a linha de máxima profundidade ao longo do leito e que é mais bem identificada na seção transversal do canal.

b) Leito menor ou normal: corresponde à parte do canal ocupada pelas águas e cuja frequência impede o crescimento da vegetação. Esse tipo de leito é determinado por margens bem definidas.

c) Leito maior: também denominado leito maior periódico ou sazonal, é ocupado pelas águas do rio durante as cheias, pelo menos uma vez durante o ano.

d) Leito maior excepcional: por onde correm as cheias mais elevadas, as enchentes. É submerso em intervalos irregulares, mas por definição, nem todos os anos.

Para Christofoletti (1980), a relação entre leito de vazante, leito menor, leito maior periódico e excepcional variam de um curso de água para outro, inclusive de um setor a outro de um mesmo rio. As delimitações são difíceis de serem traçadas, e a nitidez maior é a que se verifica entre o leito menor e o leito maior.

5.1.2 Tipos de canal

A fisionomia que o rio exibe ao longo do seu perfil longitudinal é descrita como retilínea, anastomosada, entrelaçado e meândrica, constituindo o chamado padrão dos canais (IBGE, 2009). Para Cunha (1998), essa geometria do sistema fluvial resulta do ajuste do canal à sua seção transversal e reflete a inter-relação entre as seguintes variáveis: descarga líquida, carga sedimentar, declive, largura e profundidade do canal, velocidade do fluxo e rugosidade do leito. Para Schumm (1967), as diferentes sinuosidades dos canais são determinadas muito mais pelo tipo de carga detrítica do que pela descarga fluvial. Assim, os canais meândricos relacionam-se aos elevados teores de silte e argila, e os canais anastomosados a uma carga mais arenosa. Esse autor ainda faz referência à diminuição da sinuosidade pelo aumento da granulometria e da quantidade de carga detrítica.

Segundo Cunha (1998), uma bacia hidrográfica pode apresentar todos os tipos de canal, espacialmente setorizados ou em um mesmo setor, durante a evolução do seu sistema fluvial, quando ocorrem variações temporais dessa drenagem. Dessa forma, um setor do rio pode ser anastomosado em período de ausência de chuva, quando há um excesso de carga sólida em relação à descarga, e exibir a fisionomia meandrante nos períodos de cheia.

Canais retilíneos

Para Cunha (1998), os exemplos de canais naturais retos são pouco frequentes, representando trechos ou segmentos de canais curtos, à exceção daqueles tectonicamente controlados e dos canais localizados em planícies de restingas, controlados pelos cordões arenosos ou em planícies deltaicas. Leopold e Wolman (1957) definiram, de maneira geral, que os canais retos, com extensão superior a 10 vezes a sua largura, são extremamente raros na natureza. Contudo, para um canal ser considerado como retilíneo, basta que seu índice de sinuosidade seja inferior a 1,5 (Figura 5.2).

A condição básica para a existência de um canal reto está associada a um leito rochoso homogêneo que oferece igualdade de resistência à atuação das águas. A divagação do talvegue, de uma margem para outra, nos canais retos com leitos inconsolidados, origina um perfil transversal com um ponto de maior profundidade e um local mais raso, de agradação (Figura 5.3). Essa zona de acumulação, que origina os bancos ou as barras de sedimentos, alterna-se de um lado a outro do canal (CUNHA, 1998).

Ainda para a autora, em virtude da existência de certa homogeneidade no volume do material do leito, sucedem-se as depressões (*pools*) e soleiras/umbrais (*riffles*), ao longo do perfil longitudinal do canal, mostrando que um canal reto não requer, necessariamente, uma topografia uniforme do leito nem o talvegue em linha reta.

Por sua vez, Keller (1971) *apud* Cunha (1998) defende a ideia de certo dinamismo dessas irregularidades do fundo do leito em função da intensidade variável dos débitos. Durante os fluxos baixos, os sedimentos que constituem as soleiras são transportados pelas águas correntes e depositados nas depressões. De modo inverso, no decorrer dos altos fluxos, essas depressões são escavadas e limpas pela correnteza, depositando-se o material removido nas soleiras.

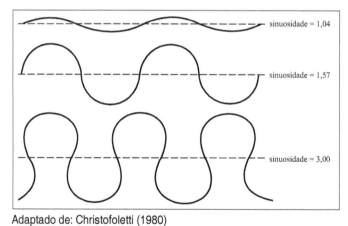

Adaptado de: Christofoletti (1980)

Figura 5.2   Índice de sinuosidade. O índice de sinuosidade representa a relação entre o comprimento do canal e o comprimento do eixo. A distância axial é medida ao longo da linha interrompida. Considera-se o canal meândrico quando o índice é igual ou superior a 1,5

Geomorfologia fluvial 151

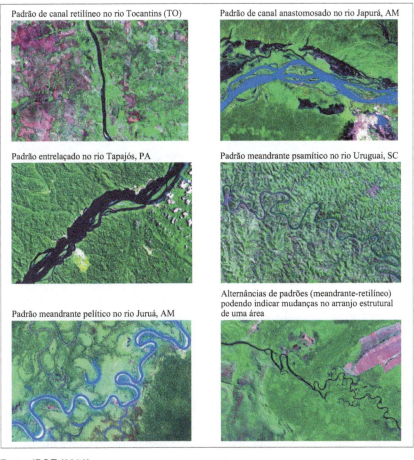

Fonte: IBGE (2009)

Figura 5.3 Tipos de canal

Canais anastomosados

Segundo Cunha (1998), os canais anastomosados são caracterizados por apresentarem grande volume de carga de fundo que, conjugado com as flutuações das descargas, ocasionam sucessivas ramificações, ou múltiplos canais que se subdividem e se reencontram, separados por ilhas assimétricas e barras arenosas (Figura 5.3). Essas barras são bancos ou coroas de detritos móveis carregados pelos cursos de água e ficam submersas durante as cheias. As ilhas são mais fixas ao fundo do leito, apesar da ação erosiva e da sedimentação, podendo ficar parcialmente emersas no decorrer do período das cheias. Também as barras podem ser estabilizadas pela deposição de sedimentos mais finos e/ou pela fixação da cobertura vegetal durante os intervalos das enchentes. A presença da vegetação dificulta a erosão e permite a deposição de sedimentos finos.

152　Introdução à geomorfologia

O perfil transversal dos canais anastomosados é largo, raso e grosseiramente simétrico, com pontos altos (topos das ilhas e dos bancos) e baixos (talvegue dos canais), com contínuas migrações laterais (margens frágeis), em razão das flutuações das descargas e do rápido transporte dos sedimentos. O perfil longitudinal apresenta concavidades relativamente profundas e protuberâncias irregulares.

As variações do fluxo fluvial, que podem levar ao estabelecimento do padrão anastomosado, espelham as condições climáticas locais, a natureza do substrato, a cobertura vegetal e o gradiente do canal ao longo de seu percurso. As precipitações concentradas e os longos períodos de estiagem (clima árido ou semiárido) e as pesadas nevadas e os degelos rápidos (clima frio) oferecem as melhores condições de clima local para o assentamento da drenagem anastomosada (CUNHA, 1998).

Ainda de acordo com a autora, a natureza impermeável do substrato, dificultando a infiltração e o suprimento de água para o subsolo, propicia escoamento rápido na superfície, enquanto a cobertura vegetal, ausente ou rarefeita, pode gerar aumento de detritos para os sistemas fluviais, em consequência da rápida denudação dos solos, causada por fortes escoamentos superficiais. Ainda, os canais anastomosados estão associados a gradientes relativamente altos e de contraste topográfico acentuado, como os encontrados nos leques aluviais e deltaicos, em zonas de piemontes (escarpa e planície de sopé) ou em regiões próximas às escarpas de falhas.

Em síntese, o padrão anastomosado se estabelece pela existência de algumas condições básicas, como a disponibilidade da carga do leito, a variabilidade do regime fluvial e a existência de contraste topográfico acentuado. A grande quantidade de carga detrítica, grosseira e heterogênea, em conjunto com a flutuação das descargas, permite a seleção, a deposição de material e, consequentemente, a formação de bancos. Essa topografia do leito promove a divergência de fluxos e o ataque às margens. Mesmo assim, Christofoletti (1981) lembra que a padronagem anastomosada sempre haverá de ocupar uma parcela da extensão do canal, uma vez que em seus pontos iniciais e terminais sempre deverá haver um canal único. O padrão anastomosado dos canais é o que melhor expressa a relação entre o débito, a carga detrítica e os mecanismos de transporte.

Canais entrelaçados (*braided*)

De acordo com o IBGE (2009), são canais muito comuns em ambientes glaciais, associados a leques aluviais ou relevos sujeitos a movimentos tectônicos.

É um padrão característico de ambiente que apresenta elevada carga sedimentar, assim como alta capacidade de transporte, erosão e deposição. Existem ainda pontos controvertidos na diferenciação entre esse padrão e o anastomosado. O entrelaçado, contudo, pode ser diferenciado basicamente pelo número elevado de barras de canal que migram em função da variação da descarga e do fluxo do rio e pela presença de inúmeras ilhas recobertas de vegetação dispostas longitudinalmente ao longo do canal (Figura 5.3).

Em situações de planície, caso da Amazônica, por exemplo, o sistema está associado a regiões de transição entre unidades geomorfológicas, tais como: planícies e depressões que atravessem altos estruturais geológicos.

Canais meandrantes

Para Penteado (1980), são canais que apresentam curvas no traçado dos rios, largas, semelhantes entre si, resultantes do trabalho da corrente, de escavação na margem côncava (zona de maior velocidade da água) e de deposição na margem convexa (Figura 5.3).

Ainda de acordo com a autora, o hábito dos rios em meandros é função da relação largura/profundidade do canal e tamanho das partículas sedimentares. À medida que a carga em suspensão cresce em proporção à carga do leito, a relação diminui e o canal se estreita e aprofunda. Christofoletti (1981) ressalta que canais mais profundos do que largos são mais aptos a transportar materiais finos em suspensão, ao passo que canais mais alargados do que profundos dispõem da geometria mais adequada para o transporte de carga detrítica e mal selecionada.

Os meandros aumentam o comprimento do canal entre dois pontos; quando esse aumento é 50% maior que a distância entre esses dois pontos em linha reta (índice de sinuosidade maior que 1,5), o canal é reconhecido como meandrante, e se for menor, como já dito, o canal é retilíneo, apesar da sinuosidade existente.

É possível distinguir dois tipos de meandros:

- Meandros de vale (ou encaixados) – ocorrem quando o vale serpenteia com o rio.
- Meandros de planície aluvial (livres ou divagantes) – caso realizado quando as sinuosidades do rio são independentes do traçado dos vales. Nesse caso, o comprimento do rio é maior que o comprimento do vale.

Para Penteado (1980), um meandro tem a tendência a se exagerar. A corrente principal é levada em direção à margem côncava. Esta, por sua vez, é cavada cada vez mais (banco de solapamento), enquanto na margem convexa a corrente muito lenta para transportar a sua carga abandona parte dela, construindo bancos arenosos ou de cascalho (*point bars* ou *baixios*); assim, a curva se acentua cada vez mais (Figura 5.4).

Acentuando-se a curvatura dos meandros, dois meandros podem se avizinhar demasiadamente formando um pedúnculo; o avanço da aproximação implica o corte do meandro, restando o "antigo" meandro com braço morto (meandro abandonado), como observado na Figura 5.4.

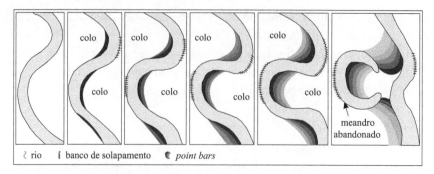

Adaptado de: Machado e Torres (2012)

Figura 5.4 Evolução do processo de abandono de meandro. O banco de solapamento é a margem côncava, na qual é intensa a atividade erosiva; o *point bar* é a zona de deposição localizada nas margens convexas. O meandro abandonado é designado "chifre de boi" pela analogia da forma. O colo ou esporão é o trecho que separa duas curvas meândricas; o seu recortamento origina a formação do meandro abandonado

Ao mesmo tempo em que os meandros acentuam suas sinuosidades, eles migram para jusante. A linha de deslocamento máximo se dirige sempre em direção à margem côncava e para o ponto mais baixo do vale. A migração para jusante tende a calibrar todo o vale, até as dimensões do meandro, transformando os meandros de vale em meandros de planície aluvial (PENTEADO, 1980).

5.1.3 Tipos de drenagem

De acordo com Cunha (1998), a drenagem fluvial é formada por um conjunto de canais de escoamento interligados. A área drenada por esse sistema é definida como bacia de drenagem, e essa rede depende não só do total e do regime das precipitações, como também das perdas por evapotranspiração e infiltração. Assumem papel importante no escoamento canalizado a topografia, a cobertura vegetal, o solo e o substrato litológico da bacia. A disposição espacial dos rios, controlada em grande parte pela estrutura geológica, é definida como padrão de drenagem.

A classificação genética foi proposta por Horton (1945), que considerou os cursos de água em relação à inclinação das camadas geológicas (Figura 5.5). Assim, os rios foram classificados em:

1. Rios consequentes ou cataclinais: determinados pela inclinação da camada; coincidem, em geral, com o mergulho das camadas, originando cursos retilíneos e paralelos.
2. Rios subsequentes ou ortoclinais: são controlados pela estrutura rochosa e acompanham as linhas de fraqueza. Nas áreas sedimentares, ocorrem

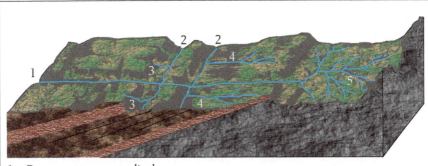

1 - Consequente ou cataclinal
2 - Subsequente ou ortoclinal
3 - Obsequente ou anaclinal
4 - Ressequente ou cataclinal de reverso
5 - Insequente

Adaptado de: Bigarella, Suguio e Becker (1979)

Figura 5.5 Classificação genética dos rios

perpendicularmente à inclinação das camadas, sendo afluentes dos consequentes ou cataclinais.

3. Rios obsequentes ou anaclinais: ocorrem quando os cursos de água se dirigem em sentido inverso à inclinação das camadas, descendo das escarpas até os rios subsequentes ou ortoclinais; formam canais de pequena extensão e correm no sentido oposto aos consequentes ou cataclinais.
4. Rios ressequentes ou cataclinais de reverso: correm na mesma direção dos rios consequentes ou cataclinais, porém nascem em nível topográfico mais baixo, no reverso das escarpas, sendo afluentes dos subsequentes ou ortoclinais.
5. Rios insequentes: correm de acordo com a morfologia do terreno e em direção variada, sem nenhum controle geológico aparente (áreas de topografia plana ou de rocha homogênea).

O arranjo da trama hidrográfica reflete em determinados padrões de drenagem, quase sempre relacionados a fatores de ordem estrutural. Os padrões de drenagem mais comuns são enumerados por Summerfield (1991) (Figura 5.6), que diferem sensivelmente dos padrões básicos discernidos por Howard (1967) (Figura 5.7). Este autor propõe ainda os padrões básicos modificados (figuras 5.8 e 5.9) como expressões geradas às custas de modificações nos padrões básicos vinculadas a efeitos tectônicos. O Quadro 5.1 elenca os padrões básicos de drenagem, segundo Howard, juntamente com seus respectivos padrões básicos modificados e seus significados estruturais.

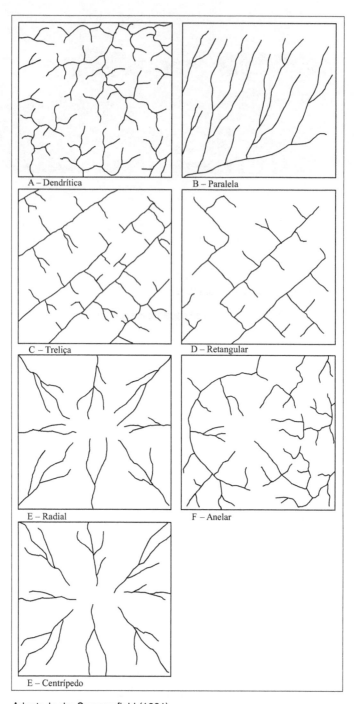

Adaptado de: Summerfield (1991)

Figura 5.6   Padrões de drenagem básicos segundo Summerfield (1991)

Geomorfologia fluvial 157

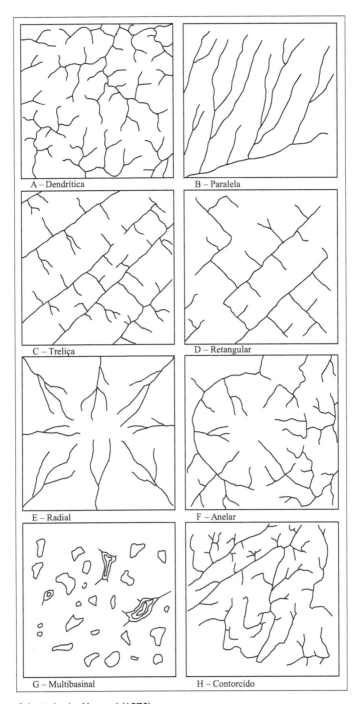

Adaptado de: Howard (1976)

Figura 5.7 Padrões básicos de drenagem segundo Howard (1976)

158 Introdução à geomorfologia

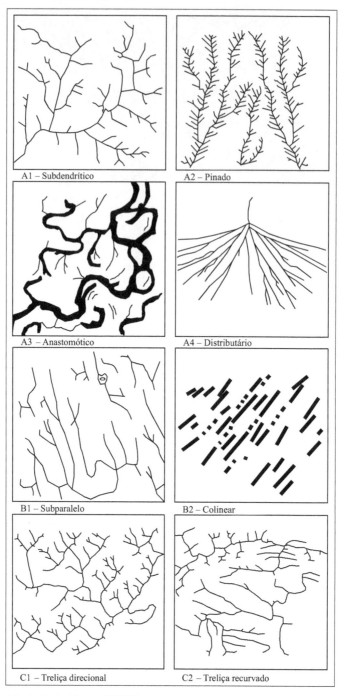

Adaptado de: Howard (1976)

Figura 5.8 Padrões básicos de drenagem modificados segundo Howard (1976)

Geomorfologia fluvial 159

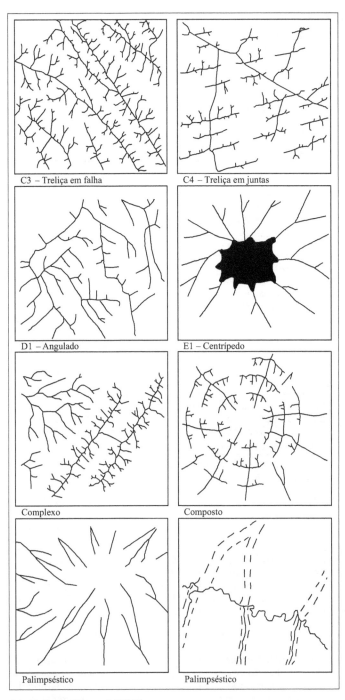

Adaptado de: Howard (1976)

Figura 5.9 Padrões básicos de drenagem modificados segundo Howard (1976)

160 Introdução à geomorfologia

Quadro 5.1 Padrões básicos e básicos modificados e seus significados estruturais (Adaptado de: Howard, 1976)

Padrão básico	Significado	Modificações no padrão básico	Significado
A. Dendrítico	Sedimentos horizontais ou oblíquos, rochas cristalinas. Declive regional suave.	A1. Subdendrítico A2. Pinado A3. Anastomosado A4. Distributário	A1. Controle secundário menos expressivo, geralmente estrutural. A2. Textura fina, material friável. A3. Planícies aluviais e de marés, deltas. A4. Leques aluviais.
B. Paralelo	Declives moderados a fortes, relevos alongados paralelos.	B1. Subparalelo B2. Colinear	B1. Declives intermediários ou controlado por relevo paralelo. B2. Cristas arenosas.
C. Treliça	Rochas dobradas, vulcânicas ou metassedimentares de baixo grau; áreas de fraturas paralelas.	C1. Subtreliça C2. Treliça recurvada C3. Treliça direcional C4. Treliça de falha C5. Treliça de junta	C1. Relevos alongados paralelos. C2. Dobras com mergulho homoclinal suave. C3. Declives suaves com cristas de praias. C4. Falhas paralelas irregulares. C5. Falhas e/ou juntas retilíneas e paralelas.
D. Retangular	Juntas e/ou falhas em ângulos retos com divisores interceptando a continuidade regional.	Angular	Juntas e/ou falhas em padrão retangular-angular (padrão composto).
E. Radial	Vulcões, domos e residuais de erosão.	Centrípeto	Crateras caldeiras e outras depressões.
F. Anelar	Domos e bacias estruturais.		Feições (domo e bacia) distinguidas por tributários mais longos de correntes subsequentes anelares.
G. Multibacias	Depósitos superficiais irregulares, áreas de vulcanismo recente, dissolução calcárea e solos gelados.	G1. Glacialmente disturbada G2. Cárstico Termo-cárstico Bacia alongada	G1. Erosão e/ou deposição glacial. G2. Calcáreos Solos gelados Planícies costeiras e deltas.
H. Contorcido	Rochas metamórficas contorcidas, acamadas. Camadas resistentes dadas por diques, veios e bandas migmatíticas.		Tributários mais extensos de correntes subsequentes curvadas são indicativos do mergulho das camadas metamórficas, permitindo a distinção entre anticlinais e sinclinais.

5.1.4 Terraços

De acordo com Christofoletti (1980), os terraços fluviais representam antigas planícies de inundação que foram abandonadas. Morfologicamente, surgem como patamares aplainados, de largura variada, limitados por uma rampa em direção ao curso de água. São designados como terraços aluviais quando são compostos por materiais relacionados à antiga planície de inundação, mas também podem apresentar contribuição coluvionar. Tais terraços situam-se a uma determinada altura acima do curso de água atual, que não consegue recobri-los nem mesmo na época das cheias. Quando os terraços foram esculpidos, através da morfogênese fluvial, sobre as rochas componentes das encostas dos vales, são designados como terraços rochosos (*strath terrace*). Não se deve confundi-los com os denominados terraços estruturais, que são patamares ao longo das vertentes mantidos pela existência de camadas de rochas resistentes.

Há, ainda de acordo com o autor, várias alternativas pelas quais se pode explicar o abandono da planície de inundação (Figura 5.10), considerada como preenchimento deposicional em um vale previamente entalhado. Quando uma oscilação climática provoca diminuição no débito, pode ocorrer a formação de nova planície de inundação, em nível mais baixo, embutida na anterior. Nesse caso, não há entalhe no embasamento rochoso do fundo do vale, e tanto o terraço como a planície de inundação localizam-se sobre a mesma calha rochosa (Figura 5.10b). Se a oscilação climática redundar em maior sobrecarga detrítica ou níveis mais altos de cheias, favorecendo a agradação no assoalho do canal, a planície de inundação primitiva pode ser recoberta ou soterrada por novos recobrimentos aluviais. A mesma situação pode ser resultado de um movimento positivo do nível de base, geral ou local (Figura 5.10c). Também é possível que grande parte da planície de inundação anterior, ou sua totalidade, possa ser removida antes ou durante a formação da nova planície, principalmente nos vales estreitos onde não há grande potencial para o desenvolvimento lateral. Outra possibilidade é a formação de uma planície de inundação em nível mais baixo, acompanhada de nova fase erosiva sobre o embasamento rochoso do fundo do vale. Esse entalhamento pode ser resultado de movimentos tectônicos, de abaixamento do nível de base ou de modificações no potencial hidráulico do rio, ocasionando a formação dos denominados terraços encaixados (Figura 5.10d).

Deve-se considerar que os terraços só aparecem nas figuras 5.10b e 5.10d, formando os embutidos e os encaixados. Na Figura 5.10c, a deposição fluvial forma uma planície de inundação em nível mais elevado que a anterior e não há condições morfológicas para a caracterização dos terraços.

Quando os terraços se dispõem de modo semelhante ao longo das vertentes opostas do vale, podem ser considerados como "parelhados". Em caso contrário, são considerados como isolados. O primeiro tipo reflete uma longa aplainação

162 Introdução à geomorfologia

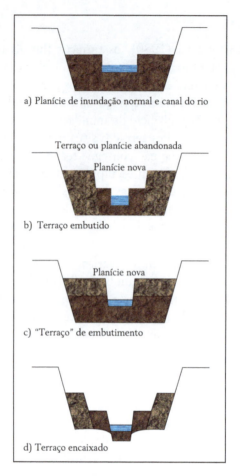

Adaptado de: Christofoletti (1980)

Figura 5.10 Tipos de terraços fluviais, de acordo com a maneira pela qual há o abandono da planície de inundação inicial.

lateral seguida de rápido entalhe no sentido vertical, enquanto o segundo reflete deslocamento do entalhe em direção a uma das bordas, como no caso dos meandros (Figura 5.11).

Chrisitofoletti (1980) afirma ainda que várias hipóteses foram propostas para explicar a formação de terraços. A primeira relaciona-se à tendência contínua do entalhamento fluvial até atingir o perfil de equilíbrio, sendo proposta por Davis (1902). Baulig (1935) apresentou nova linha interpretativa, considerando os terraços como resultantes da influência regressiva dos epiciclos erosivos em função dos movimentos eustáticos. As oscilações do nível do mar, por causa das glaciações, promoviam modificações na posição do nível de base geral dos rios e

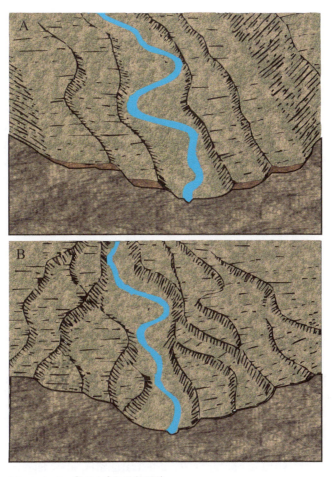

Adaptado de: Christofoletti (1980)

Figura 5.11 Abandono de sucessivas planícies de inundação estabelecendo terraços parelhos (A) ou terraços isolados (B)

ocasionavam fases erosivas (epiciclos, quando das regressões marinhas) e fases deposicionais (quando das transgressões marinhas). Uma terceira perspectiva está ligada às oscilações climáticas. Nessa perspectiva, nas regiões intertropicais, as fases de clima úmido redundariam em entalhamento fluvial, enquanto as fases secas promoveriam, por causa da maior quantidade de detritos oriundos das vertentes, aplainamento lateral. Esse modelo interpretativo foi elaborado de modo mais completo por Bigarella, Mousinho e Silva (1965), entre os pesquisadores brasileiros, e tem servido como referência para muitos trabalhos que lidam com o tema.

Outra consideração interpretativa procura relacionar os terraços ao equilíbrio dinâmico dos cursos de água. Hack (1960) assinala que o mapeamento dos depó-

164 Introdução à geomorfologia

sitos superficiais, no vale do rio Shenandoah, indicou que os terraços são mais comuns nas áreas de rochas tenras, ao longo de rios provenientes das áreas de rochas duras. Essa distribuição sugere que os terraços são preservados porque eles contêm material detrítico mais resistente que a rocha subjacente, visto que os elementos depositados são arrancados e transportados desde as áreas de rochas resistentes. A deposição ocorre porque o rio, para carregar e transportar os detritos mais grosseiros das rochas resistentes, apresenta declividade e competência mais elevadas; ao chegar na área de rochas tenras, há diminuição da declividade e da competência, implicando desequilíbrio e deposição de parte da carga transportada. Por essa razão, o referido autor verificou que os terraços não são comuns nas áreas de rochas homogêneas, qualquer que seja o seu tipo, se não houver a possibilidade para um contraste na resistência entre a carga do rio e a rocha através da qual ele se escoa.

É recomendável frisar, a guisa de esclarecimento, que maiores declives e competências, bem como a natureza e tamanho da carga transportada, são fatores que nem sempre se devem a uma passagem de terrenos de rochas resistentes para terrenos de rochas tenras. Áreas de erosão e deposição também podem ser definidas por controle tectônico, cuja heterogeneidade pode deflagrar soerguimentos diferenciais de blocos a imputar diferentes quadros de energia ao relevo e influenciar no gradiente dos canais.

A interpretação da gênese e evolução dos terraços sempre que exequível deve incorporar critérios geomorfológicos, sedimentológicos, pedológicos e estratigráficos. Esforços integrativos têm repercutido em abordagens morfoestratigráficas e pedoestratigráficas associadas à análise sedimentológica, que muito tem contribuído para os avanços no conhecimento do quaternário continental. Tomam vulto também os estudos pautados na aloestratigrafia, abordagem estratigráfica voltada para o estudo de depósitos recentes, essencialmente quaternários, cuja descontinuidade e recorrência de fácies reclamam métodos próprios de estudo que não se apegam a estratigrafia tradicional. A abordagem aloestratigráfica foi aplicada por Etchebehere (2000) no estudo de terraços neoquaternários no vale do Rio do Peixe, localizado no Planalto Ocidental Paulista e afluente da margem esquerda do Rio Paraná. Para estudo de depósitos quaternários no alto Rio Paraná, a aloestratigrafia foi acionada por Sallun (2007). Partem essas pesquisas de poucos trabalhos pioneiros sobre a estratigrafia de depósitos quaternários no Brasil, entre os quais se destacam os de Moura; Meis (1980) e Machado; Moura (1982).

5.2 HIERARQUIZAÇÃO FLUVIAL

De acordo com Machado e Torres (2012), a ordem dos canais (rios) é uma classificação que reflete o grau de ramificação ou bifurcação dentro de uma bacia

Geomorfologia fluvial 165

hidrográfica. Em geral, há uma tendência a ser mais bem drenadas aquelas bacias que têm ordem maior.

Sendo assim, pode-se dizer que a hierarquia fluvial consiste no processo de se estabelecer a classificação de determinado curso de água (ou da área drenada que lhe pertence) no conjunto total da bacia hidrográfica na qual se encontra. Isso é realizado em função de facilitar e tornar mais objetivos os estudos morfométricos sobre as bacias hidrográficas (CHRISTOFOLETTI, 1980).

Os sistemas e critérios mais utilizados para o ordenamento de canais de bacias hidrográficas são os de Horton (1945) e, sobretudo, os de Strahler (1952). Contudo, também merecem destaque as proposições de Scheidegger (1965) e Shreve (1966/67).

No modelo de Horton, proposto em 1945, os canais de primeira ordem são aqueles que não possuem tributários; os canais de segunda ordem recebem somente canais de primeira ordem; os canais de terceira ordem podem receber um ou mais canais de segunda ordem ou também canais de primeira ordem; os de quarta ordem recebem canais de terceira ordem e também os de ordem inferior, e assim sucessivamente. Na ordenação proposta por Horton, o rio principal é consignado pelo mesmo número de ordem desde sua nascente (Figura 5.12a).

Segundo Machado e Torres (2012), em 1952, Arthur Strahler introduziu um sistema de hierarquia fluvial que ainda hoje se destaca como o mais utilizado. Para ele, os menores canais, sem tributários, são considerados como de primeira ordem, estendendo-se desde a nascente até a confluência; os canais de segunda ordem surgem da confluência de dois canais de primeira ordem, e só recebem afluentes de primeira ordem; os canais de terceira ordem surgem da confluência de dois canais de segunda ordem, podendo receber afluentes de segunda e primeira ordens; os canais de quarta ordem surgem da confluência de dois canais de terceira ordem, podendo receber tributários das ordens inferiores, e assim sucessivamente. Nessa ordenação, elimina-se o conceito de que o rio principal deva ter o mesmo número de ordem em toda a sua extensão (Figura 5.12b).

Ainda para os autores, no modelo de Adrian Scheidegger, proposto em 1965, para cada canal de primeira ordem (canal que não recebe nenhum tributário) é atribuído o valor numérico "2", e a cada confluência soma-se o valor atribuído aos demais canais. Ao final do percurso encontra-se um valor para o canal de última ordem, e esse valor, se dividido por dois (valor dado a cada uma das nascentes), leva ao valor equivalente ao número de canais de primeira ordem (número de nascentes) encontrados em toda a bacia e que contribuíram para formar o rio principal (Figura 5.12c).

No Modelo de Shreve, os canais de primeira ordem têm magnitude "1". Similar ao modelo de Scheidegger, o encontro de dois canais resulta no somatório de suas magnitudes, de tal maneira que o valor final atribuído ao canal principal reflete a quantidade de canais de primeira ordem que contribuíram para sua

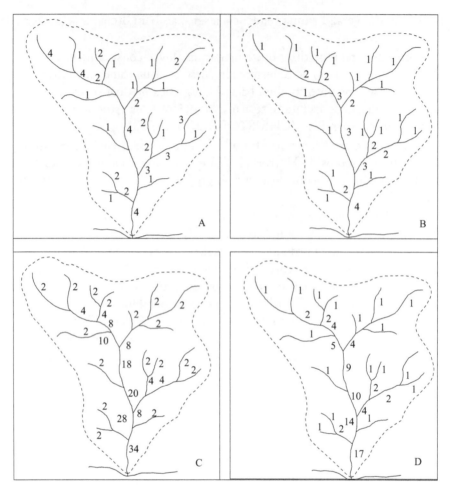

Adaptado de: Christofoletti (1980)

Figura 5.12 Modelos de hierarquia fluvial

alimentação, ou seja, o número de canais de primeira ordem (nascentes) encontrados em toda a bacia (Figura 5.12d).

Os rios de primeira ordem correspondem às áreas de nascentes, caracterizadas por serem mais elevadas e de maiores declividades. Nesse caso, tais cursos de água têm regime mais turbulento e irregular e são caracterizados mais por sua velocidade do que por seu volume. Eles têm respostas mais rápidas às precipitações, com repentino aumento da vazão, assim como são rápidos em retornar à situação natural. Possuem grande capacidade erosiva e transportam sedimentos de considerável granulometria. Suas águas tendem a ser mais transparentes e menos poluídas (MACHADO e TORRES, 2012).

Comparando os modelos de hierarquização propostos por Horton e Strahler, como apresentados na figura anterior, tem-se de acordo com a Tabela 5.1:

Tabela 5.1 Hierarquia de canais nos modelos de Horton e Strahler.

Ordens	Modelo de Horton	Modelo de Strahler
1ª	11	17
2ª	4	6
3ª	1	2
4ª	1	1
Total de rios da bacia = 17		

Fonte: Machado e Torres (2012, p. 56)

À medida que a ordem dos canais aumenta para jusante, em direção à foz (ou ao exutório da bacia), há uma tendência de diminuição das declividades, caracterizando uma área de menor velocidade do fluxo, onde ocorre a deposição dos sedimentos trazidos do trecho superior. As vazões tendem a ser mais uniformes e as águas mais turvas, em razão dos sedimentos finos que são transportados.

5.3 PROPRIEDADES DA DRENAGEM

De acordo com o IBGE (2009), propriedades da drenagem são as particularidades no traçado que os segmentos de drenagem apresentam em função de características físicas do terreno: litologia, precipitação, relevo, solos e vegetação. Além desses fatores, considera-se a presença de eventos tectônicos responsáveis pela deformação e formação de relevo, bem como as influências climáticas.

Ainda de acordo com o IBGE (2009) são 11 as principais propriedades da drenagem (Figura 5.13):

1. Grau de Integração

Compreende a perfeita interação entre as drenagens de uma determinada bacia, de maneira a fornecer um padrão consistente de seus ramos, cujo traçado deve ser o mais simples possível. Fornece informações de maneira indireta sobre permeabilidade, porosidade, topografia, coesão, massividade, heterogeneidade, grau de dissolução das rochas e erodibilidade.

2. Grau de Continuidade

Consiste na continuidade do traçado dos canais de drenagem, que varia em função da permeabilidade, da porosidade e do grau de dissolução das rochas (LIMA, 2002).

168 Introdução à geomorfologia

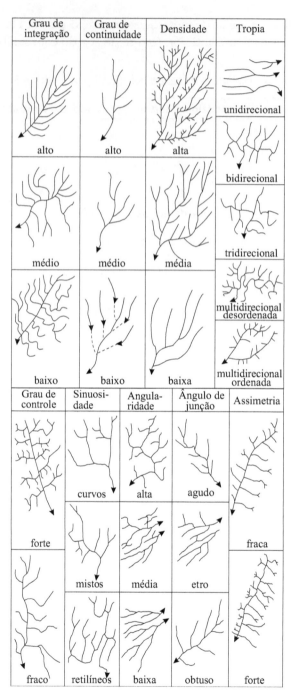

Adaptado de: IBGE (2009)

Figura 5.13 Propriedades da drenagem

3. Densidade de Drenagem (Dd)

Foi inicialmente definida por Horton (1945), e pode ser calculada pela equação:

$$Dd = Lt/A$$

Onde:

Lt é a somatória do comprimento dos canais contidos em uma bacia hidrográfica e A é a sua área.

Reflete de forma objetiva a permeabilidade e porosidade do terreno, podendo-se inferir características do solo e da litologia. Assim, por exemplo, terrenos sedimentares de rochas areníticas tendem a apresentar uma densidade de drenagem mais baixa em função da permeabilidade desse tipo de substrato; diferenciadamente, terrenos cristalinos embasados em rochas ígneas de baixa permeabilidade tenderão a ter uma densidade de drenagem mais elevada, uma vez que favorecem o estabelecimento dos fluxos superficiais concentrados.

4. Densidade de Canais

Enquanto a densidade de drenagem corresponde a uma relação entre a soma total do comprimento dos cursos de água e a área da bacia, a densidade de canais (ou densidade hidrográfica) relaciona o número de cursos de água e a área da bacia drenada por eles. Tal como a densidade de drenagem, também pode indicar condições de permeabilidade, porosidade e solubilidade.

5. Tropia

Indica se a rede de drenagem apresenta uma ou mais orientações preferenciais, o que pode ocorrer em razão da existência de um controle estrutural. Diferentes orientações podem estar indicando campos de tensão distintos responsáveis pela geração de falhas e juntas em diferentes direções, sobre as quais a drenagem se adapta.

6. Grau de Controle

É avaliado de acordo com as orientações preferenciais da drenagem determinadas pela tropia. Se a tropia for unidirecional, o grau de controle é alto; caso não haja uma orientação preferencial (bidirecional ou tridirecional), o grau de controle é de médio a fraco.

7. Sinuosidade

Refere-se às curvas delineadas pela drenagem, e pode ser aberta, fechada, ou então se situar em um grau intermediário. A presença de uma sinuosidade marcante e abrupta poderá mostrar uma anomalia no terreno, retratada por um controle estrutural ou até mesmo litológico. Por exemplo, desvios abruptos em pronunciadas baionetas podem ser indicativos de falhas transcorrentes exercendo deslocamento lateral dos divisores e controlando o percurso superficial da drenagem.

8. Retilinearidade

Evidencia-se quando a drenagem mostra orientação retilínea, sendo normalmente associada aos controles estrutural e estratigráfico.

9. Ângulo de Junção

Corresponde ao ângulo que os ramos secundários fazem com a drenagem principal e relaciona-se com o controle estrutural da drenagem de uma determinada área.

10. Angularidade

Refere-se às mudanças bruscas de direção da drenagem e indica a influência de fatores estruturais.

11. Assimetria

É um parâmetro que reflete o caimento do terreno e/ou indica a presença de estruturas planares primárias ou secundárias. Geralmente uma assimetria relaciona-se à existência de blocos basculados, cujo limite é demarcado por uma estrutura retilínea. Em bacias hidrográficas pronunciadamente assimétricas, tendencialmente as áreas da bacia serão consideravelmente diferentes para cada uma das margens, e a maior parte das confluências tenderá a ocorrer pela margem de área maior, onde a rede de drenagem estará mais bem desenvolvida. Formas pertinentes de cálculo da assimetria de bacias de drenagem foram propostas por Hare e Gardner (1985).

5.4 BACIAS HIDROGRÁFICAS

Para Machado e Torres (2012), também chamada bacia fluvial ou bacia de drenagem, uma bacia hidrográfica pode ser definida como uma área da superfície terrestre que drena água, sedimentos e materiais dissolvidos para uma saída comum, em um determinado ponto de um canal fluvial. Sua conceituação varia desde a simplista definição de uma área drenada por um rio principal e seus afluentes até conceituações mais precisas e detalhadas, segundo uma abordagem sistêmica. Rodrigues e Adami (2005), por exemplo, discutem mais profundamente seu conceito, definindo-a como um sistema que compreende um volume de materiais, predominantemente sólidos e líquidos, próximo à superfície terrestre, delimitado interna e externamente por todos os processos que, a partir do fornecimento de água pela atmosfera, interferem no fluxo de matéria e de energia de um rio ou de uma rede de canais fluviais.

Segundo Silveira (1993) *apud* Machado e Torres (2012), a bacia hidrográfica compõe-se basicamente de um conjunto de superfícies vertentes e de uma rede de drenagem formada por cursos de água que confluem até resultar um leito único no exutório. Guerra (1980) complementa a noção de bacia hidrográfica enfatizando que a mesma obriga naturalmente a existência de cabeceiras ou nascentes, divisores de água, cursos de água principais, afluentes, subafluentes etc., como apresentado na Figura 5.14.

Rocha e Kurtz (2001) *apud* Machado e Torres (2012) definem bacia hidrográfica como a área delimitada por um divisor de águas que drena as águas de chuvas por ravinas, canais e tributários, para um curso principal, com vazão efluente, convergindo para uma única saída e desaguando diretamente no mar ou em um grande lago.

De acordo com o escoamento global, Christofoletti (1980) propõe a seguinte classificação para as bacias hidrográficas:

a) Exorreicas: quando o escoamento da água se faz de modo contínuo até o mar, isto é, quando as bacias deságuam diretamente no mar;
b) Endorreicas: quando as drenagens são internas e não possuem escoamento até o mar, desembocando em lagos, ou dissipando-se nas areias do deserto, ou perdendo-se nas depressões cársticas;

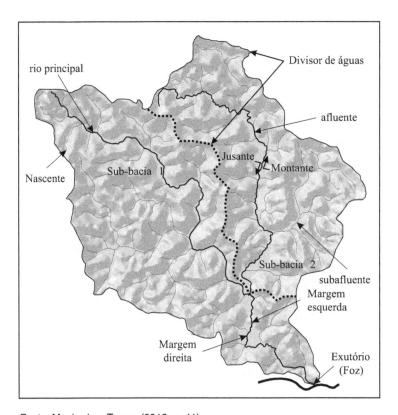

Fonte: Machado e Torres (2012, p. 41)

Figura 5.14 Bacia hidrográfica compartimentada em duas sub-bacias

172 Introdução à geomorfologia

c) Arreicas: quando não há qualquer estruturação em bacias, como nas áreas desérticas;

d) Criptorreicas: quando as bacias são subterrâneas, como nas áreas cársticas.

Para Machado e Torres (2012), as bacias hidrográficas variam muito de tamanho, desde a pequena bacia de um córrego de 1ª ordem até a enorme Bacia Amazônica, com milhões de km^2 e, por essa razão, os estudos e intervenções visando o planejamento e a gestão, adotam diferentes áreas de abrangência, resultantes de subdivisões da unidade principal, aparecendo como derivações, usualmente, os termos *sub-bacia* e *microbacia* (e também *minibacias* e *bacias de cabeceira*). A designação microbacia expressa uma ideia de tamanho, de dimensão, difícil de estabelecer, constituindo, de acordo com Fernandes (1996, p. 4) "uma denominação empírica, imprópria e subjetiva", embora alguns autores proponham limitações de área às microbacias. Para Lima (1996, p. 56), "o conceito de microbacia é meio vago (...) porque não há um limite de tamanho para a sua caracterização". Botelho e Silva (2007) observam que há certa resistência, especialmente por parte dos geógrafos, em adotar a microbacia como unidade de análise, optando-se, em geral, pelo termo sub-bacia, o que ocorre, além da histórica relação da Geografia com o uso do termo bacia hidrográfica, pela falta de consenso sobre sua definição, principalmente quanto à sua dimensão.

Lima (1996, p. 56) argumenta que, do ponto de vista hidrológico, bacias hidrográficas "são classificadas em grandes e pequenas não apenas com base na sua superfície total, mas também nos efeitos de certos fatores dominantes na geração do deflúvio". Assim, as microbacias apresentam como características distintas, alta sensibilidade tanto às chuvas de alta intensidade (curta duração) como ao fator uso do solo (cobertura vegetal, por exemplo).

Já o termo sub-bacia transmite uma ideia de hierarquia, de subordinação dentro de uma determinada malha hídrica, independentemente do seu tamanho, razão pela qual, parece ser mais apropriado para se estabelecer uma diferenciação por áreas de abrangência, embora também existam tentativas de classificá-la por tamanho. A Lei Federal n. 9.433, de 08/01/1997, adota oficialmente o conceito de sub-bacia, em seu Capítulo III, artigo 37, quando estabelece como área de atuação dos comitês de bacia hidrográfica: I – a totalidade de uma bacia hidrográfica; II – sub-bacia hidrográfica de tributário do curso de água principal da bacia, ou de tributário desse tributário; ou III – grupo de bacias ou sub-bacias hidrográficas contíguas.

Usualmente, uma diferenciação entre esses conceitos é feita segundo o grau de hierarquização, de modo que a bacia hidrográfica refere-se à área de drenagem do rio principal; a sub-bacia abrange a área de drenagem de um tributário do rio principal e a microbacia abrange a área de drenagem de um tributário de um tributário do rio principal, como apresentado no esquema a seguir.

> Bacia Hidrográfica (bacia do rio principal) → sub-bacia
> (bacia de um tributário do rio principal) → microbacia
> (bacia de um tributário de um tributário do rio principal) → minibacia
> (subdivisão de uma microbacia)

De qualquer forma, todos os cursos de água de uma determinada bacia vão dar, direta ou indiretamente, no rio principal do sistema, que, em geral, dá nome à bacia hidrográfica.

Existem ainda outros conceitos relacionados às subdivisões de uma bacia hidrográfica, como as minibacias e bacias de cabeceira. Segundo Rocha e Kurtz (2001), da mesma forma que uma sub-bacia pode ser dividida em microbacias, esta pode ser dividida em minibacias e estas, por sua vez, podem ser divididas em secções, "parte da minibacia até o talvegue". As bacias de cabeceira têm seu conceito mais pautado no comportamento hidrológico do que no seu tamanho, ou seja, nelas "os fenômenos hidrológicos acontecem com maior celeridade, produzindo curvas de vazão com ascensão rápida (...)" (VALENTE e GOMES, 2005, p. 36). São, propriamente, as bacias das nascentes, que darão origem aos cursos de água (VALENTE, 1999).

A atual Divisão Hidrográfica Nacional, criada pela Resolução n. 32, de 15 de outubro de 2003, adotou outra unidade de regionalização das águas, instituindo as chamadas Regiões Hidrográficas, conceituada como o espaço compreendido por uma bacia, grupo de bacias ou sub-bacias hidrográficas contíguas com características naturais, sociais e econômicas homogêneas ou similares, com vistas a orientar o planejamento e gerenciamento dos recursos hídricos no país. Por essa Resolução, o território nacional foi se dividindo em 12 regiões hidrográficas, como mostrado na Figura 5.15.

Muitas vantagens são comumente elencadas para justificar a adoção da bacia hidrográfica como unidade de estudos. Assim, é destacada a possibilidade de uma abordagem sistêmica e integrada, a maior facilidade de identificação e delimitação, uma vez que ela se inscreve em limites naturais representados por seus divisores topográficos e o fato de possuir um elemento unificador, um interesse comum, um problema central, que lhes imprime irretocável caráter de unidade: a água (MACHADO; TORRES, 2012).

Contudo, embora muito difundida, a ideia de se fazer a gestão compartilhada das águas e da bacia de contribuição é um conceito relativamente novo e complexo, envolvendo problemas a serem ainda solucionados. Segundo Leal (2003, p. 75), "a adoção da bacia hidrográfica como recorte físico-territorial para o gerenciamento das águas apresenta limitações e, em alguns casos, precisa ser alterado ou complementado por outros recortes espaciais".

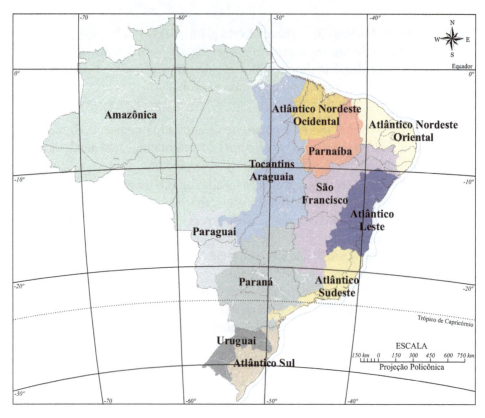

Adaptado de: Anexo I da Resolução n. 32, de 15 de outubro de 2003

Figura 5.15   Regiões hidrográficas brasileiras

Os limites das bacias hidrográficas, dados por fatores de ordem física, nem sempre coincidem com as delimitações político-administrativas tradicionais, de modo que uma mesma bacia pode abranger diferentes municípios, estados e/ou países, criando complicadores para sua gestão. A dificuldade que se apresenta "é a de compatibilizar a sua administração, uma vez que as bacias hidrográficas não se constituem em unidades político-administrativas, mas sim em áreas de superposição de jurisdição em diferentes níveis, possibilitando o surgimento de conflitos" (CHRISTOFIDIS, 2002, p. 21). Ao mesmo tempo, essa situação pode proporcionar maior integração das políticas públicas locais e/ou regionais.

capítulo 6

Estruturas e relevos derivados

Uma série de elementos gemorfológicos encontra-se adaptado a algum controle estrutural pré-existente, como um rio adaptado a uma linha de falha. Nesses casos, o rio configura uma feição morfoestrutural em função de seu caráter passivo em relação à estrutura. De acordo com Etchebehere (2000), tais feições são resultantes de uma deformação pretérita, e sobre cuja geometria se arranjam os cursos de água, determinando que o padrão local da rede de drenagem reflita a disposição da litologia, controlada pelo arranjo e atitude dos estratos e/ou das feições estruturais. Diferem das feições de caráter ativo, designadas como morfotectônicas, produtos de uma tectônica ativa, em que a configuração do relevo é síncrona aos efeitos deformacionais. Desvios de cristas, deflexões de canais fluviais, capturas de drenagem (*piracy*) e vales cegos consequentes ao pirateamento do caudal pela captura (*wind gap*), entre outras feições, são elementos de caráter morfotectônico.

A diferenciação em campo de feições vinculadas a um controle passivo (morfoestrutural) causado por erosão diferencial daquelas resultantes de um controle ativo (morfotectônico) não é um procedimento simples. Para elucidação de tal problemática, é necessária análise geomorfológica associada à investigação de estruturas de subsuperfície, como juntas e falhas, avultando a importância das análises estruturais e estratigráficas e a atenção para a cronologia dos eventos. Doornkamp (1986) lembra que os termos neotectônica e morfotectônica são frequentemente associados, reconhecendo que parte da morfotectônica se interessa pelos estudos neotectônicos propriamente ditos, uma vez que as feições morfotectônicas, estando ligadas a uma tectônica ativa, necessariamente estão vinculadas a efeitos neotectônicos.

Ocupar-se-á no presente capítulo de empreender discussão acerca do papel da estrutura na evolução do relevo por meio de explicação sucinta dos principais controles estruturais e formas de relevo associados.

6.1 RELEVOS EM BACIAS SEDIMENTARES

Como já dito no Capítulo 2, uma bacia sedimentar apresenta três tipos de estrutura: concordante horizontal, concordante inclinada e discordante.

Para Casseti (2005), de modo geral, as sequências sedimentares das bacias se dispõem em forma de sinéclises, ou seja, a espessura das camadas cresce da borda para o centro, com mergulhos que acompanham o substrato cristalino, parcialmente atribuído ao próprio processo de subsidência, ligeiramente inclinados na periferia das bacias com tendência de horizontalização na seção central. Geralmente, a sedimentação se inicia em discordância angular (contato da sedimentação inicial com a superfície intracratônica, dobrada, fraturada ou falhada) ou discordância erosiva, e continua com tendência de manutenção de concordância entre as sequências litoestratigráficas ou discordância erosiva entre elas (Figura 6.1).

O comportamento das camadas (mergulho) e as características litológicas dos estratos oferecem uma diferenciação morfoestrutural, responsável pela origem e pela evolução de relevos distintos.

6.1.1 Relevo em estrutura concordante horizontal

Segundo Penteado (1980), se as camadas têm resistências homogêneas, não aparece relevo estrutural, mas uma série de cristas e vales mais ou menos entalhados, de acordo com a resistência da rocha. Se as camadas são heterogêneas e a bacia é enxodada, os rios iniciam o entalhe, seguindo zonas de fraquezas da rocha.

Nas rochas resistentes, o trabalho é mais lento. Os rios cavam fundamente os vales, separando por gargantas as plataformas estruturais. Os vales têm formas de "V" nas rochas duras. O entalhe prossegue até que as rochas tenras subjacentes sejam atingidas. A erosão se processa com maior facilidade. Por meio da maior erosão sobre as camadas tenras subjacentes, por solapamento, as camadas resistentes acima desmoronam (Figura 6.2), recuando as escarpas à medida em que os vales se alargam (Figura 6.3).

Ainda de acordo com Penteado (1980), quando o estágio erosivo está muito avançado, a ponto de demolir uma camada tenra situada sobre uma resistente, fazendo surgir a superfície estrutural da camada dura subjacente, diz-se que a superfície estrutural foi exumada.

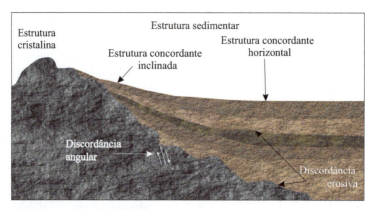

Adaptado de: Casseti (2005)

Figura 6.1   Disposição das camadas nas sequências sedimentares

Estruturas e relevos derivados 179

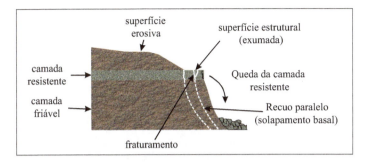

Adaptado de: Casseti (2005)

Figura 6.2 Recuo da camada resistente por solapamento basal da camada friável subjacente

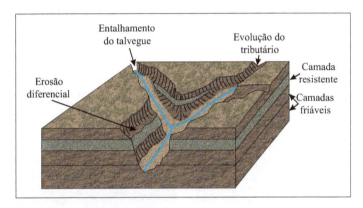

Adaptado de: Casseti (2005)

Figura 6.3 Alargamento dos vales

Quando as camadas duras são muito delgadas, os ressaltos desaparecem, salvo nos climas semiáridos. Nos climas úmidos, o manto de decomposição mascara as estruturas.

A cornija é a escarpa mantida pela camada resistente e a velocidade de seu recuo é em função da espessura da camada, da resistência da rocha e da intensidade da erosão. Tal feição ocorre com tipicidade em relevos cuestiformes, a exemplo do que ocorre na Bacia do Paraná, onde aparece encimando as cúpulas basálticas sobre os arenitos.

A rede de drenagem em plataformas estruturais horizontais é insequente no início. Não apresenta direções orientadas pela estrutura, já que a mesma é horizontal.

As formas de relevo resultantes desse tipo de estrutura tendem a uma morfologia tabuliforme, podendo ser plataformas estruturais, mesas, morros testemunhos e vales em "manjedoura" (Figura 6.4).

180 Introdução à geomorfologia

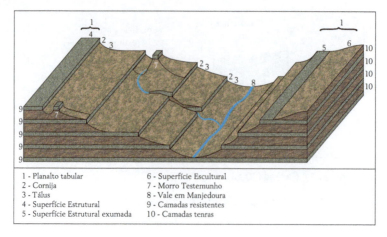

Adaptado de: Penteado (1980)

Figura 6.4   Formas de relevo em estrutura horizontal

As características básicas do relevo tabular são: simetria de cornijas e simetria de vertentes. Um exemplo desse relevo é o Planalto do Colorado (EUA) (Figura 6.5).

Figura 6.5   Planalto do Colorado

6.1.2 Relevo em estrutura monoclinal e discordante

Os relevos derivados desse tipo de estrutura estão na dependência de alguns fatores:

1. Camadas com resistências diferentes.
2. Inclinação das camadas.
3. Retomadas erosivas permitindo a superimposição da drenagem.

Os relevos são dissimétricos, recebendo as denominações de cuestas, costão, *hog backs* e crista isoclinal, de acordo com o mergulho das camadas. Diferenciam-se dos relevos tabuliformes por corresponderem a seções caracterizadas por camadas litoestratigráficas inclinadas, razão pela qual comumente aparecem nas bordas das bacias sedimentares, mergulhando em direção ao seu centro. Nesses casos, o paralelismo bem definido das camadas sedimentares ou metassedimentares dá lugar a um mergulho, impondo uma assimetria com uma vertente mais íngreme contrária ao mergulho e um reverso de inclinação mais suave concordante a ele.

6.1.2.1 Cuestas

Relevo dissimétrico formado por uma camada resistente, fracamente inclinada (declive < 30°) e interrompida pela erosão, tendo na base uma camada tenra. Apresenta de um lado perfil côncavo em declive íngreme (*front*) e do outro um planalto suavemente inclinado (reverso). Nas cuestas basálticas do estado de São Paulo, o *front* aponta para a Depressão Periférica Paulista contrário ao mergulho das camadas, e o reverso para a calha do Rio Paraná, concordante ao mergulho.

O *front* é constituído pela cornija situada em sua parte superior referente à camada resistente e pelo tálus, localizado abaixo da cornija referente à faixa agradacional que se espraia em direção à depressão subsequente (figuras 6.6 e 6.15).

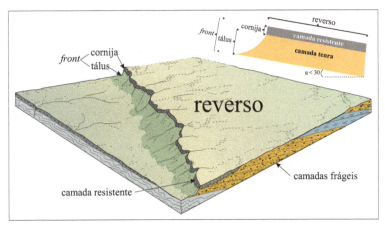

Adaptado de: IBGE (2009)

Figura 6.6   Aspectos gerais, em perfil, do relevo cuestiforme

A cornija apresenta declive geralmente forte, de convexo a retilíneo, seguido de tálus côncavo. A forma e o declive da cornija dependem da relação de espessura das rochas duras e tenras e do contraste de resistência entre ambas. Quanto mais delgada for a camada dura, menos forte será a convexidade da cornija, pelo solapamento basal. O tálus, que tem seu início a partir da linha de contato da camada resistente com a tenra, tem sua forma dependente da natureza das camadas tenras, da espessura, da inclinação e da densidade da rede de drenagem anaclinal.

O *front* se apresenta como uma franja contínua, interrompida apenas por rios cataclinais (consequentes) que correm conforme a inclinação das camadas. Alguns rios penetram em superimposição no reverso erodindo as rochas mais resistentes e formando uma garganta rochosa conhecida como *percée* ou *gap*, ou ainda por boqueirão. Em São Paulo, rios importantes que convergem para o Rio Paraná, como os rios Mogi, Pardo e Tietê, escavam *percées* nas cuestas arenítico-basálticas. As *percées* que se abrem por erosão regressiva no *front* das cuestas por rios anaclinais (correm no sentido contrário ao mergulho das camadas) são *percées* anaclinais e dão à cuesta o aspecto festonado.

A velocidade da evolução do *front* depende do gradiente do mergulho das camadas. Isso se justifica em função da quantidade de material necessário a ser retirado abaixo da camada sobrejacente, para que esta seja tombada por falta de sustentação basal (Figura 6.7). A evolução do *front* depende também da espessura da camada resistente; quanto maior for, mais lento o recuo.

Se a inclinação das camadas é fraca, além do recuo ser mais acelerado, aparecem os morros testemunho adiante do *front*. Um morro testemunho é uma ex-

Adaptado de: Penteado (1980)

Figura 6.7 Volume do material necessário para proporcionar a queda da cornija

Estruturas e relevos derivados 183

pressão morfológica geralmente de topo aplainado situado adiante de uma escarpa de cuesta, mantido pela camada resistente. Representa um fragmento do reverso e é testemunho da antiga posição da cuesta antes do recuo do *front*. Atacados pela erosão, em todos os lados, eles tendem a perder o coroamento da camada dura e apresentam formas de peões, podendo desaparecer rapidamente (Figura 6.8).

Abaixo do tálus, desenvolve-se a depressão ortoclinal. É a vertente do vale ortoclinal (subsequente) e delimita a cuesta, sendo seu negativo. Geralmente tem uma vertente côncava de forte inclinação (*front*) e uma vertente suave, que pode terminar no reverso estrutural de outra cuesta (Figura 6.9).

O reverso é o topo do planalto, suavemente inclinado no sentido oposto ao *front*, como o Planalto Ocidental Paulista chegando até a Depressão Periférica. A superfície do reverso pode corresponder ao mergulho das camadas (Figura 6.10a); nesse caso, o reverso é diretamente derivado da estrutura, denominando-se reverso estrutural.

Mais comumente, entretanto, para Penteado (1980), a superfície do reverso corresponde a uma superfície de aplainamento que cortou as camadas. A inclinação topográfica nesse caso é mais fraca do que o mergulho das camadas. O reverso corresponde à superfície de aplainamento (Figura 6.10b).

A evolução pode ser mais complexa e o reverso corresponder, então, a uma superfície estrutural exumada, restando, apenas, em relevos culminantes residuais, restos do antigo aplainamento (Figura 6.10c).

Figura 6.8   Morros testemunho distais às cuestas basálticas em Analândia (SP)

184 Introdução à geomorfologia

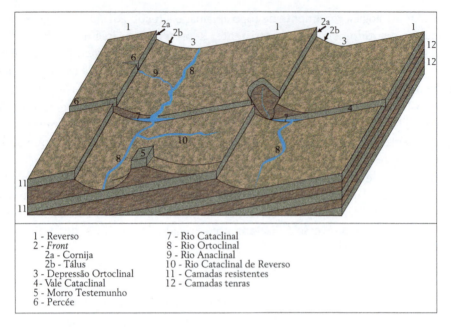

1 - Reverso
2 - *Front*
  2a - Cornija
  2b - Tálus
3 - Depressão Ortoclinal
4 - Vale Cataclinal
5 - Morro Testemunho
6 - Percée
7 - Rio Cataclinal
8 - Rio Ortoclinal
9 - Rio Anaclinal
10 - Rio Cataclinal de Reverso
11 - Camadas resistentes
12 - Camadas tenras

Adaptado de: Penteado (1980)

Figura 6.9   Esquema geral do relevo de cuestas

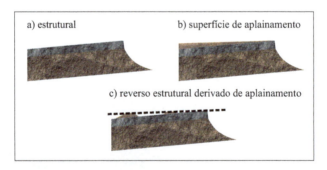

Adaptado de: Penteado (1980)

Figura 6.10   Tipos de reverso

Ainda segundo a autora, o relevo de cuestas é o resultado de evolução morfológica mais ou menos complexa. É possível distinguir dois tipos de evolução:

1. Evolução monogênica

O relevo é elaborado após o soerguimento lento, por atividade tectônica, geralmente com basculamento, que exonda as camadas sedimentares.

No caso de uma planície costeira, um arqueamento crustal faz recuar o mar e põe a aflorar camadas sucessivas inclinadas em direção à plataforma continental.

Após o exondamento da bacia, organiza-se a rede de drenagem conforme a inclinação tectônica ou estrutural. A rede principal é a cataclinal, com o aparecimento deste rio, por meio de sua escavação, diminui-se o nível de base local, propiciando o aparecimento dos rios ortoclinais, perpendiculares aos primeiros. O entalhe pelos rios ortoclinais põe em evidência a resistência desigual das rochas, surgindo o relevo de cuestas e depressões. Nesse caso, o reverso das cuestas corresponde à superfície tectônico-estrutural (Figura 6.11).

2. Evolução poligênica

É mais complexa, e o relevo de cuestas resulta de duas ou mais gerações de formas.

O ponto de partida da evolução é o soerguimento lento da bacia sedimentar de mar interno, acompanhado de atividade erosiva. Desenvolve-se uma superfície de erosão truncando as camadas sedimentares de resistência diferente e a borda do escudo (Figura 6.12b).

O entalhe da depressão e aparecimento das cuestas, nesse caso, resulta de retomada erosiva a partir da primeira superfície de aplainamento. Nessa evolução, a rede hidrográfica instala-se conforme a inclinação da superfície topográfica, que geralmente coincide com o mergulho das camadas (Figura 6.12c).

O escavamento rápido das rochas tenras permite o aparecimento da cuesta. O reverso corresponde à superfície antiga e pertence ao primeiro ciclo erosivo.

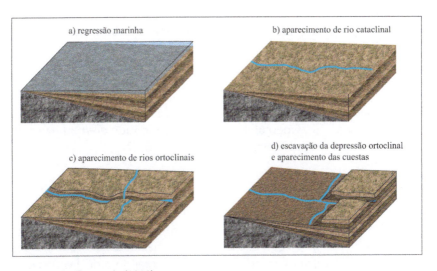

Adaptado de: Penteado (1980)

Figura 6.11   Evolução monogênica a partir de uma planície costeira

186 Introdução à geomorfologia

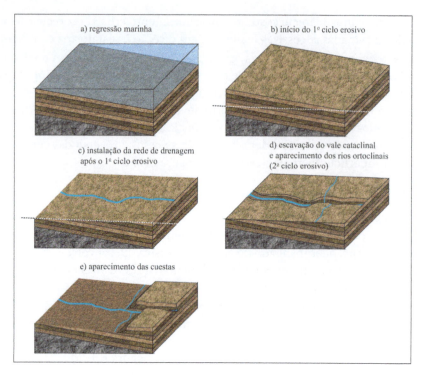

Adaptado de: Penteado (1980)

Figura 6.12   Evolução poligênica com dois ciclos erosivos

O *front* e a depressão ortoclinal resultam da retomada erosiva, isto é, do segundo ciclo erosivo (Figura 6.12d; e).

6.1.2.2 Costão

O mergulho das camadas em relação à forma topográfica permite distinguir cuesta de costão (*coteau*). Se o mergulho tem o mesmo sentido do *front* da escarpa, a forma saliente é denominada costão (figuras 6.13 e 6.17).

6.1.2.3 *Hog backs*

Se as camadas de resistências diferentes apresentam mergulhos fortes, superiores à 30°, a forma resultante será um *hog back* (figuras 6.14 e 6.16), relevo dissimétrico com cornija e reverso mais curto e mais inclinado que nas cuestas (PENTEADO, 1980). Para Casseti (2005), considerando o declive necessário à sua caracterização, torna-se possível entendê-los como vinculados a fenômenos tectônicos, uma vez que dificilmente se constatam mergulhos em tais proporções,

Estruturas e relevos derivados 187

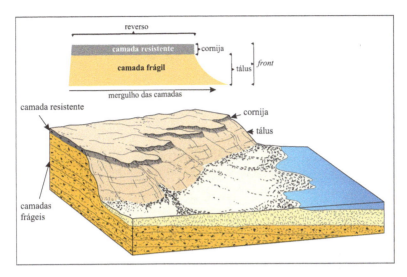

Adaptado de: IBGE (2009)

Figura 6.13 Costão

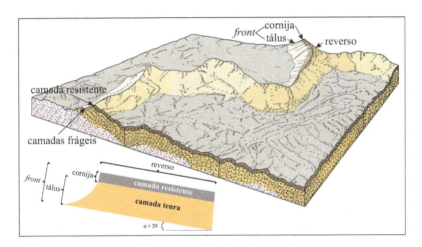

Adaptado de: IBGE (2009)

Figura 6.14 *Hog back*

associados unicamente aos processos de deposição. Tais formas são comuns na periferia de domos ou de estruturas de dobras.

6.1.2.4 Crista isoclinal

Desenvolve-se em estruturas de camadas quase verticais (figuras 6.15 e 6.17). As cristas apresentam simetria nos flancos. Tais estruturas, entretanto, escapam

188 Introdução à geomorfologia

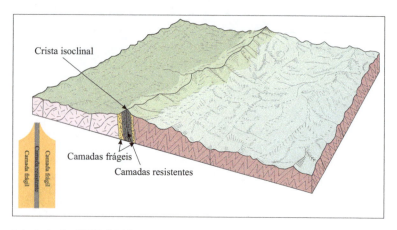

Adaptado de: IBGE (2009)

Figura 6.15   Crista isoclinal

às bacias sedimentares calmas, pois a perturbação das camadas está intimamente relacionada a processos tectônicos.

6.2 RELEVO EM ESTRUTURA DOBRADA

Os relevos desenvolvidos em estrutura dobrada são bastante variados. Para Penteado (1980), a variedade de formas resulta: da diversidade das condições litológicas que se oferecem à erosão diferencial; da complexidade das condições tectônicas, isto é, do estilo dos dobramentos; da ação da erosão. O dobramento não é instantâneo e, em função da velocidade relativa do dobramento e da erosão, numerosas variações no relevo podem ocorrer.

Fonte: Google Earth (2011)

Figura 6.16   Exemplo de cuesta e *hog back*

Figura 6.17 Exemplo de costão e crista isoclinal

Dentro dessa diversidade existe uma característica fundamental comum a todos os relevos derivados de dobramentos. É a presença de cristas e vales alinhados e paralelos, testemunhando a influência das deformações das camadas sedimentares de rochas diferentes, afetadas pelos dobramentos.

A análise dos relevos em estruturas dobradas exige, entretanto, algum conhecimento sobre a gênese dos dobramentos e sobre os tipos de dobras, os quais foram abordados no Capítulo 2.

6.2.1 Relevo jurássico

Segundo Penteado (1980), é o tipo mais simples de relevo dobrado. É uma sucessão regular de dobras simples, pouco atacada pela erosão. As formas de relevo se conservam bem semelhantes à estrutura. A caracterização de tal relevo e a nomenclatura vieram da região de Jura na França.

A evolução, dessa forma de relevo, pode ser assim descrita de acordo com a autora (Figura 6.18):

1º. O ataque inicia-se geralmente a partir de um pequeno vale cataclinal, entalhado no flanco do anticlinal (*ruz*) que, por erosão regressiva, acaba por abrir canyons nos flancos do anticlinal.

2º. A erosão prosseguindo abre uma *cluse*, cortando o topo do cataclinal, havendo uma captura da ravina menor pela maior e mais alimentada.

3º. O trabalho de alargamento da *cluse* é facilitado pela camada tenra situada abaixo da resistente, no anticlinal.

4º. Surgem ravinas afluentes da *cluse*, ao longo do dorso do anticlinal, que, devido ao maior desnível, têm o trabalho de erosão acelerado. Abre-se

190　Introdução à geomorfologia

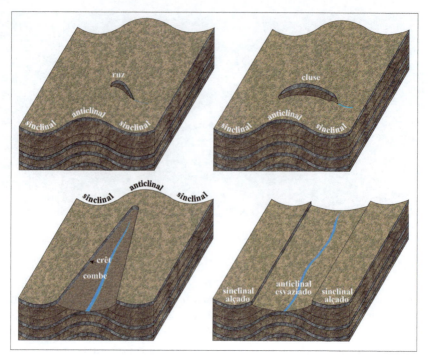

Adaptado de: Penteado (1980)

Figura 6.18　Esquema evolutivo do relevo do tipo jurássico

uma *combe* ao longo do anticlinal. As escarpas da camada dura voltadas para o interior da *combe* recebem o nome de *crêt*.

5º. A evolução das camadas tenras do anticlinal (fundo da combe) é mais rápida do que o cavamento dos vales situados sobre as camadas duras do fundo dos anticlinais.

6º. Os rios, cavando mais na *combe* aprofundam o seu nível de base, abaixo dos rios situados nos sinclinais.

Chega-se a uma autêntica inversão do relevo, porque os anticlinais, por alargamento das combes, são escavados abaixo dos sinclinais. Nesse estágio há capturas, novamente, dos rios que corriam nos sinclinais, pela drenagem que se aprofundou nas camadas tenras dos anticlinais. Os sinclinais passam a dominar na paisagem devido à proteção da camada dura; são os sinclinais alçados.

Essa evolução é sempre comandada pela erosão diferencial. Uma vez retirada, toda a camada tenra pode aflorar novamente uma camada resistente mais profunda, do anticlinal, fazendo surgir um novo *mont*.

No final de sua evolução, há um aplainamento total da região até o nível de base. Esse arrasamento se deve, teoricamente, a uma fase seca de pediplanação.

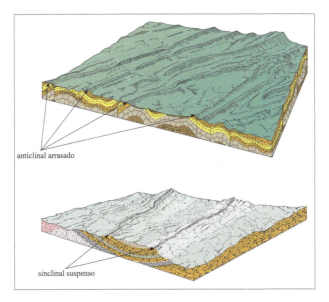

Fonte: IBGE (2009)

Figura 6.19   Exemplo de relevo jurássico na França

Ainda de acordo com Penteado (1980), se a região aplainada sofre um soerguimento e umidificação do clima, a erosão retoma o seu caráter seletivo. A drenagem se encaixa nas rochas tenras, pondo em ressalto as resistentes. Tem-se, então, o início da evolução do relevo apalacheano.

6.2.2 Relevo apalacheano

Enquanto o relevo do tipo jurássico é entendido como o resultado de inversão do relevo a partir de uma sucessão regular de dobras, o apalacheano caracteriza-se pelo paralelismo de cristais e vales, originados a partir de total aplainamento de estrutura dobrada (CASSETI, 2005).

Para Penteado (1980), as condições necessárias para o desenvolvimento dessa forma de relevo são as seguintes:

- o material dobrado e arrasado deve ser heterogêneo para expor afloramentos paralelos (conforme as direções estruturais) de camadas resistentes e tenras;
- fenômeno tectônico de soerguimento para desencadear a retomada erosiva.

Casseti (2005) afirma que para se compreender o processo evolutivo do relevo apalacheano, que praticamente obedece aos mecanismos descritos no relevo jurássico, admite-se que:

a) Após processo de pediplanação, que gerou extensa superfície de erosão, houve um período de umedecimento climático, no qual se organizou o sistema hidrográfico, comandado por curso cataclinal que se superimpôs e entalhou progressivamente seu talvegue, cortando camadas de diferentes resistências (Figura 6.20a).
b) À medida que o curso cataclinal define o seu leito, rompendo camadas de resistências diferentes, começaram a aparecer tributários ortoclinais, orientados pelas camadas de menor resistência, paralelos à direção das dobras. Forma-se, portanto, uma drenagem do tipo retangular, com confluências ortogonais, e possibilidade de ocorrência de "baionetas" (Figura 6.20b).
c) Com o escavamento dos rios ortoclinais, abaixa-se os níveis de base sobre as camadas tenras pondo em ressalto as camadas resistentes, propiciando a caracterização tipológica do relevo apalacheano, o que define com precisão a sucessão de cristas e vales paralelos, com as respectivas características de acordo com Penteado (1980) (figuras 6.21 e 6.22):

  c.1) Paralelismo de cristas correspondente às rochas duras e dos vales correspondentes às rochas tenras;
  c.2) As cristas correspondem a camadas duras e não, obrigatoriamente, a anticlinais. Pode-se, portanto, distinguir diferentes tipos de cristas: anticlinais, sinclinais, isoclinais e monoclinais ou ortoclinais;
  c.3) Os vales também podem se instalar em terrenos tenros correspondente a anticlinais, sinclinais ou depressões ortoclinais;
  c.4) As cristas e vales, cluses (*gaps*) e outras formas resultam de rejuvenescimento do relevo a partir de uma superfície de erosão;
  c.5) O reentalhe erosivo termina com o desenvolvimento de uma rede de vales paralelos às dobras: vales sinclinais, anticlinais e monoclinais. A rede de drenagem mestre é inadaptada ou superimposta. As cluses são superimpostas e abertas pelos vales cataclinais, isto é, consequente à inclinação da superfície de arrasamento.

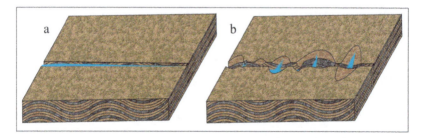

Adaptado de: Penteado (1980)

Figura 6.20 Evolução do relevo Apalacheano

Estruturas e relevos derivados 193

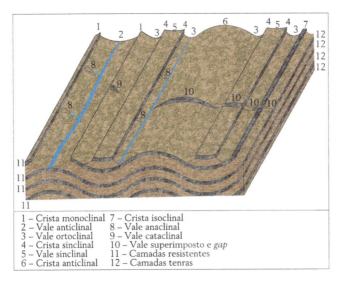

1 – Crista monoclinal
2 – Vale anticlinal
3 – Vale ortoclinal
4 – Crista sinclinal
5 – Vale sinclinal
6 – Crista anticlinal
7 – Crista isoclinal
8 – Vale anaclinal
9 – Vale cataclinal
10 – Vale superimposto e *gap*
11 – Camadas resistentes
12 – Camadas tenras

Adaptado de: Penteado (1980)

Figura 6.21   Formas apresentadas pelo relevo Apalacheano

Fonte: Google Earth (2011)

Figura 6.22   Montes Apalaches (EUA)

Como exemplo brasileiro, podem ser tomadas cristas quartzíticas de tipicidade apalacheana que ocorrem no Planalto do Alto Rio Grande (sul do estado de Minas Gerais) de Cruzília/São Thomé das Letras a Lambari. Agrupam as principais características do relevo apalacheano, intercalando cristas quartzíticas alçadas e vales escavados em micaxistos adaptados a falha normal. Possivelmente tais cristas resultam de aplainamento pós-cretáceo (Sul Americano), apresentando-se relativamente niveladas e perdendo altitude para SW. Rios superimpostos escavaram percées *rompendo* as estruturas quartzíticas, como os rios do Peixe, Lambari e Verde (Figura 6.23) em direção aos quais define-se uma drenagem tributária em ângulos retos ou tendendo a retilinidade paralela às cristas.

6.3 RELEVO EM ESTRUTURA DÔMICA

Como já dito no Capítulo 2, a estrutura dômica é resultante de arqueamento convexo de estratos sedimentares dando origem a zonas circulares ou ovais.

Para Casseti (2005), a evolução de uma estrutura dômica pode ser esquematizada da seguinte forma:

a) Com a atividade intrusiva em uma determinada sequência sedimentar de forma concordante, tem-se o arqueamento estrutural e a conformação dos estratos em função do corpo intrusivo, além de possível metamorfismo de contato. As camadas mais próximas ao core intrusivo tendem a apresentar um mergulho superior em relação às sequências periféricas, com possibilidade de alternância de camadas de resistência variada (Figura 6.24).

Figura 6.23 *Percée* aberta pelo Rio Verde em sua passagem por cristas quartzíticas em relevo de tipicidade apalacheana (Conceição do Rio Verde, MG)

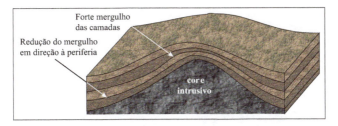

Adaptado de: Penteado (1980)

Figura 6.24 Aspecto de uma estrutura dômica

b) A drenagem é organizada obedecendo a um padrão radial centrífugo, em sincronia com os efeitos epirogênicos positivos, que ativam o entalhamento dos talvegues (Figura 6.25).

c) Os cursos cataclinais vão cortando, por superimposição, camadas de diferentes resistências, quando começam a aparecer, os tributários ortoclinais, que se instalam nas camadas circulares de menor resistência, levando à configuração de um padrão de drenagem ânulo-radial. A partir de então, os cursos ortoclinais aprofundam os talvegues nas camadas circulares menos resistentes ou friáveis, proporcionando o destaque de saliências topográficas das sequências resistentes e originando vales assimétricos. As sequências resistentes assumem características de pequenos *hog backs*, quando mais próximas do centro, ou de cuestas, quando mais distantes, graças à diminuição da inclinação das camadas em direção à periferia. O *front* é voltado para o interior da zona circular ou do core (Figuras 6.26 e 6.27).

Os cursos cataclinais superimpostos, ao serem submetidos ao soerguimento crustal, entalham fortemente os talvegues; e, na elaboração dos vales homoclinais pelos tributários ortoclinais, os cortes efetuados pelos primeiros se destacam sob a forma de *gaps* ou gargantas epigênicas. As gargantas epigênicas são denominadas

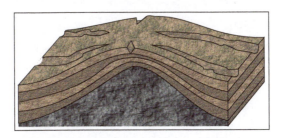

Adaptado de: Penteado (1980)

Figura 6.25 Organização da drenagem radial em um domo

196   Introdução à geomorfologia

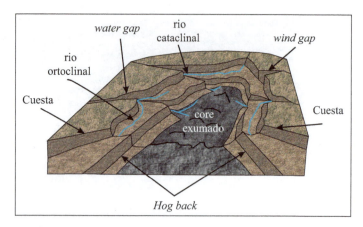

Adaptado de: Penteado (1980)

Figura 6.26   Rios ortoclinais cortando as camadas tenras e demais feições morfológicas

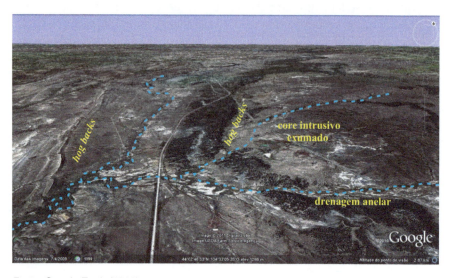

Fonte: Google Earth (2011)

Figura 6.27   Exemplo de relevo dômico em território norte-americano

water gap, quando atravessadas por cursos de água, e *wind gap*, quando a drenagem responsável pela sua gênese tenha desaparecido. Assim, a gênese de vales ortoclinais dissimétricos elaborados pelos cursos homônimos em camadas friáveis coloca em destaque as cristas monoclinais atravessadas por *gaps* epigênicas ou superimpostas pelos cursos cataclinais.

6.4 RELEVO EM ESTRUTURA FALHADA

Segundo Penteado (1980), a originalidade geomorfológica da estrutura falhada é a sua reprodução, no relevo, em forma de escarpas (abruptos de falha). O estilo das falhas origina no relevo tipos característicos de formas. Além disso, a estrutura falhada tem influência capital sobre a rede de drenagem. Essa estrutura caracteriza-se por rupturas na crosta, criando compartimentos abaixados ou soerguidos.

Uma falha é uma superfície de fratura que sofreu deslocamento, como visto no Capítulo 2. Os deslocamentos podem se dar no sentido vertical ou horizontal.

Ainda de acordo com a autora, estrutura falhada é o modo de agrupamento das falhas e a orientação dos planos (espelhos) no espaço. A estrutura falhada implica um conjunto de falhas. Pode-se distinguir os seguintes tipos de estruturas (Figura 6.28):

- Estrutura em degraus: deslocamento de amplitude pequena, terminando por criar no conjunto grandes desníveis pela soma dos rejeitos. A mais simples dessas estruturas corresponde a falhas paralelas com mesma direção dos espelhos.
- Estrutura em *horsts*: *horst* é um compartimento estruturalmente elevado, delimitado lateralmente por duas falhas ou por degraus de falhas.
- Estrutura em gráben ou fossas tectônicas: constitui o negativo dos *horsts*. São compartimentos da crosta afundados entre falhas ou degraus de falhas. Frequentemente a zona deprimida de uma fossa é preenchida por sedimentos.

No Brasil é amplamente conhecido o sistema horst/gráben da Serra da Mantiqueira (*horst*) e do vale do Rio Paraíba do Sul (gráben), fossa tectônica que mantém desníveis superiores a 2000 metros com os patamares de cimeira da Mantiqueira.

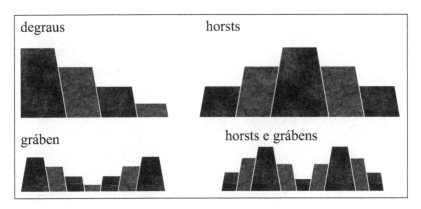

Adaptado de: Penteado (1980)

Figura 6.28 Tipos de estruturas falhadas

Os sedimentos acumulados em uma fossa podem ser correlativos ao falhamento e do meio morfoclimático atuante durante a fase de preenchimento.

Uma fossa tectônica não se acompanha necessariamente de *horsts*, mas pode se localizar deprimidamente entre planaltos. Normalmente, porém, a estrutura de *horsts* acompanha os grábens e vice-versa (Figura 6.29).

Relevos emoldurados em estrutura falhada podem dar origem a morfologias escarpadas, que são importantes feições morfotectônicas do modelado terrestre, a exemplo das imponentes e desafiadoras escarpas da Serra do Mar e da Mantiqueira, relevos tectônicos de expressão regional no sudeste brasileiro. Para Penteado (1980), a evolução erosiva desses tipos de relevo apresenta os seguintes estágios:

1º. A escarpa original cria o desnível e a erosão é acelerada (Figura 6.30a). Surgem ravinas, e a erosão dá início ao recuo da escarpa. Entre as ravinas que sulcam a escarpa subsistem restos do antigo espelho de falha em forma de facetas trapezoidais (Figura 6.30b), que passam a triangulares quando o estágio erosivo avança (Figura 6.30c). Neste estágio, a escarpa ainda corresponde ao plano de falha e chama-se *escarpa de falha*.

2º. A erosão reduz as facetas triangulares e faz recuar a escarpa bem além da antiga linha de falha. A escarpa recebe, então, o nome de *escarpa herdada de falha* (Figura 6.30d).

3º. A erosão pode nivelar o terreno e no bloco anteriormente mais baixo pode aflorar uma camada mais resistente do que a do bloco anterior-

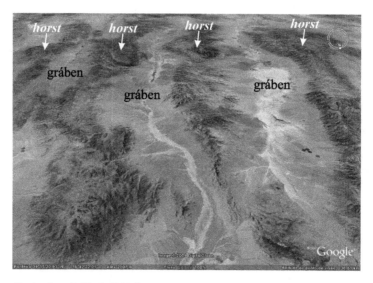

Fonte: Google Earth (2011)

Figura 6.29 Sistema de grábens e *horsts*

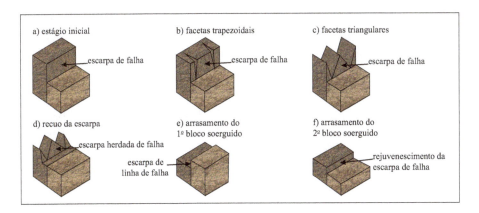

Figura 6.30 Evolução do relevo falhado

mente soerguido. A erosão será, então, mais ativa nos terrenos tenros no lado que correspondia ao bloco originalmente elevado, fazendo ressaltar uma escarpa nos terrenos resistentes do bloco oposto, outrora rebaixado. Essa escarpa se chama *escarpa de linha de falha* (Figura 6.30e).

4º. A erosão pode arrasar novamente o ressalto, produzindo uma nova superfície aplainada, fazendo aflorar, do lado da primeira escarpa (original), outra vez, material mais resistente. A retomada da erosão diferencial, a partir do vale de linha de falha, porá, novamente, em ressalto o plano de falha original. Nesse caso, haverá o *rejuvenescimento da escarpa de falha* (Figura 6.30f).

A rede de hidrográfica pode se adaptar ou não à estrutura falhada. No caso de adaptação tem-se de acordo com Penteado (1980):

- vales de linha de falha: seguem exatamente a linha do falhamento. São retilíneos e longos;
- vales em fossa tectônicas (gráben): é o caso mais comum de adaptação da rede de drenagem à estrutura falhada. Como exemplo, observa-se o Rio Paraíba do Sul no estado de São Paulo.

Em caso de não ocorrer um processo de adaptação, dois são os desfechos possíveis:

- Antecedência: o rio é anterior ao falhamento de um gráben ou de um *horst* e corre conforme a inclinação topográfica. Se o movimento de deslocamento dos blocos for lento, o rio manterá o seu traçado anterior, cortando os blocos alçados em gargantas estreitas.
- Superimposição: uma fossa pode ser preenchida de sedimentos e um rio se organizar sobre a superfície de recobrimento, transversalmente à estrutura falhada inumada.

Para a autora, na organização da rede de drenagem em estrutura falhada, deve-se, ainda, considerar a relação: 1 – velocidade do tectonismo; 2 – velocidade da erosão; 3 – a relação: desnível tectônico e a direção da drenagem antecedente.

- 1º Se o falhamento é conforme o escoamento da drenagem e rápido, o rio pode despencar em forma de queda de água (Figura 6.31a); se é lento, o rio terá tempo de cavar o seu perfil longitudinal em equilíbrio, com pequenas rupturas de declive na linha de falha (Figura 6.31b). Essa linha é designada de *fall-line* (linha de queda);
- 2º Se o falhamento é contrário ao escoamento da drenagem e rápido, o rio poderá ter o seu curso desviado (Figura 6.31c), ou represado, gerando lagos. Se o falhamento é contrário ao escoamento, mas lento, haverá entalhamento do bloco alçado, em forma de garganta (*gap*) (Figura 6.31d).

6.5 RELEVOS EM ESCUDOS ANTIGOS

Como visto no Capítulo 2, dentre as rochas que compõem os escudos, destacam-se as ígneas plutônicas, metamórficas e ígneas extrusivas.

Para Penteado (1980), as rochas cristalinas apresentam alguns traços morfológicos característicos decorrentes de condições específicas de estrutura e textura.

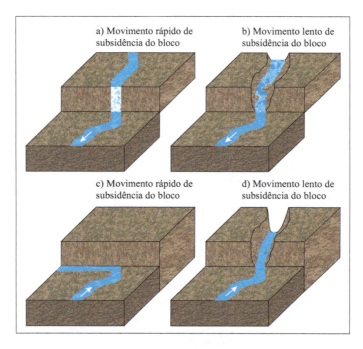

Figura 6.31   Escoamento da drenagem em relação à falha

São impermeáveis, rígidas, mas fissuradas e diaclasadas e de composição mineralógica heterogênea. A impermeabilidade é responsável pela densa rede de drenagem dendrítica porque facilita o escoamento superficial. O fissuramento e os solos permeáveis permitem a infiltração e a ressurgência em fontes abundantes de débito fraco. O diaclasamento e a rede de fraturas orientam a rede de drenagem e a decomposição em matacões, que muitas vezes se formam por esfoliação esferoidal a partir da alteração nos planos de diáclases.

A heterogeneidade mineralógica reage de maneira diferente em face do intemperismo físico e químico, dando formas diferentes em cada zona morfoclimática.

Ainda de acordo com a autora, as vertentes, de modo geral, evoluem em cinco tipos característicos:

a) Formas suavemente convexo-côncavas nas regiões temperadas e mar de morros ou meia laranjas na zona tropical quente e úmida.

b) Longas vertentes retilíneas terminando em tálus em áreas secas.

c) Vertentes de matacões que podem se constituir em caos de blocos paralelepipédicos ou de elementos arredondados como em áreas influenciadas pelo gelo.

d) Afloramentos lisos, rochosos, tipo pães-de-açúcar de vertentes íngremes e nuas, que assim se mantêm por serem apenas superfícies de transporte. Esses afloramentos das regiões tropicais úmidas terminam em forte ângulo basal nos vales de fundo chato. Esses traços morfológicos decorrem de processos de esfoliação em que a estrutura tem papel dominante. Ocorrem através da desnudação de antigas áreas cratônicas ou orogênicas, de corpos plutônicos que são expostos na superfície e trabalhados por diferentes agentes erosivos, conjuntamente com as unidades geológicas envolventes. Havendo contraste composicional, textural e estrutural das massas intrusivas com as encaixantes, o que normalmente ocorre é a individualização desses corpos intrusivos através da erosão diferencial. Em regiões de clima seco, se apresentam na forma de *inselbergs*.

e) Escarpamentos abruptos de paredes lisas dissecadas ou não pela erosão, criados por deslocamento de blocos. Um exemplo desse tipo de vertente são as escarpas da Serra do Mar e Serra da Mantiqueira no Brasil de Sudeste.

De acordo com Penha (1998), plútons básicos, constituídos por rochas gabroides, tendem a formar relevos rebaixados, quando envolvidos por rochas quartzosas, como certos tipos de gnaisses ou mesmo de rochas graníticas plutônicas mais antigas. Um exemplo é a estrutura anelar, semelhante a uma cratera de impacto, com aproximadamente 8 km de diâmetro em Baixo-Guandu (ES). Seu interior depressivo é constituído por gabros mais susceptíveis ao intemperismo do que os gnaisses regionais envolventes.

Ainda para o autor, outros tipos plutônicos, como os diques, dependendo da sua constituição petrográfica, podem formar relevos deprimidos ou salientes, que se destacam na paisagem e orientam a drenagem. Diques básicos tendem a formar formas deprimidas, onde a drenagem se adapta, ao inverso dos pegmatitos, que, em alguns casos, formam verdadeiras muralhas salientes na paisagem, que se estendem por dezenas de quilômetros, como se observa em algumas regiões do nordeste brasileiro, onde são conhecidos como "altos". Diques graníticos tendem a formar cornijas protetoras aos agentes erosivos, como se observa em alguns morros da cidade do Rio de Janeiro, como a Pedra da Gávea (Figura 6.32).

Nela, o topo é formado por restos de um dique granítico sub-horizontalizado, destacando-se do gnaisse subjacente da sequência regional. Ou, então, com placas mergulhantes embutidas em rochas relativamente mais antigas que, quando exposta à cornija protetora, inclinada e fraturada, tendem a formar pontões escalonados, como observado na Serra dos Órgãos (RJ), cuja feição morfológica é derivada de uma espessa lâmina granítica fraturada nos gnaisses regionais.

A resistência das rochas cristalinas varia não só localmente, mas segundo os tipos de clima dando famílias de formas específicas para cada zona morfoclimática como visto no Capítulo 4.

Segundo Casseti (2005), parece existir amplo consenso quanto ao entendimento de que as rochas cristalofilianas ou metamórficas integram as estruturas cristalinas. Assim, comparativamente observa-se, em condições de clima úmido, que os xistos ou micaxistos são menos resistentes que os quartzitos, os quais proporcionam o desenvolvimento de relevos monoclinais, como os *hog backs*, individualizando as cornijas estruturais. Podem também aparecer conformando sucessões de cristas e vales de tipicidade apalacheana.

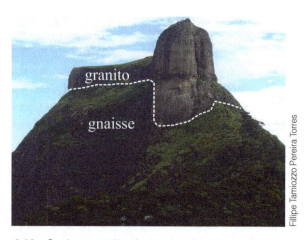

Figura 6.32   Gnaisses encimados por cornijas de um dique granítico (Rio de Janeiro, RJ)

Os gnaisses dificilmente originam relevos monoclinais, visto que os planos de xistosidade são menos expressivos, proporcionando-lhes um comportamento morfológico mais próximo aos granitos, embora com menor resistência à decomposição química.

6.6 RELEVO EM ESTRUTURA VULCÂNICA

O relevo em estrutura vulcânica apresenta maior variedade de formas quando comparado com as outras estruturas em escudos porque as formas de construção se associam às decorrentes da erosão diferencial (PENTEADO, 1980). Estão intimamente relacionados com os próprios tipos vulcânicos. Sua filiação magmática e a estrutura do aparelho vulcânico são normalmente formadas por lava e material piroclástico.

Algumas rochas vulcânicas de textura microscópica são muito coerentes e resistentes. Outras, muito diaclasadas, como certos tipos de basaltos, oferecem menos resistência ao ataque erosivo e à esfoliação dos blocos prismáticos.

Os traquitos muito porosos são muito vulneráveis. As lavas que repousam sobre um substrato mais tenro mantêm-se em ressalto na topografia, sustentando os relevos mais elevados de cornijas abruptas. Tais são os relevos de cuestas da Bacia do Paraná, cujas cornijas são mantidas por basaltos, enquanto as depressões são escavadas em rochas sedimentares mais friáveis, como os arenitos da Formação Botucatu e os folhelhos e lamitos da Formação Irati.

Os relevos vulcânicos podem ser classificados em três categorias: relevos mais ou menos cônicos com orifícios de emissão; campos de escórias que recobrem superfícies de extensão variável; corridas de lavas.

Cones vulcânicos

São formas construídas que dependem dos materiais constituintes:

a) Cones de detritos e de cinzas constituídos por erupções tipo vulcaniano ou stromboliano por projeções em torno de uma chaminé. Apresentam uma cratera no topo de paredes fortemente inclinadas (35° a 40°). Têm altitudes baixas e pequenas dimensões (Figura 6.33).

b) Domos ou cúmulo-vulcões são formas resultantes da erupção de lavas félsicas extremamente viscosas. A lava acumula-se em uma feição dômica com encostas íngremes e topo arredondado. Através do aprisionamento de gases pela alta viscosidade, ocorrem explosões que fragmentam os materiais formados e, ao mesmo tempo, contribuem para o crescimento do domo (Figura 6.33).

c) Estrato-vulcões correspondem a vulcões complexos resultantes da alternância de projeções e corridas de lavas. São constituídos de camadas alternadamente duras e tenras. Apresentam a forma de cone e vertentes variáveis segundo a natureza das projeções (Figura 6.33).

Essas formas construídas podem ser destruídas abrindo uma nova cratera chamada de caldeira. A formação de caldeiras pode criar cones embutidos (Figura 6.33). Depressões podem ser criadas a partir de um afundamento da parte central do vulcão por sobrecarga de material acumulado na superfície e déficit em profundidade gerado pela expulsão dos materiais. São as depressões vulcânico-tectônicas.

Após a retirada do material mais friável do cone, permanece a parte mais resistente do aparelho – a lava solidifica em *neck*, dando relevo de agulhas e pontas (Figura 6.33).

a) Cone de detritos no Hawai
b) Domo vulcânico no Alasca
c) Eestrato-vulcão na Califórnia
d) Caldeira no Alasca
e) Neck no Wyoming

Fonte: USGS

Figura 6.33 Estruturas vulcânicas

Campos de escória

As projeções vulcânicas podem recobrir grandes extensões, muito além das dos cones. As cinzas levadas pelo vento podem se movimentar por quilômetros. O material detrítico e o pó tendem a encobrir as irregularidades estruturais do relevo vulcânico suavizando suas formas. As depressões podem ser preenchidas e o relevo tornar-se plano. O material vulcânico pode, assim, fossilizar formas de relevo precedentes ao derrame da lava e demais escórias.

Corridas de lavas

Podem ocorrer sobre um substrato plano ou sub-horizontal e constituir planaltos ou podem percorrer vales.

A) Corridas de planalto: são de basalto, lava fluida e abundante que recobre grandes extensões. Constituem planaltos de estrutura tabular ou sub-horizontal, mascarando as irregularidades do substrato.

Os derrames solidificados apresentam rede densa de diáclases que facilita a infiltração, reduzindo o escoamento superficial. A rede de drenagem é pouco densa.

Se os derrames recobrem camadas pouco inclinadas de baixa resistência à erosão, formam-se cuestas basálticas, atuando a camada do derrame como camada resistente. Se as camadas recobertas são horizontais, aparecem os relevos tabulares.

B) Corridas de vales: são estreitas e alongadas, apresentando convexidade no dorso e rugosidade. Preenchem vales preexistentes e regularizam a superfície. A rede de drenagem é impelida de escavar as rochas mais tenras e há desvios de traçados fluviais. Se os rios cavam lateralmente em relação aos vales preenchidos de lava, tem-se inversão de relevo, pois o antigo vale recoberto de lavas fica em saliência na topografia.

6.7 RELEVO CÁRSTICO

De acordo com Christofoletti (1980), a palavra *Karst* (carste) é empregada para designar as áreas calcárias ou dolomíticas que possuem uma topografia característica, oriunda da dissolução de tais rochas, ainda que atualmente se reconheçam os processos e morfologias cársticas em rochas silicáticas, como arenitos e quartzitos.

Fatalmente, a maior parte dos relevos cársticos é originada em rochas carbonáticas (calcários e dolomitos), perfazendo aproximadamente 10% da superfície em uma distribuição estimada entre 20 e 80 milhões de km^2 dos 400 milhões de km^2 ocupados pelas rochas sedimentares (LAPORTE, 1969).

Pode-se encontrar na literatura algumas definições que diferenciam os termos carste, paleocarste e pseudocarste:

a) Feições cársticas são todas as formas de relevos ativos elaborados, sobretudo, pelos processos de corrosão (química) e pelos processos de abatimentos (físicos) de rochas calcárias.

206 Introdução à geomorfologia

b) Feições "cársticas" elaboradas por processos de corrosão (química) e abatimentos (físicos) que hoje não são mais ativas (funcionais) são denominadas paleocársticas. Exemplos: sumidouros e ressurgências inativas, dolinas inativas e parcialmente assoreadas.

c) Feições do tipo "carste", não elaboradas por processos de corrosão (química) e abatimentos (físicos), são denominadas pseudocársticas. Exemplos: cavernas de origem vulcânicas, depressões fechadas de origem glacial, cavernas originadas apenas por abatimentos sem solubilização etc.

Christofoletti (1980) afirma que, para que haja pleno desenvolvimento do modelado cárstico, é necessária a existência de algumas condições básicas, cujas principais são:

1. A existência, na superfície ou próxima dela, de considerável espessura de rochas solúveis. A rocha deve ser acamada em bancos delgados, fissurados e fraturados para permitir a passagem fácil de água através dela; também deve ser maciça e resistente. Qualquer tipo de estrutura geológica, desde as horizontais até às dobradas e falhadas, pode ser envolvido.

   O tipo de rocha mais comum que preenche as especificações anteriores é o calcário, que é acamado, maciço, puro, duro, consolidado e cristalino. A dolomita pode apresentar características suficientes, mas não é tão facilmente dissolvida como o calcário. Outras rochas solúveis, como a gipsita e o sal gema, podem também apresentar aspectos cársticos, mas essas rochas não são muito difundidas na superfície terrestre.

2. A região deve receber quantidade moderada de precipitação, pois a dissolução da rocha só pode se efetuar se houver quantidade suficiente de água. Nas áreas úmidas, a presença de vegetação densa auxilia a dissolução pela água pluvial, pois a quantidade de CO_2 existente no solo pode chegar a ser de 15 vezes a da existência na atmosfera. Nas áreas áridas e semiáridas, que apresentam terrenos calcários, a morfologia cárstica é pobremente desenvolvida, embora mostre alguns aspectos, e por vezes pode estar totalmente ausente.

3. A amplitude topográfica, ou a altura da área acima do nível do mar, deve ser elevada para permitir a livre circulação das águas subterrâneas e o pleno desenvolvimento das formas cársticas. É essencial que a água subterrânea possa se escoar através do calcário, efetuar o seu trabalho de dissolução e emergir nos rios superficiais.

De acordo com Kohler (1998), as morfologias cársticas diferenciam-se em exocarste e endocarste. O primeiro representa os relevos superficiais, como dolinas, uvalas e lapiás, e o segundo caracteriza as formas subterrâneas de domínio da espeleologia, como cavernas, abismos e rios subterrâneos. A geomorfologia cárstica só poderá ser entendida conhecendo-se os processos responsáveis pela gênese do exocarste e do endocarste.

No domínio das formas exocársticas prevalecem feições negativas, como os poliés, uvalas e dolinas, em contraposição às formas positivas dos maciços, mogotes, torres e verrugas. Distingue-se ainda o microcarste, com formas recentes e de pequena dimensão (lapiás), do macrocarste, que são relevos bastante evoluídos e de grandes dimensões.

O endocarste é caracterizado pelo mundo subterrâneo, com suas cavernas decoradas por exuberantes espeleotemas (colunas, cortinas, véus, assoalhos, nichos, estalactites, estalagmites, entre outras).

Define-se ainda um *epicarste*, que é uma zona subcutânea situada entre a porção superior da rocha subjacente e pelas coberturas de alteração posicionadas acima, fazendo com que os solos e demais coberturas de alteração assumam um papel de destaque na análise da zona epicárstica, uma vez que tais materiais se encontram em contato direto com a rocha solúvel subjacente, influenciando na sua alteração uma vez que influenciam a circulação hídrica interna (PILÓ, 2000).

A gênese e evolução de uma paisagem cárstica dependem do grau de dissolução da rocha, da qualidade e volume de água associados às características ambientais da litosfera, biosfera e atmosfera (KOHLER, 1998).

Ford e Williams (1989) distinguem as feições de dissolução das de acumulação, apresentando o sistema cárstico conforme adaptado na Figura 6.34, enquanto White (1988) propõe uma classificação de paisagens cársticas em função

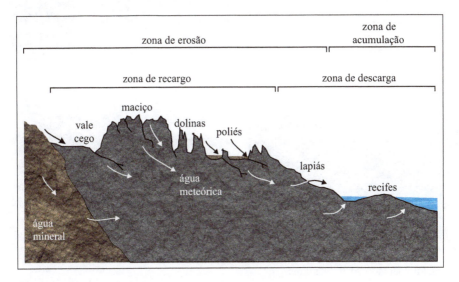

Adaptado de: Kohler (1998)

Figura 6.34 Sistema cárstico

da feição dominante: carste de dolina, de torres e cones, de poliés, fluviocarste, carste labiríntico, de cavernas etc.

Lapiás

Lapiás (Figura 6.35c) são caneluras ou regos de espessura milimétrica a centimétrica, que sulcam a superfície da rocha cárstica, por meio de variados padrões, podendo atingir uma dezena de metros de comprimento. Grandes superfícies recobertas por lapiesamento são denominadas campos de lapiás. Em função da forma, posição e tamanho, Boegli (1980) sugere exaustiva classificação, cuja nomenclatura é hoje internacionalmente aceita. O citado autor utiliza o termo alemão *Karren* para lapiás, sendo o *Schichtenkarren* os lapiás horizontais, *Wandkarren* ou *Rillenkarren* os lapiás verticais e *Spitzenkarren* os pináculos.

A importância do estudo dos lapiás refere-se aos mais recentes processos de corrosão de uma superfície cárstica. A sessão do canalículo em U ou V, o comprimento milimétrico a métrico, o padrão anastomosado, retangular, paralelo, hori-

Fontes: (a) Adaptado de: Kohler (1998)

Figura 6.35   Formas negativas do relevo cárstico

zontal, vertical, entre outros indicativos, fornecem importantes dados genéticos e de evolução em função das condições ambientais (geoquímicas) atuais do carste.

Poliés, uvalas e dolinas

São formas negativas, depressões fechadas cujo maior representante é o *poliés* – uma grande planície de corrosão, alcançando centenas de quilômetros e apresentando fundo plano atravessado por um fluxo contínuo de água que pode ser confinada em algum ponto por um sumidouro. Muitos poliés alojam lagoas temporárias (KOHLER, 1998).

Ainda de acordo com o autor, uvalas e dolinas (Figura 6.35d) são depressões menores que os poliés. Dolina é uma das feições mais típicas de uma paisagem cárstica, geralmente de configuração circular ou elíptica, de alguns metros de diâmetro (dificilmente ultrapassando 2000 m), sempre mais larga do que profunda. Nicod (1972) classifica-as em função da forma, que pode ser em balde, funil e bacia (Figura 6.35a). A primeira apresenta bordas escarpadas e, quanto mais profunda, recebe o nome de poço; quando tem o fundo côncavo, é denominada caldeirão; ela pode também ter um dos flancos recoberto por sedimentos. Dolinas do tipo funil podem ser assoreadas, passando para o tipo bacias. Podem ser estruturais assimétricas com um segmento em paredão. Ainda podem ser do tipo abatimento. Ocorrem dolinas dentro de dolinas e são chamadas gêmeas ou irmãs. Quando existe uma coalescência entre duas ou mais dolinas, forma-se uma uvala. As uvalas são depressões em forma de uma flor, com fundo irregular, apresentando um ou múltiplos sumidouros; podendo se transformar em lagoas temporárias, como outras depressões cársticas.

Maciços, mogotes, torres e verrugas

São relevos positivos, com uma história complexa de evolução. Os maciços são grandes planaltos cársticos de centenas de quilômetros de extensão. Apresentam paredões recobertos por campos de lapiás, limitando superfícies erosivas. São muitas vezes atravessados por vales cegos (fechados) que alojam rios que terminam em sumidouros, transformando o fluxo da água superficial em subterrâneo. Esses rios subterrâneos afloram em ressurgências localizadas em desfiladeiros profundos e abruptos. Os maciços apresentam ainda um endocarste bem desenvolvido com diferentes sistemas de condutos labirínticos sobrepostos, funcionais ou não (KOHLER, 1998).

Os mogotes são feições típicas do carste tropical (Porto Rico, Cuba, México, entre outros) constituídos por morros residuais de algumas dezenas de metros de altitude. No carste Dinário, esses morros testemunhos são chamados de *hume*. Uma variação desse relevo é o carste de *torres*, e seu exemplo mais espetacular encontra-se na China. Trata-se de um conjunto de torres de centenas de metros que despontam na planície fluvial (KOHLER, 1998).

Adaptado de: Kohler (1998)

Figura 6.36 Principais feições fluviocársticas

Verrugas ou banquetas são afloramentos individualizados de alguns decímetros a um metro de diâmetro e altura.

Formas fluviocársticas

O fluviocarste (Figura 6.36) é caracterizado por um curso de água com trechos em superfície intercalados com percursos subterrâneos, que direcionam a funcionalidade do carste. O caudal de águas pode ter sua origem no próprio carste (autóctone) ou originar-se fora dele (alóctone) (KOHLER, 1998).

As formas mais espetaculares são os vales cegos (fechados) que se formam quando a drenagem passa para o domínio endocárstico por um sumidouro (Figura 6.37) adquirindo, assim, caráter subterrâneo. O caudal pode voltar a aflorar em ponto que será designado de ressurgência, onde ocorre a reintegração da drenagem em ambiente aéreo. São comuns vales em desfiladeiros e gargantas profundas, onde o caudal flui ora em águas turbulentas, vencendo cachoeiras e corredeiras, ora confi-

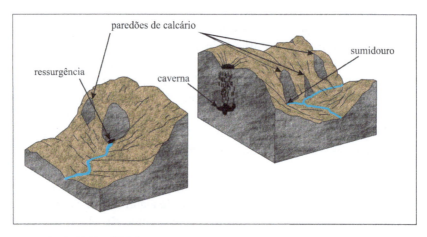

Adaptado de: Kohler (1998)

Figura 6.37 Sumidouro e ressurgência

nado às águas tranquilas e cristalinas de um lago represado pela deposição de carbonato de cálcio (travertinos). Um fluviocarste ativo geralmente aloja acima de seu nível atual feições fósseis, não funcionais, como vales suspensos, cavernas e abrigos (KOHLER, 1998).

Cavernas e espeleotemas

As cavernas constituem um traço comum nas áreas cársticas. A água penetra no calcário através das fraturas e depressões e, se ainda contém dióxido de carbono em quantidade suficiente, vai dissolvendo a rocha em sua percolação. O movimento da água nos calcários é controlado pelas variações litológicas e pelas linhas de falha e de fratura. A solução e a abrasão são os processos básicos na formação de cavernas.

Segundo Christofoletti (1980), uma caverna pode ser definida como um leito natural subterrâneo e vazio, podendo estender-se vertical e horizontalmente e apresentar um ou mais níveis. Na atualidade, podem estar ou não ocupadas por rios. As cavernas menores geralmente demonstram com maior clareza que o seu desenvolvimento ocorreu ao longo de linhas de maior fraqueza, e as diáclases e planos de estratificação frequentemente controlam o desenho ou lineamento apresentado por essas formas cársticas.

O interesse maior pelo estudo das cavernas é em virtude da variedade de aspectos de que são possuidoras. Entre as formas mais comuns (Figura 6.38)

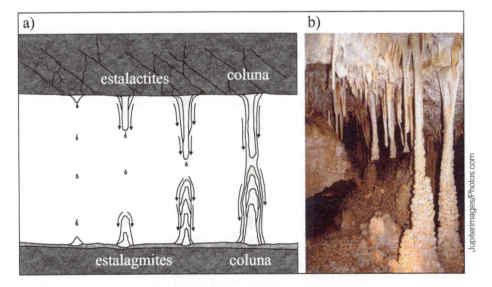

Figura 6.38 Espeleotemas precipitados em calcita

212 Introdução à geomorfologia

estão os precipitados químicos em calcita denominados estalactites (pendentes no teto) e estalagmites (assentadas no soalho). Desenvolvem-se por causa do gotejar contínuo da água do teto interior da caverna, resultando na precipitação do carbonato de cálcio quando se desprende o gás carbônico. Quando as duas formas precedentes se unem, há a formação das colunas ou dos pilares. Em alguns casos, a união de várias colunas pode originar uma parede. Em geral, a cor desses depósitos é próxima do branco, mas em alguns casos podem também apresentar as cores amarelada ou acastanhada (CHRISTOFOLETTI, 1980).

As cortinas surgem como outro tipo curioso de deposição, correspondendo a chapas translúcidas de calcita que se desenvolvem a partir do teto, revestindo a parede.

Todas essas formas de deposição ou acumulação encontradas nas cavernas recebem o nome genérico de travertino. Fizeram várias tentativas para calcular a velocidade de formação dos mesmos, mas são tantas as variáveis que afetam o grau de acumulação, que as datações obtidas não oferecem muita segurança (CHRISTOFOLETTI, 1980).

Hidrologia endocárstica

Para Kohler (1980), a Hidrologia Subterrânea associada ao padrão estrutural da rocha é o principal responsável pela forma, gênese e dinâmica do endocarste. São observados os níveis freático, anfíbio e vadoso no endocarste. Entre o nível máximo vadoso e o nível freático profundo (basal), Boegli (1980) distingue a zona ativa de corrosão, também denominada anfíbia.

As cavernas de origem freática sempre estiveram totalmente inundadas, ao contrário das cavernas de origem mista (freática e vadosa), onde a porção superior do conduto oscila no nível vadoso. No nível freático, a pressão das águas acelera a corrosão; já no vadoso, onde o nível piezométrico é nulo, isso não acontece, tendendo a haver aumento no turbilhonamento. Boegli (1980) introduz o termo "corrosão de mistura" quando duas águas cársticas com características diferentes (temperatura, pH, agressividade) se encontram e readquirem novo potencial de corrosão (KOHLER, 1998).

Os principais elementos para a elaboração e evolução de um relevo cárstico são: a rocha com características de solubilidade e a água. Os componentes do ambiente geoquímico, tais como temperatura, pH, pressão, CO_2, presença de ácidos húmicos e fúlvicos e as bactérias para fixar a calcita secundária, entre outros, são os ingredientes da carstificação (KOHLER, 1998).

A principal condicionante da gênese das formas cársticas é a água, tanto meteórica quanto subterrânea. A água retém gás carbônico, que reage em contato com o calcário, formando o bicarbonato de cálcio (solúvel), na reação clássica $CaCO_3 + CO_2 + H_2O = Ca(HCO_3)_2$. Essa reação é reversível, pois o bicarbonato de cálcio só existe em solução iônica na presença de CO_2 em excesso. A quantidade de gás carbônico dissolvido na água possui duas funções: de agressividade e de equilíbrio. O CO_2 "agressivo" combina com o $CaCO_3$ para formar o bicarbonato (CO_2 semicombinado), e o CO_2 "equilibrante" mantém o CO_2 "agressivo" em solução (KOHLER, 1998).

A potencialidade da água em reter CO_2 varia em função da pressão parcial do gás carbônico no ar e da temperatura da água. Águas de temperaturas mais baixas têm mais potencialidade de reter gás carbônico. Temperaturas maiores aceleram a dissolução, porém diminui a concentração de CO_2 dissolvido. Isso explica as diferentes formas cársticas, nas diferentes zonas climáticas do globo (op. cit).

Ainda de acordo com o autor, por outro lado, sabe-se que durante o Quaternário houve alternâncias climáticas em função da intercalação entre períodos glaciais e interglaciais. Os processos de corrosão química responsáveis pelo inventário das formas cársticas atuais ocorreram sob diferentes condições climáticas. Essa é a razão que torna o carste uma região-chave para o estudo das mudanças globais ocorridas durante o Quaternário.

Ao lado do teor de carbonato de cálcio da rocha calcária e de sua estrutura (acamamento, fraturamento etc.), o volume de águas e o clima são os principais fatores de corrosão dos relevos cársticos.

Boegli (1980) mostra a relação entre o teor de calcário dissolvido na água e o clima da região. Os maiores teores foram registrados em ressurgências glaciais (morainas).

Corbel (1959) estabelece uma fórmula para registrar a taxa de denudação milenar do calcário sob condições climáticas atuais. Baseia-se no débito anual da bacia, no volume e na densidade do calcário e no teor médio anual do $CaCO_3$ dissolvido nas águas. Boegli (1980) registra as maiores taxas de denudação milenar para as regiões subárticas e antárticas, e as menores para regiões de climas quentes e úmidos.

Ao lado dos processos químicos de corrosão ocorrem, ainda, os processos físicos (mecânicos) de abatimento de vazios subterrâneos (*incadere*) e o desabamento de blocos das lapas e paredões (KOHLER, 1998).

Na formação do modelado cárstico, os processos químicos e físicos interagem. Uma dolina de dissolução pode sofrer abatimento, assim como uma dolina de abatimento pode ter suas bordas suavizadas pelos processos de corrosão. As dolinas podem ser classificadas, em função da gênese, em dolinas de dissolução; dolinas aluviais; dolinas de subsidência e dolinas de abatimento.

Os poljés podem ter sua gênese ligada a fatores estruturais da rocha (tectônica, horizontalidade das camadas, entre outras), assim como a processos de corrosão. Nesse caso, a superfície de corrosão pode ter alcançado uma camada rochosa horizontalizada não cárstica, quando a evolução se processa somente por alargamento lateral, e não vertical.

Alinhamentos de dolinas geralmente refletem antigos lineamentos estruturais (zonas de maior fragilidade da rocha), revelando possíveis condutos de águas no endocarste. Ao longo dessas estruturas superficiais, os processos físicos, químicos, biológicos e tectônicos são mais ativos e dinâmicos.

Quanto mais espesso e deformado for o pacote de rochas carbonáticas, mais espetacular será seu relevo e mais complexa sua dinâmica. A evolução do carste no tempo leva à dissolução total e absoluta.

Cada região cárstica tem suas peculiaridades e, consequentemente, sua própria dinâmica e evolução. Dessa forma, uso de modelos evolutivos dentro de uma mesma região morfoclimática pode levar a erros de interpretação (KOHLER, 1998).

A Figura 6.39, finalizando, esquematiza os traços gerais da evolução do relevo cárstico.

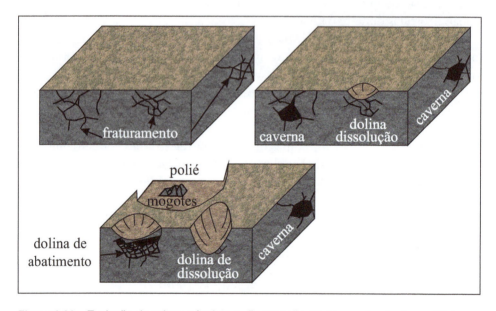

Figura 6.39 Evolução do relevo cárstico: 1. Penetração da água pelas juntas e diáclases; 2. Formação de cavernas e dolinas a partir da dissolução nas descontinuidades; 3. Progressão e coalescência de dolinas com formação de uvalas e poliés; podem se formar dolinas de abatimentos pela evolução interna das cavernas

capítulo 7

Geomorfologia litorânea

A geomorfologia litorânea preocupa-se com o estudo das paisagens resultantes da morfogênese marinha, na zona de contato entre a terra e os mares. Em seus detalhes, a morfologia litorânea torna-se muito complexa por causa da interferência de processos marinhos e subaéreos sobre estruturas e litologias muito variadas. Em qualquer período geológico, a ação dos processos litorâneos afeta uma faixa de largura reduzida, mas as flutuações do nível marinho permitem distinguir formas subaéreas atualmente submersas nas águas oceânicas, assim como verificar a existência de formas e terraços escalonados, esculpidos pela morfogênese marinha, localizados a várias altitudes acima do nível do mar. Por essas razões, o estudo da geomorfologia litorânea não se restringe à parcela territorial atualmente sob a influência da morfogênese marinha, mas inclui toda a zona que foi afetada por tais processos, em virtude dos movimentos relativos do nível das terras e das águas no transcurso do passado geológico recente (CHRISTOFOLETTI, 1980).

As áreas litorâneas aportam importante registro da sedimentação quaternária em seus tabuleiros, terraços e planícies costeiras, sendo as áreas onde tais depósitos se encontram em maior continuidade, em contraste com o aspecto descontínuo dos registros quaternários continentais. Tais depósitos documentam os períodos de transgressão e regressão marinha, sendo assim fundamentais para as reconstruções dos paleoambientes quaternários em costas francamente submetidas às oscilações do nível marinho, conforme se verifica ao longo da costa brasileira.

Neste capítulo, serão contemplados aspectos fisiográficos do fundo oceânico e das zonas litorâneas. A presente seção também será aproveitada para apresentação das principais propostas de divisão do litoral brasileiro acompanhada de breve caracterização de cada compartimento.

7.1 RELEVO OCEÂNICO

Segundo Tessler e Mahiques (2000), estima-se que a área da crosta terrestre recoberta pelos oceanos represente cerca de 70% da superfície total, sendo que o Oceano Pacífico constitui o maior corpo aquoso, com área aproximada de 180 milhões de km^2, ou seja, 53% da área oceânica, seguido pelo Oceano Índico (24% em área) e o Atlântico, com cerca de 23% da área total.

A profundidade média dos oceanos é estimada em 3870 metros, sendo as maiores profundidades localizadas no "Challenger Deep" (11037 metros) nas

Fossas das Marianas, no Oceano Pacífico, que entre todos o oceanos é o que possui também a maior profundidade média (4282 metros), com cerca de 87% de seus fundos localizados a profundidades superiores a 3000 metros. As maiores profundidades do Oceano Atlântico estão localizadas junto às fossas de Porto Rico (9220 metros) e próximas às ilhas de Sandwich do Sul (8264 metros), em um oceano cuja profundidade média não ultrapassa os 3600 metros. O Oceano Índico possui uma profundidade média de cerca de 4000 metros e sua maior profundidade localiza-se na Fossa do Almirante (9000 metros).

Ainda de acordo com os autores, uma análise da configuração atual do relevo da crosta terrestre, presente sob a coluna de água que constitui os oceanos, tem possibilitado a compartimentação dos fundos marinhos atuais em grandes unidades de relevo, moldadas tanto pelos processos tectônicos globais como pelos eventos relacionados à dinâmica sedimentar atuante nos últimos milhares de anos.

A Figura 7.1 representa as principais feições do fundo oceânico, bem como o coloca em conexão com a plataforma continental.

As plataformas continentais constituem extensões submersas dos continentes, apresentando pequena declividade rumo ao alto-mar (1:1000). São contínuas e largas em oceanos do tipo Atlântico, como margens passivas, a exemplo do

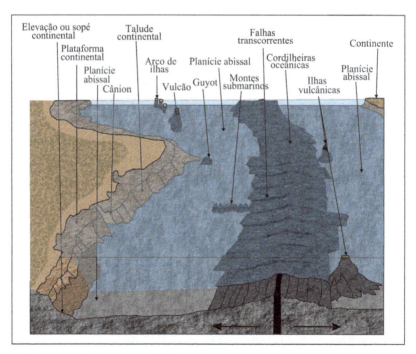

Adaptado de: Teixeira et al. (2000)

Figura 7.1   Principais feições do relevo submarino

encontrado no litoral sudeste brasileiro, onde a plataforma continental apresenta largura de mais de 160 km. Plataformas continentais do tipo Pacífico, ocorrentes em margens tectonicamente ativas, apresentam larguras reduzidas e são ladeadas por fossas submarinas, como é observado nas plataformas continentais do Peru e do Chile (TESSLER; MAHIQUES, 2000).

Ao longo do tempo geológico, os eventos de oscilação relativa do nível do mar têm exposto, totalmente ou em parte, as plataformas continentais, transformando-as em planícies costeiras onde se estabeleceram prolongamentos da drenagem continental. Durante esses períodos, as linhas de costa foram constantemente deslocadas, resultando na construção e destruição de inúmeros ambientes costeiros, formados pela interação dos fenômenos de dinâmica marinha (ondas, marés, correntes), com os processos geológicos atuantes sobre os continentes.

Em algumas áreas do planeta, principalmente naquelas submetidas, no presente ou no passado recente, a alterações decorrentes dos fenômenos de glaciação, as plataformas continentais apresentam relevos irregulares, com amplitudes de dezenas de metros, recortados por vales profundos (TESSLER; MAHIQUES, 2000).

Uma análise mais detalhada das plataformas continentais evidencia a ocorrência de interrupções topográficas neste relevo plano, dadas pela presença de feições de construção biogênica (recifes, atóis), além de deformações crustais, geradas por atividades vulcânicas ou outros eventos tectônicos (Figura 7.2). No

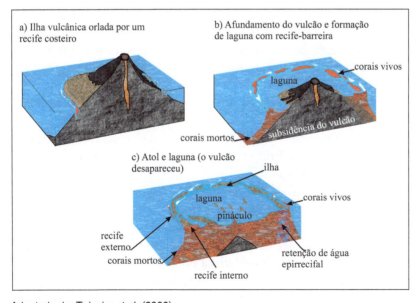

Adaptado de: Teixeira et al. (2000)

Figura 7.2   Formação de atol

220   Introdução à geomorfologia

litoral sudeste do Brasil emerge frequentemente na forma de ilhas continentais, a exemplo, entre outros, das ilhas de São Sebastião e do Cardoso no litoral paulista e a Ilha Grande no litoral fluminense.

Uma mudança acentuada na declividade do relevo marca o limite externo da plataforma continental. Essa transição, denominada Quebra da Plataforma, marca a passagem para o Talude Continental (Figura 7.1).

O Talude Continental constitui uma unidade de relevo que se inclina acentuadamente (1:40) rumo aos fundos oceânicos, até profundidades da ordem de 3000 metros. O relevo do talude continental não é homogêneo, ocorrendo quebras de declividade e também, frequentemente, cânions e vales submersos. Os cânions submarinos são vales profundos, erodidos sobre a plataforma continental externa e o talude continental, atingindo, por vezes, até a elevação continental (TESSLER; MAHIQUES, 2000). Correspondem a vales de paleorios (rias) que foram escavados quando o mar esteve afastado, sendo posteriormente submersos pela transgressão. No litoral paulista, por exemplo, o afogamento de vales por efeito do último avanço marinho pós-glacial (Transgressão Santos) possibilitou a instalação da atividade portuária em Santos, onde os navios adentram e aportam com segurança entre os degraus da Serra do Mar.

Na base dos taludes continentais, predominantemente em margens do tipo Atlântico, pode ser individualizada uma unidade de relevo irregular, construída por sequências sedimentares, diretamente relacionadas aos processos de transporte e deposição de sedimentos que moldam as plataformas e os taludes continentais, conhecida como Elevação ou Sopé Continental (Figura 7.1). A Elevação Continental estende-se em profundidades entre 3000 e 5000 metros e representa declividades intermediárias entre as observadas nas plataformas e nos taludes continentais. Essa feição é constituída predominantemente por depósitos de sedimentos de origem continental, muitas vezes associados a feições de deslocamento e/ou escorregamento, ou então a feições de escarpamento erosivo no talude continental (TESSLER; MAHIQUES, 2000).

Esse grande compartimento fisiográfico, formado pelas três unidades descritas anteriormente, com estrutura crustal similar à dos continentes adjacentes, é denominado margem continental.

Nas margens continentais do tipo Atlântico (Figura 7.3), após a margem continental, desenvolve-se a planície abissal (Figura 7.1). As planícies abissais são áreas extensas e profundas, de relevo relativamente plano, que se estendem da base das elevações continentais até os relevos íngremes e abruptos das cordilheiras oceânicas, em profundidades superiores a 5000 metros. Esses compartimentos, que constituem as maiores extensões territoriais dos relevos do fundo de todos os oceanos atuais, são localmente interrompidos pela presença de séries de *montes submarinos* (elevações oceânicas ligadas às cordilheiras oceânicas e às elevações continentais, com alturas entre 200 e 1000 metros), ou ainda por *montanhas sub-*

Geomorfologia litorânea 221

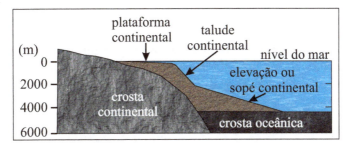

Adaptado de: Teixeira et al. (2000)

Figura 7.3   Margem continental Atlântica

marinas, que são elevações isoladas, podendo apresentar mais de 1000 metros de altura. A parte emersa das irregularidades do relevo das planícies abissais constitui as ilhas oceânicas (TESSLER; MAHIQUES, 2000).

O relevo oceânico apresenta, ainda, uma importante feição presente nas zonas de subducção de placas litosféricas, denominadas *fossa submarina* (Figura 7.4). As fossas constituem depressões alongadas e estreitas, com laterais de altas declividades.

A *cordilheira oceânica* (Figura 7.1) é o compartimento fisiográfico construído predominantemente pelos processos vulcânicos e tectônicos de formação de crosta oceânica, relacionados aos movimentos das placas e superpostos por processos deposicionais de oceano profundo.

As cordilheiras oceânicas são feições longas e contínuas, fraturadas, com escarpamentos ladeados pelas planícies abissais. Esse compartimento é a expressão espacial das zonas de acresção das placas litosféricas, dada por intenso magmatismo mantélico de derrame. As regiões centrais das cordilheiras oceânicas apresentam as porções de maior atividade tectônica dos fundos oceânicos atuais, com fraturamentos e intrusões de diques e soleiras de basalto, além de atividades hidrotermais.

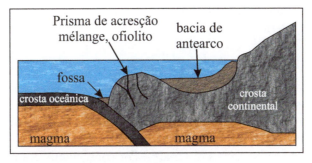

Adaptado de: Teixeira et al. (2000)

Figura 7.4   Margem continental pacífica

222 Introdução à geomorfologia

No oceano Atlântico, a Cordilheira Oceânica, aí denominada Meso-Atlântica, ocupa a região central, partindo-o em duas porções de configuração de relevo similar. Nos oceanos Pacífico e Índico, há cordilheiras que ocupam posições marginais, bem como *rifts* que resultam do arranjo das várias placas que compõem a crosta oceânica (TESSLER; MAHIQUES, 2000).

7.2 ASPECTOS GEOMORFOLÓGICOS DAS ÁREAS LITORÂNEAS

Segundo Muehe (1998), os principais tipos de costa subdividem-se em costas primárias e secundárias. Nas primárias, as feições morfológicas resultam do contato das águas com uma topografia previamente esculpida por agentes não marinhos, ao passo que na segunda, a topografia resulta de formas de erosão ou acumulação por processos marinhos. Nas feições primárias, tem-se o exemplo do vale fluvial afogado, correspondente aos estuários. Como feição secundária, deposicional, um exemplo é o tômbolo, depósito arenoso em forma de banco ou cordão, construído em decorrência da refração e difração das ondas em torno de uma ilha que assim fica ligada ao continente por um cordão de sedimentos.

A morfogênese das regiões costeiras é orquestrada por uma dinâmica global, resultado de fenômenos de magnitude planetária, e por uma dinâmica costeira, restrita às zonas litorâneas, sendo esta a principal responsável pelos processos erosivos e deposicionais que determinam a constante transformação desses ambientes. Os fatores de ordem planetária são dados pela tectônica de placas, pelo clima e pelas variações paleoclimáticas e as mudanças que engendram no nível do mar. Aqueles relacionados à dinâmica costeira propriamente dita são representados pelas ondas, pelas correntes litorâneas e seus mecanismos de transporte sedimentar, pelo regime de marés e ressacas e pelos ventos, que atuam tanto na geração das ondas como na mobilização dos sedimentos inconsolidados que revestem os litorais (VILLWOCK et al. 2005).

A Figura 7.5 ilustra as principais feições da morfologia litorânea, cuja explicação é feita *a posteriori*.

Estuário

São formas de desaguadouro de um rio no oceano, oposto ao delta, que aparece geralmente constituído por vários braços. Forma uma boca única e é geralmente abatido por correntes marinhas e correntes de marés que impedem a acumulação de detritos, como ocorre nos deltas. Representam porções finais de um rio, estando sujeitos aos efeitos sensíveis das marés. Por conseguinte, é a parte vizinha da costa invadida pelas marés, correntes e vagas, sendo assim ambientes transicionais dotados de certo gradiente de salinidade.

Geomorfologia litorânea 223

Figura 7.5   Principais feições geomorfológicas litorâneas

Os estuários têm a forma aproximada de um triângulo cuja pequena base se encontra na direção do oceano, e o vértice na do continente.

Em certos casos, o estuário se confunde com um golfo, tal a forma de alargamento que possui (GUERRA; GUERRA, 2005).

Ria

Originada de uma submersão do litoral com a consequente invasão do mar nos vales modelados pela erosão fluvial. As costas desse tipo são altas e os rios afogados e de larga desembocadura. É, portanto, um tipo de costa de submersão, caracterizada por apresentar vales muito largos com foz em forma de trombeta. Sua característica mais importante é a de apresentar rios com a foz totalmente afogada, em virtude de transgressões marinhas. O leito atual dos rios é então desproporcional à largura do vale, cujo talvegue anterior à transgressão está muito abaixo do nível das planícies do leito maior do atual fundo de vale (GUERRA; GUERRA, 2005). No litoral brasileiro, conforme já mencionado, se destacam as rias ocorrentes na parte central do litoral paulista, destacadamente no município de Santos (Figura 7.6).

Delta

Depósito aluvial que aparece na foz de certos rios, avançando como um leque em direção ao mar. A deposição depende, contudo, da ausência de correntes marinhas, fundo raso, abundância de detritos etc. Sua denominação advém de sua forma semelhante à letra do alfabeto grego. Podem ser continentais, quando o rio deságua em um lago, ou marítimos, quando deságua no oceano. Feições deltaicas típicas ocorrem na foz de grandes rios como o Nilo, Ganges, Mekong, Mississipi,

224 Introdução à geomorfologia

Figura 7.6 Vale afogado dando aporte à atividade portuária no município de Santos, litoral do estado de São Paulo.

entre outros. Algumas desembocaduras deltaicas são verificadas em alguns rios brasileiros, como o Parnaíba, São Francisco, Jequitinhonha, Doce etc.

De acordo com Press et al. (2006), na medida em que sua corrente diminui, um rio progressivamente perde sua força para transportar sedimentos. O material mais grosso é abandonado primeiro, justamente na foz de grande parte dos rios. As areias mais finas são largadas adiante, seguidas pelo silte e, bem mais distante, pela argila. Como o assoalho do lago ou do oceano submerge em águas mais profundas longe da praia, todo material depositado, de vários tamanhos forma a plataforma deposicional deltaica.

Quando o rio aproxima-se de seu delta, em que o declive é quase nivelado com o mar, ele inverte seu padrão de drenagem ramificada do seu curso superior. Em vez de coletar água de seus tributários, ele descarrega água por meio de distribuídores – canais menores que se ramificam a jusante a partir do canal principal e que recebem deste água e sedimentos, para serem por eles distribuídos.

Para Leinz e Amaral (1989), os sedimentos depositados em ambiente deltaico possuem grande número de características, que podem servir para identificá-los como tal. Entre elas, a mais importante é a associação de três tipos de camadas que se formam em diferentes profundidades. A superior (*topset*) é horizontal e apresenta características litológicas semelhantes aos depósitos fluviais. Pode apresentar camadas subaéreas, com restos orgânicos dispondo-se em camadas de maneira lenticular, e camadas subaquáticas com sedimentos de granulação mais fina como silte e argila, não sendo observados os restos vegetais como na camada anterior.

Nas áreas intermediárias as camadas dispõem-se de maneira oblíqua, inclinadas no mesmo sentido da correnteza responsável pela deposição, recebendo a denominação *foreset* (camadas frontais). Os sedimentos dessa região possuem características de sedimentos marinhos. Finalmente, a camada mais profunda e mais distante da desembocadura do rio é chamada camada do fundo (*bottomset*), de características exclusivamente marinhas, quer litológicas, estruturais, quer paleontológicas no caso de o delta ser marinho.

Suguio (1981) adota duas divisões para os deltas marinhos empregando associação de conceitos genéticos (natureza e intensidade das energias em jogo) à geomorfologia. Estes deltas podem ser:

- construtivos: predominam as fácies de influência fluvial, que, de acordo com sua geometria em planta, dividem-se em lobados (Figura 7.7 A) e alongados (Figura 7.7 B);
- destrutivos: sobressaem as fácies de influência marinha e, de acordo com a geometria ou a predominância das ondas ou das marés, dividem-se em cúspide (Figura 7.7 C) e em franja (Figura 7.7 D).

Fiorde

Como já dito em capítulos anteriores, os fiordes são corredores estreitos e profundos em um litoral alto, cavados pela erosão glacial, hoje submersos. Esses vales avançam

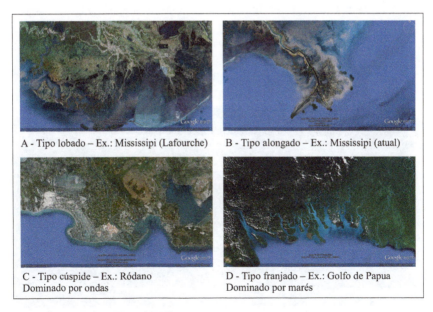

Adaptado de: Google Earth (2011)

Figura 7.7 Representação de deltas construtivos e destrutivos

cerca de 30 a 40 km para o interior tendo a profundidade de 400 a 600 metros. Sua escavação foi feita a um nível bem mais alto que o atual, sendo sua posição altimétrica explicada por abaixamento das terras, com consequente invasão marinha, transformando os antigos vales em verdadeiros golfos (GUERRA; GUERRA, 2005).

Mangue

Terreno baixo, junto à costa, sujeito às inundações das marés. Esses terrenos são, em sua quase totalidade, constituídos de lamas de depósitos recentes.

Melo et al. (2011) elucidam que os manguezais são típicos da zona intertropical, estando dependentes também de condições edáficas e topográficas favoráveis, como segmentos litorâneos protegidos, de águas calmas (baías, reentrâncias da costa, estuários, deltas, barras), praias e/ou desembocadura de rios com relevo de baixo declive (planícies de marés), ambientes esses que possibilitam a floculação dos sedimentos em suspensão e a invasão lenta e calma da maré. Tais processos criam um ambiente favorável para o aporte de sedimentos oriundos da sedimentação fluvial e do movimento de marés e correntes, formatando-se um geoambiente de substrato inconsolidado e saturado em sais, à mercê das oscilações das marés e depositário de uma flora fanerogâmica extremamente adaptada.

No Brasil ocorrem até o litoral catarinense, apresentando diferentes níveis de conservação ao longo da costa. Podem se apresentar em apreciável estágio de conservação, como ocorre no litoral sul do estado de São Paulo e norte do Paraná, no complexo estuarino-lagunar Iguape/Cananeia/Paranaguá (Figura 7.8). Tam-

Figura 7.8 Aspecto do manguezal preservado no litoral sul do estado de São Paulo (Cananeia, SP)

bém podem se encontrar profundamente alterados, denunciando sua sistemática depredação ao longo da história, da maneira que se verifica na região do complexo petroquímico e siderúrgico de Cubatão e São Vicente (SP), ou no litoral do Recife (PE), suprimidos pela malha urbana e poluídos pelo lançamento de esgoto e de resíduos sólidos de forma indiscriminada (Figuras 7.9 e 7.10).

Figura 7.9 Manguezal degradado na área urbana do Recife (PE); águas poluídas por despejo de efluentes líquidos e baixa biodiversidade

Figura 7.10 Lançamento de resíduos sólidos e supressão de manguezal pela urbanização (Recife, PE)

Falésia

Uma falésia se forma quando o embate das ondas no terreno leva ao solapamento de sua base e o consequente desmoronamento do material sobrejacente. O material desmoronado é levado pelas correntes litorâneas, mantendo a base da falésia exposta à ação posterior de novas ondas marinhas, levando a sucessivos desmoronamentos. De modo geral, no estudo de uma falésia não se pode esquecer o trabalho dos agentes exodinâmicos sobre o relevo da topografia costeira. A falésia representa o resultado do trabalho do mar como, também, dos outros tipos de erosão em sua topografia. No Brasil são mais conspícuas no litoral do nordeste, mas também aparecem pelo litoral capixaba e fluminense, constituindo os limites costeiros dos tabuleiros que avançam em direção ao mar.

A Figura 7.11 mostra uma pequena falésia emoldurada sobre sedimentos da Formação Barreiras mediante ação de agentes continentais e marinhos.

Atol

Designam recifes mais ou menos circulares em forma de coroa fechada, contando com uma laguna central que, com o tempo, será colmatada de vasa, transformando-o em uma ilha. Seu processo de formação pode ser observado na Figura 7.2.

Figura 7.11 Ocorrência de falésia erguendo-se abruptamente a partir de estreita planície costeira holocênica; nota-se o solapamento basal levado a efeito pela ação das marés (Anchieta, ES).

Geomorfologia litorânea 229

Abrolho

Acidente do relevo submarino constituindo um rochedo que, por vezes, aflora próximo aos litorais formando ilhas (GUERRA; GUERRA, 2005).

Península

Ponta de terra emersa cercada de água por todos os lados, exceto por aquele pelo qual se liga ao continente. De extensão muito variada, podem se constituir por partes integrantes dos continentes ou por fragmentos independentes (ilhas) que se ligam ao continente posteriormente à sua formação.

Cabo

Parte saliente da costa de regular altitude, que avança em direção ao mar. O aparecimento desses acidentes topográficos nos litorais está ligado à erosão diferencial, que deixa em saliência as rochas mais duras, destruindo as mais tenras. Avançam em forma de ponta, sendo, por conseguinte, decrescente a sua largura em direção ao mar, ou a um lago. É menos extenso que uma península e maior que uma ponta, à semelhança da configuração litorânea na região dos lagos, entre Armação dos Búzios e Cabo Frio (RJ).

Istmo

Estreita faixa de terra situada entre dois mares, correspondendo, de modo geral, a uma zona onde se verifica um afundamento do terreno, ou, ao contrário, uma invasão do mar (GUERRA; GUERRA, 2005).

Baía

Reentrância da costa, porém menor que a de um golfo, pela qual o mar penetra no interior das terras, tendo um estreitamento em sua entrada. Feições conhecidas desse tipo são verificadas na costa brasileira, como as baías de Todos os Santos (BA), da Guanabara (RJ) e de Paranaguá (PR), entre outras.

Golfo

Ampla reentrância da costa, bem larga, na qual o mar penetra com profundeza como uma ponta. Os golfos, em geral, são maiores que as baías e são definidos como grande porção do mar que se intromete pela terra entre pontas ou cabos. Os golfos, por conseguinte, são amplas reentrâncias da costa com grande abertura, constituindo, assim, amplas baías e englobando, por vezes, baías, enseadas, sacos e portos (GUERRA; GUERRA, 2005).

Enseada

Reentrância da costa bem aberta em direção ao mar, porém com pequena penetração deste, ou em outras palavras, uma baía na qual aparecem dois promontórios (porções mais elevadas) distanciados um do outro (GUERRA; GUERRA, 2005). São comuns nas porções norte do litoral paulista e em grande parte do litoral fluminense, onde o avanço da Serra do Mar em contato direto com o mar confina planícies costeiras restritas em forma de ferradura, muito comuns de Ubatuba (SP) até Angra dos Reis (RJ), bem como na região dos lagos (estado do Rio de Janeiro) (Figura 7.12).

Restinga

Faixa de areia, depositada paralelamente ao litoral, graças ao dinamismo destrutivo e construtivo das águas oceânicas. Esses depósitos são feitos com o apoio em pontas ou cabos que comumente podem barrar uma série de pequenas lagoas. Do ponto de vista geomorfológico, o litoral de restinga possui aspectos típicos como: faixas paralelas de depósitos sucessivos de areias, lagoas resultantes do represamento de antigas baías, pequeninas lagoas formadas entre as diferentes faixas de areia, dunas resultantes do trabalho do vento sobre a areia da restinga, formação de barras obliterando a foz de alguns rios etc. (GUERRA; GUERRA, 2005). Ocorrem em vários segmentos da costa brasileira. Exemplos representativos são verificados nos litorais, paulista, fluminense e capixaba, sempre compondo mosaicos fitogeográficos *sui generis*. Segundo Rizzini (1979), a palavra restinga pode ser empregada em três sentidos:

Figura 7.12   Enseada no município de Armação dos Búzios (RJ), confinada entre esporões avançados do escudo cristalino

1) Para designar todas as formações vegetais que cobrem as areias holocênicas depositadas nas faixas litorâneas.
2) Para designar a paisagem formada pelo areal justamarítmo com sua vegetação global.
3) Para indicar a vegetação lenhosa e densa da parte interna da faixa de sedimentação holocênica. As discussões têm sido acaloradas a respeito do emprego correto do termo em questão, que mantém sinonímia com os cordões litorâneos em função de sua similaridade genética. Apresentamos aqui o termo restinga em separado em função de sua conotação geomorfológica e ecológica.

A Figura 7.13 ilustra a ocorrência da restinga, formada por uma faixa arenosa revestida por vegetação lenhosa de porte arbustivo ou pequenas árvores em faixa de sedimentação arenosa no litoral capixaba.

Tômbolo

São faixas de areia e seixos desenvolvidas pela deposição de correntes litorâneas entre a costa e uma ilha e que pode ser submersa em maré alta. Podem ser simples, duplas e triplas. Quando o empilhamento sedimentar excede o limite superior da maré alta, estabelecem conexão permanente entre a ilha e o continente (Figura 7.14).

Figura 7.13   Faixa arenosa coberta de vegetação no litoral do Espírito Santo (Marataízes, ES)

Figura 7.14 Tômbolo conectando uma ilha continental ao continente em estreita faixa arenosa (São Vicente, SP)

Cordões litorâneos

Feições deposicionais com comprimento geralmente maior que a largura com ambas as extremidades conectadas pela terra firme, separando-se da planície costeira por uma laguna. Quando apresenta apenas uma das extremidades conectadas à terra firme são chamados *pontais*.

Ilha barreira

Cordões arenosos, à frente da costa, sem conexão de suas extremidades à terra firme. No Brasil um caso típico é a Ilha Comprida, litoral sul do estado de São Paulo, pela deposição levada a efeito durante o Holoceno. Na Figura 7.15 visualiza-se a extremidade meridional da Ilha Comprida a partir de pequeno e único ressalto topográfico vinculado à intrusão alcalina, ponto a partir do qual se deu a amarração da faixa sedimentar.

Laguna

Depressão contendo água salobra ou salgada, localizada na borda litorânea. A separação das águas da laguna das do mar pode-se fazer por um obstáculo mais ou menos efetivo como uma barreira arenosa, mas não é rara a existência de canais, colocando as lagunas em comunicação com o mar aberto. A expressão morfológica em questão pode ser visualizada pela Figura 7.16.

Planície costeira

Superfícies relativamente planas, baixas, posicionadas rentes ao mar e cuja formação é resultado do aporte de sedimentos marinhos e fluviais (Figura 7.17). No

Brasil, as planícies costeiras mais alargadas ocorrem no extremo norte em função das descargas sedimentares do Rio Amazonas ou em segmentos influenciados por desembocaduras com feições deltaicas (rios Jequitinhonha, Doce, Parnaíba, Paraíba do Sul etc.); de forma geral, no nordeste e sudeste do Brasil predominam as planícies estreitas limitadas pelos tabuleiros da Formação Barreiras ou pelas escarpas cristalinas (MUEHE, 2001).

Figura 7.15 Extremidade sul da Ilha Comprida (SP), ilha de barreira holocênica entre o município de Cananeia e a foz do Rio Ribeira do Iguape.

Figura 7.16 Feição lagunar na parte meridional do litoral catarinense (Laguna, SC)

Figura 7.17 Planície costeira formada predominantemente por areia fina na Ilha do Cardoso (SP), extremo meridional do litoral paulista

Dunas

De acordo com Carter et al. (1990), as dunas costeiras são depósitos eólicos que ocorrem em barreiras arenosas além da zona pós-praia, dependendo da disponibilidade de sedimentos e de vento. As características morfológicas e evolutivas das dunas costeiras dependem dos processos de remoção, transporte e deposição das areias pelo vento (TOMAZELLI, 1990).

Para Teixeira et al. (2000), os principais processos de transporte eólico em ambientes costeiros são:

- suspensão: são as menores frações trabalhadas pelos agentes eólicos – também denominadas poeira; podem permanecer em suspensão por longos períodos de tempo, percorrendo grandes distâncias;
- saltação: para uma mesma velocidade de vento, quanto maior a partícula, menor o deslocamento. A colisão de partículas em movimento com grãos na superfície faz que, de maneira geral, seu movimento se dê por pequenos saltos;
- arrasto: movimento de partículas depositadas sobre o solo induzido pela colisão entre partículas.

Ainda para os autores, existem duas classificações principais, uma baseada na estrutura interna e outra segundo seus aspectos morfológicos. De acordo com primeira classificação tem-se:

- dunas estacionárias: os grãos vão se agrupando de acordo com o sentido preferencial do vento, apresentando formas assimétricas, sendo de baixa

Geomorfologia litorânea   235

inclinação a barlavento e íngreme a sotavento. As sucessivas camadas vão sendo depositadas sobre a superfície, criando uma estrutura estratificada;
- dunas migratórias: no início o transporte dos grãos segue o ângulo de barlavento. Depositando-se em seguida a sotavento. Isso gera uma estrutura interna de leitos com mergulhos aproximados da inclinação da área a sotavento. Esse deslocamento contínuo causa a migração total da duna.

Com relação aos aspectos morfológicos, as dunas podem ser classificadas da seguinte maneira de acordo com McKee (1979) *apud* Branco, Lehugeur e Campos (2003):

- barcana: apresentam cristas em forma de meia-lua, com a face convexa voltada para barlavento (*windward*), e a côncava para sotavento (*leeward*), correspondendo à única face de deslizamento (*slipface*);
- dômicas: correspondem a feições eólicas caracterizadas pela acumulação de pequenas "montanhas de areia", que migram sobre as superfícies de dunas de maiores dimensões;
- estrelas: caracterizam-se pela formação de três ou quatro braços, com direções variadas, constituídas por cristas sinuosas, separadas entre si por áreas depressivas e um considerável número de faces de deslizamento. As diversas direções de prolongamento dos braços indicam a ação de ventos multidirecionais;
- frontais (*foredunes*) constituem um cordão arenoso que se desenvolve paralelo à linha de praia, ocupando a zona de pós-praia (*backshore*), apresentando uma relação geométrica característica, em que as dimensões (comprimento e altura) são pequenas em relação a sua largura. A densidade de cobertura vegetal varia de acordo com as condições climáticas da área;
- longitudinais ou lineares são caracterizadas por cristas alongadas e alinhadas com a direção dominante do vento. Esse grupo de dunas, frequentemente, ocorre em múltiplas cristas paralelas e separadas por grandes áreas arenosas, cascalhosas ou rochosas, definidas por Lancaster (1982) como pavimentos de deflação;
- parabólicas possuem a forma de "U" ou de "V", com o lado côncavo voltado para barlavento e a parte convexa para sotavento. A modelagem dessas dunas encontra-se associada aos efeitos resultantes das variações de velocidade de migração entre seus braços que, normalmente, se encontram semifixados pela vegetação e/ou umidade, e sua parte central que migra rapidamente em virtude da ausência de cobertura vegetal.
- reversas têm sua gênese associada às modificações das formas transversais e cadeias barcanoides, ocasionadas em função de mudanças sazonais da direção preferencial do vento que, consequentemente, molda dunas com alturas excepcionais. As dunas reversas apresentam duas faces de deslizamento, cuja principal diferença entre essas reside na variação do grau de estabilidade;

- transversais são representadas por corpos arenosos de cristas retas ou ligeiramente curvas, alinhadas perpendicularmente à direção dominante do vento. Essas dunas correspondem a um estágio evolutivo dos sistemas barcanoides, com uma redução no número de cristas. Apresentam uma forma simples decorrente de um regime de vento unidirecional, possuindo uma única face de deslizamento (*slipface*), a qual é direcionada para sotavento;
- *blowouts* correspondem a feições de deflações presentes nas superfícies das dunas ativas, caracterizadas por verdadeiros "corredores de erosão". A gênese dessas feições encontra-se associada a períodos de maiores velocidades das correntes de ar e, consequentemente, maior capacidade de transporte. As areias removidas, eventualmente, podem ser acumuladas sobre superfícies da duna originária resultando, portanto, na formação de novas dunas.

Prisma praial

Na Figura 7.18 é apresentada a terminologia típica das feições morfológicas do prisma praial emerso e submerso, entendendo-se tal conceito, de acordo com Muehe (1998), como a acumulação de sedimentos da zona submarina até a feição emersa mais elevada de uma praia.

Os seguintes componentes podem ser identificados na morfologia de uma margem costeira:

- antepraia inferior: tem início em uma profundidade do leito marinho no qual a ação das ondas passa a ter algum efeito notável no transporte sedimentar, terminando no limite com a antepraia média, também denominada profundidade de fechamento do perfil, em que as variações verticais do fundo marinho, por efeito de ondas, começam a ter importância;

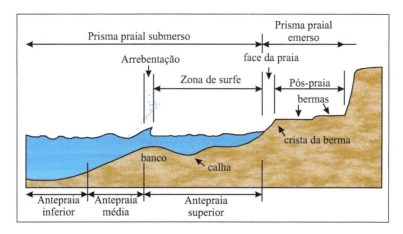

Adaptado de: Muehe (1998)

Figura 7.18 Terminologia da praia e zona submarina adjacente

- antepraia média: vai da profundidade de fechamento do perfil até as proximidades da zona de arrebentação;
- antepraia superior: engloba a zona de arrebentação das ondas e também a zona de surfe;
- praia emersa: formada pela face da praia, que é a zona de espraiamento-refluxo da onda, e a pós-praia, que engloba uma ou mais bermas;
- bermas: feições horizontais a sub-horizontais, que formam o corpo propriamente dito da praia, e se limitam frequentemente no flanco oceânico de um campo de dunas frontais, ou em uma escarpa de rocha dura ou sedimentar, esculpida pela ação das ondas de tempestade ou, ainda, fazem parte de um cordão litorâneo, ilha barreira, pontal, esporão ou planície de cristas de praia. Thieler et al. (1995) chegam a considerar as dunas frontais como parte do prisma praial, o que é correto, observando que a origem desse estoque é a antepraia. Além disso, parte do estoque sedimentar dessas dunas é frequentemente reincorporado aos sedimentos submarinos por ocasião de tempestades, desempenhando importante papel de reequilíbrio do perfil praial e submarino.

7.3 COMPARTIMENTAÇÃO GEOMORFOLÓGICA DO LITORAL BRASILEIRO

A extensa costa brasileira seguramente garante considerável diversidade paisagística ao litoral brasileiro, que a partir das zonas equatoriais se alonga por segmentos semiáridos, tropicais e subtropicais. Processos continentais diversos atuam nos sistemas erosivos e deposicionais das faixas costeiras, bem como processos oceânicos através do regime de ondas e transporte de sedimentos paralelamente à linha de costa, além da amplitude das marés e seu potencial geomórfico.

Silveira (1964) compartimentou o litoral brasileiro em cinco regiões distintas: Norte, Nordeste, Leste ou Oriental, Sudeste e Sul. Muehe (2001), entendendo que a configuração litorânea resulta de longa interação entre processos tectônicos, geomorfológicos, climáticos e oceanográficos, propõe uma subdivisão das regiões supracitadas em macrocompartimentos (Figura 7.19), sistematizando uma subdivisão bastante aceita do litoral brasileiro, que será sucintamente apresentada.

Região Norte

Apresenta grande influência do aporte sedimentar e do considerável volume de água doce despejado pelos rios Amazonas, Tocantins e Araguaia. Subdivide-se em três macrocompartimentos:

Macrocompartimento Amapá (AP): encontra-se submetido a forte influência dos sedimentos carreados pelo Rio Amazonas. Também é influenciado pela corrente das Guianas, que transporta e deposita o material sedimentar na direção noroeste.

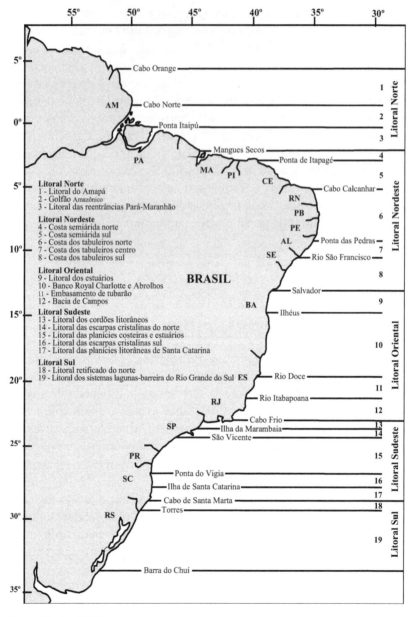

Fonte: Muehe (2001)

Figura 7.19 Macrocompartimentos costeiros do Brasil

Geomorfologia litorânea   239

Macrocompartimento Golfão Amazônico (AP/PA): área de deposição sedimentar dos rios Amazonas e Tocantins, caracterizada pela grande quantidade de ilhas planas e com baixas altitudes de idade holocênica. Possui uma plataforma continental bastante ampla se lançando mar adentro.

Macrocompartimento Litoral das Reentrâncias Pará-Maranhão (PA/MA): com menor influência do aporte sedimentar da Bacia Amazônica, este macrocompartimento se caracteriza pela sucessão de pequenos estuários e por possuir uma grande quantidade de manguezais.

Região Nordeste

Este segmento da costa brasileira pode ser subdividido em duas porções distintas, de modo que a primeira (Costa Semiárida), ainda influenciada pelo grande aporte de água doce e sedimentos da Bacia Amazônica, estende-se até o Rio Grande do Norte, onde a costa brasileira deixa de possuir características gerais latitudinais e passa a ser caracterizada pela longitudinidade. Nessa primeira porção, a batimetria apresenta-se menos profunda, adentrando mais em direção ao Atlântico. Na segunda porção (Costa dos Tabuleiros), as linhas batimétricas aprofundam-se mais rapidamente, associadas às falésias da Formação Barreiras. São cinco os macrocompartimentos que conformam este segmento do litoral:

Macrocompartimento Costa Semiárida Norte (MA/PI/CE): com predominância dos depósitos sedimentares da Formação Barreiras, este macrocompartimento é caracterizado pela grande extensão de campos de dunas (Lençóis Maranhenses).

Macrocompartimento Costa Semiárida Sul (CE/RN): apresenta planícies costeiras com dimensões reduzidas devido à proximidade dos tabuleiros da Formação Barreiras, que avançam em direção à costa. Também são verificados campos de dunas.

Macrocompartimento Costa dos Tabuleiros Norte (RN/PB/PE/AL): diferencia-se das costas semiáridas por modificações climáticas e pela modificação da orientação da linha de costa (de W-E para NNE-SSW). Apresenta extensos tabuleiros que atingem o oceano em imponentes falésias.

Macrocompartimento Costa dos Tabuleiros Centro (AL): tendo como limite austral a foz do Rio São Francisco, apresenta um lineamento predominante NE--SW, com praias pequenas, delimitadas por falésias da Formação Barreiras. Segundo Bittencourt et al. (1982), nas proximidades do Rio São Francisco há a ocorrência de dunas.

Macrocompartimento Costa dos Tabuleiros Sul (SE/BA): caracterizado pela progradação de linha de costa, este macrocompartimento também possui falésias ativas da Formação Barreiras, com exceção dos arredores de Salvador, onde afloramentos cristalinos são verificados.

240 Introdução à geomorfologia

Região Oriental ou Leste

À medida que a ocorrência da Formação Barreiras vai ficando mais restrita, começam a aflorar nesta porção da costa rochas pré-cambrianas do escudo atlântico. Dividindo-se em quatro macrocompartimentos, no limite austral desta região situa-se a região de Cabo Frio (RJ), que constitui um relevante marco, pois segmenta as Bacias Oceânicas de Santos e Campos e constitui o limite da área de influência da Corrente das Malvinas ou Falklands (VILLWOCK et al., 2005).

Macrocompartimento Litoral de Estuários (BA): apresentando uma geologia variável entre a Formação Terciária Barreiras e afloramentos cristalinos pré-cambrianos, apresenta uma série de canais fluviais afogados e testemunhos de retrogradação da linha de costa.

Macrocompartimento Bancos Royal Charlotte e Abrolhos (BA/ES): área em que a formação de Barreiras adquire uma extensão de até 110 km para o interior e limita-se com o Atlântico por meio de falésias, compreendendo as fozes dos rios Jequitinhonha e Doce (limite sul). Segundo Kowsmann e Costa (1979), apresenta cobertura sedimentar bastante heterogênea.

Macrocompartimento Embaiamento de Tubarão (ES): neste macrocompartimento a Formação Barreiras passa a apresentar-se de maneira reduzida e descontinua em sentido meridional, cedendo espaço a afloramentos cristalinos.

Macrocompartimento Bacia de Campos (RJ): com formações sedimentares quaternárias e ainda com presença de depósitos da Formação Barreiras, este macrocompartimento também caracteriza-se pelo prolongamento da plataforma continental, associado ao aporte sedimentar da foz do Rio Paraíba do Sul.

Região Sudeste

Os sedimentos inconsolidados da Formação Barreiras vão progressivamente desaparecendo para dar lugar aos afloramentos das rochas pré-cambrianas, que ganham maior expressão na Região Sudeste, onde não raro adentram a linha de costa no formato de esporões e ilhas em alguns segmentos.

Macrocompartimento dos Cordões Litorâneos (RJ): nesta área ocorre uma modificação no lineamento da costa, passando a adquirir a direção E-W, de modo a propiciar que o Planalto Atlântico fique bastante próximo e até em contado com o oceano. Porém, nas áreas de planícies litorâneas os cordões litorâneos são verificados em profusão.

Macrocompartimento Litoral das Escarpas Cristalinas Norte (RJ/SP): esta área é caracterizada pela formação de "praias de bolso" (extensões reduzidas de areia), ocasionadas pela grande proximidade do Planalto Atlântico, que adentra em direção ao oceano segmentando as planícies costeiras. Formam-se pequenas enseadas

Geomorfologia litorânea 241

confinadas entre os avanços da Serra do Mar, como se vê em acentuada recorrência nos municípios de Ubatuba (SP) e Paraty (RJ). Estende-se então um litoral de aspecto afogado da altura da restinga da Marambaia até o município de São Vicente (SP). Fúlfaro e Coimbra (1972) dividem o referido compartimento em duas áreas morfologicamente distintas separadas por uma pequena zona de transição: a norte uma zona compreendida entre a divisa do estado do Rio de Janeiro e a Ponta da Boraceia caracterizada por pequenas enseadas do tipo *pocket beach* interrompidas por pontões do embasamento cristalino, e a sul uma planície costeira mais extensa que se inicia a partir da Ponta da Boraceia.

Macrocompartimento Litoral das Planícies Costeiras e Estuários (SP/PR/SC): a partir da baixada santista, a Serra do Mar passa a se distanciar da linha de costa, propiciando o desenvolvimento de planícies costeiras mais extensas e a formação de estuários, como o do Rio Ribeira de Iguape. Tal padrão é mantido até a Ponta do Vigia (SC).

Macrocompartimento Litoral das Escarpas Cristalinas Sul (SC): este macrocompartimento também caracteriza-se pela descontinuidade da planície costeira, por afloramentos cristalinos e incisão de esporões costeiros em direção ao mar. Termina na extremidade sul da Ilha de Santa Catarina.

Macrocompartimento das Planícies Litorâneas de Santa Catarina (SC): segmento marcado por sucessão de arcos praiais separados por promontórios rochosos defronte a extensas planícies costeiras, algumas das quais com significativos depósitos lagunares. Estende-se até o Cabo de Santa Marta, ainda no estado de Santa Catarina.

Região Sul

Estende-se do Cabo de Santa Marta até o Arroio Chuí. Caracterizada por extensas planícies, linhas de costa retilíneas, grandes campos de dunas e presença de lagunas (VILLWOCK et al., 2005). Esta região tem no município de Torres (RS) o ponto de segmentação entre seus dois macrocompartimentos:

Macrocompartimento Litoral Retificado do Norte (SC/RS): linha de costa sem segmentações, limitada pela Formação Serra Geral, com afloramento das rochas vulcânicas no município de Torres (RS).

Macrocompartimento dos Sistemas Laguna-Barreira do Rio Grande do Sul (RS): litoral que apresenta uma linha de costa retilínea, caracterizada pela presença de sucessivos cordões litorâneos e de um conjunto de lagunas, entre as quais se destacam a Lagoa dos Patos e a Lagoa Mirim.

Outra proposta de setorização do litoral brasileiro emana das reflexões de Ab'Sáber (2001), que avança em relação às divisões calcadas nas regiões brasileiras ao incorporar elementos geomorfológicos, fitogeográficos e paisagísticos em geral. Para cada setor são apresentados subsetores dotados de características

242 Introdução à geomorfologia

próprias, sendo também feitas menções a acidentes geográficos peculiares da costa brasileira, como o Golfão Marajoara, o Recôncavo Baiano, a Baía da Guanabara e a Lagoa dos Patos. À luz das notações do próprio autor, apresentamos a seguir as principais características dos setores propostos e de suas respectivas subdivisões.

Litoral Equatorial Amazônico

Tem sua extensão compreendida entre os estados do Amapá, Pará e Maranhão ao longo de 1850 quilômetros, sendo caracterizado pelas suas costas baixas, pela presença de um golfão de origem complexa (Golfão Marajoara) e diferentes planícies de maré tropicais fixadas por manguezais. Apresentam feições litorâneas de destaque, como as barras dos rios Oiapoque e Caciporé (AP), o delta do Rio Araguari (AP) e a boca norte do Rio Amazonas (PA), as costas com rias cercadas por manguezais no Maranhão e Pará, as baías de São Marcos e São José do Ribamar (MA), além do já citado Golfão Marajoara (AP e PA).

Litoral Setentrional do Nordeste

Corresponde à faixa na qual o clima semiárido atinge a zona litorânea, estendendo-se do nordeste do Maranhão e delta do Rio Parnaíba até leste de Natal (RN), abrangendo também todo o litoral cearense. Perfaz uma faixa litorânea de aproximadamente 1250 quilômetros caracterizadas por climas que variam do semiárido moderado a subúmidos do tipo agreste. Comporta paisagens de destaque, a exemplo das que se materializam no campo de dunas costeiras dos lençóis maranhenses ou no delta do Rio Paranaíba, que o autor considera como um dos mais complexos aparelhos deltaicos da costa brasileira.

Litoral Oriental do Nordeste

A porção da costa nordestina em questão é marcada pela mudança brusca na direção da linha de costa, com retomada do clima tropical úmido (precipitações médias acima de 2000 mm). Constitui o litoral da Zona da Mata nordestina, com tabuleiros emoldurados nos sedimentos da Formação Barreiras terminando em falésias que estabelecem contato abrupto com as estreitas planícies costeiras. São conspícuos os recifes areníticos geneticamente vinculados à diagênese em sedimentos de paleopraias quaternárias, além de recifes coralígenos subsuperficiais.

Litoral Leste

Estende-se de Sergipe até a porção norte do Espírito Santo, iniciando-se a partir da foz do Rio São Francisco (fronteira entre Sergipe e Alagoas) e se prolongando por aproximadamente 1700 quilômetros até ao sul da foz do Rio Doce (ES). A faixa costeira é bem orientada e caracterizada por extensos alinhamentos de restingas, padrão interrompido pela reentrância de exceção da Baía de Todos os Santos.

Litoral Sudeste

Este que é o trecho mais diversificado e acidentado de todo o litoral brasileiro vai da desembocadura do Rio Doce (ES) até a divisa entre os estados do Paraná

Geomorfologia litorânea 243

e Santa Catarina, respondendo por cerca de 1500 km de costa. Apresenta tabuleiros costeiros nos litorais capixaba e norte fluminense, paisagens fitogeográficas de exceção comandadas pelas formações xerófitas da região de Cabo Frio (RJ), avanços abruptos dos escudos cristalinos florestados em direção ao mar no norte do Rio de Janeiro e sul de São Paulo, reentrâncias de destaque como a Baía da Guanabara (RJ) e de Paranaguá (PR), extensas planícies costeiras no sul de São Paulo, entre outras paisagens. Somam-se a esse diversificado plantel os mangues e restingas que circunstancialmente aparecem, por vezes em profusão e extensão significativa, além de uma série de ilhas continentais de tamanhos variados. Entre outros aspectos geomorfológicos e biogeográficos de destaque, o Litoral Sudeste também apresenta quadro de urbanização diversificado, comportando regiões metropolitanas como a de Vitória e do Rio de Janeiro, grandes parques industriais como em Santos/São Vicente, cidades médias bastante visadas para veraneio em toda sua extensão, e áreas ocupadas por comunidades caiçaras tradicionais ou convertidas em Unidade de Conservação, apresentando diferentes quadros demográficos e de uso da terra.

Litoral Sul

Tem início com o final do avanço das escarpas cristalinas da Serra do Mar na fronteira entre os estados do Paraná e Santa Catarina, onde a borda atlântica do planalto catarinense perde o aspecto escarpado e se desfaz em blocos falhados na linha de costa, alternando-se enseadas e paleoilhas desconectadas do planalto. No sul de Santa Catarina e norte do Rio Grande do Sul ocorrem feixes de restingas aprisionando lagunas, a exemplo da Lagoa dos Patos.

Em maior detalhe, Ab'Sáber (2000; 2001) propõe uma setorização do litoral brasileiro que subdivide os macrocompartimentos supradescritos, cada um comportando os seguinte setores:

1. **Litoral Equatorial Amazônico**: setor costeiro norte Amapaense; Setor Delta do Araguari; Setor costeiro Sul Amapaense; Setor Amapá Ribeirinho e Boca Norte do rio Amazonas; Setor Golfão Marajoara e Ilha de Marajó; Baía de Bocas, Rio Pará, Delta do Tocantins e Terraços de Belém-Marajó; Setor *Rias* retomados por manguesais do Nordeste do Maranhão; Setor Baías de São Marcos e São José do Ribamar e Ilha do Maranhão; Setor Baía do Tubarão.

2. **Litoral Setentrional do Nordeste**: setor Lençóis Maranhenses; Setor Delta do Parnaíba e Ilhas Costeiras de Tutoia; Setor Ceará Norte; Costa Nordeste do Ceará e Norte Potiguar; Setor costeiro Torres/Natal.

3. **Litoral Oriental do Nordeste**: setor João Pessoa/Cabedelo; Costa do Recife; Costa de Alagoas/Sergipe; Setor Delta do São Francisco.

4. **Litoral Leste**: setor Aracaju/São Cristovão; Costa Norte da Bahia; Costa do Recôncavo Baiano; Complexo costeiro do Litoral Central da Bahia;

244 Introdução à geomorfologia

Complexo litorâneo Sul da Bahia, Litoral de Ilhéus – Porto Seguro/Itacaré – Canavieiras Belmonte; Delta do Rio Doce e Planície Costeira alargada regional.

5. **Litoral Sudeste**: litoral de Vitória; Litoral Sul Espirito Santense; Delta do Rio Paraíba do Sul; Restingas de Macaé/Cabo Frio-Búzios/Ponta da Armação; Litoral da Guanabara e serrinhas e pontões rochosos do Rio de Janeiro e Niterói; Setor Baía Grande no Litoral Sul Fluminense; Setor Litoral Norte de São Paulo; Setor Ilha e Canal de São Sebastião do Litoral Norte Paulista; Setor Sul do Litoral Norte de São Paulo; Setor Baixada Santista e Ilhas de São Vicente e Santo Amaro; Setor Praia Grande, Itanháem, Iguapé; Setor Maciço da Jureia/Rio Verde; Sistema Lagunar-Estuarino de Cananeia-Iguape/Baía de Trepandé; Setor Baía de Paranaguá-Antonina.

6. **Litoral Sul**: setor litorâneo de Guaratuba (PR) e São Francisco do Sul, Joinville (SC); Setor recortado do Litoral Central de Santa Catarina, ao sul da enseada da Barra Velha (SC), até a retroterra serrana da Ilha de Santa Catarina; Setor Ilha de Santa Catarina e Canal do Estreito; Litoral de Laguna; Litoral de Araranguá; Setor costeiro de Torres/Capão da Canoa; Setor Costeiro dotado de três feixes de restingas, dois alinhamentos de lagoas; Setor Grande Restinga do Rio Grande do Sul e Lagoa dos Patos; Setor Canal de Rio Grande e São José do Norte; Setor Litoral Interno da Lagoa dos Patos; Setor Praia do Cassino, Lagoa Mirim, Pelotas/Chuí.

O grande número subdivisões propostas para o litoral brasileiro dá ideia de sua grandeza e diversidade paisagística. Procuramos aqui apresentar as principais propostas com caracterização sucinta de cada compartimento, procedimento esse precedido pela apresentação das principais feições morfológicas e processos morfogenéticos e morfodinâmicos vigentes nas zonas litorâneas, e que respondem por sua permanente e frenética transformação.

Em tom de finalização ao presente capítulo, cujo objetivo é fornecer um panorama introdutório da geomorfologia litorânea, chamamos a atenção para a interdisciplinaridade que converge no entendimento integrado das paisagens costeiras, mesmo que o foco seja voltado unicamente para seus aspectos físicos, sobrepondo conteúdos inerentes à geomorfologia, sedimentologia, geologia do Quaternário, oceanografia, climatologia, biogeografia, entre aqueles de maior interferência. Tais espaços, que apresentam significativa fragilidade potencial em função da natureza inconsolidada de suas coberturas sedimentares, foram aqueles que primeiro foram visados para a ocupação, apresentando atualmente redes urbanas bastante adensadas. A interface continente/oceano que se materializa nas áreas costeiras reclamam formas específicas de planejamento e gestão territorial capazes de conciliar os aspectos restritivos desses ambientes com as variadas formas de uso da terra às quais vêm sendo submetidos.

capítulo 8

Geomorfologia do Brasil

8.1 INTRODUÇÃO: PRIMÓRDIOS DOS ESTUDOS SOBRE O RELEVO BRASILEIRO

O início dos estudos geomorfológicos em território brasileiro data do século XIX, quase sempre associados a investigações geológicas ou a menções sobre o relevo emitidas pelos naturalistas que viajaram pelo Brasil oitocentista, sem maiores rigores de sistematização.

Spix e Martius, em suas viagens pelo Brasil no século XIX (SPIX e MARTIUS, 1938), nunca se omitiram em discursar sobre os aspectos geológicos e geomorfológicos das áreas pelas quais passaram, atentando inclusive para as jazidas minerais e formas de relevo associadas e adotando a rede hidrográfica como referencial de forte recorrência. A título de exemplo, os naturalistas tecem as seguintes considerações sobre a paisagem no interior na Bahia:

A primeira coisa que chamou aqui a nossa atenção foram as rochas de um granito avermelhado, as quais ora são inteiramente despidas de vegetação, ora cobertas de filas fechadas de cactos. Quando nos aproximamos da serra, dos Montes-Altos, logo nos deu na vista a forma arredondada dos cumes de muitas montanhas e outeiros. Assentados sobre granito, sulcados por profundos regos, não raro abruptos, ou elevando-se, às vezes, gradativamente, e interrompidos por cortes de suave declive, são desprovidos de húmus e também frequentemente de qualquer vegetação, o que dá ao seu exterior verde-escuro um aspecto todo particular (SPIX; MARTIUS, 1938, p. 252).

Aspectos geológicos, geomorfológicos e hidrográficos também partilharam das descrições geográficas levadas a efeito pelo inglês John Mawe, ainda no início do século XIX (1809-1810), ocasião em que coletou uma série de minerais e rochas existentes no Brasil. Suas observações foram publicadas na Inglaterra em 1813, tendo sido traduzida para o português e publicada no Brasil tardiamente (MAWE, 1944).

As narrativas de Louiz Agassiz (1865-1866), bem como de sua esposa Elizabeth Cary Agassiz, ambientalizadas no Rio de Janeiro e arredores e também na região Norte e estado do Ceará, são igualmente dignas de nota. No percurso compreendido entre Rio de Janeiro e Petrópolis, por exemplo, são expostas as seguintes impressões:

248 Introdução à geomorfologia

> As montanhas que a estrada percorre como todas as das cercanias do Rio tem uma forma toda particular; são escarpadas e cônicas e fazem pensar à primeira vista em sua origem vulcânica. São essas linhas abruptas que emprestam à cadeia que temos à vista tanta grandeza, pois que a altura média dos cumes não excede 600 a 900 metros (2 a 3000 pés). Um exame mais atento de sua estrutura faz ver que tais formas selvagens e fantásticas resultam duma lenta decomposição da rocha e não foram produzidas por súbita convulsão. (AGASSIZ e AGASSIZ, 1938, p. 100).

As narrativas oitocentistas, conforme pode ser verificado nos excertos que foram transcritos, são de caráter descritivo e desprovidas de esforços classificatórios e de interpretações de cunho genético. Durante o século XX, os estudos mais sistemáticos se deram no âmbito da Geologia, tendo a figura de Oliver Derby como eminente destaque na passagem do século XIX para o século XX. Foi somente a partir da década de 1940, com a consolidação do curso de Geografia da Universidade de São Paulo e pela influência de geomorfólogos franceses é que os trabalhos sobre o relevo brasileiro começaram a ganhar vulto. Entre os geógrafos franceses que atuaram no Brasil destacam-se figuras emblemáticas, como Emanuel De Martonne, Pierre Deffontaines, Pierre Monbeig, Adrés Cailleux, Jean Tricart, Francis Ruellan, entre outros.

Alguns trabalhos, entre outros, foram particularmente importantes para um melhor entendimento acerca do quadro geomorfológico nacional e da evolução do relevo brasileiro: O *relevo do Brasil* (GUIMARÃES, 1943), publicado no Boletim Geográfico; *Problemas morfológicos do Brasil tropical atlântico I e II*, publicados por Emanuel De Martonne na Revista Brasileira de Geografia (1943; 1944); *A geomorfologia do Brasil Oriental* (KING, 1956), influente artigo também publicado na Revista Brasileira de Geografia; e o trabalho de Jean Tricart publicado no Boletim Paulista de Geografia (1959) sobre os aspectos morfoclimáticos do Brasil Tropical Atlântico.

Sobretudo a partir dos trabalhos de Martonne (1943) e King (1956), a ideia de aplainamentos cíclicos do relevo brasileiro a partir do Cretáceo foi abordada por diversos autores em importantes comunicações (FREITAS, 1951), (ALMEIDA, 1954), (BIGARELLA; SANTOS, 1965), (BRAUN, 1971). O modelo ideal desses autores é o da pediplanação, substituindo as interpretações anteriores que concebiam a evolução do relevo brasileiro segundo os modelos de peneplanização ao gosto da abordagem davisiana, conforme apregoaram os estudos de Chester Washburne (1930) e Preston James (1933); no entanto, é somente a partir de 1973, com o Projeto RADAMBRASIL, que o território brasileiro passa a ser mapeado na sua totalidade em escala 1:1.000.000, abordando, além de aspectos geomorfológicos, fatores como geologia, pedologia, vegetação, visando o levantamento de potencialidades de recursos naturais.

8.2 ARCABOUÇO GEOLÓGICO

Por conta de sua extensão, o Brasil apresenta uma grande diversidade paisagística, caracterizado por variações morfopedológicas decorrentes das mudanças intempéricas e climáticas em interface com a litologia. Possuindo estruturas geológicas bastante antigas e um embasamento cristalino pré-cambriano, o território brasileiro apresenta três grandes escudos cristalinos (Figura 8.1) (ALMEIDA, 1967 e PIRES, 2001): Guianas, Brasil Central e Atlântico.

Os escudos pré-cambrianos supracitados estão contidos na chamada Plataforma Brasileira, que, por sua vez, faz parte da Placa Sul-Americana, com a Placa da Patagônia e a cadeia orogenética andina (Figura 8.1).

Adaptado de: Almeida (1967) e Pires (2001)

Figura 8.1   Compartimentação geotectônica da Plataforma Sul-Americana

A ausência de dobramentos modernos e eventos vulcânicos no Cenozoico caracterizam a geomorfologia brasileira como bastante antiga e com processos senis. As exceções ficam por conta de depósitos quaternários fluviais e marinhos, caracterizando os eventos sedimentares mais recentes. Chama-se a atenção também para as atividades neotectônicas que vêm acometendo a Plataforma Brasileira a partir do Mioceno Médio (HASUI, 1990), com interferências significativas no regime erosivo e sedimentar.

Por conta da complexidade da geologia de um país de dimensões continentais, Almeida (1967) e Pires (2001) aplicaram para o Brasil o conceito de províncias estruturais, identificando 10 maiores províncias (Figura 8.2):

- Província Tapajós;
- Província Amazônica
- Província Rio Branco;
- Província Parnaíba;
- Província São Francisco;
- Província Borborema;
- Província Tocantins;
- Província Mantiqueira;
- Província Paraná;
- Província Costeira e Margem Continental.

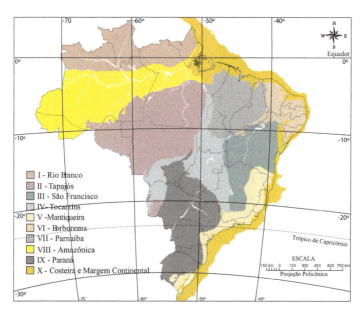

Adaptado de: Almeida (1967) e Pires (2001)

Figura 8.2   Províncias estruturais do Brasil

As províncias Tapajós e Rio Branco conformam o Cráton Amazônico, sendo a primeira pertencente ao escudo do Brasil Central e a segunda ao Escudo das Guianas. Subdivide-se a Província Tapajós nas subprovíncias Carajás (sudeste do Pará), Xingu (sudoeste do Pará e sudeste do Amazonas) e Madeira (Rondônia, sul do Amazonas, norte do Mato Grosso e oeste do Mato Grosso do Sul). A Província Rio Branco aceita a subdivisão segundo as subprovíncias Amapá (entre as coberturas sedimentares fanerozoicas e o interflúvio Paru-Maecuru), Roraima (a oeste da Subprovíncia Amapá e com limite ocidental tentativamente posicionado a 65° WG até o Pico da Neblina) e Rio Negro (porção ocidental da Província Rio Branco) (AMARAL, 1984). Gnaisses, migmatitos, anfibolitos, gabros, granulitos, charnoquitos e granitos derivados de anatexia compõem a subprovínicia Xingu, ao passo que na região de Carajás ocorrem gnaisses tonalíticos e faixas *greenstone* cortadas por rochas granitoides e metavulcânicas (PIRES, 2001).

A Província Parnaíba embasa a bacia sedimentar fanerozoica homônima, com exposição das rochas pré-cambrianas em seu setor norte-noroeste (HASUI et al., 1984).

A extensão da Província do São Francisco corresponde ao cráton homônimo, apresentando extensas exposições de rochas arqueanas e proterozoicas, acometidas por vários ciclos geotectônicos denominados Pré-Jequié e Jequié (Arqueano) e Transamazônico, Espinhaço e Brasiliano (Proterozoico) (MASCARENHAS et al., 1984). Os estoques litológicos são diversos no cráton sanfranciscano, ocorrendo, entre os principais, rochas granitoides, estruturas do tipo *greenstone-belt*, quartzitos enfeixando importantes faixas serranas como o Espinhaço, além dos grupos Araxá e Canastra, ou ainda as formações calcárias da Série Bambuí.

Na porção nordeste oriental do Brasil o embasamento pré-cambriano é dado pelas rochas da Província Borborema, ocorrendo ao norte da Bahia e sudoeste do Piauí até o noroeste do Ceará (SANTOS e BRITO NEVES, 1984). Seus principais elementos geológicos correspondem aos complexos granito-gnáissico--migmatíticos de Pernambuco-Alagoas, Caldas Brandão-São José do Campestre, Rio Piranhas, Tauá, Santa Quitéria, Granja e Marginal Norte do Cráton do São Francisco (PIRES, 2001).

A Província Tocantins é assim setorizada: setor setentrional (norte de Goiás e sudeste do Pará), setor central e sudeste (maciço mediano de Goiás, e faixas de dobramentos Uruaçu e Brasília), e setor sudoeste (sudoeste de Goiás até os estados de Mato Grosso e Mato Grosso do Sul) (ALMEIDA e HASUI, 1984).

Setorização semelhante também é proposta para a Província Mantiqueira do Brasil Oriental. Distingue-se um setor setentrional (centro-leste de Minas ao sul da Bahia e norte do Espírito Santo), um setor central (do Sul de Minas até Santa Catarina) e um setor meridional (parte do estado de Santa Catarina e Rio Grande do Sul). Litologias granitoides de variado grau de metamorfismo ocorrem ao longo da Província Mantiqueira, com rochas arqueanas ortoderivadas e coberturas supracrustais proterozoicas (paragnaisses, quartzitos, micaxistos etc.) nos limites com o Cráton do São Francisco.

A província Amazônica, representada pela bacia homônima, pode ser dividida em Acre, Solimões, Médio e Baixo Amazonas e Marajó. Já a província Paraná, também caracterizada pela bacia de mesmo nome, pode ser dividia em Norte do Paraná, Sul do Paraná e Chaco. Ambas apresentam subdivisões internas primárias (antéclises) e secundárias (arcos, domos), criadas nos processos tectônicos pós-carboníferos (SCHOBBENHAUS; NEVES, 2003).

Ainda para os autores, finalizando, a província Planície Costeira e Margem Continental é a mais nova de todas as províncias (mesocenozoica), faz contato com todas as outras, sob as quais foi instalada e desenvolvida. Sua tectônica formadora é a do *breakup* do Pangea, em diversos estágios de tempo, em diferentes condições no processo de dispersão-extensão simples e transformância. Longitudinalmente, a província apresenta uma série de elementos morfológicos e estruturais que a subdividem em várias bacias (e sub-bacias). O preenchimento sedimentar das bacias pode ser esquematizado em três sequências maiores (rifte/lago, proto-oceânica/golfo, marinho franco) que retratam os estágios sucessivos/evolutivos de uma deriva continental. Algumas bacias apresentam desenvolvimento absolutamente *off-shore*, mas a maioria delas tem expressiva parte exposta na zona costeira.

Para Schobbenhaus e Neves (2003), os limites escolhidos para essas províncias foram de caráter geologicamente bem definido (falhas e zonas de falhas, fron-

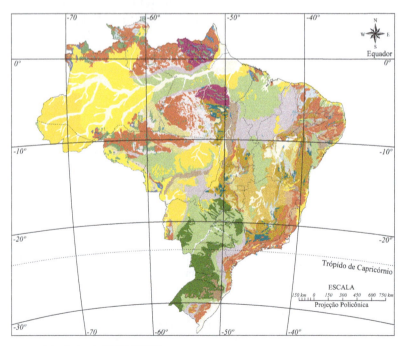

Adaptado de IBGE (2009)

Figura 8.3A Mapa geológico do Brasil

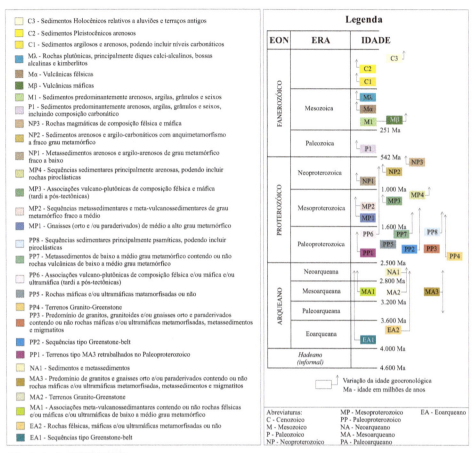

Adaptado de IBGE (2009)

Figura 8.3B Legenda

tes metamórficos, zonas de antepaís, limites erosionais de áreas sedimentares) e limites arbitrários/convencionais (limites mal definidos geologicamente, falta de conhecimento adequado no então estágio de conhecimento etc.).

Em sequência ao cartograma representativo das províncias geológicas do Brasil, segue também um mapa geológico (Figura 8.3A) para associação das referidas províncias com seus principais estoques litológicos, definidos em legenda separada para fins de melhor visualização (Figura 8.3B).

8.2.1 Estruturas geológicas da Plataforma Brasileira

8.2.1.1 Escudos cristalinos

É sabido que a dinâmica crustal intercala, ao longo do tempo geológico, processos de amalgamação e fragmentação continental, impondo, em consequência, épo-

254   Introdução à geomorfologia

cas de continente único e épocas de continente fragmentário. Dessa forma, são registrados megacontinentes na história física da Terra após a consolidação da crosta siálica no Arqueano que antecederam o Pangea, designados por Atlântida, Colúmbia e Rodínia, unidos e separados por ciclos de fusões e fissões, assim sistematizados por Brito Neves (1999): primeira fusão: colagem paleoproterozoica; primeira fissão (mesoproterozoico); segunda fusão (colagem do mesoproterozoico superior); segunda fissão (tafrogênese toniana); terceira fusão (colagem brasiliano pan-africana); terceira fissão (tafrogênese eopaleozoica); quarta fusão (colagem permo-triássica); e quarta fissão (fragmentação da Pangea).

Quando os atuais continentes sul-americano e africano constituíam um único bloco (Gondwana) no Neoproterozoico, possuíam como áreas principais os crátons do Amazonas, Rio de *la Plata*, Kalahari, Oeste Africano e São Francisco/Congo (ALKIMIN, 2004), sendo que as extensões correspondentes no território brasileiro seriam os crátons Amazônico, do Rio da Plata e do Rio São Francisco e uma porção do Oeste Africano, denominado cráton de São Luiz. Dessa forma, embora a Plataforma Brasileira apresente litologias bastante antigas, muitas de idade arqueana, seu estágio final de cratonização se deu no neoproterozoico, por efeito da terceira fusão (colagem brasiliano pan-africana).

Tendo sido apresentada descrição sucinta da posição geográfica e litologias predominantes na Plataforma Brasileira, segue agora uma breve apresentação das áreas cratônicas contidas no escudo cristalino do Brasil (Figura 8.4).

O cráton do São Francisco

O cráton do São Francisco estava associado ao cráton do Congo no supercontinente Rodínia (formado a aproximadamente 1 Ga), sendo que a conformação da maior parte dessa área ocorreu há 2,6 Ga, acrescida de demais porções há 1,9 Ga, de maneira que sua constituição rochosa seja totalmente anterior a 1,8 Ga (ALMEIDA, 1977). O cráton do São Francisco pode ser segmentado em Plataforma Paleoproterozoica (maior e mais antiga extensão), Cinturão Mineiro (englobando o Quadrilátero Ferrífero) e Cinturão Paleoproterozoico do Leste da Bahia (acrescidos e retrabalhados há 1,9 Ga). O limite cratônico com o oceano ocorre por meio do Rifte Recôncavo-Tucano-Jatobá, conformado no Cretáceo Inferior (ALKIMIN, 2004).

O cráton Amazônico

Para Santos (2003), desde sua origem no Paleoproterozoico (2,2 Ga), é uma das principais unidades tectônicas da América do Sul (5.600.000 km^2), separada da faixa orogênica andina por extensiva cobertura cenozoica (Llanos colombianos, Llanos venezuelanos, Chaco paraguaioboliviano etc.), a qual recobre tanto bacias paleozoicas como extensões do cráton e dificulta o estabelecimento de seus limites ocidentais.

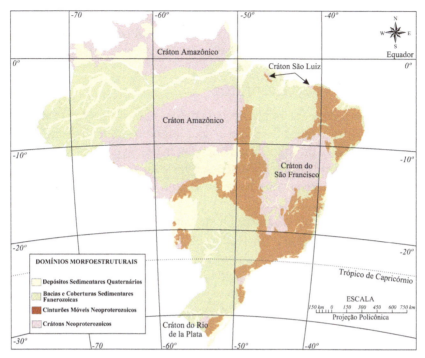

Figura 8.4   Domínios morfoestruturais

Compõe parte do Planalto Central Brasileiro e do Planalto das Guianas (províncias geológicas Rio Branco e Tapajós), de modo que essas áreas sejam seus limites meridional e setentrional, respectivamente. O cráton é coberto por diversas bacias fanerozoicas a nordeste (Maranhão), sul (Xingu e Alto Tapajós), sudoeste (Parecis), oeste (Solimões), norte (Tacutu) e centro (Amazonas).

O cráton do São Luiz

O Cráton São Luís, conformado há 2,08 Ga, apresenta semelhanças litoestratigráficas, estruturais, geocronológicas e geofísicas com o Cráton Oeste Africano, sobretudo com as unidades geológicas encontradas em Gana e Costa do Marfim. Essas analogias sustentam a interpretação de que o Cráton São Luís representa um fragmento do Cráton Oeste Africano na América do Sul, quando da ruptura do Gondwana. Corroborando, Abreu e Lesquer (1985), através de estudos gravimétricos, notaram que a estruturação regional das unidades litoestratigráficas, da porção dita cratônica, tem orientação NE-SW, em contraposição àquela da área meridional que possui direções NW-SE (PALHETA; ABREU; MOURA, 2009).

O cráton do Rio de la Plata

De acordo com Villwock e Tomazelli (1995), o cráton, de origem Neoproterozoica, é constituído principalmente por diversas associações petrotectônicas, onde ocorrem sequências metamórficas de baixo grau (filitos, xistos, quartzitos e mármores), granitos e migmatitos, cobertas por sequências sedimentares de características molássicas afetadas por pós-orogêncico, forma junto com o cinturão Dom Feliciano o escudo Sul Riograndense.

8.2.1.2 Bacias Sedimentares

As grandes bacias sedimentares adstritas à Plataforma Brasileira (Amazônica, Paraná e Parnaíba) tiveram seu preenchimento dado, sobretudo, em tempos paleomesozoicos, tendo o Paleozoico presidido sedimentações marinhas e pró-parte continentais, e o Mesozoico comandado sedimentações principalmente terrígenas com ingressões marinhas episódicas, que na Bacia do Paraná assumem grande extensão. Na Bacia Amazônica os depósitos Cenozoicos foram bastante expressivos, com aporte significativo de sedimentos durante o Quaternário.

A Bacia do Paraná possui formato alongado na direção NNE-SSO em 1750 km de comprimento e 900 km de largura, sendo 2/3 de sua porção brasileira cobertos por lavas basálticas que chegam a atingir 1700 metros de espessura, o que somado aos sedimentos existentes resultam em espessura de até 8000 metros de distância entre a superfície e o centro geotérmico da bacia. Sua deposição deve ter se dado em pelo menos três ambientes tectônicos vinculados à dinâmica geotectônica vigente na evolução do Gondwana, mediante cinco sequências deposicionais (Siluriana, Devoniana, Permocarbonífera, Triássica e Jurocretácea) (ZALAN, 1990).

As extremidades da Bacia Sedimentar do Paraná são cercadas por uma auréola de cuestas basálticas posicionadas entre as depressões periféricas anteplanálticas. No estado de São Paulo os relevos cuestiformes apresentam *front* voltado para o Planalto Atlântico precedido pela Depressão Periférica Paulista, extremidade oriental dos terrenos sedimentares da Bacia do Paraná. Na extremidade oeste limita-se com a Bacia do Paraguai pela cuesta de Maracaju (MS), e a norte estabelece contato com o Planalto Central pela cuesta do Caiapó (GO) (Figura 8.5).

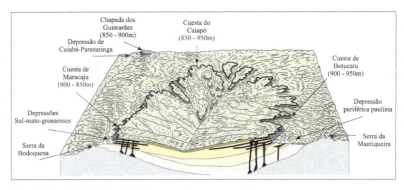

Adaptado de: Ab'Sáber (1954)

Figura 8.5 Bloco diagrama da bacia do Paraná

O Paleozoico é marcado pelo predomínio da sedimentação marinha, dada pelos depósitos regressivos da Formação Furnas (Siluriano), dos arenitos transgressivos da Formação Ponta Grossa, que afloram no Paraná (segundo planalto). No estado de São Paulo ocorrem os folhelhos da Formação Irati (transgressiva) e os conglomerados da Formação Corumbataí (regressiva), ambas do Permiano. O Carbonífero é caracterizado por depósitos de geleiras em fácies variáveis de arenitos a diamictitos, e ocorrem na extremidade leste da Depressão Periférica Paulista, da região de Americana e Piracicaba até o contato com as litologias pré-cambrianas do Planalto Atlântico, de Campinas a Itu (formações Itararé e Aquidauana). No Mesozoico predominou a sedimentação desértica em clima seco, com a geração das paleodunas das formações Pirambóia/Botucatu e o derrame basáltico toleítico da Formação Serra Geral ao longo do Cretáceo, que ainda presidiu a sedimentação do Grupo Bauru após o encerramento das atividades magmáticas. Ocorrem ainda faixas restritas de depósitos cenozoicos que têm sido adequados à Formação Rio Claro.

A sedimentação marinha na Bacia Amazônica teve início no Ordoviciano com a deposição de arenitos e pelitos da Formação Trombetas. Durante o Devoniano se depositaram as formações Maecuru, Ererê e Curuá, enquanto o Permiano presidiu a deposição dos arenitos da Formação Faro e do Grupo Tapajós, que se subdivide nas formações Monte Alegre (arenitos com intercalações pelíticas), Itaituba (calcários e folhelhos negros) e Nova Olinda (evaporitos, anidrita e halita). Coberturas clásticas cenozoicas são representadas pelas formações Solimões e Alter do Chão (PIRES, 2001).

Na Bacia do Parnaíba, o tempo Siluro-Devoniano é representado pelos arenitos da Formação Serra Grande, com deposição de arenitos, folhelhos e siltitos persistindo durante o Devoniano (formações Pimenteiras, Cabeças e Monguá), enquanto o Permiano é representado pelos arenitos e folhelhos das formações Poti e Piauí. O Mesozoico é aqui também marcado por sedimentação continental, com níveis de sílex pisolítico, gibsita e arenitos vermelhos das formações Pedra de Fogo e Motuca (PIRES, op cit.).

A reativação do escudo atlântico durante a separação do Gondwana e a tectônica tafrogênica associada, com profundos falhamentos na costa brasileira de orientação geral NE-SW, deram margem à sedimentação das bacias costeiras e interiores (Sergipe-Alagoas, Recôncavo-Tucano, Campos, Santos, Marajó, Araripe, Barreirinha, São Luiz, Tacutu), além das bacias de Taubaté, Rezende e Volta Redonda ao longo do vale do Paraíba. Durante o Terciário também se depositaram as bacias interiores de São Paulo e Curitiba, tendo início também, a partir do Mioceno, a sedimentação da Formação Barreiras.

Somam-se ainda as descontínuas coberturas quaternárias representativas dos depósitos mais recentes sobre a Plataforma Brasileira. Segundo CPRM (2006), as maiores áreas de expressão das coberturas sedimentares quaternárias são na Amazônia Ocidental (AM), Ilha de Marajó (PA), Pantanal (MT/MS), Ilha do Bananal (MT/GO/TO), além das áreas de regiões costeiras e planícies de inundação.

258 Introdução à geomorfologia

Sem dúvida, a área de sedimentação recente mais ampla, contínua e complexa existente em território nacional é o Pantanal Mato-grossense. Segundo Ab'Sáber (2001), o Pantanal vem a ser uma vasta planície de coalescência detrítico-aluvial oriunda de reativação tectônica que afetou uma planície de erosão preexistente no interior da depressão maior e mais antiga, que foi depositária de uma sedimentação mais recente, essencialmente quaternária. No entendimento do autor, o espaço de sedimentação do Pantanal certamente é fruto de uma reativação tectônica quebrável definidora de um conjunto de falhas contrárias à inclinação primária da superfície topográfica regional, que foram capazes de fixar os detritos removidos das áreas circunjacentes.

8.3 ASPECTOS PRINCIPAIS DA EVOLUÇÃO MORFOLÓGICA DA PLATAFORMA BRASILEIRA

O Brasil apresenta registros geológicos desde o Arqueano Inferior. Desde então, o território vem sofrendo diversos processos de rupturas e aglutinações ao longo do tempo geológico, principalmente durante o Proterozoico, quando era constituinte do megacontinente Atlântica (SILVA et al., 2008). Ainda segundo os autores, posteriormente a sucessivas colisões no Mesoproterozoico, o megacontinente em que a área correspondente ao território brasileiro estava contida, passou a conformar-se uma nova grande massa continental, denominada Rodínia.

Após a fragmentação desse imenso bloco continental em três novas porções de terras emersas, a área equivalente ao Brasil permaneceu na segmentação Oeste e, posteriormente, no neoproterozoico, esse continente uniu-se a outra massa continental (Leste), gerando outro supercontinente (SILVA et al., 2008). Esta massa litosférica congregava as porções dos atuais continentes da América do Sul, África, sudeste asiático, Oceania e Antártica, sendo convencionalmente denominada, como já dito, Gondwana.

Remanescentes de dobramentos pré-cambrianos vinculados à colagem do Gondwana ocorrem em importantes alinhamentos no Planalto do Alto Rio Grande entre as faixas Ribeira e Brasília, margeando o Cráton do São Francisco e infletindo em dois ramos distintos que Ebert (1968) designou como Paraibides e Araxaídes, o primeiro seguindo direção geral SW-NE e divergindo do segundo que aponta para NW, ambos interceptados pelos alinhamentos E-W do cinturão de cisalhamento Campo do Meio. Cristas monoclinais quartzíticas do Planalto do Alto Rio Grande correspondem a faixas sedimentares areníticas proterozoicas dobradas e metamorfisadas em tempos neoproterozoicos pela amalgamação das paleoplacas que viriam a formar o Gondwana. A avenida quartzítica estabelecida pela Serra do Espinhaço da parte central de Minas Gerais até a Bahia também constitui paleocordilheira gerada em dobramento proterozoico. Esses eventos geotectônicos que precederam a cratonização da plataforma têm sido atribuídos ao ciclo brasiliano.

A justaposição entre as terras meridionais (Gondwana) e setentrionais (Laurásia) originou o supercontinente Pangea, que agregava todas as terras emersas do globo do Permiano ao Triássico. Durante boa parte do Paleozoico, do Devoniano ao Permiano, significativa porção do Gondwana estava encoberta pelo mar, lapso temporal esse que deu margem a extensivas deposições marinhas preenchendo as bacias fanerozoicas (Amazonas, Paraná, Parnaíba), registradas em importantes formações geológicas como a Formação Furnas (Siluriano) no estado do Paraná e as formações Irati e Corumbataí (Permiano) no estado de São Paulo.

Foi no Triássico que a Plataforma Afrobrasileira emergiu e expeliu as águas oceânicas, dando margem à deposição de espessos pacotes de sedimentos terrígenos. Amplos desertos estenderam-se do atual estado de São Paulo até o extremo sul do país, registrados nos arenitos eólicos denunciadores de paleodunas das formações Piramboia e Botucatu. Certamente o megacontinente impunha uma acentuada continentalidade, o que leva a supor que as taxas de umidade deveriam ser muito baixas nas partes centrais, dando margem à formação de extensos desertos durante todo o Mesozoico.

De forma geral, o Mesozoico pode, então, ser caracterizado como uma época de clima predominantemente quente com níveis marinhos altos e pouca variação térmica entre o equador e os polos, substituindo os climas amenos do Permiano e fazendo do Triássico um dos períodos do passado geológico de maior aridez paleoclimática. Os climas quentes prevaleceram até o Cretáceo Médio, época a partir da qual é registrado um decréscimo das temperaturas médias globais (SGARBI e DARDENNE, 2002).

A partir do final do período Jurássico teve início o rifteamento responsável pela separação do continente afrobrasileiro e individualização das placas Sul-Americana e Africana com a abertura do Atlântico Sul. Efusões magmáticas de monta se deram em tempos cretáceos, provocando o derrame de espessas lavas básicas a partir da província das cuestas que margeiam a Bacia Sedimentar do Paraná, de onde convergiu o derrame em direção a atual calha na qual atualmente está alojado o Rio Paraná. Esse importante evento vulcânico é registrado nos basaltos da Formação Serra Geral, que se estende ao sul do país conformando o Planalto Meridional até os territórios do Paraguai, Uruguai e Argentina. O derrame basáltico empacotou os arenitos desérticos da Formação Botucatu e confinou o Aquífero Guarani.

Cessadas as atividades magmáticas, a sedimentação em clima tendendo a aridez persistiu até o Cretáceo Médio, com a deposição das formações predominantemente areníticas do Grupo Bauru (Caiuá, Santo Anastácio, Adamantina e Marília). Ocorrem essas formações, que são o último suspiro da Era Mesozoica, no Planalto Ocidental Paulista a oeste das cuestas basálticas; as duas últimas também afloram no Triângulo Mineiro, sobrejacentes aos basaltos da Formação Serra Geral.

260 Introdução à geomorfologia

A partir do Cretáceo começa a se processar efetivamente a abertura do Oceano Atlântico. Antes da separação da Plataforma Brasileira e da Plataforma Africana o nível de base Sul Atlântico não existia, de modo que toda a rede de drenagem existente no período tinha como caminho o Oceano Pacífico. Porém, a partir da formação da cadeia andina na costa oeste da América do Sul, toda a rede de drenagem do continente passa por modificações, em razão do surgimento desse dobramento moderno, constituinte de uma grande barreira topográfica a ser transposta. A partir desse período, da rede de drenagem que se dirigia ao Pacífico até o Cretáceo Inferior, passa a afluir em direção à fachada Atlântica no Cretáceo Superior, vindo a tornar os estudos paleo-hidrográficos do território brasileiro, bastante complexos.

Intrusões alcalinas de nefelina-sienitos também estão associadas à atividade tectônica do Cretáceo Superior, vinculada à separação continental. O magmatismo alcalino é registrado, por exemplo, no domo vulcânico de Poços de Caldas (MG), na Ilha de São Sebastião, nos maciços alcalinos de Itatiaia e Passa Quatro (tríplice fronteira entre SP, RJ e MG), em Jacupiranga (SP), em Búzios (RJ), além de outras manifestações pontuais.

A reativação tectônica decorrente da fragmentação continental, com as intrusões alcalinas datadas do Cretáceo-Paleoceno, remobilizaram o escudo cristalino em impetuosos movimentos epirogenéticos ascencionais responsáveis pela geração das serras do Mar e da Mantiqueira, bem como pela tafrogenia geradora da fossa tectônica onde se aloja o Rio Paraíba do Sul. Instalou-se assim na fachada atlântica do sudeste brasileiro um sistema *horst* e *gráben* bem definido. Os *horsts* são dados pelas áreas estruturalmente elevadas, representadas pelas serranias do Mar e da Mantiqueira, e o *gráben* faz referência às zonas deprimidas, tal como o são o vale do Paraíba e a baía da Guanabara.

Nas bacias tectônicas da Plataforma Continental são verificadas formações de origem marinha associadas à separação do supercontinente Afro-brasileiro, originando as atuais bacias de Santos (SP-RJ), Campos (RJ-ES), Recôncavo Baiano (BA), Alagoas-Sergipe e Bacia Potiguar (RN). Essas formações que em sua área predominante estão recobertas por camadas marinhas geologicamente mais recentes, apresentam resquícios transgressivos nas áreas litorâneas de alguns locais emersos da costa brasileira. Bacias terciárias continentais também se formaram ao longo do vale do Paraíba (bacias de Taubaté, Rezende e Volta Redonda).

O processo de reativação tectônica que acometeu a Plataforma Brasileira a partir da abertura do Atlântico, com reativação de falhas pré-cambrianas, geração da fossa do Paraíba do Sul, derrame basáltico toleítico e significativo magmatismo alcalino, conforme vem sendo elucidado foi designado como Reativação Weldeniana (ALMEIDA, 1967) ou evento Sul-Atlântico (SCHOBBENHAUS et al., 1984).

Com o soerguimento das serras do Mar e da Mantiqueira, a rede hidrográfica que se orientava ao proto Atlântico sofre reorientação para o interior do continente, iniciando-se o processo de denudação pós-cretácea responsável pela esculturação do atual relevo brasileiro.

Geomorfologia do Brasil 261

É nesse período em que a geomorfologia atual do território brasileiro começa a adquirir as formas atuais, pois passa a ocorrer às formações do Oceano Atlântico, da Cordilheira dos Andes, movimentações isostáticas da placa sul-americana, subsidência do leste amazônico e do Pantanal e um soerguimento generalizado de toda a Plataforma Brasileira (DANTAS et al., 2008). Associados a esses processos ocorrem falhamentos na porção oriental do território, originando as escarpas do Planalto Atlântico (ALMEIDA e CARNEIRO, 1998) e, nas áreas interiores, são verificados os processos iniciais de formação das bacias sedimentares terciárias (São Paulo, Curitiba), planaltos residuais e depressões periféricas.

A partir do Terciário Inferior teria se iniciado a elaboração da Superfície Sul Americana (KING, 1956) ou do Japi (ALMEIDA, 1964), responsável por aplainamento extensivo bem marcado no nordeste brasileiro e Brasil Central, onde esta paleosuperfície se encontra supostamente preservada no topo das chapadas e outros residuais de aplainamento. No Brasil de Sudeste, enfaticamente na região dos "mares de morro", encontra-se tectonicamente deformada e desnivelada em função da tectônica ativa vigente na região, e que vem explorando preferencialmente alinhamentos estruturais e zonas de cisalhamento pré-cambrianas. Para o Brasil Central, Pinto (1986) correlacionou a Superfície Sul-Americana com os topos da Chapada dos Veadeiros, onde chega a ultrapassar as contas de 1400 metros. No Paraná, tal superfície teria a Superfície Purunã como equivalente (AB'SÁBER; BIGARELLA, 1961), e no nordeste brasileiro Barbosa (1976) a reconheceu no semiárido baiano sob a denominação Superfície dos Geraizinhos.

Essa superfície mais antiga foi designada por Superfície Paleogênica por De Martonne (1943), que reconhecia níveis cretáceos nos altos cumes da Mantiqueira, enfaticamente no Planalto de Campos do Jordão, níveis estes que designou como Superfície dos Campos. Também foi mencionada como pediplano Pd_3 (BIGARELLA; SANTOS, 1965).

Ao longo do cenozoico a Superfície Sul-Americana foi deformada por flexuras e grandes falhamentos, erguendo-se gradualmente por flexão até altitudes superiores a 2000 metros nas cumeadas da Serra da Mantiqueira (Planalto de Campos do Jordão), conforme já discutido por Almeida (1964). Durante sua deformação, o Planalto Atlântico foi exaustivamente desnivelado por falhas, desenvolvendo semigrábens com inclinação para NNW e orientados segundo direções ENE dos falhamentos pré-cambrianos então reativados, originando o já mencionado sistema de bacias tafrogências (Taubaté, Rezende, Volta Redonda, Guanabara) paralelo a Serra do Mar (ALMEIDA; CARNEIRO, 1998).

A elaboração da Superfície Sul-Americana teria sido interrompida a partir do Mioceno Médio, marco definidor do início do período neotectônico, responsável por nova reativação de falhas preexistentes e geração de novas falhas predominantemente transcorrentes, bem como pela deposição dos pacotes sedimentares da Formação Barreiras. Segundo Valadão (1998), o soerguimento significativo de boa parte da Plataforma Brasileira dado durante esse período

262 Introdução à geomorfologia

teria sido responsável pela elaboração do que designou como Superfície Sul-
-Americana I, de idade pliocênica, seguida cronologicamente de uma Superfície
Sul-Americana II de idade quaternária.

A superfície geomórfica elaborada às custas do aplainamento Sul-Americano tem sido recorrentemente denominada Superfície Velhas (KING, 1956), de
idade plio-pleistocênica, produto de dissecação mais recente que se encarregou
do desmantelamento da superfície precedente. De ampla distribuição espacial,
corresponde ao padrão geral de formas de relevo atuais, já dissecados pelos vales
produtos de dissecação mais recente.

Voltamos a frisar que a elaboração das superfícies de aplainamento é objeto
de intensos debates na geomorfologia brasileira até os dias atuais, com diferentes
propostas acerca da nomenclatura, cronologia e interpretação dos processos responsáveis pela elaboração pós-cretácea do relevo brasileiro. Entretanto, é possível
determinar um processo de esculturação vigente no Terciário Inferior responsável pelo aplainamento de grandes áreas que perdurou até o soerguimento mio-
cênico e a reorganização erosiva consequente.

Com relação às depressões periféricas, elas tiveram sua elaboração dada no
Terciário (AB'SÁBER, 2001), enfaticamente no Neógeno. Em São Paulo apresentam morfologia colinosa elaboradas em sedimentos infrabasálticos paleozoicos com corpos intrusivos na forma de diques e *sills* de diabásio. O processo de
circundenudação responsável pela geração dos compartimentos depressionários
bordejando as bacias sedimentares foram já explicados por Ab'Sáber (1949), que
enfatizou a formação de calhas periféricas de erosão circulares a semicirculares na
borda das bacias em função da denudação agressiva ocorrente nesses segmentos,
entendendo que as camadas das bordas das sinclinais soerguidas são menos espessas e mais expostas à erosão.

Durante o Quaternário, a evolução do relevo brasileiro esteve sob influência da
alternância entre períodos glaciais e interglaciais que se sucederam durante o Pleistoceno e das regressões e transgressões marinhas que acompanharam as mudanças
climáticas. Ainda que os efeitos das glaciações tenham sido muito mais brandos no
hemisfério Sul, em comparação ao hemisfério setentrional, provavelmente as oscilações climáticas repercutiram em modificações nos processos morfogenéticos
operantes. Malgrado a descontinuidade e recorrência de fácies que caracterizam
os depósitos quaternários, ainda assim são registrados aportes deposicionais extensivos, sobretudo no baixo vale do Rio Amazonas e no Pantanal Mato-grossense.

O final do último período glacial (Würm) marca a passagem do Pleistoceno
para o Holoceno, a cerca de 10000-12000 anos A.P. Durante o pós-glacial ocorreram as aberturas dos vales mais recentes e preenchimento de planícies de inundação, bem como a elaboração das planícies costeiras mais recentes, com direito a
geração de faixas arenosas de restinga e de ilhas de barreira como a Ilha Comprida
(SP), além das últimas transgressões marinhas.

8.4 BACIAS HIDROGRÁFICAS

O Departamento Nacional de Águas e Energia Elétrica (DNAEE) (1994) designa oito bacias hidrográficas para o território brasileiro: Amazônica; Tocantins; Atlântico Sul, trecho Norte/Nordeste; Atlântico Sul, trecho Leste; Atlântico Sul, trecho Sudeste; São Francisco; Paraguai/Paraná; Uruguai.

Cunha (2001) individualiza as bacias do Paraguai e do Paraná e reorganiza a divisão das bacias de menor nível hierárquico que tributam diretamente o Oceano Atlântico, formatando-se a seguinte subdivisão em dez regiões hidrográficas: Amazônica; Atlântico Nordeste; Paraná; Tocantins; São Francisco; Atlântico Leste; Paraguai; Atlântico Sudeste; Uruguai; Atlântico Norte.

A bacia Amazônica, com 6.112.000 km^2, possui como divisores os planaltos Brasileiro e das Guianas e a Cordilheira dos Andes – esta última corresponde a principal fonte do material sedimentar da bacia. Ocupa grande parte do território nacional e seu principal tronco coletor, individualizado a partir da confluência entre os rios Negro e Solimões, tem como principais afluentes os rios Içá, Japurá, Jarí, Madeira, Purus, Tapajós, Trombetas e Xingu. A área é caracterizada pelas baixas declividades, o que propicia que os rios adquiram um padrão meandrante, com extensas áreas de inundação e deposição (CUNHA, 2001).

A bacia do Tocantins (757.000 km^2) possui o ponto de exutório muito próximo ao do Rio Amazonas, após perfazer uma disposição geral no sentido Sul-Norte a partir do Planalto Central. O principal afluente do Rio Tocantins é o Rio Araguaia, tributário da margem esquerda.

A bacia hidrográfica do Atlântico Nordeste, com 953.000 km^2, drena parte dos estados do Amapá, Pará, Pernambuco, Alagoas, e a totalidade dos estados do Maranhão, Piaui, Ceará, Rio Grande do Norte e Paraíba. Apresenta um conjunto de drenagem modesta e com deficiências de alimentação. Possui como principais corpos de drenagem o Capibaribe, o Jaguaribe e o Parnaíba, responsáveis pela elevada erodibilidade do Planalto da Borborema (CUNHA, 2001). Boa parte da trama hidrográfica disseca terrenos semiáridos em condições de intermitência.

A Bacia do Rio São Francisco, com 634.000 km^2, ocupa os estados de Minas Gerais e Bahia. Tem suas nascentes posicionadas na Serra da Canastra, no sudoeste de Minas Gerais, e a foz entre os estados da Bahia e Sergipe. O rio homônimo, principal eixo coletor, apresenta condições de perenidade em função do regime pluviométrico tropical estacional vigente no alto curso. Os principais afluentes no semiárido, no entanto, são de caráter intermitente.

A bacia hidrográfica do Atlântico Leste apresenta área de 551.000 km^2, e possui como principais corpos de drenagem os rios Jequitinhonha, Doce, Pardo e Paraíba do Sul, que fornecem sedimentos para a Bacia de Campos, no Atlântico. Cunha (op cit.) destaca que a região hidrográfica em questão apresenta três tipos de regime fluvial: semiárido temporário (intermitente) ao norte do Rio Pardo e

264 Introdução à geomorfologia

tropical austral (perene) para sul, além do regime tropical modificado (perene) na fachada litorânea entre os rios Doce e Pardo.

A Bacia do Paraná possui área de 877.000 km², e com as bacias do Paraguai e Uruguai compõe a grande Bacia do Prata. Limita-se a leste com a Bacia do Atlântico Leste, onde a Serra da Mantiqueira é um importante divisor regional. A oeste os limites com a Bacia do Paraguai é imposto pela Serra de Maracaju, e a norte limita-se com o Planalto Central. O alto curso de importantes rios posicionado em ambiente planáltico e os degraus basálticos que a drenagem traspõe ao longo da bacia confere à região hidrográfica em questão um alto potencial hidrelétrico.

Componente da Bacia do Paraná, os rios Paraguai e Uruguai deságuam no Rio Paraná além do território brasileiro. O primeiro tem sua nascente no Planalto Brasileiro, seguindo para as áreas alagadiças do Pantanal mato-grossense. Já o segundo é formado na divisa de Santa Catarina com o Rio Grande do Sul. Na região do Pantanal, a Bacia do Paraguai (Pantanal) é uma área deprimida, circundada de planaltos: Maracaju-Campo Grande, Taquari-Itiquira, Guimarães, Parecis, Urucum-Amolar e Bodoquena (ASSINE, 2004).

A sedimentação pantaneira está principalmente associada a deposições fluviais, ocorridas durante os meses de cheia e a formação de leques aluviais, com destaque para o megaleque do Rio Taquari. No entanto, Assine (2004) considera que para a área também existem depósitos de origem lacustre bem como eólica, que constituem paleodunas de direção NNE e NNW.

Tendo como divisor de águas da Bacia do Paraná a Serra do Mar, a Bacia hidrográfica do Atlântico Sudeste (224.000 km²) é formada por rios de pequena extensão, que se dirigem diretamente ao oceano, do estado de São Paulo ao Rio Grande do Sul. Rios importantes dessa região hidrográfica são, por exemplo, os rios Ribeira do Iguape (SP) e Itajaí (SC).

A Figura 8.6 ilustra as grandes regiões hidrográficas brasileiras, mostrando as principais bacias e os compartimentos de conjuntos de bacias, conforme ocorre com as designadas bacias do leste.

8.5 CLASSIFICAÇÕES DO RELEVO BRASILEIRO

8.5.1 Classificação de Aroldo Azevedo

A primeira proposta de classificação mais sistemática do relevo brasileiro foi proposta por Aroldo de Azevedo (Figura 8.7). Trata-se de uma divisão elementar em planícies e planaltos baseada fundamentalmente no critério altimétrico, com quatro elementos da legenda para cada categoria. Ainda é uma subdivisão extremamente sintética sem referências mais contundentes quanto aos aspectos genéticos.

Geomorfologia do Brasil 265

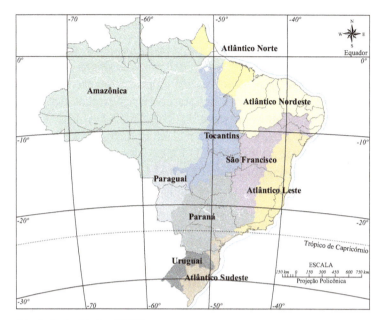

Adaptado de: Cunha (2001)

Figura 8.6   Regiões hidrográficas brasileiras

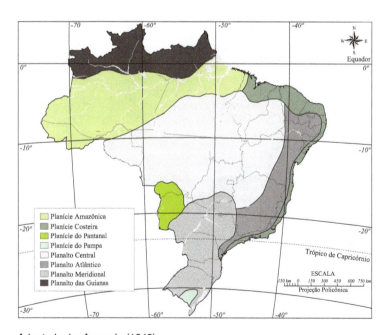

Adaptado de: Azevedo (1949)

Figura 8.7   Divisão do relevo brasileiro de Aroldo Azevedo

8.5.2 Classificação de Aziz Nacib Ab'Sáber

Seguidamente a proposição divisória do relevo brasileiro de Aroldo Azevedo, tem-se a classificação de Ab'Sáber, um pouco mais detalhada e caracterizada pela incorporação da abordagem morfoclimática e pela conotação morfogenética (Figura 8.8). A nomenclatura distinta denota observações mais detidas do quadro megageomorfológico. O autor dissocia do PLANALTO ATLÂNTICO, que designa como SERRAS E PLANALTOS DO LESTE E SUDESTE, o PLANALTO NORDESTINO. Quanto ao PLANALTO CENTRAL, este perde sua extremidade nordeste em individualização do PLANALTO DO MARANHÃO-PIAUÍ.

Embora a classificação de Ab'Sáber venha a sugerir um maior detalhamento, com a incorporação de alguns elementos fisiográficos dos planaltos e planícies na legenda, ainda padece da falta de detalhamento necessária para uma representação satisfatória do macrorrelevo brasileiro.

8.5.3 Classificação de Jurandir Ross

Indubitavelmente, a proposição de Jurandir Ross, elaborada com sólido aporte de produtos de sensoriamento remoto e das informações geradas durante o Projeto RADAMBRASIL, constitui a mais completa classificação sintética do relevo

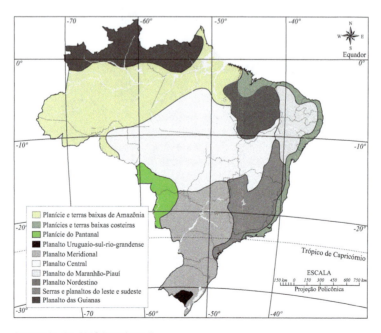

Adaptado de: Ab'Sáber (1964)

Figura 8.8 Divisão do relevo brasileiro segundo Ab'Sáber

brasileiro. Nessa proposta, a classificação está enfileirada em planaltos (planaltos em bacias sedimentares, em intrusões e coberturas residuais de plataforma, em núcleos cristalinos arqueados e em cinturões orogênicos), planícies e depressões (unidade introduzida pelo autor e que não consta nas classificações anteriores), que se desdobram em um total de 28 unidades de mapeamento, conforme a Figura 8.9 revela. Ross (2009) enfatiza que ao considerar a macrocompartimentação do relevo brasileiro, da maneira que propõe, é fundamental considerar sua natureza morfogenética, levando em conta seus aspectos evolutivos e cronológicos.

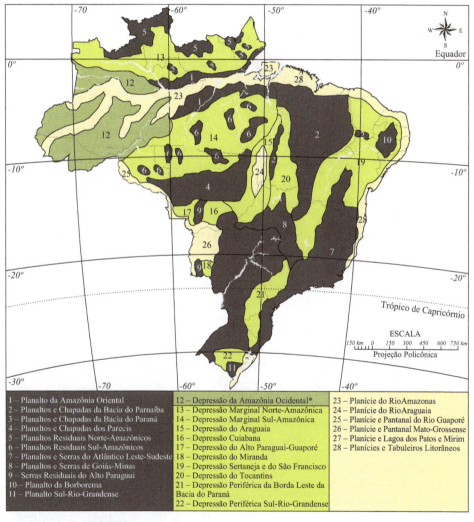

Adaptado de: Ross (1985)

Figura 8.9   Classificação do relevo brasileiro segundo Ross

268 Introdução à geomorfologia

Ainda de acordo com o autor, como planalto, teríamos as regiões em que os processos erosivos se sobressaem aos processos deposicionais, enquanto as planícies compreenderiam as áreas onde os processos principais se invertem, ou seja, os processos deposicionais são mais efetivos que os erosivos. A nova categoria proposta pelo autor "depressão" corresponderiam às áreas de menor altitude em relação às áreas circunvizinhas, formadas por intenso processo erosivo nas bordas de bacias sedimentares, findando sua extensão nas frentes de cuestas que as separam dos planaltos sobre bacias sedimentares (Figura 8.5). Para Ross (1985), a Depressão da Amazônia Ocidental, apesar de geneticamente se diferenciar das demais, apresenta maior intensidade de processos erosivos, não podendo ser classificada como Planície, também não pode ser classificada como Planalto por ser deprimida em relação às áreas circunvizinhas.

8.5.4 Os domínios morfoclimáticos

Deve-se fundamentalmente ao saudoso geógrafo Aziz N. Ab'Sáber a sistematização dos domínios morfoclimáticos brasileiros, grandes unidades de paisagem com dinâmica e evolução vinculadas às estreitas relações existentes entre os fatores biofísicos, e caracterizadas pelas diferentes atividades humanas levadas a efeito pelos tecidos sociais que se entrelaçam a estas paisagens. Fica notória que a ideia dos domínios não é constituída exclusivamente com base no relevo, mas trata-se de um conceito de cunho sistêmico voltado para a explicação integrada das grandes paisagens brasileiras, sobre as quais Ab'Sáber discursou à beira do deleite.

Em tom de finalização, um enquadramento do relevo brasileiro no âmbito da paisagem em uma visão integrada pode ser dado pela visualização dos domínios (Figura 8.10), permitindo uma perspectiva sistêmica do quadro natural brasileiro e deste com a exploração perpetrada pelas sociedades humanas. Esses são os grandes domínios paisagísticos discernidos pelo autor (AB'SÁBER, 1979):

- Domínio das terras baixas florestadas equatoriais;
- Domínio dos "mares de morro" florestados;
- Domínio dos chapadões interiores recobertos por cerrado e penetrado por florestas-galeria;
- Domínio das depressões interplanálticas semiáridas do nordeste;
- Domínio dos planaltos das araucárias;
- Domínio das pradarias mistas do Rio Grande do Sul.

As áreas de maior tipicidade paisagística de um domínio são consideradas como sua *área core*, e a transição entre um domínio e outro é dada pelos corredores indiferenciados, que são faixas onde não se verifica os traços fundamentais de tipicidade. A presença desses corredores assinala que as grandes unidades de paisagem não estão meramente justapostas, mas estabelecem intersecções entre si em complexas trocas de matéria, energia e informação.

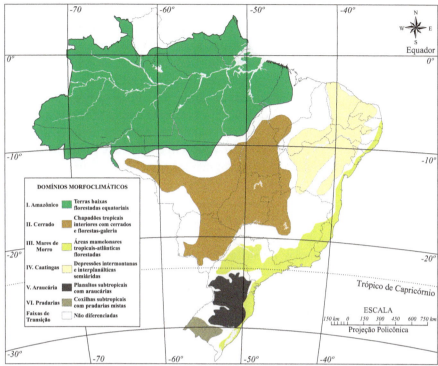

Adaptado de: Ab'Sáber (1969)

Figura 8.10 Domínios morfoclimáticos

No domínio das terras baixas florestadas equatoriais, a área de tipicidade máxima se dá no vale do Rio Amazonas, onde o relevo é acentuadamente plano revestido por densa floresta equatorial, de caráter perenifólio, com temperaturas e taxas pluviométricas elevadas distribuídas mediante baixa amplitude anual. Ab'Sáber (2003) assevera que na área nuclear do domínio morfoclimático e fitogeográfico da Amazônia predominam temperaturas médias de 24 °C a 27 °C com índices pluviométricos geralmente superiores a 1700 mm anuais, podendo alcançar até 3500 mm em alguns contextos. As áreas de vegetação aberta do estado de Roraima são colocadas como zona indiferenciada, tal como a mata de cocais do Maranhão, que nesse viés de entendimento é considerada como transição entre as florestas e o domínio das caatingas, ainda que a origem antrópica de tal fisionomia seja especulada por alguns autores (RIZZINI, 1979).

A região semiárida ocupada pelas fisionomias da caatinga em solos rasos e pedregosos, com presença recorrente de Vertissolos, onde as pluviosidades situam-se em torno de 300 a 800 mm (definindo uma drenagem intermitente em sua maior parte), é geomorfologicamente caracterizada por extenso processo de pediplanação gerador de superfícies de relevo plano (depressão sertaneja) pontuada por inselbergs residuais isolados ou agrupados; para Ab'Sáber (1969), o nordeste brasileiro é a região onde penetrou de forma mais veemente os processos de aplainamento terciários.

270 Introdução à geomorfologia

A transição entre o sertão semiárido e o domínio tropical atlântico se dá pelo chamado agreste, posicionado entre a caatinga e a Zona da Mata nordestina. Conforme já fora exposto, o domínio tropical atlântico ou dos "mares de morro" florestados constituem a zona de máxima decomposição das rochas cristalinas, perfazendo uma distribuição azonal ao longo da fachada atlântica e com tipicidade máxima nos terrenos cristalinos do Brasil Sudeste, com área core definida por Ab'Sáber no vale do Rio Paraíba do Sul. Em contraste com o nordeste semiárido, onde o intemperismo químico é a modalidade predominante de alteração da rocha, a região dos "mares de morro" florestados tem como marca a agressividade do ataque químico com formação de espessos mantos regolíticos sob os quais medram as fisionomias de mata latifoliada.

No domínio dos cerrados, a sazonalidade climática é bem definida. Ab'Sáber (1979) enumera as seguintes características para o domínio em questão: presença de planaltos sedimentares e maciços planaltos de estrutura complexa que chegam a ultrapassar 1700 metros de altitude; cerradões e cerrados nos interflúvios e matas-galeria nos fundos de vale; cabeceiras de drenagem em *dale* com dominância ecológica dos buritis, conformando ecossistemas típicos denominados *veredas*; predomínio de Latossolos com fertilidade natural restrita; drenagem perene; interflúvios largos e vales simétricos geralmente muito espaçados entre si; densidade de drenagem e hidrográfica modesta.

Ocorrem ainda em território brasileiro dois domínios subtropicais, onde as temperaturas médias anuais são mais baixas e as geadas mais comuns, com ocorrências de precipitações nivais episódicas.

O mais expressivo é o planalto das araucárias, que de acordo com Ab'Sáber (1979) coincide com o Planalto Meridional do sul do estado de São Paulo ao Rio Grande do Sul, onde encontra sua maior tipicidade nos terrenos basálticos, que estabelecem contato com a Depressão Sul-rio-grandense na região de Santa Maria (RS). Apresenta cobertura vegetal formada pela chamada floresta ombrófila mista, com alguns enclaves de cerrado e campos, sendo o caráter misto dado pela presença de *Araucaria angustifolia*. De acordo com Backes (2009), as florestas com araucária desenvolvem-se no sul do país em faixas altimétricas que variam de 200 a 1400 metros. Segundo Bigarella et al. (1994), os planaltos arenítico-basálticos com araucárias caracterizam-se por extensos interflúvios tabuliformes com vertentes suavemente convexas e decomposição química mais intensa nas áreas de menor altitude.

Os pampas ou coxilhas gaúchas são caracterizados por relevo de baixo declive, em extensas colinas cobertas por vegetação herbácea historicamente aproveitada para pastagem. Esse domínio, que não se restringe ao território brasileiro, segundo Ab'Sáber (1969) abrange terrenos sedimentares de diferentes idades, terrenos basálticos e setores restritos de áreas metamórficas do escudo Uruguaio-Sul-rio-grandense.

capítulo 9

Cartografia geomorfológica

9.1 FUNDAMENTOS CARTOGRÁFICOS

O ramo de conhecimento que trata da ciência e arte de representação gráfica da superfície da Terra, em parte, ou no seu todo, de acordo com uma escala, é a *cartografia*. Como produto final da cartografia, tem-se o mapa ou carta.

Um mapa é uma representação gráfica, em escala, em um plano horizontal (em planta), de feições naturais e artificiais que se encontram na superfície terrestre. As primeiras representações cartográficas pós-Ptolomeu foram levadas a efeito pelo holandês Mercator no período renascentista, período no qual a referência de forma da Terra passou a ser esférica. Com base nessa referência (hoje é sabido que a geometria do orbe é bastante irregular) foram criados diversos tipos de projeção para diminuir as deformações resultantes de sua representação em um plano. A precisão dos mapas depende, portanto, do tipo de projeção empregado na sua confecção.

No Brasil, a Fundação IBGE e o Serviço Geográfico do Exército são os órgãos encarregados de confeccionar os mapas topográficos padrões. Esses órgãos usam a projeção UTM (Universal Transversa de Mercator) – uma projeção cilíndrica conforme, ou seja, uma projeção que mantém a forma em detrimento das dimensões para executar a missão que lhes compete (Figura 9.1). A quadrícula UTM é um processo universal de referenciamento cartográfico com as consequentes vantagens de coordenação e integração de dados e informações. Para saber mais sobre a projeção UTM e noções de cartografia, sugere-se consultar Rocha (2000).

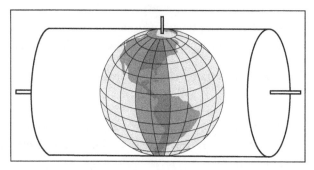

Adaptado de: Rocha (2000)

Figura 9.1 Sistema de Projeção UTM: cilindro transversal e secante ao globo

274 Introdução à geomorfologia

As feições mostradas em uma carta topográfica podem ser divididas em três grupos:

a) as *feições de relevo*, que incluem montanhas, planaltos, planícies, depressões, vales e formas semelhantes, percebidas pelo arranjo das curvas de nível;

b) as *feições de drenagem*, que são produzidas pelas águas superficiais, incluindo lagos, barragens, rios, canais, pântanos e formas semelhantes; e

c) as *feições de cultura*, incluindo-se aí todas aquelas feições derivadas do trabalho do homem, tais como estradas, cidades, áreas de cultivo e pastagem, limites de propriedades, entre outros atributos. Somam-se ainda as áreas de cobertura vegetal nativa, primária ou não, onde o uso da terra não é de cunho antropogênico.

As várias feições da superfície e seus atributos são representados no mapa por meio de pontos, linhas e polígonos, cujo significado é dado pela legenda ou quadro de convenções. Os atributos pontuais podem ser residências rurais, pontos cotados etc. As linhas representam a malha hidrográfica, estradas, trilhas, limites territoriais, entre outras feições. Os polígonos podem representar uma série de atributos, como áreas urbanas, cultivos agrícolas, manchas de mata, reflorestamento etc.

Atualmente, existem tecnologias de geoprocessamento que facilitam o uso e edição de mapas, de imagens e a comparação dos dados contidos nos mapas, bem como a atualização e/ou a inclusão de novos dados nas bases existentes.

9.1.1 A questão escalar

A *escala* de um mapa é a relação constante existente entre as dimensões representadas na carta e seus valores reais correspondentes no terreno.

Três tipos de escalas são, comumente, usados em conjugação com os mapas topográficos: a) escala numérica, b) escala gráfica e c) escala verbal ou de equivalência.

A *escala numérica* é representada por uma fração cujo numerador é a unidade e cujo denominador é um número positivo qualquer, diferente de zero, ou seja:

Escala (E) = Grandeza na carta (d) / Grandeza no terreno (D) ou
$$E = d/D$$

A grandeza na carta é a dimensão gráfica, e a grandeza no terreno é a dimensão real. Por exemplo, para d = 10 mm e D = 500 m, ou seja, para 500.000 mm, a escala **E = d/D** será 1:50.000.

A escala de um mapa nos diz sobre grau de redução que sofreram as grandezas reais do terreno ao serem levadas ao mapa.

É para facilidade de cálculo que as escalas têm sempre como numerador a unidade. Assim, basta dividir os termos da fração pelo numerador. Então, para E = 25/1.250.000, temos **E = 1/50.000 ou 1:50 000**, significando que 1 mm na carta corresponde a 50.000 mm ou a 50 m no terreno, ou que 1 cm na carta corresponde a 50.000 cm ou a 500 m no terreno.

A *escala gráfica* transforma diretamente as distâncias da carta para suas correspondentes no terreno (Figura 9.2). Em geral, apresenta duas graduações: uma da origem (zero) para a direita representando, cada espaço, uma unidade tomada por base e, a outra, da origem para a esquerda (talão) que representa subdivisões dessa escala. As medidas inferiores às graduações do talão são feitas por interpolação.

A *escala verbal* ou de equivalência é um modo conveniente de enunciar a relação de distância do mapa para a distância no terreno. Por exemplo, "um centímetro é igual a quinhentos metros" ou 1 cm = 500 m é uma escala verbal e significa que um centímetro no mapa corresponde a 500 m no terreno (MENEZES & MOTHÉ FILHO, 1986).

9.1.2 Classificação das cartas pelas escalas

Um mapa é uma representação sintética e interpretada da natureza. Quanto menor a escala, menor resolução cartográfica (menos detalhes) tem o mapa que, por outro lado, representará áreas maiores proporcionando-nos uma visão de áreas maiores.

Os mapas com escala igual ou menores (inferiores) a 1:2.500.000 são de escala de síntese ou de integração de dados em nível continental ou nacional.

Aqueles de escala entre 1:1.000.000 e 1:500.000 são de síntese ou de integração ou de compilação de dados em nível regional. Mapas nas escalas entre 1:500.000 e 1:250.000 são mapas de reconhecimento regional; enquanto aqueles de escala 1 : 100.000 e 1:50.000 são cartas topográficas de levantamentos sistemáticos. Cartas editadas na escala de 1:25.000 são consideradas de semidetalhe e aquelas de escala de 1:10.000, 1:5.000 e 1:2.000 são consideradas de detalhe. Escalas maiores são de ultradetalhe (1:1.000, por exemplo).

Outra maneira de classificar os mapas, quanto à escala, é: plantas que são de escalas maiores de 1:1.000; cartas cadastrais, de escala entre 1:1.000 e 1:10.000; cartas topográficas, de escalas entre 1:10.000 e 1:100.000; cartas coreográficas, de escalas entre 1:100.000 e 1:1.000.000 e cartas geográficas, de escalas menores que 1:1.000.000.

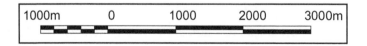

Figura 9.2   Escala gráfica linear

9.1.3 Nomenclatura internacional

A nomenclatura internacional para as cartas topográficas é baseada em folhas na escala 1:1.000.000 que abrangem uma área de 4° de latitude por 6° de longitude. Esta nomenclatura foi idealizada da seguinte maneira:

1. Divide-se o globo terrestre em dois hemisférios, o Norte e o Sul;
2. Divide-se o globo terrestre, no sentido Leste-Oeste em 60 fusos de 6° cada, numerando-os a partir do meridiano de 180°, em ordem crescente para Oeste;
3. Divide-se cada hemisfério, no sentido Norte-Sul, em 22 zonas de 4° cada, entre o Equador e o paralelo de 88° de latitude;
4. As zonas são denominadas por letras maiúsculas em que o "A" correspon-de à zona entre 0° e 4°, e o "V", de 84° a 88° de latitude. As zonas polares foram designadas de "Z".

Dessa maneira, o globo terrestre foi dividido em 2.642 cartas na escala 1:1.000.000, que receberam uma nomenclatura própria de cada uma, com base em letras e números.

Na Figura 9.3 observa-se a articulação entre folhas para o caso do Brasil. O IBGE e o Serviço Geográfico do Exército dispõem desses mapas índices.

Tomando-se como exemplo a folha SF.23 (Rio de Janeiro), o "S" significa hemisfério sul; o "F", a zona entre 16° e 20° de latitude; e o "23", o fuso entre 42° e 48° de longitude a Oeste de Greenwich.

A subdivisão desta folha em outras de maior escala se dá da seguinte maneira (Figura 9.4):

1. A folha 1:1.000.000 divide-se em quatro outras de 2° por 3° na escala 1:500.000, acrescentando-se à nomenclatura a letra V, X, Y ou Z;
2. A folha 1:500.000 divide-se em quatro outras de 1° por 1° e 30' na escala 1:250.000, acrescentando-se à nomenclatura a letra A, B, C ou D;
3. A folha 1:250.000 divide-se em seis outras de 30' por 30' na escala 1:100.000, acrescentando-se à nomenclatura um algarismo romano entre I e VI;
4. A folha 1:100.000 divide-se em quatro outras de 15' por 15' na escala 1:50.000, acrescentando-se à nomenclatura o algarismo 1, 2, 3 ou 4;
5. A folha 1:50.000 divide-se em quatro outras de 7'30" por 7'30" na escala 1:25.000 acrescentando-se à nomenclatura a sigla do quadrante onde a folha se situa (NO, NE, SO ou SE).

Para facilitar a localização das cartas, além da nomenclatura oficial, elas re-cebem o nome da principal cidade ou do acidente geográfico existente na área cartografada.

Cartografia geomorfológica 277

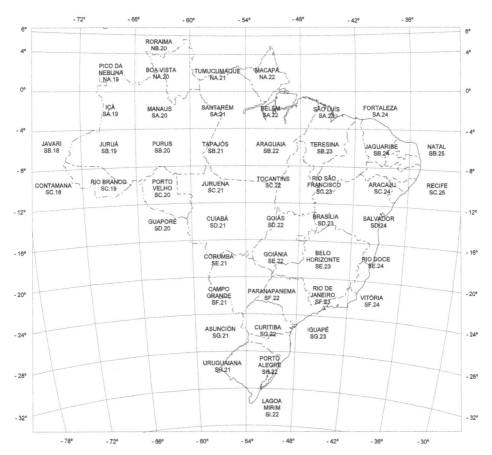

Adaptado de: IBGE (1993)

Figura 9.3   Articulação das folhas das cartas do Brasil ao milionésimo

9.1.4   Representação do relevo nas cartas topográficas: curvas de nível

As cartas topográficas reproduzem os acidentes naturais e artificiais da superfície terrestre de forma mensurável, mostrando suas posições horizontais e verticais.

A posição vertical ou relevo é normalmente determinada por curvas de nível, com as cotas referidas em relação ao nível do mar. Assim, a curva de nível zero, materializada ao longo do contato oceano-continente, resulta da interseção com a superfície média do oceano (considerada plana e estabilizada na posição média entre as duas marés) com a superfície do continente (área emersa).

O relevo pode, também, ser representado por hachuras, por cores hipsométricas e por pontos cotados.

278 Introdução à geomorfologia

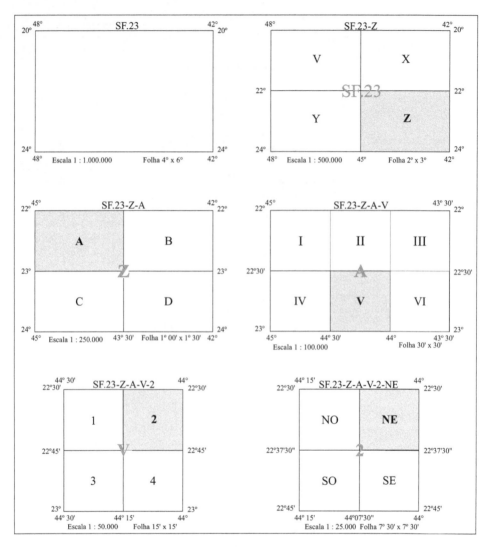

Adaptado de: IBGE (1993)

Figura 9.4   Decomposição da Folha 1:1.000.000 até 1:25.000

Uma curva de nível é o lugar dos pontos que possuem a mesma altura, ou seja, é uma linha marcada que representa os pontos de mesma altitude do terreno. As curvas de nível permitem uma representação cartográfica do modelado do relevo, o que atende a um sem-número de finalidades, podendo gerar subprodutos cartográficos de grande valia para o planejamento e gestão territorial, como mapas hipsométricos, clinográficos (declividade do terreno), orientação de vertentes, dissecação vertical e horizontal do relevo, entre outros. Esses mapas sistemáticos, por sua vez, podem servir a edição de outros mapas de síntese, como mapas de risco e de fragilidade ambiental.

A ideia da projeção vertical das curvas de nível permitindo a abstração tridimensional do relevo pode ser observada na Figura 9.5.

A curva de nível permite representar um plano, com equidistâncias determinadas, as seções de uma elevação. Estas linhas são paralelas entre si e com diferença regular, isto é, uma equidistância, que é a distância vertical ou a diferença de nível entre duas curvas contíguas. Por exemplo, nas cartas em escala 1/50.000, a equidistância entre as curvas de nível é de 20 metros, e em 1/250.000, 50 metros.

A proximidade exagerada das curvas sinaliza encostas com declive acentuado. Por outro lado, se as curvas distanciam-se, é sinal de que a encosta é suave. Nesses casos, se as curvas de nível estão igualmente espaçadas, diz-se que a encosta é plana ou uniforme.

As vertentes ligam-se sempre duas a duas; se a ligação é um ângulo convexo, a aresta é denominada linha de crista ou de *cumeada* ou divisora de águas; se a ligação é um ângulo côncavo, a aresta é denominada *talvegue* ou linha de fundo, ou coletora de águas.

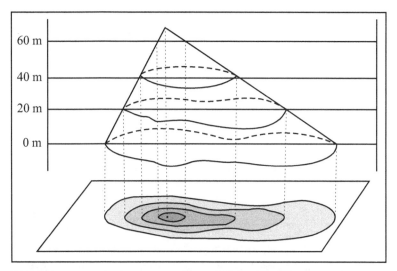

O desenho representa uma expressão morfológica hipotética que cortamos em rodelas de 20 m de espessura. Sobre o plano situado abaixo da montanha projetamos as bases destas seções. As curvas assim obtidas unem pontos de igual altura, denominadas curvas de nível. As curvas de nível são as projeções ortogonais horizontais das interseções do terreno com os planos horizontais equidistantes.

Adaptado de: Menezes e Mothé Filho (1986)

Figura 9.5 Representação do relevo em curvas de nível

9.1.5 Perfis topográficos

O perfil topográfico permite visualizar a sinuosidade do terreno com suas montanhas, vales e planícies, funcionando como um diagrama bidimensional que nos mostra a forma da superfície do terreno em um plano vertical (Figura 9.6).

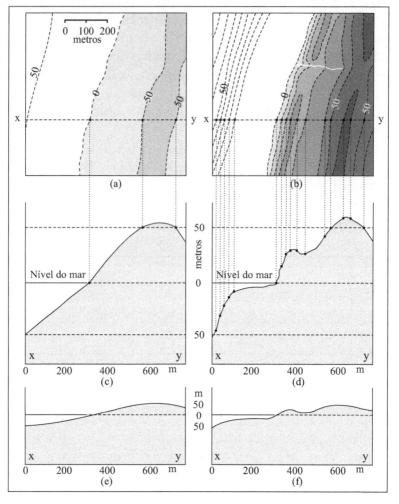

No mapa (a), a equidistância das curvas é de 50 metros; no mapa (b), a equidistância é de 10 metros. Os perfis obtidos mostram, então, um menor ou maior detalhe da mesma área. Nos perfis (c) e (d), a escala vertical está exagerada em relação à escala horizontal; nos perfis (e) e (f), a escala vertical e horizontal é a mesma.

Adaptado de: Wyllie (1995)

Figura 9.6 Perfil Topográfico a partir de dois mapas de mesma escala e com curvas de nível com equidistâncias diferentes.

Obter um perfil topográfico consiste em projetar sobre um sistema de coordenadas cartesianas os pontos de interseção da linha de corte com as curvas de nível. Sobre o eixo das abscissas (x) tomaremos as distâncias horizontais que separam as diferentes curvas de nível, respeitando a escala do mapa, a menos que se indique o contrário.

No eixo das ordenadas (y) marcaremos as alturas, sem que seja necessário respeitar a escala do mapa. Muitas vezes, é conveniente que a escala do eixo das ordenadas seja duas a quatro vezes maiores do que a das abscissas para melhor representar o relevo.

Como já foi visto, a escala do mapa dá as distâncias horizontais. Na construção de perfis, podemos exagerar a escala vertical em relação à escala horizontal. Quando se pretende representar um acidente com grande dimensão horizontal comparado com a dimensão vertical a sobrelevação é necessária.

Os perfis topográficos, com os modelos tridimensionais do terreno, são importantes na compartimentação topográfica, permitindo a visualização do relevo em determinado transecto em duas dimensões e os padrões de formas verificados ao longo de sua extensão. Permite ainda a visualização de rupturas de declive, causando a inferição da natureza dos contatos entre dois compartimentos. A representação em perfil pode acolher ainda uma série de outros atributos a serem plotados sob ou sobre o traçado, como a litologia, falhas, solos, cobertura vegetal e/ou uso da terra, dados climáticos como temperaturas e precipitações médias, entre outros.

9.1.6 Declividade do terreno

A declividade é a inclinação maior ou menor do relevo em relação ao horizonte. Na representação em curvas de nível vemos que quanto maior for a inclinação tanto mais próximas se encontram as curvas de nível. Inversamente elas serão tanto mais afastadas quanto mais suave for a declividade.

A declividade de um terreno entre dois pontos é medida pela inclinação da reta que os une com o plano horizontal. Pode ser expressa em percentagem ou em graus.

Declividade (D) = Diferença de nível / Distância Horizontal × 100 = %

Supondo que a diferença de nível entre dois pontos (a = 500 m e b = 400 m) seja 100 m e que a distância horizontal entre eles seja de 200 m, determina-se que a declividade é de 33%, usando-se a fórmula acima.

Outro recurso técnico bastante utilizado para a mensuração da declividade com fins diretos voltados para sua representação cartográfica formula-se da seguinte maneira (DE BIASI, 1970; 1992):

$$D = n.100/ x$$

282 Introdução à geomorfologia

Em que:

D = Declividade (%)
N = Equidistância entre as curvas de nível
x = Distância em metros entre as curvas de nível de referência

O autor supracitado aplica essa fórmula como estratégia metodológica para elaboração de uma carta clinográfica ou de declividade com o emprego de um ábaco graduado tendo uma determinada folha topográfica como base, técnica esta que pode ser aplicada segundo a seguinte rotina:

1. Medição da menor e da maior distância entre as curvas de nível existentes na área que se deseja mapear.
2. Substituição das distâncias encontradas na fórmula (no lugar de x) para obtenção dos patamares inferiores e superiores de declividade.
3. Construir um ábaco a partir da plotagem de hastes projetadas verticalmente, de tamanho correspondente às distâncias medidas.
4. Distribuição dos demais intervalos de classe de declividade, em porcentagem, pelo ábaco.
5. Definição das cores e da legenda.
6. Deslizamento do ábaco entre as curvas de nível a serem preenchidas com as cores do intervalo marcado no ábaco que forem congruentes às distâncias entre as curvas no trecho, até o alargamento ou estreitamento que define a mudança no intervalo.

O ábaco deve ser posicionado entre as curvas de nível tendendo à perpendicularidade, que necessita ser mantida ao deslizar-se o ábaco na carta durante o preenchimento das classes na base cartográfica, procedimento este que deve ser deveras cuidadoso, principalmente na ocasião de troca de cores.

A título de exemplo, que se considere uma carta clinográfica a ser gerada sobre uma folha topográfica em escala 1/50.000. Se a menor distância medida entre as curvas de nível for 1 mm (extensão inferior mapeável na referida escala) e a maior for 1 cm, isso significa que a menor e a maior distância horizontal entre as curvas é de 50 e 500 metros, respectivamente. Transpostos tais valores à fórmula no lugar de x, obtém-se com facilidade que o declive mais acentuado é de 40% e o mais moderado de 4%, entre os quais são distribuídos os demais intervalos de classe. Nota-se ainda que, na aplicação da fórmula, n foi substituído por 20, valor em metros da equidistância entre duas curvas de nível na escala proposta como exemplo. Os valores das distâncias na escala, em mm ou cm, são plotados verticalmente sobre uma reta e depois tangenciados por outra reta que fecha o ábaco na forma de um triângulo retângulo. A Figura 9.7 ilustra um ábaco similar a um modelo que poderia ser utilizado no exemplo evocado. Como o tamanho do desenho é maior

Cartografia geomorfológica 283

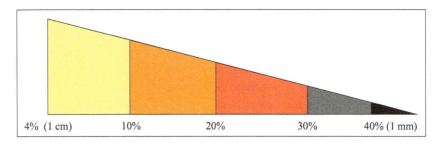

Figura 9.7 Exemplo de um ábaco graduado para elaboração de carta de declividade

que o tamanho real, é frisada a métrica das hastes verticais erigidas nas duas extremidades, correspondentes a 4% e 40% de declive. Também é interessante notar a mudança das tonalidades mais claras para tons mais escuros conforme o aumento do declive, lembrando que a representação final necessita de bom contraste para uma interpretação adequada, o que limita a utilização de famílias de cores.

A Figura 9.8 consiste em uma carta de declividade elaborada para a bacia do Ribeirão do Melo, localizada no município de Lambari, sul de Minas Gerais. Sua análise informa elementos importantes além da declividade do terreno que ficam subentendidos mediante a distribuição das classes de declive. É notório, por exemplo, o desenvolvimento de planície de inundação considerável sinalizada nos limites inferiores a 6%, e que a mesma se alarga no baixo curso onde coalesce com a planície pertencente ao rio do qual esse curso de água é tributário.

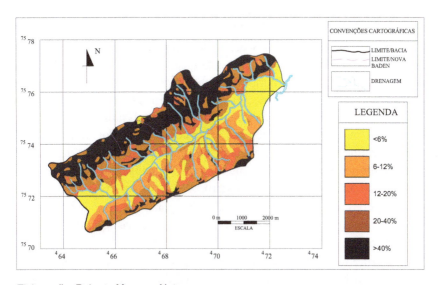

Elaboração: Roberto Marques Neto

Figura 9.8 Carta de declividade da bacia do Ribeirão do Melo (Lambari, MG)

284 Introdução à geomorfologia

A distribuição das classes também pode sugerir outros aspectos morfológicos e mesmo de caráter tectonoestrutural. Fica latente que as formas de relevo diferem em ambas as margens, sendo os terrenos da margem direita dissecados em morros e pequenas formas colinosas, enquanto na margem esquerda a continuidade de declives acentuados sugere a presença de relevo montanhoso a escarpado, que bem pode corresponder a uma linha de falha, da maneira que vem a ser o caso no exemplo abaixo.

A declividade do terreno é de suma importância para o disciplinamento do uso da terra, uma vez que serve de patamar para importantes elementos restritivos, a exemplo das áreas de preservação permanente que são obrigatoriamente mantidas em declives acima de 45°. Podem ser cruzadas com outros produtos cartográficos para geração de documentos cartográficos de síntese, como mapas representativos da fragilidade do terreno, recorrentemente embasados na abordagem ecodinâmica de Tricart (1977), ou ainda prestar subsídio ao zoneamento em diversos referenciais espaciais de análise (bacia hidrográfica, município, área urbana, propriedade rural, Unidade de Conservação etc.). As cartas de declividade, quando cruzadas com as cartas de dissecação vertical e dissecação horizontal do relevo, geram um documento cartográfico de síntese representativo da energia do relevo (MENDES, 1993). As cartas de dissecação, por sua vez, podem ser obtidas pelo emprego dos procedimentos propostos por Spiridonov (1981) ou por Hubp (1988), procedimentos esses que foram comparativamente analisados por Cunha et al. (2003).

9.1.7 Interpretação de fotografias aéreas

As fotografias aéreas são obtidas a partir de câmaras aerotransportadas, em geral, em um avião, e são utilizadas para a geração de bases cartográficas (mapas planimétricos e topográficos), para o reconhecimento e identificação de objetos, no caso as feições morfológicas do terreno. Também pode servir de base para a elaboração de mapas de uso da terra, cobertura vegetal, hidrografia, e, também, para a edição de mapas geomorfológicos. Uma coleção de fotografias aéreas distribuídas temporalmente pode ser de grande valia para a averiguação da evolução de determinados fenômenos, como desmatamento, expansão urbana e/ou agrícola, desenvolvimento de voçorocas e outros processos erosivos etc.

As fotografias aéreas podem ser verticais, quando o eixo óptico da câmara coincide com a vertical do lugar fotografado, ou oblíquas, quando a tomada se realiza fazendo ângulo de 10° a 30° com relação à vertical.

Na cobertura fotográfica de uma região, os voos são realizados em faixas N-S ou E-O. Para um bom recobrimento estereoscópico, a superposição entre fotos consecutivas deve ser de 60%, e entre as fotos laterais terá de ser pelo menos de 25%. Os elementos de uma fotografia aérea vertical estão mostrados na Figura 9.9.

Cartografia geomorfológica 285

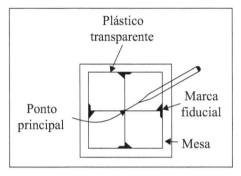

Adaptado de: Rocha (2000)

As marcas fiduciais ou marcas de colimação são registradas no negativo, em cada exposição, no meio dos quatro lados da fotografia. O eixo óptico da fotografia coincide com a vertical do lugar fotografado, no momento de tomada da foto.

Figura 9.9   Elementos de uma fotografia aérea vertical

As fotografias aéreas são interpretadas para reconhecimento de feições de relevo, de drenagens e de cultura. Essas informações são obtidas pela análise da textura, da tonalidade e das feições do terreno. As feições físicas do terreno referem-se ao estudo da morfologia do terreno, retratadas pelas formas de relevo e padrões de drenagens.

As novas técnicas de processamento de imagens, aliadas aos avanços no processamento de grandes massas de dados, possibilitaram o surgimento da cartografia digital, com o uso de ortofotos obtidos pela transformação, por via fotográfica, da projeção cônica das fotografias em projeção ortogonal.

9.1.8 Sensoriamento Remoto

O Instituto Nacional de Pesquisas Espaciais e o Projeto RADAM, do Departamento Nacional de Produção Mineral, foram as instituições que se encarregaram de implantar o sensoriamento remoto no Brasil (CHRISTOFOLETTI, 1983).

Os sensores que produzem imagens podem ser classificados em função do processo de formação da imagem em sensores fotográficos, de varredura eletro-óptica e radares de visada lateral.

Os dados de sensoriamento remoto distribuem-se em três níveis, de acordo com a distância entre o sensor e o objeto de interesse: níveis terrestre, aéreo e orbital.

Para Vettorazzi (1996), ao nível terrestre, os melhores exemplos de técnicas de sensoriamento remoto que podem ser empregadas no monitoramento de áreas florestadas são as fotografias (convencionais ou digitais) e a radiometria de campo.

As fotografias podem ser utilizadas como um modo simples e rápido de se coletar informações sobre a paisagem no campo, para posterior interpretação em escritório. A radiometria é a técnica utilizada na elaboração das chamadas "assinaturas espectrais" de alvos de interesse, por meio de espectrorradiômetros. Essas assinaturas são de grande valor, como referência, na análise de dados obtidos por sensores aos níveis aéreo e, principalmente, orbital. Ainda de acordo com o autor, com relação ao nível aéreo, as plataformas empregadas podem ser as mais diversas, como ultraleves, girocópteros, helicópteros, aeronaves mono e bimotores e aeronaves a jato.

Os sistemas orbitais existentes, na atualidade, adquirem dados de sensores a bordo de satélites. São satélites meteorológicos (GOES e METEOSAT), de aplicação híbrida (NOAA) e de recursos naturais (LANDSAT, CBERS, IRS, JERS, RADARSAT e IKONOS II). Segundo Rocha (2000), atualmente é difícil imaginar uma atividade humana que não utilize informações coletadas por sensoriamento remoto. Nesse sentido, vale ressaltar a importância desse tipo de informação para os estudos geomorfológicos.

O Brasil possui, em escala de 1:1.000.000, o mapeamento geomorfológico realizado pelo Projeto RADAMBRASIL, nas décadas de 1970 e 1980. Ainda hoje, o projeto em questão pode ser considerado uma boa fonte inicial de informações básicas para estudos geomorfológicos. O mapeamento geomorfológico levado a efeito pelo Projeto RADAMBRASIL utilizou-se de imagens de radar como base de mapeamento, tendo sido de suma importância para o desenvolvimento metodológico da cartografia geomorfológica brasileira, aqui adequada ao sensor remoto do SLAR.

De fato, as imagens de radar elucidam feições importantes do relevo, permitindo o discernimento de altos e baixos estruturais, de superfícies aplainadas, fundos de vale, famílias de forma dadas pelos aspectos texturais, entre outras feições. Auxilia também o reconhecimento de elementos morfotectônicos, na medida em que permite o estabelecimento do traçado de lineamentos estruturais e, concomitantemente, a percepção de desvio de cristas com deflexão de canais fluviais, ou ainda a forma das facetas de frentes escarpadas, entre outras feições indicativas de tectônica ativa. Nos últimos anos tem sido muito utilizado os imageamentos do projeto SRTM – *Shuttle Radar Topography Mission* para fins de mapeamento geomorfológico (Figura 9.10).

As imagens de satélite também são capazes de refletir os alinhamentos do relevo e da drenagem representativos de falhas e das zonas e cinturões de cisalhamento. Permitem também uma boa diferenciação entre os compartimentos do relevo pelo aspecto textural ou de sombreamento. As texturas similares frequentemente indicam os conjuntos de formas semelhantes (sensu ROSS, 1992), permitindo a visualização do arranjo hidrográfico e discernimento qualitativo da densidade de drenagem, bem como dos padrões predominantes. Além das morfologias denudacionais, as imagens de satélite também servem ao reconhecimento de feições agradacionais, como rampas coluvionares e planícies de inundação.

Cartografia geomorfológica 287

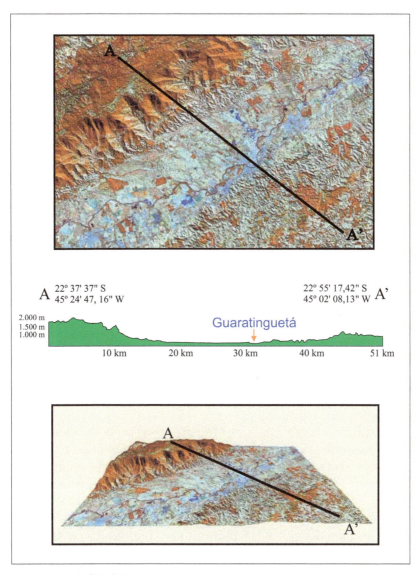

Adaptado de: IBGE (2009)

Figura 9.10   Produtos derivados de modelos digitais de elevação SRTM, sobrepostos por imagem Landsat 5/TM, composição 4R5G3B, na região do vale do rio Paraíba do Sul, SP

Cinturões meândricos com meandros abandonados são, com frequência, visualizáveis nas planícies aluviais bem desenvolvidas.

Para verificações mais específicas e também abrangentes sobre o sensoriamento remoto aplicado à geomorfologia, é oportuna a consulta de Florenzano (2008).

9.2 A CARTOGRAFIA GEOMORFOLÓGICA EM QUESTÃO

9.2.1 Considerações iniciais

Reconhecidamente, a cartografia geomorfológica brasileira padece da falta de padronização na elaboração da legenda dos mapas. Algumas propostas metodológicas são utilizadas com maior recorrência, e as adaptações ou a fusão de diferentes proposições são opções frequentes, diversificando os procedimentos na elaboração dos mapas. Indubitavelmente o relevo é um atributo cuja representação é bastante dependente da escala, realçando a complexidade de seu mapeamento. As especificidades dos fatores genéticos e evolutivos que se manifestam em caráter local, por seu turno, multiplicam as nomenclaturas propostas para as formas ou padrão de formas.

O mapeamento do relevo deve contemplar os atributos estruturais (base geológica) morfográficos (formas do relevo), morfométricos (aspectos de sua métrica, como declives predominantes, amplitude altimétrica, grau de dissecação), morfodinâmicos (processos erosivos, deposicionais etc.) e cronológicos (referentes à idade).

9.2.2 A questão da escala no mapeamento do relevo

Tendo em vista que a escala condiciona fortemente as possibilidades de representação do relevo, teve grande apelo para a cartografia geomorfológica a definição dos táxons representativos das ordens de grandeza dos fatos geomorfológicos proposta por Tricart (1965), exercendo efeitos, inclusive, na proposta metodológica para o estudo dos geossistemas elaborada por Georges Bertrand (1971). No Brasil, as ideias de Tricart foram adaptadas por Ross (1922), definindo-se uma das mais influentes metodologias de mapeamento geomorfológico no Brasil.

Conforme a escala de representação do relevo, em determinado nível taxonômico, sua representação pode ser efetuada. Dessa forma, os níveis taxonômicos superiores se prestam ao enquadramento do relevo em escala global, os intermediários no contexto regional e os inferiores em âmbito local. A partir do primeiro nível taxonômico, quanto maior o nível menor a grandeza representada, isto é, maior o detalhamento na representação. O reconhecimento das ordens de grandeza estabelecidas por Jean Tricart permite a compreensão do exposto.

Primeira ordem de grandeza (escala global): abrange grandes extensões, e a referência fundamental reside na subdivisão elementar entre continentes e oceanos ou segundo as zonas morfoclimáticas. O estudo pautado nessa ordem de grandeza pressupõe os seguintes antagonismos: forças internas (divisão entre continentes e bacias oceânicas) e externas (divisão em zonas morfoclimáticas).

Segunda ordem de grandeza: definida pelas unidades estruturais, correspondendo a subdivisões das hiperunidades precedentes. Refere-se, dessa forma, aos escudos antigos, dorsais, faixas orogênicas, bacias sedimentares. Esse nível taxonômico também pode ser definido pelas subdivisões ecológicas das zonas morfoclimáticas: meio glacial e periglacial da zona fria; meio florestal permanentemente úmido e de savanas da zona intertropical. Dimensão da ordem de milhões de quilômetros quadrados. Os problemas ainda são focalizados em conjunto e sob o aspecto tectônico-estrutural e pelo prisma global das formas.

Terceira ordem de grandeza: corresponde a unidades menores compreendidas entre centenas e dezenas de milhares de quilômetros quadrados. A paisagem é estudada do ponto de vista de sua evolução com ênfase nos estágios de desnudação. As pequenas unidades estruturais são focalizadas nesse tipo de abordagem, a exemplo dos maciços antigos da Europa Herciniana ou bacias sedimentares brasileiras de idade terciária, como as de São Paulo e Curitiba.

Enquanto as unidades superiores correspondem principalmente a forças tectônicas, estas correspondem à influência estrutural passiva. A erosão desempenha aqui o papel principal. Foi nas unidades inferiores, entre a 4ª e 5ª ordens de grandeza no sistema de Tricart, que Bertrand (1971) reconheceu como ordem de grandeza ideal para a manifestação dos geossistemas, enquadrando-os taxativamente em uma dimensão espacial definida, em distorção ao modelo original de V. Sotchava, que, entre outros pontos divergentes, concebia uma flexibilidade escalar para os geossistemas dos níveis planetários aos topológicos.

Quarta ordem de grandeza: corresponde a unidades de centenas a dezenas de quilômetros quadrados. São ainda analisadas do ponto de vista estrutural. Trata-se de pequenas unidades estruturais dentro de unidades maiores, regiões de compensação isostática que se individualizam em áreas de tendência oposta. Exemplo: o maciço alcalino vulcânico de Poços de Caldas na parte meridional do estado de Minas Gerais; os Pré-Alpes franceses na Cadeia Alpina; a fossa da Limagne no maciço central francês.

Quinta ordem de grandeza: unidades de alguns quilômetros quadrados de superfície. São relevos que se estudam bem em mapas na escala de 1:20.000. Exemplo: escarpas de falhas; relevos de cuesta localizados, anticlinais, sinclinais, cristas apalacheanas etc. Essas unidades se manifestam pela ação da litologia e da erosão diferencial.

Sexta ordem de grandeza: superfície de centenas a dezenas de metros quadrados. Raramente são acidentes tectostáticos. Nessa escala, o modelado individualiza-se

290   Introdução à geomorfologia

principalmente pelos processos erosivos e por várias condições criadas pela litologia. Formas como tálus, patamares, colinas, cones de dejeção etc. As influências tectônicas não aparecem de maneira direta.

Sétima ordem de grandeza: são as microformas. Escala do decímetro ao metro. Relação muito estreita com os processos de esculturação ou de deposição. Formas como lapiás, placas de descamação, matacões etc.

Oitava ordem de grandeza: formas que vão do milímetro ao mícron. As observações são feitas com aparelhos apropriados, por vezes através da microscopia eletrônica. Essa escala corresponde ao limite do campo da geomorfologia. Mas o estudo dessa dimensão é indispensável para a análise dos processos e identificação dos mecanismos morfogenéticos. Trata-se, antes, de objetos da sedimentologia e pedologia, mas, cujo conhecimento e estudo se faz necessário para a Geomorfologia. Em se tratando de formas: poros de rochas, picotamento de corrosão química etc.

9.2.3   Cartografia geomorfológica no Brasil: algumas propostas metodológicas

Inegavelmente o sistema taxonômico de Jean Tricart exerceu importante influência na cartografia geomorfológica brasileira, que começou a se enunciar pelas considerações lavradas por Moreira (1969) e Ab'Sáber (1969).

Em revisão sobre os trabalhos pautados no mapeamento do relevo executados no Brasil, Ab'Sáber (op cit.) chama a atenção para a falta de uma metodologia sistemática e para a ausência de mapeamentos cobrindo o território nacional em escala mais detalhada, entre 1/100.000 e 1/50.000. Nessa oportunidade, o autor sugere que as cartas geomorfológicas sejam elaboradas em consonância com os domínios morfoclimáticos, afiançando sobre isso da seguinte forma:

> Pode-se afiançar que, se os diversos setores conjuntos de legendas morfológicas que venham a ser elaboradas por técnicas topográficas e morfológicas não tiveram sensibilidade para nos apresentar os fatos básicos das principais conjunturas paisagísticas regionais brasileiras, terão sido inúteis todos os esforços de uma geração de especialistas. Recomendamos para os cartógrafos-geomorfologistas a composição de séries diferenciadas de legendas, suficientemente integráveis e combináveis, para atender objetivamente à representação dos fatos de paisagem dos diferentes domínios morfoclimáticos do país. (AB'SÁBER, 1969, p. 8)

Partindo dos princípios lançados pelos autores supramencionados, a equipe do Projeto RADAMBRASIL desenvolveu a partir da década de 1970 o primeiro

Cartografia geomorfológica 291

sistema metodológico sistemático de mapeamento do relevo brasileiro, partindo de um senso taxonômico que denota alguma influência do sistema de ordens de grandeza de Jean Tricart. Barbosa et al. (1983) reforçam que os mapas geomorfológicos do Projeto RADAMBRASIL não contaram com experiência anterior para cobrir cerca de 8.512.000 km^2, desenvolvendo-se o mapeamento de 37 folhas ao milionésimo nos temas de geomorfologia, geologia, pedologia, vegetação e uso e potencial da terra. Os autores seguem na citação que agora se apropria com uma importante explicação das fases que compuseram a evolução metodológica para a cartografia do relevo desenvolvida pelo RADAM, a saber:

Primeira fase: ocupou-se de uma série de rotinas metodológicas de base, a começar pela delimitação, fixação e descrição das formas de relevo e estabelecimento da legenda em que as morfologias foram fixadas por cores e letras-símbolo maiúsculas representativas de grandes categorias de formas (**S** para as morfologias estruturais, **E** para as erosivas e **A** para as de acumulação) e minúsculas, que dão registro direto das formas. Por exemplo, uma planície flúvio-marinha é representada por *Apfm* – **A**, referente à gênese agradacional da forma, e **pfm**, em referência ao seu caráter flúvio-marinho. A primeira fase também foi caracterizada pelo emprego de cores que escurecem à medida que o relevo se eleva; as tonalidades mais claras, por sua vez, indicam relevos mais baixos. Ficam faltando aspectos morfodinâmicos e referentes às coberturas superficiais na primeira fase.

Segunda fase: a policromia é substituída pelas cores sépias, que passaram a representar, pelas tonalidades, as formas conservadas e as dissecadas em suas posições altimétricas relativas. Nessa fase também se deu a simplificação dos modelados de dissecação, que passaram a compor três formas básicas: colinas, cristas e interflúvios tabulares, aos quais foram acrescentados dois dígitos de 1 a 5, em que o primeiro se referia à extensão da forma e o segundo ao aprofundamento da drenagem.

Terceira fase: abrange parte da área do RADAM e a área do Projeto RADAMBRASIL. Os relevos dissecados passaram a ser caracterizados por suas formas aguçadas, convexas e tabulares, e, no que concerne à legenda, voltou-se ao uso da policromia, com as cores passando a representar as unidades geomorfológicas.

Quarta fase: marcada pelo aprimoramento da metodologia de mapeamento e pela adoção de um ordenamento dos fatos geomorfológicos em uma taxonomia capaz de estabelecer uma hierarquia coerente. Foram adotadas as seguintes ordens de grandeza:

1. Domínios: maior divisão taxonômica adotada correspondente às grandes unidades morfoestruturais fortemente condicionadas pela estrutura.
2. Região geomorfológica: Agrupamento de unidades geomorfológicas de expressão regional cuja esculturação é fortemente influenciada por fatores climáticos.

292 Introdução à geomorfologia

3. Unidades geomorfológicas: Arranjo de formas semelhantes dotadas de geomorfogênese comum.

4 e 5. São trabalhadas ainda na quarta e na quinta ordens de grandeza, a primeira fazendo referência aos modelados propriamente ditos e a outra a fatos passíveis de serem representados apenas por símbolos lineares ou pontuais.

O Quadro 9.1 exemplifica a aplicação desse arranjo na ordenação dos fatos geomorfológicos a serem mapeados:

Quadro 9.1 Ordenação taxonômica utilizada no Projeto RADAMBRASIL

Ordem de grandeza	Expressão geomorfológica	Exemplo
1º Táxon	Domínios morfoestruturais	Domínio remanescente de cadeias dobradas
2º Táxon	Região geomorfológica	(1) Planalto do Alto Rio Grande; (2) Mantiqueira Meridional.
3º Táxon	Unidades geomorfológicas	(1) Planalto de Andrelândia; Depressão do Sapucaí; (2) Planalto do Itatiaia; Planalto de Campos do Jordão.
4º Táxon	Modelados	(1) Cristas monoclinais; morros e morrotes; morros e pequenas colinas; planícies aluviais etc.; (2) Cristas monoclinais, morros e morrotes, vales encaixados, escarpas etc.

Adaptado de: Marques Neto (2007)

Os níveis taxonômicos adotados pelo Projeto RADAMBRASIL não estabelecem congruência plena com o sistema de Jean Tricart. Ainda assim, apresenta forte similaridade na concepção das manifestações do relevo nas ordens de grandeza que adota.

Em 1981, antes mesmo de o Projeto RADAMBRASIL ser finalizado, o Instituto de Pesquisas Tecnológicas (IPT) publica o mapa geomorfológico do estado de São Paulo na escala de 1/1.000.000, tendo o mesmo sido elaborado em escala 1/250.000, com delimitação das formas a partir de imagens de satélite Landsat, canais 4, 5, 6 e 7, e mosaicos semicontrolados de radar na escala 1/250.000 elaborados pelo Projeto RADAMBRASIL, com apoio de cartas topográficas em escala 1/50.000 ou 1/10.000 (IPT, 1981). Quanto à metodologia, Florenzano (2008) enfatiza que a fundamentação básica foi o sistema desenvolvido pela CSIRO (Commonwealth Scientific and Industrial Research Organization) da Austrália, cujo mapeamento do relevo baseia-se nos conceitos de *land system* (áreas com padrões recorrentes de relevo, solo e vegetação), *land unit* (áreas relativamente homogêneas em termos de relevo, solo e vegetação contidas na unidade anterior).

As *land system* são correspondentes aos sistemas de relevo, que segundo o IPT (op cit.) se referem a áreas cujos atributos físicos (relevo, solo, vegetação) sejam distintos das áreas adjacentes. As unidades de relevo, partes menores que constituem um sistema de relevo, ocorrem geralmente sobre um único tipo de rocha ou depósito superficial, e os solos encerram poucas variações. Tais unidades de mapeamento estão contidas em níveis hierárquicos superiores: subzonas, zonas e províncias. O sistema do IPT parte, assim, das províncias estruturais do estado de São Paulo referenciadas em Almeida (1964) – Província Costeira, Planalto Atlântico, Depressão Periférica, Cuestas Basálticas e Planalto Ocidental. O quadro 9.2 esquematiza um exemplo do sistema de ordenamento desenvolvido pela metodologia do IPT.

Quadro 9.2 Sistema de ordenação dos níveis taxonômicos desenvolvido pelo IPT

Ordem de grandeza	Expressão geomorfológica	Exemplo
1º Táxon	Província	Planalto Atlântico
2º Táxon	Zona	Serra da Mantiqueira
3º Táxon	Subzona	(1) Oriental; (2) Ocidental.
4º Táxon	Sistema de relevo	Serras alongadas; montanhas com vales profundos etc.
5º Táxon	Unidades de relevo	Serra, morro, vale, escarpa etc.

Adaptado de: IPT (1981)

Acompanham o relatório técnico do IPT cartelas que estruturam a hierarquia até o 4º nível taxonômico, ou sistemas de relevo. Nas referidas cartelas, os sistemas de relevo são visualizados com os aspectos litológicos, pedológicos, morfodinâmicos e geotécnicos, procurando se adequar a uma contextualização do relevo na paisagem em consonância ao sistema da CSIRO. Ainda que o termo táxon não seja diretamente evocado na hierarquização, é desse princípio de ordenação que se parte.

Na elaboração da carta geomorfológica, as províncias foram delimitadas nas imagens de satélite e, posteriormente, transplantadas para as imagens de radar, efetuando-se posteriormente a separação dos sistemas de relevo. Para a definição das unidades de relevo contidas nos sistemas maiores, o IPT baseou-se fundamentalmente em dois critérios morfométricos: declividade e amplitude altimétrica (Quadro 9.3). Foram ainda tomados como critérios distintivos que serviram para a elabo-

294 Introdução à geomorfologia

ração da legenda as seguintes características: perfil das encostas, extensão e forma dos topos, expressão de cada unidade em área, densidade e padrão de drenagem.

Quadro 9.3 Critérios morfométricos aplicados pelo IPT para a definição de categorias de relevo de degradação

Conjunto de sistemas de relevo	Declives predominantes	Amplitudes locais
Relevo colinoso	0 a 15%	< 100 m
Relevo de morros com encostas suavizadas	0 a 15%	100 a 300 m
Relevo de morrotes	> 15%	< 100 m
Relevo de morros	> 15%	100 a 300 m
Relevo montanhoso	> 15%	> 300 m

Adaptado de: IPT (1981)

A representação cartográfica proposta pelo IPT adotou o uso de três índices representativos das divisões manifestadas ao nível da centena, dezena e unidade, conforme a seguir:

(100) Relevo de agradação;

(200) Relevo de degradação;

(300) Relevos residuais;

(400) Relevos cársticos;

(500) Relevos de transição.

Os grupos descritos anteriormente são subdivididos pelos algarismos da dezena e da unidade. Assim, formas construtivas de origem continental podem ser representadas pela sequência 110, e as de origem marinha pela 120. Se as primeiras se subdividirem em 111 e 112, teremos então planícies aluviais e terraços fluviais. No caso das segundas, 121 e 122 indicariam planícies costeiras e terraços costeiros, respectivamente.

Avanços importantes na cartografia geomorfológica brasileira se consubstanciaram com as proposições de Ross (1992), que se utilizou das unidades taxonômicas apresentadas por Demek (1967), das experiências metodológicas adquiridas durante o Projeto RADAMBRASIL, e se valeu dos conceitos de morfoestrutura e morfoescultura (GERASIMOV, 1963) para apresentar um sistema metodológico de cartografia do relevo ancorado em seis níveis taxonômicos (Figura 9.11).

A concepção teórico-metodológica de Ross parte do princípio das ideias de Walter Penck (1953), que entende que as formas do relevo terrestre e sua evolução são produtos da ação concomitante de forças endógenas e exógenas, que foram também a base do desenvolvimento do conceito de morfoestrutura e morfoescultura por Gerasimov (1946) e Mecerjakov (1968), produtos, respec-

Cartografia geomorfológica 295

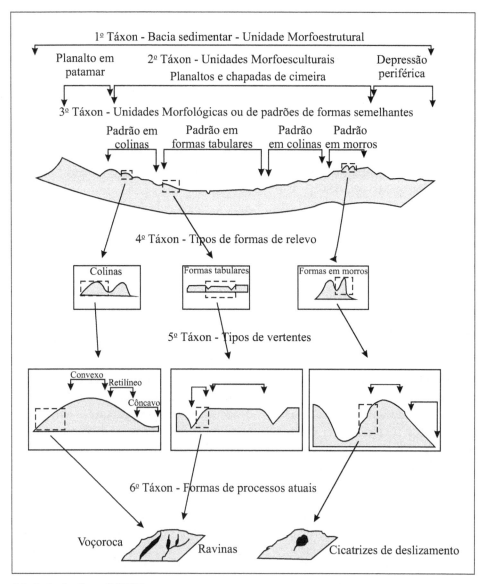

Adaptado de: Casseti (2005)

Figura 9.11 Representação esquemática das unidades taxonômicas proposta por Ross

tivamente, da ação dinâmica dos elementos internos e de superfície. Os níveis taxonômicos são ordenados por Ross (1992) da seguinte maneira:

Primeiro táxon: corresponde a uma maior extensão superficial e é representado pelas Unidades Morfoestruturais (denominado "Domínios Morfoestruturais" no

296 Introdução à geomorfologia

manual do IBGE, 1995), cuja escala permite a plena identificação dos efeitos da estrutura no relevo, como mostram as imagens de radar ou as de satélite, em escala média (em torno de 1:250.000). Exemplos brasileiros podem ser visualizados pelos escudos antigos associados aos dobramentos arqueanos e proterozoicos, que se distinguem dos depósitos paleomesozoicos da bacia sedimentar do Paraná. "Este táxon organiza a causa de fatos geomorfológicos derivados de aspectos amplos da geologia com os elementos geotectônicos, os grandes arranjos estruturais, e, eventualmente, a predominância de uma litologia conspícua" (IBGE, 1995).

Segundo táxon: refere-se às Unidades Morfoesculturais (denominado "Regiões Geomorfológicas" pelo IBGE, 1995), contidas em cada Unidade Morfoestrutural. Refere-se a compartimentos que foram gerados pela ação climática ao longo do tempo geológico. Segundo Tominaga (2000), estas se caracterizam por uma compartimentação reconhecida regionalmente e apresentam não mais um controle causal relacionado às condições geológicas, mas estão ligadas, essencialmente, a fatores climáticos atuais ou passados. Incluem-se neste táxon os planaltos e as serras, as depressões periféricas como as da Bacia do Paraná. A concepção do papel da estrutura e do clima também está intrínseca nos dois táxons superiores do Projeto RADAMBRASIL.

Terceiro táxon: representa as Unidades Morfológicas ou Padrões de Formas Semelhantes, que, por sua vez, encontram-se contidos nas Unidades Morfoesculturais. Trata-se de compartimentos diferenciados em uma mesma unidade, relacionados a processos morfoclimáticos específicos, com importante participação dos eventos tectônicos ou diferenciações litoestratigráficas, sem desconsiderar influências do clima do presente. O Manual Técnico de Geomorfologia (IBGE, 1995) define-o como arranjo de formas fisionomicamente semelhantes em seus tipos de modelado. Corresponde também aos sistemas de relevo do IPT (1981).

Quarto táxon: refere-se às formas de relevo individualizadas na unidade de padrão de formas semelhantes. Correspondente às unidades de relevo do IPT (1981) e aos modelados na metodologia adotada pelo IBGE (1995). Estas formas, quanto à gênese, podem ser: agradação, como as planícies fluviais ou marinhas, terraços fluviais ou marinhos, ou de denudação, como colinas, morros e cristas. Para o IBGE (1995), na composição do mapa geomorfológico são delimitados quatro tipos de modelado: os de acumulação, os de aplanamento, os de dissecação e os de dissolução. Uma unidade de padrão de formas semelhantes é composta por numerosas formas de relevo com morfologia e morfometria semelhantes entre si. A identificação morfológica nas manchas ou no polígono de modelado correspondente ao grupamento de formas do relevo é expressa através de letras (RADAMBRASIL, 1983): "S" para formas estruturais, "E" para formas erosivas e "A" para formas de acumulação. As formas de dissecação são identificadas pelas letras "a"

Cartografia geomorfológica   297

(formas aguçadas), "c" (formas convexas) e "t" (formas tabulares). A caracterização morfométrica é estabelecida pela dimensão interfluvial e o aprofundamento da drenagem.

Quinto táxon: refere-se às partes das vertentes ou setores das vertentes de cada uma das formas do relevo. As vertentes de cada tipologia de forma são geneticamente distintas, e cada um dos setores dessas vertentes pode apresentar características geométricas, genéticas e dinâmicas diferentes (TOMINAGA, 2000). A representação desse táxon só é possível em escalas grandes (1:25.000, 1:5.000). Nas escalas médias (1:50.000, 1:100.000) podem ser individualizadas através de símbolos lineares ou pontuais. No Manual Técnico de Geomorfologia do IBGE (1995) o 5º táxon, ou ordem de grandeza, abrange fatos cuja dimensão espacial implica representação por símbolos lineares ou pontuais.

Sexto táxon: corresponde às pequenas formas de relevo que se desenvolvem por interferência antrópica direta ou indireta ao longo das vertentes. São formas geradas pelos processos erosivos e acumulativos atuais (ROSS, 1992), como ravinas, voçorocas, corridas de lama, assoreamentos, entre outros. Tais representações só se tornam possíveis em escala grande (1:5.000, 1:1.000 ou maiores).

Para Casseti (2005), o estudo geomorfológico permite o detalhamento de formas além do 6º táxon, como o estudo da micromorfologia de materiais na estrutura superficial, ou ainda considerações sobre evolução ou formas do relevo à luz da teoria dos fractais. Com relação à abordagem fractal, Christofoletti (1999) a evidencia como uma nova "linguagem" usada para descrever, modelar e analisar as formas complexas encontradas na natureza, tendo como noção básica a repetição do padrão geométrico nas diversas escalas de grandeza espacial.

Os estudos geomorfológicos em dimensão micro, além do 6º táxon de Ross, já eram previstos nas formulações originais de Jean Tricart, conforme fora anteriormente elucidado. Em comum, ambas partem dos elementos estruturais como agentes predominantes na evolução do modelado quando a visada se volta para grandes áreas e perpassam pela ação do clima até estimarem a dimensão antropogênica, que fica tanto mais perceptível quanto maior a escala de análise. Tais propostas metodológicas também compartilham o mérito de terem sido bastante auspiciosas para o avanço da cartografia geomorfológica, embasando metodologicamente uma vasta gama de trabalhos em geomorfologia.

As Unidades Morfoestruturais (primeiro táxon) são identificadas nas imagens de radar e representadas por uma família de cor, ao passo que as Unidades Morfoesculturais (segundo táxon) são representadas por tons de uma determinada família de cor. Os padrões de formas semelhantes (terceiro táxon) são representados por conjuntos de letras símbolos acompanhadas de um conjunto de algarismos arábicos, podendo ser de duas linhagens genéticas: acumulação (A) ou

298 Introdução à geomorfologia

denudação (D). Os algarismos arábicos são extraídos da Matriz dos Índices de dissecação do relevo (ROSS, 1992) (Quadro 9.4).

Quadro 9.4   Matriz dos índices de dissecação do relevo

E \ DI	Muito grande (1) >1500	Grande (2) 1500 a 700	Média (3) 700 a 300	Pequena (4) 300 a 100	Muito Pequena (5) < 100 m
Muito fraco (1) (< de 10m)	11	12	13	14	15
Fraco (2) (10 a 20 m)	21	22	23	24	25
Médio (3) (40 a 80 m)	31	32	33	34	35
Forte (4) (40 a 80 m)	41	42	43	44	45
Muito forte (5) (> 80 m)	51	52	53	54	55

DI: Dimensão interfluvial média; E: Grau de entalhamento dos vales

Adaptado de: Ross (1992)

Os valores da dimensão interfluvial média diminuem da esquerda para a direita, ao passo que o grau de entalhamento aumenta do topo para a base. Dessa forma, a matriz em questão aprimora a representação dos índices de dissecação do relevo. Assim, um índice com a combinação 11 representaria uma dimensão interfluvial muito grande e, consequentemente, um grau de entalhamento muito fraco. Em compensação, a combinação 55 seria representativa de uma dimensão interfluvial muito pequena, produto de um grau de entalhamento muito forte.

Ross (op cit.) prossegue esclarecendo que as formas denudacionais (D) são acompanhadas de outra letra minúscula indicativa da morfologia do topo da forma individualizada, que é reflexo do processo morfogenético responsável por sua geração. Quanto ao quarto táxon, referente às formas contidas no conjunto de formas semelhantes, pode ser representado, por exemplo, com a seguinte simbologia: *Dc33*, formas denudacionais com topos convexos com dimensão interfluvial e grau de entalhamento médios, que se individualizam, neste exemplo, em unidades colinosas.

O quinto táxon, representável cartograficamente apenas em escala de 1/25.000 ou maiores, traz simbologia que serve à representação de setores de vertentes ou forma dos topos, que pode ser do tipo escarpada (Ve), convexa (Vc), retilínea (Vr), côncava (Vcc), em patamares planos (Vpp) e inclinados (Vpi), topos convexos (Tc), topos planos (Tp), entre outros.

A representação do 6º táxon só é exequível em escalas muito detalhadas e pode ser feita por símbolos pontuais ou lineares.

A integração das metodologias que Ross mobilizou para o estabelecimento de seu sistema metodológico resultou-se muito auspiciosa para a cartografia geomorfológica brasileira. A ordenação taxonômica proposta se adapta bem ao relevo brasileiro, e os parâmetros morfométricos são de fácil aplicação, podendo ser mensurados mesmo nas folhas topográficas de base. O sistema de cores da legenda, tal como foi utilizado no Projeto RADAMBRASIL, livra-nos também da sobrecarga de símbolos inerentes ao sistema de Jean Tricart, ao mesmo tempo em que assegura o pleno preenchimento da área de mapeamento. Em veemente recomendação, Ross (1992, p. 25) assevera que:

> a cartografação geomorfológica deve mapear concretamente o que se vê, e não o que se deduz da análise geomorfológica; portanto, em primeiro plano, os mapas geomorfológicos devem representar os diferentes tamanhos de formas de relevo, dentro da escala compatível.

Uma metodologia alternativa em cartografia geomorfológica foi desenvolvida por Meis et al. (1982), tendo como base o cálculo do desnivelamento altimétrico em uma determinada bacia de drenagem, referencial espacial que a autora considera fundamental para tal mensuração, partindo do pressuposto que o grau de entalhamento, visualizado pelo desnivelamento entre topo e fundo de vale, reflete com considerável fidedignidade as variações litoestruturais e tectônicas. A autora propõe o cálculo do desnivelamento altimétrico para bacias de até segunda ordem, sendo obtido pela diferença entre os valores da curva de nível mais elevada pelo valor altimétrico da última curva de nível antes da confluência com a drenagem coletora (de 3ª ordem), formatando-se um índice de dissecação do relevo formulado da seguinte maneira (Figura 9.12):

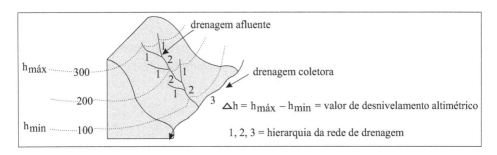

Adaptado de: Meis et al. (1982)

Figura 9.12 Bloco-diagrama esquemático do cálculo de desnivelamento altimétrico

300 Introdução à geomorfologia

Silva (2002) realizou algumas adaptações importantes na metodologia em questão, considerando que em alguns casos o cálculo do desnivelamento altimétrico para uma bacia de drenagem é inviável, devendo ser efetuado para cada feição individualmente, com a curva de nível de valor mais baixo delimitando o contato do domínio das encostas com o fundo de vale pela ruptura de declive geralmente bem marcada. A autora discerniu os seguintes significados topográficos obtidos por tal procedimento aplicado em escala de 1/50.000 (Quadro 9.5):

Quadro 9.5 Classes de desnivelamento altimétrico e seus respectivos significados geomorfológicos.

Classes de desnivelamento altimétrico	Significado geomorfológico
0 a 20 m	Planícies fluviais ou fluviomarinhas
20 a 80 m	Colinas suaves
80 a 100 m	Colinas
100 a 200 m	Morros
200 a 400 m	Degraus ou serras reafeiçoadas
> 400 m	Degraus e/ou serras elevadas e/ou escarpadas

Adaptado de: Silva (2002)

Procurou-se apresentar no escopo do presente capítulo as metodologias mais adotadas pelos trabalhos em cartografia geomorfológica no Brasil, que são ao mesmo tempo convincentes em suas formulações teóricas, metodológicas e técnicas, e que se prestam de maneira adequada ao mapeamento do quadro geomorfológico brasileiro. Outras formas de representação do relevo não foram objetos de discussão. No entanto, chamamos a atenção para o apoio crescente dos sistemas de informação geográfica (SIG's) e do aprimoramento dos sistemas de sensoriamento remoto, que vem permitindo melhores visadas dos aspectos texturais do relevo, bem como a sobreposição de mapas em ambiente de SIG na elaboração de cartas representativas dos aspectos dinâmicos da paisagem. Dessa forma, malgrado o já mencionado ressentimento de uma padronização na representação do relevo que seja consensual entre os geomorfólogos brasileiros, em sua legenda e simbologia, o avanço das geotecnologias vem imputando aprimoramentos nas técnicas de mapeamento e edição cartográfica que repercutem em melhoramento do resultado final.

Anexo

FICHA DE CAMPO
Adaptado de: IBGE (2009)

Folha CIM   Nº da operação   Nome da operação

Tipo de operação: ☐ aérea   ☐ terrestre   ☐ fluvial   ☐ marítima

Odômetro inicial: Foto inicial:
Odômetro final: Foto final:
Distância percorrida:

Data inicial: ___/___/_____
Data final: ___/___/_____

Responsável pela operação:
Equipe envolvida:

Observações:

302 Introdução à geomorfologia

Folha [＿＿＿＿＿＿]   Tipo ponto [＿＿＿＿＿]   Nº do ponto [＿＿＿＿＿＿＿]

Coordenadas   **Altimetria**

Latitude [＿＿＿＿＿＿＿＿＿＿＿＿]   Altitude [＿＿＿＿＿＿＿＿＿]
Longitude [＿＿＿＿＿＿＿＿＿]

                                   Fotos: [＿＿＿＿＿＿＿＿＿＿＿＿]

Identificação do perfil [＿＿＿＿＿＿＿＿]   Data: ＿＿＿/＿＿＿/＿＿＿＿＿

Desenho da paisagem no local da observação

Descrição da localização

Descrição do ponto

Anexo 303

DRENAGEM	

Vale
Fotos: [_____]

PERFIL TRANSVERSAL – SIMETRIA
- ☐ Assimétrico
- ☐ Simétrico

PERFIL TRANSVERSAL – ENCAIXAMENTO
- ☐ Encaixado
- ☐ Não encaixado

PERFIL TRANSVERSAL – ENCAIXAMENTO
- ☐ Em "U"
- ☐ Em "V"
- ☐ Fundo chato

QUALIFICAÇÃO DA FORMA
- ☐ Aberto
- ☐ Fechado

LARGURA
- ☐ Muito estreita: < 10m
- ☐ Estreita: entre 10 e 50m
- ☐ Média: entre 50 e 150m
- ☐ Larga: entre 150 e 450m
- ☐ Muito larga: > 450

Canal
Fotos: [_____]

TIPO
- ☐ Anastomosado
- ☐ Deltaico
- ☐ Irregular
- ☐ Meandrante
- ☐ Ramificado
- ☐ Reticulado
- ☐ Retilíneo
- ☐ Entrelaçado

FORMA ASSOCIADA
- ☐ Cascata
- ☐ Rápido ou corredeira
- ☐ Barranco
- ☐ Ilha rochosa
- ☐ Leito rochoso ou marmita
- ☐ Vereda

CARACTERÍSTICA
- ☐ Regular ou calibrado
- ☐ Irregular

ASPECTO GERAL
- ☐ Adaptado à falha ou fratura
- ☐ Adaptado ao lineamento estrutural
- ☐ De gênese indiferenciada
- ☐ Não adaptado à estrutura
- ☐ Adaptado à estrutura dobrada
- ☐ Adaptado à estrutura monoclinal

ASPECTO DAS BORDAS
- ☐ Desbarrancada
- ☐ Íngreme
- ☐ Suavizada ou disfarçada

NATUREZA DO MATERIAL DAS BORDAS
- ☐ Aluvial
- ☐ Coluvial
- ☐ Rochoso

Descrição complementar

304 Introdução à geomorfologia

MODELADO DE ACUMULAÇÃO

GÊNESE

- [ ] de inundação
- [ ] Eólico
- [ ] Fluvial
- [ ] Lacustre
- [ ] Lagunar

FORMA PRINCIPAL

- [ ] Terraço
- [ ] Campo de dunas
- [ ] Leque aluvial
- [ ] Planície de inundação
- [ ] Rampa de colúvio

FORMA FLUVIAL DE DETALHE

- [ ] Bacia de decantação
- [ ] Banco arenoso
- [ ] Cone aluvial
- [ ] Dique ou cordão arenoso
- [ ] Praia
- [ ] Meandro abandonado
- [ ] Paleodrenagem

FORMA MARINHA E FLUVIOMARINHA DE DETALHE

- [ ] Bancada, laje ou placa de arenito de praia ou *beachrocks*
- [ ] Falésia
- [ ] Recife
- [ ] Talude de erosão e/ou plataforma de abrasão
- [ ] Banco arenoso
- [ ] Praia
- [ ] Canal de maré
- [ ] Lamaçal, lodaçal e/ou vasa
- [ ] Manguezal
- [ ] Delta
- [ ] Dique ou cordão arenoso
- [ ] Esporão
- [ ] Restinga
- [ ] Tômbolo
- [ ] Barra em pontal
- [ ] Barra de canal
- [ ] Crista de praia
- [ ] Chenier
- [ ] Linhas de acresção
- [ ] Ilha-barreira

Fotos:

- [ ] Marinho
- [ ] Fluviolacustre
- [ ] Fluviomarinho
- [ ] Coluvial ou de enxurrada

FORMA EÓLICA

- [ ] Bacia de deflação
- [ ] Montículo de deflação
- [ ] Duna
- [ ] Lençol ou manto arenoso
- [ ] Planície

LARGURA DA PLANÍCIE

- [ ] Muito estreita: < 10m
- [ ] Estreita: entre 10 e 50m
- [ ] Média: entre 50 e 150m
- [ ] Larga: entre 150 e 450m
- [ ] Muito larga: > 450m

FORMA LACUSTRE DE DETALHE

- [ ] Auréola de colmatagem
- [ ] Bacia de decantação
- [ ] Lamaçal, lodaçal e/ou vasa
- [ ] Banco arenoso
- [ ] Delta
- [ ] Dique ou cordão arenoso
- [ ] Restinga ou flecha arenosa
- [ ] Bancada, laje ou placa biogênica
- [ ] Barranco
- [ ] Falésia

RECIFE – OCORRÊNCIA

- [ ] Atol
- [ ] em barreira
- [ ] em franja

ESTADO DA FALÉSIA

- [ ] Viva
- [ ] Paleofalésia

RECIFE – CONSTITUIÇÃO

- [ ] de algas
- [ ] de arenito
- [ ] de corais
- [ ] Misto

Terraços

Fotos:

Tipo
- ☐ Fluvial
- ☐ Lacustre
- ☐ Marinho
- ☐ Estrutural ou tectônico
- ☐ Fluviomarinho
- ☐ Fluviolacustre

Largura
- ☐ Muito estreito: < 10m
- ☐ Estreito: entre 10 e 25m
- ☐ Médio: entre 25 e 50m
- ☐ Largo: entre 50 e 100m
- ☐ Muito largo: > 100m

Altura
- ☐ Baixo: < 2m
- ☐ Médio: entre 2 e 5m
- ☐ Alto: entre 5 e 15m
- ☐ Muito alto: > 15m

Níveis de terraceamento
- ☐ 1
- ☐ 2
- ☐ 3
- ☐

Dunas

Fotos:

Tipo da duna
- ☐ de captação
- ☐ de retenção

Atividade da duna
- ☐ Ativa ou funcional
- ☐ Herdada (fóssil)
- ☐ Reativada

Forma da duna
- ☐ Barcana
- ☐ Longitudinal
- ☐ Transversal
- ☐ Parabólica
- ☐ Reticulada

Estado da duna
- ☐ Dissipada
- ☐ Fitoestabilizada
- ☐ Pedogeneizada

Cor da duna

Descrição complementar

306 Introdução à geomorfologia

MODELADO DE APLAINAMENTO

CARACTERÍSTICA GERAL DO PLANO/PEDIPLANO

- [ ] Irregular
- [ ] Regular

FORMA DO PLANO/PEDIPLANO

- [ ] Ondulado
- [ ] Rugoso
- [ ] Truncado

TIPO DO PEDIPLANO

- [ ] Conservado
- [ ] Degradado
- [ ] Funcional
- [ ] Retocado
- [ ] Indiferenciado
- [ ] Etchplanado

PARTICULARIDADE DO GLACIS/ PEDIMENTOS

- [ ] Coalescente em fundo de vale
- [ ] Contemporâneo ao espraiamento detrítico
- [ ] Inferior com material retrabalhado do plano superior

ASPECTO ASSOCIADO AOS GLACIS/ PEDIMENTOS

- [ ] Bajada
- [ ] Bolsões
- [ ] Playas

Fotos: [   ]

CARACTERÍSTICA DO PLANO ESTRUTURAL

- [ ] Desnudado
- [ ] Exumado – de reversão

COBERTURA DO PLANO/PEDIPLANO

- [ ] Desnudado
- [ ] Inumado

FORMA ASSOCIADA AO PROCESSO DE PEDIPLANAÇÃO

- [ ] Glacis ou rampa
- [ ] Pedimento
- [ ] Bacia alveolar ou de pedimentação
- [ ] Depressão pseudocárstica
- [ ] Depressão rasa
- [ ] Caos de blocos
- [ ] Neck vulcânico
- [ ] Inselberg
- [ ] Maciço residual
- [ ] Mesa ou morro testemunho

FORMA DO INSELBERG

- [ ] Barra
- [ ] Crista
- [ ] Cúpula
- [ ] Pico

Cristas e/ou barra

FORMA

- [ ] Assimétrica – *hog back*
- [ ] Simétrica

FORMA DO TOPO

- [ ] Aguçada
- [ ] Convexa
- [ ] Plana

Fotos: [   ]

DISTRIBUIÇÃO ESPACIAL

- [ ] Agrupada
- [ ] Isolada

Picos

DISTRIBUIÇÃO ESPACIAL

- [ ] Agrupada
- [ ] Isolada

FORMA DO TOPO

- [ ] Aguçada
- [ ] convexa

Fotos: [   ]

FEIÇÃO DO DETALHE

- [ ] Nicho ou alvéolo
- [ ] Sulco ou canelura
- [ ] Placa ou escama

MODELADO DE DISSECAÇÃO

Fotos: _____

TIPO DO MODELADO

- [ ] Homogênio
- [ ] Estrutural
- [ ] em ravinas

FORMA DO DETALHE

- [ ] Lombada ou lomba
- [ ] Tabuleiro
- [ ] Colina
- [ ] Morro
- [ ] Outeiro
- [ ] Cúpula rochosa
- [ ] Pontão ou pão-de-açúcar
- [ ] Dale
- [ ] Esporão
- [ ] Bloco rochoso ou boulder
- [ ] Caos de blocos

FORMA CONSIDERANDO O TOPO

- [ ] Aguçada
- [ ] Convexa
- [ ] Tabular

FORMA DO TOPO DO PONTÃO

- [ ] Aguçada – crista
- [ ] Convexa – cúpula ou domo

FEIÇÃO DE DETALHE DO PONTÃO

- [ ] Nicho ou alvéolo
- [ ] Sulco ou canelura
- [ ] Placa ou escama

DISTRIBUIÇÃO ESPACIAL DOS PONTÕES

- [ ] Agrupada
- [ ] Isolada

Vertentes

Fotos: _____

DESNÍVEL MÉDIO

- [ ] Pequeno: < 10m
- [ ] Médio: entre 10 e 25m
- [ ] Grande: entre 25 e 100m
- [ ] Muito grande: > 100m

FORMA

- [ ] Côncava
- [ ] Convexa
- [ ] Retilínea

CARACTERÍSTICAS

- [ ] Com patamar
- [ ] Com rampa ou plano inclinado
- [ ] Ocorrência de afloramento rochoso
- [ ] Ocorrência de tálus
- [ ] Ocorrência de escarpa
- [ ] Ocorrência de ressalto

Escarpa

Fotos: _____

TIPO

- [ ] Erosiva
- [ ] Adaptada à falha
- [ ] de falha ou de linha de falha
- [ ] Monoclinal

CARACTERÍSTICA

- [ ] Com cornija
- [ ] Sem cornija

FORMA

- [ ] Desdobrada ou em degrau ou patamar
- [ ] Festonada
- [ ] Retilínea

Descrição complementar

308 Introdução à geomorfologia

MODELADO DE DISSOLUÇÃO

FORMA PRINCIPAL E DE DETALHE

Fotos:

NOME GENÉRICO

- [ ] Poliés
- [ ] Vale cárstico
- [ ] Depressão cárstica indiferenciada
- [ ] Dolina
- [ ] Ponors e/ou jamas
- [ ] Uvala
- [ ] Crista cárstica
- [ ] Bums
- [ ] Morro cárstico
- [ ] Gruta
- [ ] Lapiás
- [ ] Torre ou pináculo
- [ ] Bolsão cárstico preenchido
- [ ] Poço e/ou avéns
- [ ] Ressurgência
- [ ] Sumidouro
- [ ] Borda de patamar cárstico

- [ ] Área em processo de dissolução
- [ ] Plano cárstico irregular

NOME GENÉTICO

- [ ] Carste exumado ou descoberto
- [ ] Carste inumado ou coberto

FORMAÇÃO SUPERFICIAL

Descrição da formação superficial

PROCESSO

Fotos:

Tipo de processo morfogenético

- [ ] Corrasão
- [ ] Deflação eólica
- [ ] Deposição
- [ ] Erosão e/ou abrasão
- [ ] Arenização

Tipo de ação morfogenética

- [ ] Transporte gravitacional
- [ ] Transporte com a participação da água

Tipo de transporte gravitacional (rápido)

- [ ] Avalancha
- [ ] Deslizamento de lama
- [ ] Fluxo de terra e lama ou desmoro-namento

Tipo de transporte gravitacional (lento)

- [ ] Rastejamento
- [ ] Solifluxão
- [ ] Deslizamento de blocos
- [ ] Colapso

Forma resultante das ações morfogenéticas

- [ ] Canaleta
- [ ] Ravina; profundidades decimétricas
- [ ] Sulco; profundidades centimétricas
- [ ] Voçorocas; profundidades métricas
- [ ] Cone torrencial
- [ ] Lupa, nicho e outras pequenas cavidades
- [ ] Tálus
- [ ] Terracete

Efeito das ações morfogenéticas

- [ ] Acumulação de areia
- [ ] Acumulação de argila
- [ ] Acumulação de silte
- [ ] Concentração de grânulos
- [ ] Concentração de seixos
- [ ] Deslocamento de arbustos e árvores
- [ ] Pavimentação detrítica
- [ ] Truncamento da parte superior do solo

Tipo de deposição

- [ ] Eólica
- [ ] Fluvial
- [ ] Lacustre
- [ ] Marinha
- [ ] Fluviolacustre
- [ ] Fluviomarinha
- [ ] Lagunar
- [ ] Inundação

Posicionamento do fenômeno (rápido)

- [ ] no fundo do vale
- [ ] na parte frontal de escarpa ou cornija
- [ ] em cabeceira de drenagem
- [ ] ao longo da encosta
- [ ] ao longo da estrada

Tipo de transporte com a participação da água

- [ ] Escoamento de cheia (concentrado)
- [ ] Escoamento difuso
- [ ] Escoamento em lençol

Estado da forma resultante das ações morfogenéticas

- [ ] Ativa
- [ ] Inativa
- [ ] Rativada

Tipo de ação biológica inclusive antrópica

- [ ] Atividades de formigas e/ou térmitas
- [ ] Raízes
- [ ] Marcas de pisoteio de animais
- [ ] Revolvimento de terra por animais
- [ ] Atividades de mineração
- [ ] Terraplenagem
- [ ] Urbanização
- [ ] Retirada de material de empréstimo

Forma resultante de ação biológica

- [ ] Rejeito ou acúmulo de detrito
- [ ] Aterro
- [ ] Buraco e cavidade
- [ ] Dique
- [ ] Montículo ou murundu
- [ ] Terracete

310 Introdução à geomorfologia

EXTENSÃO DAS ACUMULAÇÕES
- ☐ Generalizada
- ☐ Localizada

MORFOGÊNESE ATUAL
- ☐ Mecânica
- ☐ Química
- ☐ Mecânica e química

ESTADO DA FORMA RESULTANTE DA AÇÃO BIOLÓGICA
- ☐ Ativa
- ☐ Inativa
- ☐ Reativada

Informações complementares

Referências bibliográficas

ABREU, A. A. *Análise geomorfológica*: reflexão e aplicação. Tese de Livre Docência. FFLCH--USP. São Paulo, 1982.

_____. A teoria geomorfológica e sua edificação: análise crítica. *Revista Brasileira de Geomorfologia*, n. 2, p. 51-67, 2003.

ACHKAR, M.; DOMINGUEZ, A. *Problemas epistemológicos de la geomorfologia*. Montevideo: Facultad de Ciências, 1994.

AB'SÁBER, A. N. Regiões de circundesnudação pós-cretácea no Planalto Brasileiro. *Boletim Paulista de Geografia*. n. 1, p. 3-21, 1949.

_____. O relevo brasileiro e seus problemas. *Brasil a Terra e o Homem*, v. 1, cap. III, São Paulo: Cia Editorial Nacional, 1964.

_____. O domínio morfoclimático amazônico. *Geomorfologia*. São Paulo, n. 1, 1966.

_____. Domínio dos "mares de morros" no Brasil. *Geomorfologia*, São Paulo, n. 2, 1966.

_____. Problemas do mapeamento geomorfológico no Brasil. *Geomorfologia*. São Paulo, n. 6, 1969. 18p.

_____. O Quaternário na Bacia de Taubaté: estado atual dos conhecimentos. *Geomorfologia*, São Paulo, n. 7, 1969. 23p.

_____. O Quaternário na Bacia de São Paulo: estado atual dos conhecimentos. *Geomorfologia*, São Paulo, n. 8, 1969. 15p.

_____. Um conceito de geomorfologia a serviço das pesquisas sobre o Quaternário. *Geomorfologia*. n. 18, IG-USP, São Paulo, 1969.

_____. Participação das superfícies aplainadas nas paisagens do nordeste brasileiro. *Geomorfologia*. São Paulo, n. 19, 1969. 34p.

_____. Potencialidades paisagísticas brasileiras. *Geomorfologia*. São Paulo, n. 55, 1979. 28p.

_____. *Megageomorfologia do território brasileiro. In:* CUNHA, S. B.; GUERRA, A. J. T. Geomorfologia do Brasil. Rio de Janeiro: Bertrand Brasil p. 71-106, 2001.

_____. *Litoral do Brasil*. São Paulo: Metalivros, 2001. 281p.

_____. *Brasil*: paisagens de exceção. São Paulo: Ateliê Editorial, 2006. 182p.

AB'SÁBER, A. N.; BIGARELLA, J. J. Superfícies Aplainadas no Primeiro Planalto do Paraná. *Boletim Paranaense de Geografia*. n. 4/5. p. 117-125, 1961.

AGASSIZ, L.; AGASSIZ, E. C. *Viagem ao Brasil (1865-1866)*. São Paulo: Companhia Editora Nacional, 1938. 653p.

ALKIMIN, F. F. de O *que faz de um cráton um cráton? O cráton do São Francisco e as revelações almeidianas ao delimitá-lo. In:* MANTESSO-NETO, V. et al. Geologia do Continente Sul-Americano: Evolução da obra de Fernando Flávio Marques de Almeida. São Paulo: Beca. p. 17-35, 2004.

ALMEIDA, F. F. M. Fundamentos geológicos do relevo paulista. *In: Geologia do estado de São Paulo*. Boletim do Instituto Geográfico-Geológico de São Paulo. n. 41. São Paulo. p. 169-263, 1964.

_____. Geologia do Estado de São Paulo. *Boletim* n. 41, 1964. 263p.

_____. *Origem e evolução da plataforma brasileira*. DGM/DNPM. Rio de Janeiro. Bol. 241. p. 1-36, 1967.

ALMEIDA, F. F. M. et al. O cráton do São Francisco. *In: Revista Brasileira de Geociências*. Rio de Janeiro. n. 7. p. 349-364, 1977.

314   Introdução à geomorfologia

ALMEIDA, F. F. M.; HASUI, Y. *O pré-cambriano do Brasil.* São Paulo: Blucher, 1984. 378p.

ALMEIDA, F. F. M.; CARNEIRO, C. D. R. Origem e evolução da serra do mar. *In: Revista Brasileira de Geociências.* v. 28. n. 2. p. 135-150, 1998.

ALMEIDA, F. F. M.; HASUI, Y. O embasamento da plataforma sul-americana. *In:* ALMEIDA, F. F. M.; HASUI, Y. (Coord.) *O pré-cambriano do Brasil.* São Paulo: Blucher, 1984. 378p.

AMARAL, G. Províncias Tapajós e Rio Branco. In: ALMEIDA, F. F. M.; HASUI, Y. *O pré-cambriano do Brasil.* São Paulo: Blucher, 1984. 378p.

ANDERSON, R. S.; ANDERSON, S. P. *Geomorphology:* the mechanics and chemistry of landscapes. Cambridge: Cambridge University Press. 2010. 637p.

ASSINE, M. L. A Bacia sedimentar do Pantanal Mato-grossense. *In:* MANTESSO-NETO, V. , et al. *Geologia do Continente Sul-Americano*: Evolução da obra de Fernando Flávio Marques de Almeida. São Paulo: Beca. p. 61-74, 2004.

AZEVEDO, A. O planalto brasileiro e o problema da classificação de suas formas de relevo. *Boletim da AGB,* São Paulo, 1949.

_____. As grandes unidades do relevo brasileiro. *Boletim Paulista de Geografia.* São Paulo, n. 2, 1949.

BACKES, A. Distribuição geográfica atual da Floresta com Araucária: condicionamento climático. *In:* FONSECA, C. R.; SOUZA, A. F.; LEAL-ZANCHET, A. M.; DUTRA, T.; BACKES, A.; GANADO, G. *Floresta com araucária*: ecologia, conservação e desenvolvimento sustentável. Ribeirão Preto: Holos, 2009. 328p.

BARBOSA, G. V. Identificação de superfícies de erosão por imagem de radar na parte oriental da Bahia. In: XXIX CONGRESSO BRASILEIRO DE GEOLOGIA. *Anais...* Ouro Preto, p. 237-249, 1976.

BARBOSA, G. V.; SILVA, T. M.; NATALI FILHO, T.; DEL'ARCO, D. M.; COSTA, R. C. R. Evolução da metodologia para mapeamento geomorfológico do Projeto Radambrasil. *Geociências.* São Paulo, v. 2, p. 7-20, 1983.

BASEI, M. A. S. *O cinturão Dom Feliciano em Santa Catarina.* Tese de Doutorado. Universidade de São Paulo: São Paulo, 1985.

BAULIG, H. 1935. The Changing Sea Level. The Institute of British Geographers, *Publication No. 3.* London: George Philip and Son, 1935.

BERTALANFFY, L. V. *Teoria geral dos sistemas.* Petrópolis: Vozes, 1973.

BERTONI, J.; LOMBARDI NETO, F. *Conservação do solo.* 5. ed. São Paulo: Ícone, 2005.

BERTRAND, G. Paisagem e geografia física global: esboço metodológico. *Caderno de Ciências da Terra.* São Paulo, n. 13, 1971. 27p.

BIASI, M. Carta de declividade de vertentes: confecção e utilização. *Geomorfologia.* São Paulo, p. 8-13, 1970.

BIGARELLA, J. J. *Estrutura e origem das paisagens tropicais e subtropicais.* V. 3. Florianópolis: Editora da UFSC, 2003. 1435p.

BIGARELLA, J. J.; BECKER, R. D. International Symposium on the Quaternary. Curitiba: *Bol. Paran. Geociên.* n. 33, 1975.

BIGARELLA J. J; MOUSINHO M. R.; SILVA J. X. Considerações a respeito dos terraços fluviais, rampas, colúvios e várzeas. *Boletim Paranaense de Geografia,* 16/17, p. 153-197, 1965.

BIGARELLA J. J.; SUGUIO K. , BECKER R. D. *Ambiente fluvial*: ambientes de sedimentação, sua interpretação e importância. Editora Universidade Federal do Paraná, Curitiba, 1979.

BIGARELLA, J. J.; BECKER, R. D.; SANTOS, G. F. *Estrutura e origem das paisagens tropicais e subtropicais.* V. 1. Florianópolis: Editora da UFSC, 1994. 425p.

BLOOM, A. L. *Superfície da Terra.* São Paulo: Blucher, 1972.

BRANCO, J. M. *Dialética, ciência e natureza.* Lisboa: Caminho. 1989.

BRANCO, M. P. N. C.; LEHUGEUR, L. G. O.; CAMPOS, E. G. Proposta de classificação para feições eólicas do setor leste da região metropolitana de Fortaleza – Ceará – Brasil. *Geociências,* v. 22, n. 2, p. 163-174, 2003.

Referências bibliográficas   315

BRASIL. DNAEE – Departamento Nacional de Águas e Energia Elétrica. *Mapa da disponibilidade hídrica do Brasil*. Rio de Janeiro, 1994.

BRAUN, O. P. G. Contribuição à Geomorfologia do Brasil Central. *Revista Brasileira de Geografia*. 32(3). 3-39, 1971.

BRITO NEVES, B. B. América do Sul: quatro fusões, quatro fissões e o processo acrescionário andino. *Revista Brasileira de Geociências*. v. 29, n. 3, p. 379-392, 1999.

BRYAN, K. The place of geomorphology in the geographic science. *Ann. of the Ass. of Amer. Geogr*. XL, p. 196-209, 1950.

BRYAN, R. B. (1990). Knickpoint evolution in rillwash. *Catena Supplement*. v. 17, p. 111-132, 1990.

BÜDEL, J. Double surfaces of leveling in the humid tropics. *Zeitschrift für Geomorphologie*, v. 1, n. 2, p. 223-225, 1957.

CAILLEUX, A.; TRICART, J. Le relief des cotes (cuestas) avec traveaux practiques. *In: Cours de morphologie, avec travaux pratique*. Paris: Centre de documentation universitaire. v. 1, 1958.

CARTER, R. G. W. , et al. The study of coastal dunes. In. : NORDSTROM, K. F. , PSUTY, N. E CARTER, B. (ed.). *Coastal dunes, forms and process*. Chichester: Ed. John Wiley & Sons, 1990.

CASSETI, V. Algumas considerações morfoestruturais na região de Goiás – GO. *Boletim Goiano de Geografia*. v. 4/5/6, n. 12, p. 1-12, 1986.

_____. Abordagem sobre os estudos do relevo e suas perspectivas (Notas Preliminares). Anais do I Simpósio Nacional de Geomorfologia. Rev. *Sociedade & Natureza*, Uberlândia, ano 3, n. 15, p. 37-43, jan/dez, 1996.

_____. *Elementos de geomorfologia*. Goiânia: UFG, 2005.

CHORLEY, R. J. Geomorphology and general systems theory. *U. S. Geology Survey. Prof. Paper* (500-B) p. 1-10, 1962.

CHORLEY, R. J.; KENNEDY, B. A. *Physichal geography*: a systems approach. Prentice Hall, Englewood Cliffs, 1971.

CHRISTOFOLETTI, A. *Geomorfologia*. São Paulo: Blucher, 1980.

_____. *Geomorfologia fluvial*. São Paulo: Blucher, 1981. 313p.

_____. Mapeamento geomorfológico no Brasil. *Geociências*. São Paulo, v. 2, p. 1-6, 1983.

_____. O desenvolvimento teórico-analítico em geomorfologia: do ciclo da erosão aos sistemas dissipativos. *Geografia*, Rio Claro, v. 14, n. 1, p. 15-30, 1989.

_____. A. *Modelagem de sistemas ambientais*. São Paulo: Blucher, 1999.

CONTI, J. B. O meio ambiente tropical. *Geografia*, Rio Claro, v. 14, n. 28, p. 69-79, 1989.

_____. Resgatando a "fisiologia da paisagem". *Revista do Departamento de Geografia*, São Paulo, n. 14, p. 59-68, 2001.

CPRM – COMPANHIA DE PESQUISA DE RECURSOS MINERAIS. *Mapa de geodiversidade do Brasil*. Escala 1:2. 500. 000. Legenda expandida. CPRM/SGB. Brasília, 2006.

CUNHA, S. B. *Geomorfologia Fluvial. In:* GUERRA, A. J. T. e CUNHA, S. B. (orgs.) Geomorfologia: uma atualização de bases e conceitos. Rio de Janeiro: Bertrand Brasil, 1998.

_____. *Bacias Hidrográficas. In:* CUNHA, S. B. e GUERRA, A. J. T. Geomorfologia do Brasil. Rio de Janeiro: Bertrand Brasil. p. 229-271, 2001.

CUNHA, C. M. L.; MENDES, I. A.; SANCHEZ, M. C. Técnicas de elaboração, possibilidades e restrições de cartas morfométricas na gestão ambiental. *Geografia*. Rio Claro, v. 28, n. 3, p. 415-429, 2003.

DANA, J. D. *Manual de mineralogia*. Rio de Janeiro: Livros técnicos e científicos, 1981. 642p.

DAVIS, W. M. The Geographical cycle. *Geographical Journal*. v. 14, n. 5, p. 481-504, 1899.

_____. Base level, grade and peneplain. *Journal of Geology*, n. 10, p. 77-111, 1902.

DE MARTONNE, E. *Traité de Géographie Physique*. Tome Troisième – Biogéographie. Paris: Armand Colin, 1932.

_____. Problemas morfológicos do Brasil Tropical Atlântico. *Revista Brasileira de Geografia* 5(4) 532-550, 1943.

316   Introdução à geomorfologia

_____. Problemas morfológicos do Brasil Tropical Atlântico II. *Revista Brasileira de Geografia* 6(4), 1944.

_____. *Panorama da Geografia*. V. 1, Lisboa: Cosmos, 1953. 954p.

DEMEK, J. Generalization of geomorphological maps. *In:* DEMEK, J. (ed.) *Progress made in geomorphological mapping*. Berna: IGU. Commission on Applied Geomorphology, 1967. p. 36-72.

DERRUAU, M. *Précis de géomorphologie*. Paris: Mason e Cie., 1956, 393p.

DOORNKAMP, J. C. Geomorphological approaches to the study of neotectonics. *Journal of Geological Society*, v. 143, p. 335-342, 1986.

DYLIK, J. Notion du versant en geomorphologie. *Bull. Acad. Pol. Sci. Série des Sc. Geol. Geogr.*, v. 16, n. 2, p. 125-132, 1968.

EASTERBROOK, D. J. *Principles of geomorphology*. New York: McGraw-Hill, 1969.

EBERT, H. *Aspectos da Geologia de São João Del Rey – Os Paraibides entre São João Del Rey e a Bifurcação entre Paraibides e Araxaídes*. Rio Claro: UNESP, 1971, 37p.

ENGELS, F. *A dialética da natureza*. Rio de Janeiro: Paz e Terra, 1979.

ERHART, H. A teoria bio-resistática e os problemas biogeográficos e paleobiológicos. *Notícia Geomorfológica*, n. 11, p. 51-58, 1966.

ETCHEBEHERE, M. L. C. *Terraços Neoquaternários no Vale do Rio do Peixe, Planalto Ocidental Paulista: implicações estratigráficas e tectônicas*. Rio Claro, 2000. 264p. Tese (Doutorado em Geociências) – Instituto de Geociências e Ciências Exatas, Universidade Estadual Paulista.

FERNANDES, N. F.; AMARAL, C. P. Movimentos de massa: uma abordagem geológico-geomorfológica. *In:* GUERRA, A. J. T.; CUNHA, S. B. (orgs.). *Geomorfologia e meio ambiente*. Rio de Janeiro: Bertrand Brasil, 2004.

FERREIRA, J. B. *Dicionário de geociências*. Belo Horizonte: Armazém de Ideias, 1995.

FERRI, M. G. *Vegetação brasileira*. Belo Horizonte: Itatiaia, 1980. 157p.

FLORENZANO, T. G. *Imagens de satélites para estudos ambientais*. São Paulo: Oficina de Textos, 2002.

_____. *Cartografia. In:* FLORENZANO, T. G. Geomorfologia: conceitos e tecnologias atuais. São Paulo: Oficina de Textos, 2008. p. 105-128

_____. Sensoriamento remoto para geomorfologia. *In:* FLORENZANO, T. G. *Geomorfologia*: conceitos e tecnologias atuais. São Paulo: Oficina de Textos, 2008. p. 31-71.

FRANÇA, A. M. C. *Geomorfologia da margem continental leste brasileira e da bacia oceânica adjacente. In:* Projeto REMAC. Geomorfologia da margem continental brasileira e das áreas oceânicas adjacentes (Relatório final). Série Projeto REMAC, n. 7. Rio de Janeiro: PETROBRAS, CENPES, DINTEP, 1979.

FÚLFARO, V. J.; COIMBRA, A. M. As praias do litoral paulista. *In: XXVI Congresso Brasileiro de Geologia*. Resumos. Sociedade Brasileira de Geologia, 1972.

GALLOWAY, W. E. *Process framework for describing the morfologic and stratigraphic evolution of the deltaic depositional systems. In:* BROUSSARD, M. L. (Ed.). Deltas, Models for Exploration. Houston: Houston Geological Society, 1975.

GUERRA, A. J. T. O início do processo erosivo. *In:* GUERRA, A. J. T., SILVA, A. S. da e BOTELHO, R. G. M. (orgs.). *Erosão e conservação dos solos*. Rio de Janeiro: Bertrand Brasil, 1999.

GUERRA, A. J, T.; CUNHA, S. B. (orgs.). *Geomorfologia – Uma Atualização de Bases e Conceitos*. Rio de Janeiro: Bertrand Brasil, 1998.

GUERRA, A. T.; GUERRA, A. J. T. *Novo Dicionário Geológico-Geomorfológico*. Rio de Janeiro: Bertrand Brasil, 2005.

HACK, J. T. Interpretation of erosional topography in humid temperate regions. *American Journal of Science*, v. 258-A, p. 80-97, 1960.

HAMELIN, L. E. Géomorphologie: geographie globale-geographie totale. Cahiers de Geographie de Quebec. V. VIII, n. 16, p. 199-218. Tradução de A. Christofoletti. *Not. Geomorfológica*, 13/14, p. 3-22, Campinas, 1964.

Referências bibliográficas 317

HARE, P. W; GARDNER, I. W. Geomorphic indicators of vertical neotectonism along converging plate margins. *In: Annual Binghamton Geomorphology Symposium*. Boston, 1985.

HARTSHORNE, R. The nature of geography. *Ann. of the Ass. of Amer. Geogr.* v. 29, 1939.

HASUI, Y. Neotectônica e Aspectos Fundamentais da Tectônica Ressurgente no Brasil. *In:* 1º Workshop de Neotectônica e Sedimentação Continental Cenozoica no Sudeste do Brasil, 11, 1990, Belo Horizonte. Minas Gerais: *Boletim da Sociedade Brasileira de Geologia*, 1990. p. 1-31

HASUI, Y.; ABREU, F. A. M.; VILLAS, R. N. N. Província Parnaíba. *In:* ALMEIDA, F. F. M.; HASUI, Y. *O pré-cambriano do Brasil.* São Paulo: Blucher, 1984. 378p.

HASUI, Y.; COSTA, J. B. S. *Zonas e cinturões de cisalhamento*. Belém: Editora da UFPA, 1991. 144p.

HOLMES, A. *Geología Física*. Barcelona: Omega, 1952. 519p.

HORTON, R. E. Erosional development of streams and their drainage basins: hydrophysical aproach to quantitative morphology. Washington: *Bulletin of the Geological Society of America*. v. 56, n. 1, p. 275-370, 1945.

HOWARD, A D. Geomorphological systems: equilibrium and dinamics. *American Journal of Science*, 263 (4), p. 302-312, 1965.

_____. Draynage analysis in geologic interpretation: a summation. *Am. Assoc. Petrol. Geol. Bull*, v. 51, p. 2246-2259, 1976.

HUBP, J. I. L. *Elementos de geomorfologia aplicada*. Mexico: Universidad Nacional Autonoma de México, D. F. 1988. 128p.

IBGE – Fundação IBGE. *Manual de normas, especificações e procedimentos técnicos para a carta internacional do Mundo, ao milionésimo* – CIM 1:1.000.000. Manuais técnicos em geociências n. 2. Rio de Janeiro: IBGE, 1993.

_____. *Manual técnico de geomorfologia*. Coordenação de Recursos Naturais e Estudos Ambientais. Série Manuais Técnicos em Geociências n. 5. Rio de Janeiro: IBGE, 2009.

INSTITUTO DE PESQUISAS TECNOLÓGICAS. *Mapa geomorfológico do Estado de São Paulo*. São Paulo, 1981.

JAMES, P. The surface configuration of southeastern Brazil. *Annals of Association American Geography*. v. 33, n. 3, p. 165-193, 1933.

KING, L. C. Cannons of landscape evolution. *Bulletin Geological Society Am.* n. 64, p. 721-752, 1953.

_____. A geomorfologia do Brasil oriental. *Revista Brasileira de Geografia*. Rio de Janeiro. p. 147-265, 1956.

KÜGLER, H. Zur Aufgaben der geomorphologischen Forschung und Kartierung in der DDR. *Petermanns Geogr.* Mitt, v. 120, n. 2, p. 154-160, 1976.

LADEIRA, F. S. B.; SANTOS, M. O uso de paleossolos e perfis de alteração para a identificação e análise de superfícies geomórficas regionais: o caso da Serra de Itaqueri (SP). *Revista Brasileira de Geomorfologia*. Ano 6, n. 2, p. 03-20, 2005.

LEIGHLY, J. What has happened to physical geography? *Ann. of Ass. of Amer. Geogr.* v. 45, n. 309, p. 309-318, 1955.

LEINZ, V.; AMARAL, S. E. *Geologia Geral*. São Paulo: Editora Nacional, 1989.

LEINZ, V.; LEONARDOS, O. H. *Glossário geológico*. São Paulo: Editora Nacional, 1971.

LEINZ, V. SOUZA CAMPOS, J. E. *Guia para a determinação de minerais*. 10. ed. São Paulo: Companhia Editora Nacional, 1986. 149p.

LEONARDI, F. A.; LADEIRA, F. S. B.; SANTOS, M. Perfis Bauxíticos do Planalto de Poços de Caldas SP/MG – análise geoquímica e posição na paisagem. *Revista de Geografia*, Recife, v. esp. , n. 1, p. 46-60, 2010.

LEOPOLD L. B.; WOLMAN M. G. River channel patterns: braided, meandering, and straight. *US Geol. Survey. Prof. Paper*, 282-B, 1957.

LIMA, M. I. C. de. *Introdução à interpretação radargeológica*. Manuais técnicos em geociências n. 3. Rio de Janeiro: IBGE, 1995.

318 Introdução à geomorfologia

LOCZY, L.; LADEIRA, E. A. *Geologia estrutural e introdução à Geotectônica*. Rio de Janeiro: Conselho Nacional de Desenvolvimento Científico e Tecnológico, 1980. 528p.

MACHADO, M. B.; MOURA, M. R. J. A Geomorfologia e a Sedimentação Quaternária no Médio Vale do Rio Casca, MG. *XXXII Congresso Brasileiro de Geologia*. v. 4. Salvador, 1982.

MACHADO, P. J. de O.; TORRES, F. T. P. *Introdução à hidrogeografia*. São Paulo: Cengage Learning, 2012.

MAMEDE, L. et al. *Geomorfologia Folha SE. 22 Goiânia*. Projeto Radambrasil. Rio de Janeiro: IBGE, 1983.

MARQUES, J. S. *A participação dos rios no processo de sedimentação da Baixada de Jacarepaguá*. Tese (Doutorado em Geografia). Rio Claro: UNESP, 1990.

MARQUES NETO, R. *Compartimentação do meio físico, evolução morfológica e aspectos morfotectônicos em São Thomé das Letras (MG)*. 2007. 229f. Dissertação (Mestrado em Geografia). Instituto de Geociências e Ciências Exatas, Universidade Estadual Paulista, Rio Claro, 2007.

MARQUES NETO, R.; PEREZ FILHO, A. Índices geomórficos aplicados ao estudo de efeitos neotectônicos na bacia do Rio Capivari (Itamonte, MG). *In:* XI Simpósio Brasileiro de Geografia Física Aplicada. *Anais...* Dourados, MS, 2011.

MARQUES NETO, R.; PEREZ FILHO, A.; VIADANA, A. G. Superfícies geomórficas no Planalto do Alto Rio Grande: região das cristas quartzíticas. *Revista de Geografia*, v. 2, n. 1, 2011.

MASCARENHAS, J. F.; PEDREIRA, A. J.; MISI, A.; MOTTA, A. C.; SÁ, J. H. S. Província São Francisco. In: ALMEIDA, F. F. M.; HASUI, Y. *O pré-cambriano do Brasil*. São Paulo: Blucher, 1984. 378p.

MAWE, J. *Viagens ao interior do Brasil* – principalmente aos distritos do ouro e dos diamantes. Rio de Janeiro: Zélio Valverde, 1944. 347p.

MEIS, M. R. M.; MIRANDA, L. H. G. Desnivelamento de altitude como parâmetro para a compartimentação do relevo: bacia do médio-baixo Paraíba do Sul. *In:* XXXII CONGRESSO BRASILEIRO DE GEOLOGIA. *Anais...* v. 4, p. 1489-1503, Salvador, 1982.

MEIS, M. R. M.; MOURA, J. R. S. Upper Quaternary sedimentation and hillslope evolution: southeastern brazilian plateau. *American Journal Science*, v. 284, n. 3, p. 241-254, 1984.

MELO, M. S. Vila Velha, PR – resultado do trabalho do vento? *Ciências Exatas e da Terra*, v. 8, n. 1, p. 7-26, 2002.

MELO, A. T.; SORIANO-SIERRA, E. J.; VEADO, R. V. A.; Biogeografia dos manguezais. *Geografia*, Rio Claro, v. 36, n. 2, p. 311-334, 2011.

MENEZES, S de O. *Introdução ao estudo de minerais comuns e de importância econômica*. Juiz de Fora: Edição do Autor, 2007.

_____. *Geomorfologia e Meio Ambiente*. Juiz de Fora: UFJF/CEAD, 2010.

MENEZES, S. de O.; MOTHÉ FILHO, H. F. *Aulas práticas de geologia*. Itaguai: Imprensa Universitária UFRRJ, 1986.

MESCERJAKOV, J. P. *Lês concepts de morphostructure et de morphosculture: un nouvel instrument de l'analyse géomorphologique*. Annales de Geographie, 77 années, n. 423, p. 539-552), 1968.

MEYER, R. *Paléoaltérites et paléosols:* l'empreite Du continent dans lês séries sédimentaires. France: BRGM, 1987. 164p.

MODENESI, M. C. Intemperismo e morfogênese no Planalto de Campos do Jordão (SP). *Revista Brasileira de Geociências*, São Paulo, v. 10, p. 213-225, 1980.

_____. Evolução quaternária de uma montanha tropical: o Planalto de Campos do Jordão. *Revista do Instituto Geológico*. São Paulo, v. 5, n. 1/2, p. 7-13, 1984.

_____. Significado dos depósitos correlativos quaternários em Campos do Jordão – São Paulo: implicações paleoclimáticas e paleoecológicas. Instituto Geológico, *Boletim n. 7*, 1988. 155p.

_____. Quaternary mass movements in a tropical plateau (Campos do Jordão, São Paulo, Brazil. Z. *Geomorph.* , v. 32, n. 4, p. 425-440, 1988.

Referências bibliográficas 319

_____. Depósitos de vertente e evolução quaternária do Planalto do Itatiaia. *Revista do Instituto Geológico*. São Paulo, v. 3, n. 1, p. 31-46, 1992.

MORGAN, R. P. C. *Soil erosion and conservation*. New York: Longman Scientific & Technical, 1986.

MOREIRA, A. A. N. Cartas geomorfológicas. *Geomorfologia*. São Paulo, n. 5, 1969, 14p.

_____. Relevo. *In:* Fundação Instituto Brasileiro de Geografia e Estatística. *Geografia do Brasil*. Região Norte. v. 1. Rio de Janeiro: SERGRAF-IBGE, 1977. 466p.

MORIN, E. *O método I*: a natureza da natureza. Porto Alegre: Sulina, 1977.

MORISAWA, M. *Streams, their dynamics and morphology*. New York: McGraw-Hill Book Company, 1968.

MOURA, J. R. S.; MEIS, M. R. M. Litoestratigrafia Preliminar para os depósitos de encosta do quaternário superior do planalto SE do Brasil (MG-RJ). *Revista Brasileira de Geociências*. v. 10, 1980. p. 258-267.

MOURA, J. R. S.; PEIXOTO, M. N. O.; SILVA, T. M. Geometria do relevo e estratigrafia do Quaternário como base à tipologia de cabeceiras de drenagem em anfiteatro – médio vale do Rio Paraíba do Sul. *Revista Brasileira de Geociências*. São Paulo, v. 21, n. 3, p. 255-265, 1991.

MOURA, J. R. S.; SILVA, T. M. Complexos de rampas de colúvio. *In:* CUNHA, S. B.; GUERRA, A. J. T. *Geomorfologia do Brasil*. 2. ed. Rio de Janeiro: Bertrand do Brasil, 2001. 388p.

MUEHE, D. *Geomorfologia costeira*. In: GUERRA, A. J. T. e CUNHA, S. B. da. (Org.). Geomorfologia: uma atualização de bases e conceitos. Rio de Janeiro: Bertrand Brasil, 1998.

MÜLLER, G. *Methods in Sedimentary Petrology*. New York: Stuttgart, 1967.

NASCIMENTO, M. A. L. S. Geomorfologia do estado de Goiás. *Boletim Goiano de Geografia*. Goiânia, v. 12, n. 1, p. 1-22, 1992.

NEEF, E. Geographie und Umweltwissenschaft. *Petermanns Geogr. Mitt.* v. 116. n. 2, p. 81-88, 1972.

NETTO, J. M. A. *Manual de hidráulica*. 8. ed. São Paulo: Blucher, 1998.

PAISANI, J. C.; PONTELLI, M. E.; ANDRES, J. Superfícies aplainadas em zona morfoclimática subtropical úmida no planalto basáltico da Bacia do Paraná (SW Paraná/NW Santa Catarina): primeira aproximação. *Geociências*, São Paulo, UNESP, v. 27, n. 4, p. 541-553, 2008.

PALHETA, E. S. M. , ABREU, F. A. M.; MOURA, C. A. V. Granitoides proterozoicos como marcadores da evolução geotectônica da região nordeste do Pará, Brasil. *Revista Brasileira de Geociências*, v. 39, n. 4, p. 647-657, 2009.

PASSARGE, S. Physiologische Morphologie. Hamburg: *Metteil. Geogr. Gesellsch.* Vol. XXVI, 1912.

PENCK, W. *Die morphologische Analyse. Ein kapitel der physikalischen Geologie*. Stuttgart: J. Engelhorn's Nachf. , 1924.

_____. *Morphological analysis of landforms:* a contribuition of Physichal Geology. Macmilien: London, 1953.

PENTEADO, A. R. Uma interpretação do mundo tropical baseada em condições de sua geografia física. *Orientação*. São Paulo, n. 1, p. 51-54, 1965.

PENTEADO, M. M. *Fundamentos de geomorfologia*. Rio de Janeiro: IBGE, 1980.

PENHA, H. M. *Processos endogenéticos na formação do relevo. In:* GUERRA, A. J. T. e CUNHA, S. B. da. (Org.). Geomorfologia: uma atualização de bases e conceitos. Rio de Janeiro: Bertrand Brasil, 1998.

PELOGGIA, A. *O homem e o meio ambiente*: geologia, sociedade e ocupação urbana no município de São Paulo. São Paulo: Xamã Editora, 1998.

PILÓ, L. B. Geomorfologia cárstica. *Revista Brasileira de Geomorfologia*, v. 1, n. 1, p. 88-102, 2000.

PINTO, M. N. Residuais de aplainamentos na "chapada" dos Veadeiros – Goiás. *Revista Brasileira de Geografia*, Rio de Janeiro, v. 48, n. 2, p. 187-197, 1986.

PIRES, F. R. M. *Arcabouço Geológico. In:* CUNHA, S. B. & GUERRA, A. J. T. *Geomorfologia do Brasil*. 4. ed. Rio de Janeiro: Bertrand Brasil p. 17-69, 2001.

320 Introdução à geomorfologia

POPP, J. H. *Geologia geral*. Rio de Janeiro: Editora LTC, 1998.

PRESS, F. et al. *Para entender a Terra*. Porto Alegre: Bookman, 2006.

RETALLACK, G. J. *Soils of the Past*. 2. ed. Oxford: Blackwell, 2001.

ROCHA, C. H. B. *Geoprocessamento: tecnologia transdisciplinar*. Juiz de Fora: Edição do Autor, 2000.

ROCHA-CAMPOS, A. C.; SANTOS, P. R. Ação geológica do gelo. *In:* TEIXEIRA, W. et al. (Orgs.). *Decifrando a Terra*. São Paulo: Oficina de Textos, 2003.

ROMANO, A. W.; CASTAÑEDA, C. A tectônica distensiva pós-mesozoica no condicionamento dos depósitos de bauxita da Zona da Mata Mineira. *Geonomos*, v. 14, n. 1/2, p. 1-5, 2006.

ROSS, J. L. S. Relevo brasileiro: uma nova proposta de classificação. *Revista do Departamento de Geografia*. FFLCH, USP, São Paulo, 1985.

_____. O Registro Cartográfico dos Fatos Geomórficos e a Questão da Taxonomia do Relevo. *Revista do Departamento de Geografia*. FFLCH-USP. n. 6. São Paulo, 1992.

_____. *Geografia do Brasil*. São Paulo: EDUSP, 2005.

_____. *Ecogeografia do Brasil*: subsídios para o planejamento ambiental. São Paulo: Oficina de Textos, 2009. 208p.

RUSSELL, R. J. Geographical Geomorphology. *Ann. of Ass. of Amer. Geogr.*, v. 39, p, 1-11, 1949.

SAADI, A. Modelos Morfogenéticos e Tectônica Global: Reflexões Conciliatórias. *Geonomos*, v. 6 n. 2, p. 55-63, 1998.

SALLUN, A. E. M. *Aloformação Paranavaí: depósitos coluviais quaternários da bacia hidrográfica do alto Rio Paraná (SP, PR e MS)*. São Paulo, 2007. 176p. Tese (Doutorado em Geologia Sedimentar). Instituto de Geociências, Universidade de São Paulo.

SANTOS, E. J.; BRITO NEVES, B. B. Província Borborema. *In:* ALMEIDA, F. F. M.; HASUI, Y. *O Pré-Cambriano do Brasil*. São Paulo: Blucher, 1984. 378p.

SANTOS, J. O. S. *Geotectônica dos Escudos das Guianas e Brasil-Central*. In. : BIZZI, L. A. et al. (ed.). Geologia, Tectônica e Recursos Minerais do Brasil. Brasília: CPRM, 2003.

SANTOS, L. J. C.; SALGADO, A. A. R.; RAKSSA, M. L.; MARRENT, B. R. Gênese das linhas de pedra. *Revista Brasileira de Geomorfologia*, v. 11, n. 2, p. 103-108, 2010.

SANTOS, M.; LADEIRA, F. S. B. Tectonismo em perfis de alteração da Serra de Itaqueri (SP): análise através de indicadores cinemáticos de falhas. *Geociências*. São Paulo, v. 25, n. 1, p. 135-149, 2006.

SARGES, R. R.; SILVA, T. M.; RICCOMINI, C. Caracterização do relevo da região de Manaus, Amazônia Central. *Revista Brasileira de Geomorfologia*. v. 12, n. 1, p. 95-104, 2011.

SCHEIDEGGER, A. E. The algebra of stream-order numbers. *U. S. Geol. Survey Prof. Pap.* 525-B, p. 187-189, 1965.

SCHMITHÜSEN, J. Die Aufgabenkreise der Geographischen Wissenschaft. *Geographische Rundschau*, v. 22, n. 11, p. 431-443, 1970.

SCHOBBENHAUS, C.; CAMPOS, D. A.; DERZE, G. R.; ASMUS, H. E. *Geologia do Brasil*. Brasília: MME/DNPM, 1984. 501p.

SCHOBBENHAUS, C.; NEVES, B. B. B. *A Geologia do Brasil no Contexto da Plataforma Sul-Americana*. In. : BIZZI, L. A. et al. (ed.). Geologia, Tectônica e Recursos Minerais do Brasil. Brasília: CPRM, 2003.

SCHUMM, S. A. Meander wavelength of alluvial rivers. *Science*, v. 157, n. 3796, p. 1549-1550, 1967.

_____. Alluvial river response to active tectonics. In: KELLER, E. A. & PINTER, N. (Coord.) *Active Tectonics: studies in geophysics*. Washington: National Academy Press, 1986, p. 80-93.

SGARBI, G. N. C.; DARDENNE, M. A. Evolução climática do Gondwana nas regiões centro-sul do Brasil e seus registros geológicos continentais durante o Mesozoico, enfatizando o ardo do alto Paranaíba, a borda NNE da Bacia do Paraná e a porção meridional da bacia sanfranciscana, no oeste do estado de Minas Gerais. *Geonomos*, v. 4, n. 1, p. 21-49, 2002.

Referências bibliográficas 321

SHREVE, R. L. Statistical law of stream numbers. *Jour. Geology*, v. 74, p. 17-37, 1966.

_____. Infinite topogically random channel networks. *Jour. Geology*, v. 75, p. 178-186, 1967.

SHUKOWSKY, W. et al. Estruturação de terrenos pré-cambrianos da região Sul do Brasil e Oeste do Uruguai: um estudo por modelamento gravimétrico. *Revista Brasileira de Geociências*, v. 9 n. 2, p. 275-287, 1991.

SÍGOLO, J. B. Os depósitos de talude de Passa Quatro. *In:* V Simpósio de Geologia do Sudeste, 1997. *Anais...* Penedo, v. 1, p. 1-8.

SILVA, C. R. da, et al. *Começo de tudo. In:* SILVA, C. R. da (ed.) Geodiversidade do Brasil: conhecer o passado, para entender o presente e prever o futuro. CPRM. Rio de Janeiro. p. 12-19, 2008.

SILVA, C. R.; RAMOS, M. A. B.; SILVA, A. J. P.; DANTAS, M. E. *Começo de tudo. In:* SILVA, C. R. da (Ed.) *Geodiversidade do Brasil: conhecer o passado, para entender o presente e prever o futuro.* CPRM. Rio de Janeiro. 2008. p. 12-19.

SILVA, T. M. *A estruturação geomorfológica do Planalto Atlântico no Estado do Rio de Janeiro.* Rio de Janeiro, 2002. 263p. Tese (Doutorado em Geografia), Universidade Federal do Rio de Janeiro.

SILVEIRA, J. D. Morfologia do litoral. *In:* AZEVEDO, A. (Ed.) *Brasil, a terra e o homem.* São Paulo, 1964.

SPIRIDONOV, A. I. *Princípios de la metodologia de las investigaciones de campo y el mapeo geomorfológico.* Havana: Universidad de la Habana, 1981.

SPIX, J. B. von; MARTIUS, C. F. P. *Viagem pelo Brasil* (Tradução brasileira). Rio de Janeiro: Imprensa Nacional, 1938.

STRAHLER, A. N. Equilibrium theory of erosional slopes approached by frequency distribution analysis. *American Journal of Science*, v. 248, n. 10, p. 673-696, 1950.

_____. Dynamic basis of Geomorphology. *The Geological Society of America Bulletin*, v. 63, p. 923-938, 1952.

SUGUIO, K. *Introdução à sedimentologia.* São Paulo: Blucher, 1973. 317p.

_____. *Roteiro de Excursão Geológica a região do Complexo Deltáico do Rio Paraíba do Sul (Rio de Janeiro). In:* IV Simpósio do Quaternário no Brasil, Rio de Janeiro, 1981.

_____. *Geologia do quaternário e mudanças ambientais: (passado + presente = futuro?).* São Paulo: Paulo's Comunicação e Artes Gráficas, 1999.

_____. *Geologia sedimentar.* São Paulo: Blucher, 2003. 400p.

SUMMERFIELD, M. A. *Global Geomorphology.* New York: John Wiley & Sons, 1991. 537p.

SUNDBORG, A. The river Klarälven, a study of fluvial processes. *Geogr. Annlr* v. 38, n. 2, p. 127-316. 1956.

TAYLOR, G. (Ed.) *Geography in the twentieth century.* London: Methuen. 1951.

TEIXEIRA, W. et al. *Decifrando a Terra.* São Paulo: Oficina de Textos, 2000.

THOMAS, M. *Geomorphology in the tropics.* New Yoork: Wiley & Sons, 1994. 433p.

THIELER, E. R. et al. *Geology of the Wrightsville beach, North Carolina shoreface:* implications for the concept of shoreface profile of equilibrium. Amsterdam: Marine Geology, 1985.

TOLEDO, M. C. M.; OLIVEIRA, S. M. B.; MELFI, A. J. *Intemperismo e formação do solo. In:* TOLEDO, W. et al. (org.). Decifrando a Terra. São Paulo. Oficina de Textos, 2000.

TOMAZELLI, L. J. *Contribuição ao estudo dos sistemas deposicionais Holocênicos do nordeste da província costeira do Rio Grande do Sul, com ênfase no sistema eólico.* 270 f. Tese (Doutorado em Geociências). Universidade Federal do Rio Grande do Sul, 1990.

TOMINAGA, L. K. *Análise morfodinâmica das vertentes da serra do Juqueriquerê em São Sebastião-SP.* Dissertação (Mestrado em Geografia). FFLCH-USP, São Paulo, 2000.

TORRES, F. T. P; MACHADO, P. J. O. *Introdução à Climatologia.* São Paulo: Cengage Learning, 2011.

322 Introdução à geomorfologia

TRICART, J.; CAILLEUX, A. *Introduction a la géomorphologie climatique*. Paris: SEDES, 1965.

TRICART, J. Os tipos de leitos fluviais. Campinas: *Notícia Geomorfológica*, v. 6, n. 11, p. 41-49, 1966.

_____. As relações entre a morfogênese e a pedogênese. Campinas: *Notícia Geomorfológica*. v. 8, n. 15, p. 5-18, 1968.

_____. *Ecodinâmica*. Rio de Janeiro: SUPREN/IBGE, 1977.

TROEH, F. R. Landform equations fitted to contour maps. *American Journal of Sciences*. v. 263, p. 616-627, 1965.

TWIDALE, C. R. Pediments, peneplains and ultiplains. *Revue Géomorphologie Dynamic*, v. 32, p. 1-35, 1983.

_____. Old land surface and their implications for models of landscape evolution. *Revue Géomorphologie Dyamic*. v. 34, n. 4, p. 131-147, 1985.

VALADÃO, R. C. *Evolução de longo termo do relevo do Brasil Oriental: desnudação, superfície de aplainamento e movimentos crustais*. Salvador, 1998, 423p. Tese de Doutorado, Instituto de Geociências, Universidade Federal da Bahia.

VALETON, I.; MELFI, A. J. Distribution pattern of bauxites in Cataguases area (SE Brazil), in relation to Lower Terciary paleogeographic and younger tectonics. *Bulletin de la Societé Géologique de France*, v. 41, n. 1, p. 85-98, 1988.

VARAJÃO, C. A. C. A questão da correlação das superfícies de erosão do Quadrilátero Ferrífero, Minas Gerais. *Revista Brasileira de Geociências*. São Paulo, v. 21, n. 2, p. 138-145, 1991.

VIADANA, A. G. *A teoria dos refúgios florestais aplicada ao estado de São Paulo*. Tese de Livre Docência. Instituto de Geociências e Ciências Exatas, Universidade Estadual Paulista, Rio Claro, 2001.

VIEIRA, A. C. *Análise fractal da deformação do embasamento da bacia Pantanal – Brasil*. Rio de Janeiro. Instituto de Geociências, UFRJ. Tese de Doutoramento, 2011.

VIERS, G. *Geomorfología*. 2. ed. Barcelona: Oikos-tau, 1978. 319p.

VILLWOCK, J. A.; TOMAZELLI, L. J. *Geologia costeira do Rio Grande do Sul*. CECO/IG/ UFRGS: Notas Técnicas, v. 8, p. 1-45, 1995.

VILLWOCK, J. A.; LESSA, G. C.; SUGUIO, K.; ANGULO, R. J.; DILLENBURG, S. R. *Geologia e geomorfologia de regiões costeiras. In:* SOUZA, C. R. G. et al. Quaternário do Brasil. Ribeirão Preto: Holos, 2005. 380p.

VITTE, A. C. *Etchplanação em Juquiá (SP)*: relações entre o intemperismo químico e as mudanças climáticas no desenvolvimento das formas de relevo em margem cratônica passiva. São Paulo, 1998, 276 p. Tese (Doutorado em Geografia Física), Faculdade de Filosofia, Letras e Ciências Humanas, Universidade de São Paulo.

_____. Considerações sobre a teoria da etchplanação e sua aplicação nos estudos das formas de relevo nas regiões tropicais quentes e úmidas. *Terra livre*, São Paulo, n. 16, p. 11-24, 2001.

_____. Etchplanação e dinâmica episódica nos trópicos quentes e úmidos. *Revista do Departamento de Geografia*, São Paulo, n. 16, p. 105-118, 2005.

_____. A construção da geomorfologia no Brasil. *Revista Brasileira de Geomorfologia*, Uberlândia, v. 1, n. 1, p. 91-108, 2011.

WASHBURNE, C. *Petroleum geology of the State of São Paulo, Brasil*. Comissão Geográfica e Geológica Brasileira. Boletim n. 22, 1930.

WYLLIE, P. J. A *Terra. Nova geologia global*. Tradução de J. R. Araújo e M. C. Serrano Pinto. Lisboa: Fundação Calouste Gulbenkian, 1995.

WOOLDRIDGE, S. W.; MORGAN, R. S. *The physical basis of geography*. An outline of geomorphology. London: Longmans Green and Co. , 1946.

ZALAN, P. V. Bacia do Paraná. In: GABAGLIA, G. P. R.; MILANI, E. J. (Org.) *Origem e evolução de bacias sedimentares*. Rio de Janeiro, 1990.